소설쓰기의 모든 것 3
인물, 감정, 시점

소설쓰기의 모든 것

낸시 크레스 지음 | 박미낭 옮김

characters &
emotion &
viewpoint

3
인물, 감정, 시점

다른

독자는 어떤 소설을 원할까?

친구가 입에 침이 마르도록 권하는("틀림없이 네가 좋아할 책이야!") 소설을 사서 읽고는 크게 실망한 적이 있는가? 물론 있을 것이다. 누구나 한 번쯤 그런 경험이 있다. 하지만 그 누구보다도 실망할 사람은 바로 그 소설의 작가다.

우리 작가들은 자신의 작품이 독자의 사랑을 받기를 간절하게 원한다. 우리는 욕심이 많은 사람들이라 모든 독자의 사랑을 원한다. 하지만 이성적으로 모든 독자를 만족시킬 소설은 없다는 걸 안다. 사람들마다 소설을 읽는 이유가 다르기 때문이다.

어떤 독자들은 빠른 속도감에서 오는 짜릿함 때문에 소설을 읽는데, 이들은 자신의 삶과 비슷한 현실을 보여주는 느린 속도의 소설은 좋아하지 않는다. 또 현실에 대한 깊은 통찰을 기대하는 독자들도 있다. 이들은 환상이 끝없이 이어지는 판타지소설 같은 건 내려놓을 게 틀림없다. 자신과 동일시할 수 있는 인물이 나오는 소설을 읽고 싶어 하는 독자가 있는가 하면, 한 번도 만나본 적이 없는 인물이 나오는 소설을 읽고 싶어 하는 독자도 있다.

또 분명하고 복잡하지 않은 스토리텔링을 좋아하는 독자가 있는 반면, 적재적소에 예기치 않은 문장이 들어간다든지 하는 형식을 중시하는 독자도 있다. 자신의 가치관을 확인하고자 하는 독자가 있는가 하면, 자신과 가치관에 맞서고 심지어는 흔들어놓을 작품을 바라는 독자도 있다.

이 정도만 해도 작가들이 술잔을 비워야 할 이유는 차고 넘친다(사실, 그럴 때가 많다). 그러나 자판을 두드리기 전에 술병부터 두드리는 실수는 하지 말자. '모든 독자'의 마음을 사로잡을 필요는 없다. 그저 자신의 이야기를 귀담아들을 특별한 청중, 즉 자신이 쓴 소설의 가치를 알아줄 독자들을 만족시키면 된다. 그리고 그렇게 할 수 있는 방법은 있다. 기회가 주어진다면 자신의 소설에 푹 빠질 숨은 독자들까지 끌어들일 수 있는 그런 방법 말이다.

그 마법의 비결은 인물이다.

나는 결코 여기서 '마법'이라는 말을 가볍게 쓰는 게 아니다. 우리가 어떤 소설에 푹 빠져드는 건 마치 마법에 걸리는 것과 같다. 우리를 둘러싼 방이 사라지고, 시간이 바뀌고, 어느덧 활자의 마법에 걸려 순간이동을 한다. 누구나 한 번쯤 이런 경이로운 독서 체험을 한다. 이런 일이 일어나면 누구라도 예외 없이 소설 속 인물의 운명에 홀딱 빠져들게 된다.

인물은 모든 소설의 공통분모다. 책을 잘 읽지 않는 아이도 조앤 K. 롤링의 해리 포터 시리즈를 미친 듯 읽어대는 것은 바로 흥미로운 상황에 놓인 매력적인 인물 때문이다(이에 대해서는 나중에 자세히 다룰 것이다). 두 가지 이상의 장르를 접목한 크로스오

버 베스트셀러에도 강렬한 인물은 빠지지 않는다. 미스터리소설을 읽지 않는 독자도 배꼽 빠지도록 유쾌한 여성 탐정 스테파니 플럼 때문에 재닛 에바노비치의 소설을 찾아 읽는다. 제인 오스틴이나 F. 스콧 피츠제럴드의 소설이 계속 팔리는 이유 역시 복합적이면서 사실적인 인물들 때문이다.

사실 흥미로운 인물이 없다면 소설이 아니다. 이런저런 이름을 가진 인물이 플롯 사이를 헤집고 다닐 수는 있겠지만 인물이 태생적으로 생동감이 없다면 역사소설은 역사책이, 미스터리소설은 경찰 조서가, SF소설은 추측성 논문이 되어버릴 것이다. 순수소설은 단연코 읽히지 않을 것이다.

인물이 열쇠다.

인물은 플롯, 배경, 문체를 좌우한다

강력한 인물을 창조하면 독자의 흥미를 불러일으키는 것 말고도 여러 효과가 있다. 인물은 소설의 여러 다른 측면에도 영향을 미친다. 이 점에 대해서는 나중에 더 깊이 다루고, 우선 여기서는 아래 사항을 생각해보자.

인물은 플롯을 결정한다

동일한 상황이라도 인물에 따라 반응이 달라지기 때문이다. 아내가 작정하고 집을 나가버리면서 홀로 남겨진 남자가 등장하는 소설을 쓴다고 해보자. 소심하고 내성적인 남자라면 이 일로 엄청난 고통에 시달릴 것이고 결국에는 자신과 아내에 대한 반성으로 이어질 것이다. 모험심 강하고 자신감 넘치는 남자라면 아내가 스스로 사라진 게 아니라면서 아내를 구하러 나설 것이다. 적개심과 분노에 불타는 남자라면 복수하고자 하는 일념으로 아내를 찾아 나설 것이다. 이처럼 인물에 따라 플롯은 달라진다.

인물은 배경을 결정한다

그 방식은 두 가지다. 첫째, 인물에 적합한 배경을 설정한다. 예를 들어 열두 살 동갑내기 여자아이라도 루이지애나 늪지대에서 자란 아이와 뉴욕 펜트하우스에서 자란 아이는 판이한 인식과 가치관을 지닐 것이다. 둘째, 인물이 자신의 천성에 맞는 배경을 찾아 나서게 한다. 예를 들어 잠시도 한곳에 머무르지 않는, 두려움을 모르는 모험가라면 보험사의 좁은 사무실에 갇혀 살지 않을 것이다. 어떤 유형의 인물에 관한 소설을 쓰고 싶은가? 인물 선택에 따라 배경은 달라진다.

인물은 문체에도 영향을 끼친다

1인칭 시점에서는 말할 것도 없고 3인칭 시점에서도 마찬가지다. 묘사에 쓰인 단어에 작가의 취향이 반영되기 때문이다. 예를 들어보자. "존은 가장무도회가 싫었다. 도무지 이해가 되지 않았기 때문이다. 맥주 통도 없고 말도 편하게 할 수 없고 분위기를 띄우는 떠들썩함조차 없다니." 이 구절은 이렇게 쓸 수도 있다. "존은 가장무도회가 싫었다. 아프리카의 한 마을 사람들을 1년 동안 입힐 만큼 비싼 옷을 차려입고 서로를 향해 마음에도 없는 헤픈 웃음을 흘려대는 이런 위선적인 대화보다 실용적인 대화가 훨씬 좋았다." 여기서 보듯 인물의 성격에 따라 문체는 달라진다.

시간과 노력, 상상력을 들여 매력적인 인물들을 만들어내면 저절로 소설의 플롯과 배경, 문체를 통제할 수 있다.

글쓰기와 다중인격

이제 자신감이 생겼는가? 기억에 남을 만하고 흥미로우면서도 개연성 있는 인물들을 만들고 싶은가? 그럼 어떻게 해야 할까?

이 책은 오랫동안 시행착오를 통해 그 효과가 입증된 여러 소설쓰기 기술을 소개할 것이다. 그러나 작가로 성공하는 데에는 기술보다 더 중요한 요소가 따로 있으며, 사실 이것이 매혹적인 인물을 만드는 데 가장 중요한 핵심이다. 바로 동시에 작가, 인물, 독자가 되는 법을 배우는 것이다.

무슨 뜻이냐고? 소설 속 시점인물인 한 여인이 남편을 떠나려는 장면을 쓴다고 해보자. 여인은 이따금씩 남편에게 언어적, 신체적으로 학대를 받아왔기에 말을 어떻게 꺼내야 할지 몰라 잔뜩 겁에 질려 있다. 이때 우리의 마음속 한편에서는 어떤 요소들을 어떤 순서로 써내려가야 할지 생각이 떠오를 것이다. 먼저 남편의 대화를 한 줄 쓰고, 다음에 그의 표정 변화를 묘사하고, 여인의 대화를 한 줄 쓰고, 다시 묘사를 조금 하고 나서 등등. 이외에도 수백 가지 서술이 가능하다. 어떤 식으로 할지 선택은 우리 작가의 몫이다.

그런데 이때 마음속 또 다른 한편에서 우리는 여인, 즉 인물이 '된다'. 그녀가 느끼는 대로 느끼는 것이다. 학대받은 적이 없다 해도 인생에서 두려움을 느꼈던 경험은 있을 것이다. 그때 느꼈던 두려움을 끌어내 다시 경험한다. 그래야 이 상황에서 여인이 어떻게 숨을 쉬고 어떤 말을 하고 어떤 감정을 느끼는지 알 수 있으니까. 짧은 순간이나마 우리는 그 여인이다. 그리고 때로는 남편이 '되기도' 한다. 그가 극악무도한 악인이 아니라면. 그와 닮은 데가 하나도 없다 해도 마찬가지다. 그처럼 분노하고 화내고 '자신의' 여자를 잃는다는 사실을 받아들일 수 없어 두려움을 느낀다. 이런 감정들을 경험하는 동안 결과적으로 우리는 바로 그 인물이 된다.

그런데 우리는 또한 제3의 인물인 독자도 되어야 한다. 그러려면 마음속 또 다른 부분에서는 인물 그리고 글쓰기 기법을 다루는 작가의 자리에서 한발 물러나야 한다. 그렇게 뒤로 물러서서 무슨 일이 일어날지 전혀 모르는 독자가 되어 인물들에게 공감하려 애쓰는 것이다. 독자는 작가가 묘사와 대화의 균형을 맞추고 싶어 하는지 아닌지 모른다. 또한 그다음 장에 나올 장면을 위해 복선을 고민하든 말든 신경 쓰지도 않는다. 또한 작가가 앞서 이야기 속 남편의 분노를 묘사하기 위해 실제로 자신의 이모를 공포에 떨게 했으며 자신 역시 지옥 같은 두려움에 떨게 했던 불한당 같은 이모부를 끌어와 썼다는 것도 모른다. 그 기억이 얼마나 강렬하고 복합적인지 그리고 책상 앞에 앉은 작가가 그때의 일을 떠올림으로써 다시 두려움을 느낀 것도 독자는 모른다. 독자는 오로지 소설책에 적힌 내용만을 알 뿐이다.

작가가 독자가 되는 법을 알아야 하는 이유가 바로 이것이다. 작가는 작가로서, 또는 소설 속 인물로서 겪는 무수한 일에 얽매이지 말고 오직 종이 위에 적힌 글만으로 자신의 작품을 평가할 수 있어야 한다. 독자가 그렇듯 말이다. 독자는 쓰여 있지 않은 내용은 알지 못한다. 작가는 독자가 되어 냉정하게 자신의 글이 어떻게 읽힐지 의식해야 한다.

모든 성공한 작가는 동시에 작가, 인물, 독자 이 세 사람이 될 줄 안다.

자신이 없다고? 걱정할 것 없다. 사실 세 사람이 되는 일은 동시에 일어나지 않는다. 그보다는 이 인물에서 저 인물로 옮겨 다니는 식이다. 예를 들어보자. 먼저 소설 속 인물이 되어 글을 반쪽 쓴다. 잠깐 멈추고 작가가 되어 그 장면에 뭐가 더 필요한지 생각한다. 그다음 대화를 몇 줄 더 쓴다. 그런데 독자 입장에서 인물의 분노가 충분히 전달되지 못했다는 생각이 들어 그 대화를 가차 없이 지운다. 작가로서 대화를 고쳐 쓰고 다시 인물로 돌아가는 식으로 계속 작업한다. 작가, 인물, 독자 이 세 사람 사이를 이리저리 오가는 건 태도를 바꾸라는 것이지 슈퍼맨처럼 정체성을 다양하게 가지라는 뜻이 아니다.

또한 이렇게 세 사람 사이를 자유자재로 옮겨 다니는 능력은 훈련을 통해 기를 수 있다. 경험이 많은 작가는 의식하지 않아도 이렇게 할 수 있다. 소설을 처음 쓰는 초보 작가도 조금은 가능하다. 이 책은 이 일을 좀 더 제대로, 그리고 빠르게 할 수 있는 방법을 가르쳐줄 것이다. 글을 쓸 때 의식적으로 세 인물이 되는 법을 연습한다면 소설은 엄청나게 좋아질 것이다. 우리의 상상을 뛰어넘을 것이다.

그 이유가 무엇일까? 인물에 초점을 맞추고, 인물을 설정하기 위한 기법을 고르고, 그 인물이 되어보고, 그런 뒤에 이 모든 결정이 글 속에 제대로 드러나고 있는지 확인하는 이러한 전 과정을 통해 작가는 독자가 원하는 바를 이룰 수 있기 때문이다. 독자는 강렬하고 매력적인 인물이 자신만의 독특한 삶을 살아가는 모습을 보고 싶어 한다. 독자는 소설 속에서 벌어지는 일들에 흥미를 느끼고 싶어 하는데, 인물이야말로 독자가 이야기에 관심을 갖게 만드는 도구다.

자, 이제 인물을 창조하는 방법에 대한 이야기를 시작해보자.

1장 ———————— 인물 유형:
등장인물을
모으자

누가 주인공이 된다 해도 멋진 이야기가 될 수 있다.
누구든 자신의 삶에서는 주인공이고
또 각자의 삶이 있기 때문이다.

모든 드라마에는 출연자가 필요하다. 그리고 소설도 드라마다. 어떤 소설은 레프 톨스토이의 『안나 카레니나Анна Каренина』처럼 등장인물이 너무 많아 독자가 이야기를 따라올 수 있도록 작가나 편집자가 목록을 따로 정리하는 경우도 있다. 또 어떤 소설은 아주 가까운 관계에 있는 두 인물만 나오기도 한다(잭 런던은 단편소설 「모닥불 피우기To Build a Fire」를 남자 한 명과 개 한 마리로 써냈다). 출연진의 규모가 어떻든 간에 어디선가 그들을 모아야 한다.

어디에서 등장인물들을 찾아낼 수 있을까? 그리고 그들이 적절한 인물이라는 걸 어떻게 알 수 있을까?

우리에게는 네 가지 자원이 있다. 바로 우리 자신, 우리가 직접 아는 실존 인물, 건너 들어 아는 실존 인물, 그리고 순전히 상상으로 만든 인물이다.

어떤 의미에서 작가가 만들어낸 모든 인물은 작가 자신이라 할
수 있다. 예를 들어 우리는 살인을 저지른 적은 없지만 살인자가
느끼는 분노를 자신이 경험한 가장 극단적인 분노의 기억에서 끌
어낸다. 연인이 사랑을 나누는 장면을 쓸 때에는 과거에 애인과
키스나 애무를 한 기억, 또는 달콤했던 순간들을 떠올릴 것이다.
한 노인이 수치심을 느끼는 장면을 쓸 때는 중학생 때 느꼈던 수
치심을 떠올릴 수도 있다. 두 상황이 완전히 다르고, 중학교 시절
을 전혀 의식적으로 생각하지 않고 있다 해도 마찬가지다. 우리
는 인물의 감정을 우리 자신의 감정에서 끌어올 수밖에 없다. 텔
레파시가 보편화된다면 모를까, 그전까지는 우리 자신의 감정이
우리가 가까이 경험할 수 있는 유일한 감정이다. 우리 안에는 이
미 이 감정들이 기본으로 설정되어 있다.

그러나 때로는 자신의 삶을 소설에 더 직접적으로 투영하고
실제 사건을 고스란히 옮기고 싶을 때가 있다. 여기에는 좋은 점
도 있고 나쁜 점도 있다.

좋은 점은 '그곳'에 우리가 진짜 있었다는 것이다. 그러므로
세부 사항을 속속들이 알고 정확하게 묘사할 수 있다. 예를 들어
정오 무렵 교회 창문으로 비스듬히 햇빛이 들이치는 모습, 작은
식당에서 나는 기름 냄새, 파출소 안에서 경찰관들이 나누는 대
화 등등. 이런 일들은 소설의 개연성을 확보하는 귀중한 재료다.

이보다 더 중요한 좋은 점은 우리가 감정적으로 그 일들을 체

험했다는 사실이다. 그 상황이 불러일으킨 환희, 두려움, 공포, 다정함, 또는 절망의 감정을 직접 느낀 것이다. 그래서 훌륭한 전기문은 소설만큼 엄청난 힘을 발휘한다고들 한다. 이런 이유로 많은 성공한 작가가 자신의 경험을 소설로 옮겨놓았다.

찰스 디킨스는 빅토리아 시대의 영국에서 아동 노동자로 살았던 자신의 비참한 경험을 『데이비드 코퍼필드David Copperfield』에 담았다. 존 골즈워디는 자신의 소설 『포사이트가의 이야기The Forsyte Saga』에 나오는 포사이트처럼 폭력적인 사촌의 아내를 사랑하고 나중에 결혼까지 했다. 노라 에프론은 남편에게 버림받은 자신의 경험을 소설 『가슴앓이Heartburn』로 써서 베스트셀러 작가가 되었다(소설을 통해 공개적으로 복수를 한 셈이다).

그렇다면 자신의 경험을 바탕으로 주인공을 만들면 좋기만 할까? 이러한 글쓰기는 커다란 문제를 안고 있다. 자기 자신을 객관적으로 투사할 수 있는 사람이 거의 없다는 점이다. 우리는 자신의 복합적인 모습에 너무 익숙해 있다. 그래서 제삼자의 마음가짐('책을 내며'를 참조할 것)을 가진 독자가 되기가 힘들다.

독자는 첫 장면에서 고약을 떠는 인물이 정의의 사도인 작가에게 벌을 받을 거라는 사실을 모른다. 나중에 드러내려 한다 해도 그때에는 너무 늦을지 모른다. 독자는 책장에 쓰여 있는 내용을 알 뿐이고 작가가 어떤 마음인지, 무슨 생각을 하는지는 알지 못한다.

따라서 자신이 경험한 상황이나 사건을 소설에 이용할 때에는 자기 자신이 '아니라' 인물이 그 일을 겪게 만드는 게 더 쉽고 효과적이다. 앞에서 언급한 작가 대부분이 그런 방법을 사용하고 있다. 『가슴앓이』의 여주인공은 남편에게 버림받았을 때 현실 속의 그 어떤 사람보다 훨씬 더 담대하고 유쾌하게 대응한다. 물론 여전히 자신의 일부를 끌어다 소설을 쓸 수는 있다. 베토벤에 대한 애정, 급한 성격, 축구 시합을 하다 당한 부상 등등. 자신의 경험을 자신이 아닌 다른 인물에 투영하면 그 경험을 통해 알게 된 것을 활용하면서도 객관성과 통제력을 발휘할 수 있다.

그렇다면 다른 인물은 어디서 찾을 수 있을까?

아는 사람을 인물로 만들기: 당신의 영혼을 빌려도 될까요?

소설 속 수많은 유명한 인물은 조금씩은 실제 인물에 근거한다. 여기서 핵심은 '조금씩'이다.

자신을 토대로 만든 인물과 마찬가지로 다른 사람을 토대로 인물을 만들 때에도 그 사람을 해체해 부분을 가져다 쓰는 게 더욱 효과적이다. 자신은 물론 다른 사람을 고스란히 글에 옮기는 일은 상상력과 객관성을 제한할 수 있다. 그러니 아는 사람을 있는 그대로 그리는 대신에 그의 특이한 성격을 다른 사람이나 또는 만들어낸 인물과 결합하자. 여기에는 몇 가지 장점이 있다.

첫째, 플롯에 필요한 인물을 정확히 만들어낼 수 있다. 예를 들어 성질이 급한 삼촌이 있고 그를 소설에 이용한다고 해보자. 그는 화가 날 때는 거친 말을 내뱉다가도 시간이 지나면 흥분했을 때 내뱉은 끔찍한(하지만 아주 웃긴) 말을 후회하는 성격이다. 하지만 후회라고는 모르고 화를 잘 풀지 않는 성격의 인물이 소설에는 더 맞을 수 있다. 이럴 경우에 지구의 종말이 온다 해도 화를 풀지 않을 친구를 삼촌과 합쳐보자. 인물들을 합치면 선택의 폭이 훨씬 커진다.

버지니아 울프도 이런 식으로 『댈러웨이 부인Mrs. Dalloway』의 클라리사 댈러웨이를 만들었다. 울프의 전기를 쓴 퀜틴 벨에 따르면 이 인물의 바탕은 울프가 가족끼리 알고 지내던 키티 맥스였다. 하지만 울프의 일기에는 댈러웨이의 모델이 오톨라인 모렐 부인이라고 기록되어 있다. "오톨라인 같은 사람들의 비열함을 끌어오고 싶다." 마찬가지로 에마 보바리(귀스타브 플로베르의 『마담 보바리Madame Bovary』)나 스파이 조지 스마일리(존 르 카레의 『스마일리의 사람들Smiley's People』)는 작가가 알고 있던 사람들을 합쳐놓은 인물이다.

둘째, 아는 사람들을 고스란히 옮기기보다 그들의 성격을 조금씩 끌어오면 가족과 친구들이 소설을 읽다가 자신을 알아보고 화를 낼 가능성이 줄어든다. 따라서 갈등을 피할 수 있다.

아는 사람을 모델로 했을 때

엽기적인 동생을 바탕으로 소설 속의 인물을 만들었다고 해보자. 동생은 고소할 수 있을까? 미국에서는 누구라도 다른 누군가에게 소송을 제기할 수 있다. 하지만 소설에 자신을 사용한 것에 대해 소송을 걸었을 때 이길지는 또 다른 이야기다. 다음은 몇 가지 참고 사항이다.

- 동생이 공인인가? 그렇다면 동생은 보호를 받을 수 없다. 법에 따르면 공인을 대상으로 한 풍자는 처벌할 수 없다. 예를 들어 돈 드릴로는 소설 『리브라Libra』에서 리처드 닉슨 대통령을 아주 호되게 비난했다.
- 동생이 엄청난 유명인인가? 그렇다면 법원에서는 초상권을 근거로 동생만이 자신의 이야기를 공개할 권리가 있다고 할 수도 있다. 캘리포니아 법에서는 중요한 권리다.
- 동생의 사생활을 침해했는가? 만약 인물이 동생처럼 세 차례 절도죄로 기소되었고 네 번 결혼했다면 공식 기록에 남아 있는 사항이다. 이를 썼다고 사생활 침해로 고소할 수 없다.
- 쓴 글이 사실인가? 그렇다면 명예훼손에 속하지 않는다. 이 경우에 사실이 아니라는 증거가 있어야만 한다.

모르는 사람을 인물로 만들기:
작은 불씨로 인물 탄생

아는 사람들을 합치는 것 말고도 개인적으로 모르지만 어디서 들었거나 글에서 읽었던 사람을 토대로 하는 방법도 있다. 이 방법은 사실에 얽매일 필요가 없다는 점에서 아주 효과적이다. 영감을 불러일으킬 정도의 조그만 단서를 바탕으로 사실상 새로운 인물을 만들어내는 셈이다.

예를 들어 40년 전에 죽어가는 고양이를 데리고 단 한 번 가본 동물병원에 수십억 원을 유산으로 남긴 어떤 부인의 이야기를 읽었다고 하자.

우리는 이 부인을 만나본 적이 없다. 신문에 난 기사와 흐릿한 사진 한 장이 있을 뿐이다. 하지만 그 상황의 무언가에 사로잡혔다. 어떤 사람이기에 이런 일을 하는 것일까? 상상력이 발동하기 시작한다. 그녀는 어떤 성격이고 어떤 삶을 살았을까? 그녀에게 고양이는 어떤 존재였을까? 주변에 유산을 물려줄 만큼 소중한 사람들이 없었던 이유는 무엇일까? 오래지 않아 흥미롭고 가슴 아픈 사연을 지닌, 그래서 소설로 쓰고 싶은 한 인물이 만들어진다. 그렇다. 어디서 주워들은 이야기로 시작했지만, 이제 그 인물은 온전히 우리의 것이다.

때때로 창작의 불꽃은 너무 작아서 잘 보이지 않을 수도 있다. 나도 언젠가 신문에 실린 어떤 신부의 사진 한 장에서 인물을 만든 적이 있다. 그 여인이 실제로 어떤 사람이었는지 잘 모르지만, 눈부신 금발의 신부는 내 상상력을 자극했다. 그녀는 내 마음속에서 자라나 마침내 한 인물로 탄생하면서 기쁨을 안겼다.

샬럿 브론테가 한 유명한 말이 생각난다.

"우리는 고통스러운 현실을 암시할 뿐이고 고스란히 받아쓸 수는 없다."

상상력으로 인물 만들기:
상상의 나래 펴기

상상력으로 완전히 새로운 인물을 만들어내는 방법은 모르는 사람들을 토대로 인물을 만드는 것과 아주 비슷하다. 다른 사람의 삶을 살짝 엿보는 일은 작가의 상상력에 불을 지핀다. 상상으로 만들어낸 인물 또한 대개는 작가의 마음속에 번쩍 떠오르는 작은 아이디어로부터 시작되기 마련이다. 작가는 그 불씨를 부채질해서 활활 타오르는 인물로 만들어낸다.

예를 들어 윌리엄 포크너는 속옷에 진흙을 잔뜩 묻힌 채 나무 위에 올라가 있는 어린 여자아이의 이미지가 떠올랐다. 그 이미지가 『소리와 분노The Sound and the Fury』에 나오는 캐디의 탄생으로 이어졌고, 그는 이 소설을 자신의 최고작으로 꼽았다.

현실 속의 사람을 모델로 하든 순전히 상상력으로 만들든 인물은 보통 기본적인 상황을 갖춰야 한다. 캐디는 나무 위에 있다. 앞서 이야기 속 부인은 동물병원에 수십억 원을 유산으로 남긴다. 여기서부터 작가는 해야 할 일이 생긴다. 그 인물이 이야기를 계속 끌어갈 힘이 있는지를 결정하기 위해 인물이나 상황을 꼼꼼히 살펴보는 것이다. 물론 인물의 힘은 작가인 자신이 잘 쓸 수 있는지 그리고 정말로 쓰고 싶은지에 달려 있다.

지금부터는 이를 결정하는 데 참고할 점들을 소개하겠다.

인물의 비중은 소설에서 제각기 다르다. 주연 즉 주인공은 한 명뿐이다(대하소설에서는 더 많을 수도 있다). 주인공은 이야기의 대부분을 차지한다. 소설의 제목과 일치하는 이름을 가진 안나 카레니나, 스테파니 플럼, 해리 포터는 모두 주인공이다. 주인공은 독자나 작가의 관심을 가장 많이 받는 인물로, 그에 대한 이야기는 분량이 가장 많고 또한 절정 장면도 그를 위해 쓰인다.

소설에는 주인공 말고 다른 인물들도 필요한데, 이들도 그 나름 다 흥미로운 존재다. 이들은 이야기의 조연에 속한다. 그리고 그 나머지 인물들은 조연보다 훨씬 비중이 작은 역할을 맡는다. 이들은 성격도 제대로 드러나지 않을 뿐 아니라 본질적으로 소설의 배경에 놓인 가구와 별반 다르지 않다. 누가 어떤 역할을 맡아야 할까?

누가 주연이 되고 누가 조연이 될지를 정하는 데에 확고한 법칙은 없다. 어떤 인물을 주인공으로 선택하느냐에 따라 전혀 다른 소설이 될 뿐이다. 이런 인물을 주인공으로 정하면 이런 소설이 되고, 저런 인물을 주인공으로 정하면 저런 소설이 된다. 두 번째 소설이 처음 소설보다 낫다고 말할 수는 없다. 여기서 우리의 목표는 흥미를 가지고 쓸 인물이 누구인지를 결정하기에 앞서 소설의 등장인물 하나하나를 분석하는 것이다.

이 과정에서 각 인물을 꼼꼼히 살펴 주인공이 '평면적 인물'인 게 좋을지, '입체적 인물'인 게 좋을지 결정해야 한다. 이 결정은 인물 설정과 플롯 전개에서 아주 중요한 변수다.

입체적 인물은 이야기 전개에 따라 크게 변화하는 인물을 말한다. 그들은 뭔가를 알게 되면서 더 좋은 인물 아니면 더 나쁜 인물로 바뀐다. 결말에 다다르면 처음과는 완전히 다른 성격의 인물이 되는 것이다. 인물이 여러 단계에 걸쳐 변할 때에는 '감정 흐름'을 자연스럽게 그려야 한다.

예를 살펴보자. 존 그리샴의 『거리의 변호사Street Lawyer』에서 주인공 마이클 브록은 처음에는 워싱턴의 대형 법률 회사에서 엄청난 돈을 벌어들이는 야심찬 변호사로 등장한다. 그러나 소설의 끝에 가면 아내와 이혼하고 상대적으로 가난해져 있으며 부랑자들을 위한 법률 변호사로서 즐겁게 일한다. 브록의 이런 외적 변화는 내적 변화에서 초래된 것이다. 극적인 사건, 즉 절망적인 부랑자에게 납치되고 총격 사건에 휘말려 어린아이가 죽는 일을 겪고 난 뒤 그의 세상은 넓어지고 다른 사람에 대한 동정심도 깊어진다. 주인공으로서 브록은 입체적 인물이다. 그리고 브록은 감정의 폭이 아주 크다.

평면적 인물 역시 주인공이 될 수 있다. 이런 인물은 대개 시리즈물에서 아주 효과적이다. 재닛 에바노비치가 쓴 시리즈 소설의 주인공 스테파니 플럼은 『원 포 더 머니One for the Money』에서 자신만만하고 입에 욕을 달고 살며 패션 감각은 엉망인 데다 우스꽝스럽기 짝이 없는 현상금 사냥꾼이다. 그녀의 모습은 시리즈가 아홉 권 이어지는 내내 변하지 않는다. 독자 역시 그녀의 변화를 바라지 않는다. 스테파니는 그 자체로 너무나 흥미로운 인물이기 때문이다.

또한 소설이 말하고자 하는 바가 인물이 변하지 않기 때문에 고통을 당하는 이야기라면 주인공은 평면적 인물이어야 한다. 변하지 않는 대신 개인적으로나 사회적으로 파괴되어간다는 점은 암시할 수 있다. 이런 소설에서 주인공은 오만하면서도 자기파괴적인 모습을 끝까지 유지한다. F. 스콧 피츠제럴드의 『위대한 개츠비The Great Gatsby』는 좋은 예다. 이 소설의 주인공 제이 개츠비는 이상적이고 비현실적이며 사랑의 마법에 홀린 현재 상태를 벗어날 수 없다. 그리고 결국 자신의 아집 때문에 죽는다. 데이지와 톰 뷰캐넌 역시 평면적 인물로, 소설에 나오는 것처럼 다른 사람들의 삶을 엉망진창으로 만들어놓은 뒤에 엄청난 부의 안락함 속으로 도망치는 경솔한 인물들이다. 이 소설에서는 화자인 닉 캐러웨이만이 입체적 인물이다. 이 점이 그가 화자가 된 이유 중 하나다. 재즈 시대(유럽과 미국에서 재즈가 대중화된 1920년대. 경제적 번영 속에 소비는 활성화되었지만 정신적 빈곤이 만연했다)의 사회에 대해 할 말이 있던 피츠제럴드는 자신의 소설에 입체적 인물이 있길 원했고, 그래서 그 시대 전체에 혐오감을 느끼는 입체적 인물이 적절하다고 판단해 닉 캐러웨이를 화자로 내세웠다.

그렇다면 결국 입체적 인물이 평면적 인물보다 주인공으로 더 바람직할까? 그렇지는 않다. 그건 작가가 무슨 이야기를 하고 싶은가에 달려 있다. 닉은 『위대한 개츠비』에 적합한 인물이고, 스테파니는 『원 포 더 머니』에 적합한 인물이다.

이제 중요한 질문을 할 때가 왔다. 이 모든 것이 주인공과 무슨 상관인 걸까?

이런 것들을 알면 소설을 쓰기 전에 작가가 선택할 수 있는 폭이 넓어진다. 선택할 수 있는 점을 마음속으로 가늠하다 보면 소설에 적합한 인물을 모으는 데 도움이 된다. 어떤 이야기를 풀어내는 방법은 수백 가지가 있으니, 글을 쓰기 전에 심사숙고할수록 상상력에 불을 지피고 최고의 소설을 써낼 수 있는 조합을 찾을 가능성이 그만큼 높아진다.

몇 가지 사전 질문으로 시작해보자. 우리에게는 어떤 상황을 그릴지 이미 아이디어가 있다. 인물들이 텅 빈 상태로 등장하지는 않을 테니까. 예를 들어 앞서 그 노부인은 그냥 늙은 여자가 아니다. 동물병원에 수십억 원을 유산으로 남긴 여자다. 또한 아내가 집을 나간 남자는 그냥 남자가 아니다. 경찰관으로서 살인 사건을 해결해야 하고 알코올 의존증에 빠졌으며 죽은 누이의 아이를 책임지고 있다. 우리에게는 인물을 평가하는 잣대를 비롯해 약간의 정보가 있다. 자, 이제 주인공을 결정하기 위해 스스로 다음 질문에 답을 해보자.

- 진심으로 이 인물에게 관심이 있는가? 그가 어떤 삶을 살았을지 상상하거나 대화를 만들어보는 등 불현듯 이 인물을 떠올릴 때가 있는가? 그렇지 않다면 그에 대해 잘 쓸 수 없다.

- 인물과 상황이 신선하거나 새로운 측면에서 흥미로운가? 살인 사건을 해결해야 하고 알코올 의존증에 빠진 경찰관 이야기는 무수히 많다. 그렇다면 고아인 조카의 존재가 이야기를 새로운 방향으로 틀 수 있다. 경찰관에 관심이 가는가? 조카는 어떤가? 살인 사건은 중요한 의미가 있는가?
- 여러 가지 정체성이 결합된 이 인물을 때로는 작가로, 때로는 인물 자신으로, 그리고 때로는 독자로 대할 수 있을 만큼 객관성을 유지할 자신이 있는가?
- 그는 입체적 인물인가 아니면 평면적 인물인가? 입체적 인물이라면 의도한 감정 흐름을 소화할 역량이 있어 보이는가?

마지막 질문은 설명이 필요하다. 감정 흐름이 성공적으로 이어지려면 인물 변화에 잠재력이 있어야 한다. 어떤 사람들은 절대 변하지 않는다. 알코올 의존증이지만 결코 술을 끊을 생각이 없는 사람이 있다. 지구가 평평하다고 믿는 사람 중에는 우주에서 찍은 수많은 사진을 들이대도 지구가 둥글다는 사실을 절대로 받아들이지 않는 이도 있다. 소설 속 인물로 말하자면 『위대한 개츠비』의 톰이나 데이지 같은 사람들이다.

물론 이와 반대인 사람들도 있다. 그 예가 캐럴 실즈가 쓴 퓰리처상 수상작 『스톤 다이어리The Stone Diaries』의 커일러 굿월이다. 커일러는 스물여섯 살이 되던 1903년까지 즐거움이라고는 모르고 죽은 듯 무료한 삶을 살았다.

그의 가족 굿월가는 그들을 잉태한 엄격하고, 낡고, 지저분한 세기가 토해낸 사람들처럼 보였다. 아버지, 어머니, 그리고 아이로 구성된 세 사람은 무기력한 분위기를 풍기고 정신적으로 허약하고 육체적으로 부진한 분위기를 풍겼다. (⋯⋯) 열네 살이 되던 날 그의 아버지는 돼지고기와 감자튀김을 먹다가 눈을 들어 이제 학교를 그만두고 자신이 일하는 스톤월 채석장에서 일할 때가 왔다고 중얼거렸다. 그날 이후 커일러의 임금 역시 잼통으로 들어갔다. 이 일은 12년 동안 계속되었다.

그리고 머시 스톤을 만나 결혼한 커일러는 "조수와 같이 주기적인 성욕이 그를 가득 채움"에 따라 "기적적으로 변했다." 이 모든 일이 회상(플래시백) 장면으로 처리되고, 소설은 머시의 죽음으로 시작한다. 하지만 커일러는 과거에 엄청난 욕망을 풀어놓았던 전력이 있기에 독자는 그의 변화를 받아들일 수 있다. 그는 자신의 마음을 사로잡은 것은 그게 무엇이든 거기에 스스로를 몽땅 던져버리는 사람으로 변한다. 그래서 독자는 커일러가 처음에는 종교에, 그 뒤에는 사업에, 마침내는 절망에 자신을 내던지는 모습이 차례대로 나올 때 의심하지 않는다. 커일러가 결코 하는 둥 마는 둥 하는 인물이 아니란 것을 잘 알고 있기 때문이다.

자신이 창조하고자 하는 인물이 누구인가? 그를 변화하는 인물로 묘사할 수 있는가? 그렇다면 그는 주인공 후보가 될 수 있다. 하지만 섣불리 결정하지는 말자.

지금까지 소설의 주인공이 될 가능성이 있는 인물에 대해 생각해 봤다. 이제 나머지 인물들을 생각해보고, 머릿속으로 소설의 형태를 만드는 방법에 대해 이야기해보자. 이 결과에 따라 소설은 완전히 다른 이야기가 될 수도 있다.

첫 번째 인물이 동물병원에 수십억 원에 이르는 유산을 남긴 노부인이라 가정해보자. 이 드라마에는 어떤 조연들이 등장할 수 있을까? 몇 가지 가능성을 살펴보자.

- 수의사. 지금은 늙었고 40년 전에 노부인의 고양이를 치료한 적이 있다. 그는 그녀를 기억하고 있을까?
- 노부인의 아들. 재산을 자신에게 물려주지 않아서 화가 나 있다.
- 유언의 집행을 맡은 젊은 변호사. 이 상황 때문에 힘들어한다. 부인의 아들이 유언을 따르지 않는다면 변호사 경력에 좋지 않은 영향을 미칠 것이다.
- 수의사의 딸. 유언이 집행되기 전에 수의사가 죽는다. 사실은 유언장 진본이 사라지고 없다(목록을 쓰다가 문득 떠오른 생각이다). 변호사가 갖고 있는 건 사본뿐이다. 수의사는 의문의 죽음을 당한다. 그의 딸은 의심을 품는다.
- 노부인의 열두 살짜리 손자. 유산을 둘러싼 이 모든 싸움을 목격한다.
- 노부인의 가정부. 그녀 역시 고양이를 사랑하지만 왜 노부인이

동물병원에 유산을 남겼는지 의심을 품는다. 노부인이 그 이후에 길렀던 고양이들은 그곳에 데리고 간 적이 없었기 때문이다.

이 많은 인물 중 누구라도 주인공이 될 수 있다. 물론 한 사람을 뺀 나머지 인물은 당연히 조연이 될 것이다. 어떤 장르의 소설을 쓰고 싶은가? 미스터리소설을 쓰려 한다면 수의사의 딸이 주인공이 될 수도 있다. 아버지의 죽음을 조사하는 그녀의 의심은 결국 노부인의 아들에게로 향할 것이다. 그가 유언에 대해 엄청 화가 나 있으므로. 아니면 노부인의 아들이 주인공이 될 수도 있다. 그는 늙은 수의사를 죽이지 않았다. 하지만 어머니의 유언에 무언가 석연치 않은 구석이 있다. 어머니가 별다르기는 했지만 이 정도로 이상하지 않았다. 누군가 그녀에게 영향력을 행사했거나 협박했을 것이다. 그러니 그 사람이 누구이고 어떻게 했는지 조사하려 한다. 그도 고양이를 좋아하지만 유언은 말도 안 된다고 생각한다.

미스터리소설이 아니면 어떨까? 사람들이 돈 때문에 어떻게 타락하는지를 다루는 사회극이라면? 그렇다면 가정부가 주인공이다. 가정부는 혼자 번 돈으로 아이들을 키우느라 허덕이고 있다. 그녀는 이미 온갖 호사를 누리면서도 수십억 원 때문에 체면이고 원칙이고 다 내팽개치는 탐욕스러운 주인집 가족을 지켜본다. 그리고 유산의 일부를 훔칠 방도가 생기자 유혹을 느낀다.

성장소설을 쓴다면 어떨까? 그렇다면 노부인의 손자가 주인공이 될 수 있다. 이 경우 그는 가족의 실패와 약점을 알게 되지만 그럼에도 가족을 사랑하는, 입체적 인물로 그려질 것이다. 아니면 동물보호 운동가인 젊은 변호사가 소설의 주인공이 될 수도 있다. 이 경우 동물을 돌보는 일에 헌신해온 동물병원장이 사기에 넘어가 유산을 빼앗길지도 모른다는 사실에 분노한 변호사의 이야기가 될 것이다.

이 가운데 누가 주인공이 된다 해도 멋진 이야기가 될 수 있다. 누구든 자신의 삶에서는 주인공이고 또 각자의 삶이 있기 때문이다.

다음은 주인공을 결정하는 데 도움이 되는 질문들이다.

- 무엇이 자신의 상상력에 불을 지피는가?
- 어떤 인물이 가장 호소력이 있는가?
- 주인공은 입체적 인물인가 아니면 평면적 인물인가? 입체적 인물이라면 진정으로 변화의 잠재력을 가지고 있는가?
- 이야기 속 감정 흐름을 통해 발전할 인물은 누구인가?

인물마다 짧은 일대기를 쓰자

글을 쓰기 전이나 쓰는 도중에 아주 자세히 메모를 하는 작가들이 있다. 그런가 하면 전혀 기록을 하지 않는 작가들도 있다. 하지만 모든 작가는 작가 노트를 갖고 있다. 노트 한 장을 쭉 찢어서 대충 끄적거린 메모라도 있다.

작가 노트는 작가에게 바이블(지침이 되는 권위 있는 책)이나 다름없다. 인물의 이름이 무엇인지, 나이가 어떻게 되는지, 어느 거리에 사는지, 또 특별히 좋아하는 요일은 언제인지 등 인물에 관한 모든 것을 기록한다. 작가 노트를 세세히 기록해두면 주인공의 제수(남동생의 아내) 이름이 뭐였는지 찾느라 컴퓨터 화면을 이리저리 끌어내리는 수고를 덜 수 있다.

작가 노트만큼이나 유용하면서 작가 노트를 쓰지 않는 작가들에게 큰 부담이 되지 않는 글쓰기 도구가 있다. 바로 '짧은 일대기'다. 주요 인물마다 하나씩 만들어두면 좋다.

이 짧은 일대기는 소설을 쓰기 전에 만들어두는 것이 좋은데, 사실 소설을 쓰기 훨씬 전부터 시작하는 게 가장 좋다. 짧은 일대기는 어떤 인물을 발전시킬 때 유용하기 때문이다. 짧은 일대기는 인물의 성격이나 인물 자체에 대해서만 기록하는 게 아니다. 이 점은 나중에 더 자세히 이야기할 것이다. 짧은 일대기의 목표는 일단 인물에 대한 아이디어에 불씨가 되면서도 나중의 혼란을 막을 수 있도록 인물의 기본 인적 사항을 되도록 잘 정리해두는 데 있다.

41쪽의 양식을 이용해 짧은 일대기를 만들어두자. 여러 장 복사해두고 쓰면 좋다. 여기서 명심해야 할 점이 있다. 주요 인물에 대한 짧은 일대기를 다 채울 수 없다면, 그건 곧 그에 대해 쓸 준비가 덜 되었다는 뜻이다.

인물의 짧은 일대기는 또 다른 쓰임새가 있다. 소설의 주인공과 조연을 결정하지 못했거나 다른 인물을 마음에 두고 있다면 등장인물의 짧은 일대기를 일일이 기록한 뒤에 자세히 살펴보자. 짧은 일대기 속의 질문을 통해 숨겨진 가능성이 드러난 인물이 있는가? 어쩌면 고양이를 사랑하는 노부인의 가정부가 애초에 생각했던 것보다 훨씬 호기심을 자아내는 인물이 될 수도 있다. 플롯에서 그 가정부를 좀 더 적극적으로 활용하면 어떨지 생각해보자.

독자의 눈으로 보기

자, 이제 소설의 등장인물을 모두 모집했다. 일단 임시로라도. 앞으로 글을 써나가는 동안 새로운 인물이 더해지기도 하고 빠지기도 할 것이다. 하지만 소설을 쓰기 전에 할 일이 한 가지 더 있다. 거리를 두고 떨어져서 아무것도 모르는 독자의 눈으로 등장인물을 살펴보는 것이다.

물론 쉬운 일은 아니다. 작가는 6장에 이르러 가정부가 독자 모두를 뒤로 나자빠지게 할 만큼 충격적인 비밀을 폭로하리라는 것을 이미 알고 있다. 하지만 6장까지는 아직 한참이나 남았다. 게다가 독자들은 그런 일을 까맣게 모른다.

독자가 지금 보고 있는 내용에 집중해야 한다. 그런 뒤에 인물이 독자의 관심을 사로잡을 수 있을지 살펴야 한다.

다음 질문에 답해보자.

- 인물 다양성이 있는가? 즉 충분히 차별이 되어 있나?
- 인물들은 서로를 알고 있는가? 아니면 이야기가 전개되면서 서로를 알아가는가?

• 인물이 모두 감정이 메마르거나 침울한 성격이지 않은가? 그렇다면 어떤 독자도 이들이 나오는 소설을 400쪽이나 읽지 않을 것이다. 하지만 그런 인물이 몇 명쯤 나오는 건 괜찮다.

• 인물이 특정 공간적 배경에서 쉽게 볼 수 있는 사람들인가? 원한다면 망명한 러시아 공주를 1910년 뉴욕 할렘에 갖다놓을 수 있다. 하지만 이 경우 어떻게 그녀가 그곳에 이르렀는지 제대로 설명할 수 있어야 한다. 또 이런 특별한 상황에 놓인 사람은 공주 한 명으로 족하다. 그 이상은 안 된다.

• 논리적으로 볼 때 소설 속 상황에 필요한 인물이 모두 나오는가? 예를 들어 살인 사건 이야기를 쓰고 있다면 아마추어 탐정이 부담 없다 해도 결국에는 법 집행 권한을 가진 전문가가 나와야 한다. 플롯에서 중요한 역할을 하지 않는다 해도 살인 사건에는 반드시 전문가가 필요하다. 또 다른 예를 하나 들겠다. 19세기 초 영국 섭정시대에 런던 상류층에서 제대로 교육받고 자란 처녀들이 여행할 때에는 적어도 하녀 한 명을 데리고 다녀야 했다. 그러니 그 시대에 관한 소설을 쓸 때는 반드시 그런 인물이 들어가야 한다.

이제 인물들이 날개를 펼쳐 날아오르기를 기다리고 있다. 그렇다면 그들을 어떻게 종이 위로 이끌 수 있을지 살펴보자.

- 이름:
- 나이:
- 출생지:
- 결혼 여부:
- 자녀와 그들의 나이
- 외모(도움이 될 만한 것은 뭐든지 적을 것)
- 주거 상태(예를 들어 아내 그리고 세 자녀와 함께 살고 있음, 금방이라도 주저앉을 것 같은 허름한 아파트에서 혼자 살고 있음, 유목민의 천막에서 아내 셋과 살고 있음 등)
- 직업(가능하면 고용주의 이름을 집어넣을 것)
- 직업에서 숙련의 정도(초보자, 숙련자, 경험은 있지만 실수투성이 등)
- 직업에 대한 인물의 감정(좋아함, 싫어함, '단순한 일'로 생각함, 복잡한 감정을 가지고 있음, 또는 적극적으로 다른 직장을 알아보고 있음 등)
- 가족 사항(민족, 형제자매 이름, 부모 이름, 사회적 위치, 가입 단체, 열두 살 전에 알고 지냈던 모든 사람을 철저히 거부함 등 중요하다고 생각하는 건 뭐든 다 기록할 것)

인물을 창조할 때 작가가 사용할 수 있는 자원은 네 가지다. 바로 작가 자신, 작가가 직접 아는 실존 인물, 건너 들어 아는 실존 인물, 그리고 순전히 상상으로 만든 인물이다. 앞의 세 가지 자원으로 인물을 창조할 때는 그 인물들을 그대로 사용하기보다는 실제 모습을 변형할 때 훨씬 효과적이다.

소설에 필요한 인물 명단을 확보했다면 그다음 단계는 주연, 곧 주인공을 선택하는 것이다. 그러고 나면 다른 인물들은 자동적으로 조연이 된다. 어떤 인물이라도 주인공이 될 수 있다. 물론 누구를 주인공으로 하는가에 따라 완전히 다른 소설이 될 것이다.

주인공을 뽑을 때 한 가지 고려할 점은 소설 속 사건에 따라 입체적 인물과 평면적 인물 중 어떤 인물이 필요한가다. 입체적 인물은 사건에 따라 논리적으로 변화해야 한다. 즉 자연스러운 감정 흐름을 통해 바뀌어야 한다. 글을 쓰기 전에 모아놓은 등장인물들을 독자의 관점에서 꼼꼼히 살펴보자. 흥미를 불러일으킬 만한가? 다양하게 구성되어 있는가? 인물과 인물이, 인물과 상황과 밀접하게 연결되어 있는가?

주요 인물 중 특히 주인공은 정말로 쓰고 싶고 흥미로운 인물이어야 한다. 또한 작가는 주요 인물들에 대해 잘 알고 있어야 한다. 주요 인물들의 짧은 일대기를 다 채울 수 없다면 아직 인물에 대해 아직 잘 모른다는 뜻이다.

읽고 싶거나 잘 아는 소설을 하나 고른다. 시작 부분을 읽고 주인공의 태도나 신념, 행동을 묘사하는 문장들을 쓴다. 그리고 끝부분에 이르러 주인공을 묘사하는 문장들을 쓴다. 이 둘을 통해 차이가 느껴지는가? 주인공은 입체적 인물인가, 평면적 인물인가? 그의 감정 흐름을 어떻게 묘사할 수 있을까?

신문에서 소설로 쓰고 싶은 인물이 있는지 찾아본다. 자신의 상상력을 자극하는 인물이어야 한다. 그에 대해 아는 모든 사실을 적고 짧은 일대기를 쓴다. 그를 중심으로 이야기를 짜보고 싶은가?

아는 사람들 중에서 호기심을 자극하는 사람을 골라 그의 짧은 일대기를 쓴다. 칸을 채우고 난 뒤 답을 바꾼다. 그의 직업(간호사)은 그대로 두고 직업에 대한 태도(그는 자신의 직업을 싫어한다)를 바꾼다면 어떨까? 그처럼 활달하고 성격이 급한 사람이 간호사 일을 싫어한다면 무슨 일을 하는 게 좋을까?(그만두는 것 말고 다른 대안) 직업을 간호사에서 의사로 바꾸면 어떨까? 대통령 보좌관은? 미용사는? 결혼 여부를 바꾸거나 아주 다른 배경에 갖다놓는 건 어떨까?(예를 들어 섭정시대의 영국) 이렇게 변형을 하면 그는 소설에 더 적합한 인물이 될까?

잘 아는 소설을 한 편 골라 주요 인물 명단을 만든다. 이제 인물 하나하나를 살펴보면서 그가 주인공이라면 이야기가 어떻게 달라질지 생각해본다. 예를 들어 『잠자는 숲속의 공주』를 골랐다고 치자. 공주가 주인공이 아니고 조연(소설이 끝날 때까지 보이지 않는, 비중이 적은 인물)이라면 누가 주인공이 되어야 할까? 왕자가 주인공이라면 신부를 찾으러 다니는 이야기가 될 것이다. 아니면 수백 년 전에 공주를 찾으러 왔다가 찔레나무 가시에 찔려 죽은 불쌍한 왕자들 중 하나가 다시 살아난 이야기가 될 수도 있다. 또 아니면 공주에게 마법을 건 사악한 요정이 주인공이 될 수도 있다. 그렇다면 소설은 그 후 요정에게 어떤 일이 벌어지는지를 다루게 될 것이다.

이 중에는 실제로 소설로 쓰인 이야기도 있다. 이처럼 플롯이 같아도 주인공이 달라지면 전혀 다른 이야기가 된다.

이 장에서 가장 중요한 연습이다. 쓰고 싶은 소설 또는 지금 쓰고 있는 소설의 인물 명단을 만든다. 완전하지 않아도 걱정할 필요는 없다. 서너 명이면 충분하다. 각 인물의 짧은 일대기를 쓰고 검토한다. 각 인물이 주인공이 된다고 상상해본다. 그는 작가인 당신과 독자로부터 가장 많은 관심을 받을 것이며, 가장 분량이 많을 것이고, 감정 흐름을 겪을 것이며, 절정에서 주연이 될 것이다.

주인공을 바꿀 때마다 이야기가 어떻게 달라지는가?

어떤 이야기가 가장 좋은가? 이유는?

이 인물 명단과 짧은 일대기를 보관하자. 다시 사용할 일이 있을 것이다.

2장

인물 소개:
첫인상이
중요하다

인물의 겉모습은 성격 묘사를 위한 강력한 도구다.
우리 모두는 생각보다 훨씬 자주 겉모습으로
사람을 판단하기 때문이다.
부당할 수도 있지만, 우리 모두는
통제할 수 없는 요소들로 타인에게
자주 평가를 당하는 게 현실이다.

사람의 첫인상은 만난 지 10초 안에 결정되고 이 인상은 놀라울 정도로 오래 지속된다고 사회학자들은 말한다. 소설 속 인물의 첫인상이 결정되는 건 10초보다는 오래 걸리지만(느린 독자와 느린 작가 있으니) 첫인상은 역시나 중요하다. 따라서 인물이 소설에 처음 등장할 때 제시되는 정보를 작가는 신중히 통제해야 한다. 여기서 정보란 인물의 외모, 버릇, 처음 하는 행동, 환경, 암시된 뒷이야기를 말한다.

하지만 가장 기본적인 것은 이름이다.

이름에 담긴 암시와 함정

줄리엣은 로미오를 "로미오라 부르지 않았다 해도" 사랑했을 거라고 확신하는데, 어쩌면 그녀가 옳았는지도 모른다. 하지만 고려해봐야 할 점이 있다. 줄리엣이 가면무도회에서 만난 사람이 로미오가 아니라 스컹크워트 몬터규라고 해도 그날 밤 자신의 방

발코니에서 그의 이름을 그렇게 외쳐댔을까?

이름은 사람에 대한 우리의 첫인상에 영향을 미치는데, 소설 속 인물도 예외가 아니다. 인물의 이름으로 독자들의 인상에 영향을 미칠 수 있다. 단순히 이름 하나만으로 독자들이 얼마나 많은 정보를 짐작하는지 알면 놀랄 것이다. 때로는 인물의 가족 사항, 나이, 대인관계, 개인의 성격까지 짚어내곤 한다. 이처럼 독자들이 인물의 이름을 듣고 자동적으로 정보들을 떠올리므로 작가는 이를 통제하는 하는 일을 중요하게 다루어야 한다.

민족적 배경은 독자들이 인물의 이름에서 가장 정확하게 추정해내는 정보다. 캐럴 실즈의 『스톤 다이어리』는 "우리 어머니의 이름은 머시 스톤 굿윌이었다"라는 첫 문장으로 시작한다. 이 이름은 즉각적으로 그녀가 앵글로색슨 백인이며 독실한 기독교도라는 것을 짐작케 하는데, 실제로도 그녀는 바로 그런 인물이다. 그녀의 이름은 다음에 올 내용을 준비시키고, 이후의 내용이 이름과 일치된다는 사실을 통해 작가에 대한 독자의 믿음을 두텁게 만든다. '이런 작가라면 믿을 수 있어. 자신이 무엇을 하는지를 알고 있잖아.'

마찬가지로 카림 셰러는 아랍인이거나 아랍 계통이고, 안젤리나 마그달라니는 이탈리아계이고, 레우벤 골드스타인은 유대계라고 짐작한다. 이 정도는 그리 어렵지 않다. 영토를 알리는 깃발이 명확하니까. 하지만 카림 골드스타인이나 이선 워싱턴 마그달라니 3세 같은 이름을 독자들은 어떻게 생각할까?

이럴 때 작가는 무언가 흥미로운 일이 일어날 거라고 독자가 기대하기를 바란다. 아울러 이 이름들을 들은 즉시 독자의 마음 속에는 질문이 시작된다. 카림 골드스타인은 유대인과 아랍인 사이에서 태어난 인물인가? 마그달라니 일가는 캐벗 일가나 로지 일가보다 더 와스프WASP(앵글로색슨계 미국 신교도로 흔히 미국 주류 지배 계급을 뜻함)에 가깝나? 대답은 '그렇다' 또는 '아니다'겠지만 어쨌든 독자의 관심을 끌 수는 있다. 그럼 이제는 이 독자를 만족시키고 싶어진다.

인물의 이름을 정할 때에도 소설 쓰기의 기본 규칙이 적용된다. 즉 독자의 기대에서 멀어지면 멀어질수록 작가가 왜 더 많은 설명을 해야 한다는 것이다(나중에 자세히 이야기하겠다).

민족적 배경이 드러나는 이름을 독자의 기대를 뒤엎기 위해 역이용하더라도, 어떤 지역에서는 특정한 민족이 지배적이라는 사실을 염두에 두어야 한다. 그래야 소설의 개연성을 높일 수 있다. 뉴욕 경찰서는 여전히 아일랜드계, 이탈리아계, 스페인계 백인과 흑인이 다수를 차지한다. 맨해튼 파출소 전체를 러시아계 이름의 경찰관들이 판을 치는 곳으로 그린다면 독자의 신뢰만 떨어뜨릴 뿐이다. 작가가 그 동네를 잘 모르고 썼다고 생각한다.

이름은 민족적 배경뿐 아니라 가족 사항에 대해서도 복선이 된다. 예를 들어 아들의 이름을 존 애덤스 캐링턴 4세라고 지었다면 그 가족은 이렇게 선언하는 셈이다. "우리는 우리 가문이 자랑스럽습니다." 어린 존이 다니는 초등학교에 선샤인과 스위트메도 스미스라는 이름의 쌍둥이가 있다면 어떨까? 독자는 이 쌍둥이 가족에게 히피나 뉴에이지의 가치관이 있을 거라고 기대할 것이다. 쌍둥이가 남자아이들일 경우에 더욱 그렇다.

성별 구분이 확실한 이름 역시 가족 사항의 단서를 제공한다. 미국의 상류층 가문에는 딸들에게 붙여주기 위해 대대로 내려오는 이름이 있다. 그래서 1975년 전에 태어난 여성의 이름이 매켄지 웰스라면 가족의 기대를 한 몸에 받고 있다는 것을 짐작할 수 있다. 만약 그녀를 주인공으로 소설을 쓴다면 가족의 기대를 이야기의 일부로 집어넣는 게 적절하다.

그런데 최근 수십 년 사이에 남성의 전유물이던 일부 이름들이 성별의 장벽을 넘어 여성에게로 옮겨가는 현상이 나타나고 있다. 애슐리, 시드니, 매디슨, 테일러 등이 그런 이름이다. 반대로 여성의 이름을 사용하는 남성은 거의 없다. 그래서 남성 인물이 여성 이름을 사용한다면 민족적 배경처럼 그 이유를 조금 장황하게 설명해야 한다. 셸 실버스타인은 이런 현상을 노랫말로 썼는데, 조니 캐시가 부른 「수라고 불리는 사내아이A Boy Named Sue」다. 수, 뎁, 밀리슨트 같은 남자아이 이름은 그 가족에게 흥미로운 내력이 있다는 느낌을 준다. 단순히 이름 하나로도 인물에게 복선을 깔 수 있는 것이다.

또한 이름은 나이를 짐작할 수 있는 명확한 표지는 아니지만 아주 미묘하게 암시를 줄 수는 있다. 예를 들어 글래디스나 머틀은 100여 년 전만 해도 흔한 이름이었지만 요즘 태어난 여자아이에게 붙이는 경우는 드물다. 마찬가지로 재닛은 제2차 세계대전 중에 성년이 된 세대에게, 린다는 그들의 딸들에게, 제니퍼는 그들의 손녀들에게 흔한 이름이다. 남자아이의 이름은 시대가 흘러도 별로 변화가 없다. 그러나 동시대 소설에 등장하는 터시어스(셋째라는 뜻)라는 이름은 아주 나이 든 사람이 아니라면 학교에서 친구들의 끊임없는 질문 공세에 시달릴 것이다.

역사소설에서는 특히 시대에 부합하는 이름이 아주 중요하다. 19세기 초 영국의 섭정시대에 사는 여자아이의 이름은 결코 매디슨이 될 수 없다(매디슨은 원래 이름이 아닌 성이었다). 재닛은 제인의 약칭이었고 온전한 이름이 아니었다. 마찬가지로 낸시는 앤의 약칭일 뿐이었다(하지만 사내아이는 터시어스라고 불러도 괜찮았다). 쓰고 있는 소설의 배경이 되는 시대와 지역에 대해 철저히 조사하자. 거듭 말하지만 목표는 독자의 마음에 인물의 이미지를 심는 것뿐 아니라 작가로서 신뢰를 얻는 것이다.

이름 짓기에서 가장 빠지기 쉬운 함정은 인물의 성격을 노골적으로 드러내는 것이다. 19세기의 작가들은 그런 이름을 쓰고도 별 탈이 없었다. 찰스 디킨스는 『데이비드 코퍼필드』에서 인물의 이름을 유라이어 힙이라고 지어 끈적끈적한 기분 나쁜 느낌을 줬다(유라이어Uriah는 히브리어로 '여호와는 불꽃'이라는 뜻이다. 유라이어 힙은 이 소설에서 비열한 인물로 등장한다). 샬럿 브론테의 『폭풍의 언덕Wuthering Heights』 속 히스클리프 역시 길들여지지 않은 거친 성격을 암시한다(히스heath는 황야를, 클리프cliff는 바닷가 절벽을 뜻한다). 하지만 요즘 독자들은 이런 상징적인 이름을 들으면 우스꽝스럽다고 생각하는 경향이 있다. 물론 코미디소설이나 아동문학을 쓸 때에는 예외다.

해리 포터 시리즈에는 인물의 성격을 알려주는 이름들이 나온다. 드레이코 말포이는 용dragon과 적대감malevolence이라는 단어를 연상시켜 악인이라는 인상을 준다. 네빌 롱바텀은 이름 때문에 반 아이들의 놀림감이 될 운명이고, 루나 러브굿도 마찬가지다. 만약 웃기는 청소년소설을 쓴다면 인물의 성격을 보여주는 핵심 도구로 이 같은 이름을 쓸 수 있다. 하지만 그런 경우가 아니라면 이 전략은 과거 세대의 유산으로 남겨놓는 게 최선이다.

호칭을 통한 관계 보여주기

소설 속 한 인물을 두고 다른 모든 인물이 똑같은 방식으로 불러서는 안 된다. 다양한 호칭은 때로는 미묘하게, 때로는 명확하게 관계의 다양성을 암시한다. 이 부문에서 러시아 소설가들은 독보적이다. 한 인물을 부르는 호칭이 너무나 다양해서 『안나 카레니나』의 경우 니콜라이 같은 인물들의 약칭을 모아놓은 용어집이 딸려 있을 정도다. 그 정도까지 할 필요는 없지만, 인물들의 호칭을 통해 어떤 소설적 암시를 거는 것은 괜찮은 방법이다.

예를 들어보자. 다이앤 유지니아 램지라는 이름을 가진 한 젊은 여선생이 있다. 어린 학생들은 그녀를 램지 선생님이라고 부른다. 학부모들 대부분도 램지 선생님이라 부르지만, 일부 학부모는 램지 선생이라고 불러달라는 데도 램지 씨를 고집한다. 그녀의 남자 친구는 그녀를 즐겁게 할 때나 놀릴 때 디 공주님이라고 부른다. 그녀의 어머니는 아무리 싫다고 해도 아기 때 부르던 디디를 고집한다(몇 번이나 그렇게 부르지 말라고 부탁했다). 중학교

때 그녀는 낭만적인 소녀 시절을 보냈고 그때의 친구들은 그녀를 아직도 유지니아, 때때로 지니라고 부른다. 그 외 다른 여자 친구들은 다들 다이앤이라고 부른다. 국세청에서는 그녀를 다른 사람과 혼동해 다이앤 유도라 램지라고 한다. 이 같은 착오를 그녀는 당장 바로잡아야 한다.

겉모습은 인물을 판단하고 평가하는 기준

사람의 겉모습은 두 가지 측면, 즉 선택할 수 있는 것과 선택할 수 없는 것으로 나뉜다. 키와 나이, 발 크기, 얼굴 모양은 우리가 선택할 수 없다. 푹 꺼진 이마와 작고 찢어진 눈을 가진 남자가 있다면 크게 성형 수술을 받지 않는 한, 작은 눈 때문에 교활하고 간사한 성격으로 오해받기 십상이다. 사실 그가 정직하고 활달한 성격이라면 부당한 처사다.

하지만 헤어스타일과 옷차림은 우리가 선택할 수 있다. 다만 이 역시 경제력, 유행, 관습의 제약을 받는다는 점에서 완전히 자유로운 선택이 가능하다고 할 수는 없다. 이런 제약 요인들과 선택을 적절히 결합하면 인물의 겉모습은 성격 묘사를 위한 강력한 도구가 된다. 우리 모두는 생각보다 훨씬 자주 겉모습으로 사람을 판단하기 때문이다. 부당할 수도 있지만, 우리 모두는 통제할 수 없는 요소들로 타인에게 자주 평가를 당하는 게 현실이다.

작가는 이 모든 것을 통제할 수 있다.

첫 번째 단계는 독자에게 각인시키고 싶은 인물의 전체적인 인상을 결정하는 것이다. 속물에 냉담한 인상? 강인하고 위협적인 인상? 촌스럽지만 매력적인 인상? 그냥 바보 같은 인상?

두 번째 단계는 이런 이미지를 시각화할 수 있는 세부 사항 몇 가지를 선택하는 것이다. '몇 가지'라는 건 특정 개수를 뜻하는 게 아니다. 그런 신비의 숫자는 없다. 인물의 중요도와 작품의 길이에 맞춰 선택하면 된다. 개수보다 더 중요한 것은 소설에 재미와 일관성을 부여하며 작가가 말하고자 하는 바를 전달하는 세부 사항을 찾는 것이다.

타고난 외모를 역이용하는 것도 방법이다. 작고 찢어진 눈을 가진 인물은 교활하고 믿을 수 없는 인물로 해석되곤 한다. 하지만 사실 작고 찢어진 눈이 반드시 정직하지 않음과 연관되는 건 아니다. 그럼에도 그렇게 짐작하는 독자가 많으므로 이를 거꾸로 이용할 수 있다.

인물의 인상을 강조하는 신체적 세부 사항을 선택하자. 다음과 같은 것들이 있다.

- 별 특징이 없는 여자라면 가늘고 곧은 머리카락
- 욕심 많은 사람이라면 통통하고 땀에 젖은 축축한 손
- 남성 이기주의자라면 작은 키(나폴레옹 콤플렉스)

이때 중요한 점이 있다. 성격 묘사를 위해 타고난 신체적 특징에 지나치게 매달리지 말아야 한다. 첫째, 이런 전형적 특성을 사용하면 너무 기계적으로 보일 수 있다. 둘째, 이런 식의 묘사가 독

자에게 거꾸로 그 인물에 대한 동정심을 일으킬 수 있다. "손이 땀에 절어 있는 게 그 사람 잘못인가? 보기 안됐어!" 조앤 K. 롤링은 해리 포터의 고약한 사촌인 더들리 식구들의 뚱뚱한 외모를 자주 묘사하는 바람에 엄청난 비난에 시달려야 했다. 그렇기에 세부 사항은 인물들이 선택할 수 있는 겉모습과 연관된 게 좋다.

예를 들어보자. 테스 게리첸의 『견습의사The Apprentice』와 재닛 에바노비치의 『세븐 업Seven Up』 이 두 소설에는 각각 여성 경찰관 제인 리졸리와 여성 탐정 스테파니 플럼이 나온다. 이 둘은 아주 무더운 날 현장 조사를 앞두고 있다. 그리고 외모도 닮아 있다. 구불거리는 짙은 머리카락, 날씬한 몸매, 그리고 연한 빛깔의 눈동자까지.

먼저 『견습의사』를 보자.

리졸리는 실제 나이인 서른네 살보다 어려 보이는 걸 알기에 권위를 잃지 않기 위해 늘 의식하고 있었다. 키가 좀 작은 것은 번뜩이는 눈길과 벌어진 어깨로 대신했다. 철저히 현장을 주도하는 기술에 집중하려면 그녀에겐 팽팽한 긴장감이 필요했다. 그런데 지독한 더위가 결연한 그녀의 자세를 좀먹고 있었다. 늘 입던 재킷과 바지를 차려입고 머리도 단정하게 빗은 채로 집에서 나선 그녀였다. 그런데 재킷은 진즉에 벗었고, 블라우스는 잔뜩 구겨졌으며, 검은 머리카락은 습기 때문에 구불구불 사방으로 뻗쳐 있었다. 온갖 악취와 파리 떼, 그리고 강렬한 햇빛이 사방에서 그녀를 공격하는 것 같았다. 어디에 집중해야 할지 알 수 없을 정도로 할 일이 많았고, 게다가 모든 사람의 시선이 그녀를 향하고 있었다.

다음은 『세븐 업』이다.

나는 현장에 뭘 입고 가야 할지 확신이 서지 않았지만, 일단 난 잡한 머리가 어울릴 것 같았다. 고데기를 뜨겁게 달구어 머리를 부풀리기 시작했다. 이렇게 하니까 키가 172에서 177로 5센티미터는 더 커 보였다. 화장을 진하게 하고 검은색 스판덱스 미니스커트를 입고 10센티미터짜리 굽이 있는 하이힐을 신으니 기분이 정말 환상이었다. 나는 가죽 재킷을 집어 들고 부엌 탁자에서 자동차 열쇠를 집었다. 잠깐만! 이건 차 열쇠가 아니잖아. 오토바이 열쇠를 집어 들다니. 빌어먹을! 이 머리를 헬멧 속에 집어넣을 순 없지.

이 두 인물은 전혀 혼동할 수가 없다(제인에게 미니스커트나 고데기가 있을 거라곤 상상하기 어렵다). 대화 한마디 나오지 않지만 우리는 제인과 스테파니에 대한 명확한 인상을 받는다(제인은 헌신적이고 자의식이 강하며 재치가 없고, 스테파니는 섹시하고 재미있으며 계획 없이 닥치는 대로 일을 한다). 옷차림뿐 아니라 옷에 대한 태도도 그들의 성격을 드러낸다. 제인은 사람들의 눈에 띄지 않게 옷을 입고 진지하게 보이려 한다. 반면 스테파니는 남의 눈에 뜨이기 위해 옷을 입고 다른 일들과 마찬가지로 옷에 대해서도 무책임하다(그녀가 입은 옷은 곧 진흙투성이 현장에서 엉망진창이 될 것이다).

앞의 두 묘사는 다음 세 가지를 성취했다는 점에서 모두 성공적이다.

- 강렬한 시각적 이미지를 보여준다.
- 인물의 기질과 개인적 배경을 암시하는 세부 사항을 사용한다.
- 다음에 무슨 일이 일어날지 호기심을 자극한다. 무더위와 파리 떼, 위태로운 현장 조사에도 불구하고 제인은 침착한 태도를 유지할 수 있을까? 스테파니의 터무니없는 옷차림이 현장에 어울릴까? 잠복이 가능할까?

인물의 겉모습을 묘사할 때는 이와 같은 것들을 염두에 두어야 한다.

동의어 사전은 도움이 될까?

동의어 사전은 어떻게 사용하느냐에 따라 엄청난 도움이 될 수도, 재앙이 될 수도 있다. 동의어 사전은 이미 잘 알고 있지만 순간적으로 생각이 나지 않는 단어를 떠올릴 때 무척 유용하다.

예를 들어 여주인공이 빨간색 옷을 입었는데 '빨간색'이라는 표현으로 부족하다면, 사전에서 미묘하게 느낌이나 말맛이 다른 단어들을 찾아낼 수 있다. '루비색'은 그냥 빨간색보다 화려한 느낌이다. '붉으락푸르락한 색'은 옷 색깔로는 너무 웃기다. '구릿빛'은 얌전하고 까다로워 보인다. '체리색'은 발랄해 보인다. 동의어 사전은 미묘한 차이를 표현하거나 특정 인물을 암시하는 단어를 찾을 때 편리하다. 마크 트웨인은 "정확한 단어와 거의 정확한 단어의 차이는 번개와 반딧불이의 차이"라고 했다.

물론 동의어 사전을 잘못 사용하면 글 전체를 망칠 수도 있다. 자칫 인상적이거나 다른 의미를 가진 단어들을 찾는 데만 주력할 수 있다. 불행히도 이렇게 하다 보면 현학적이고 바보스럽고 때로는 완전히 잘못된 문장을 쓸 수도 있다. 그러니 익숙한 단어들을 고수하자. 그리고 동의어 사전은 그 단어의 의미를 확인할 때에만 사용하자.

인물의 눈으로 다른 인물 묘사하기

앞서 이야기한 제인과 스테파니는 둘 다 시점인물이다(시점인물에 대해서는 나중에 자세히 다룰 것이다). 시점인물이 아닌 인물은 겉모습이 훨씬 중요하다. 독자들이 그들의 생각을 알 길이 없기 때문이다. 그 인물에 관한 모든 것은 겉모습에서 나와야 한다. 이때 적합한 옷을 입히는 것만으로도 인물의 상황에 대해 많은 것을 암시할 수 있다.

다음은 존 그리샴의 베스트셀러 소설 『거리의 변호사』에서 조연인 드본 하디가 처음 등장하는 장면이다(소설의 시작 부분이기도 하다).

고무장화를 신은 남자가 엘리베이터 안으로 걸어 들어와 내 뒤에 섰다. 처음에는 그를 보지 못했다. 하지만 냄새로 그를 알았다. 담배와 싸구려 포도주 냄새, 그리고 한동안 샤워도 못 하고 거리에서 살아온 탓에 악취가 섞여 진동을 했다. 위로 올라가는 동안 엘리베이터에는 그와 나 둘뿐이었다. 호기심을 참지 못한 내가 슬쩍 봤더니 새카만 장화는 더럽고 그의 발에 비해 엄청나게 컸다. 여기저기 너덜너덜하게 해진 트렌치코트는 무릎까지 내려와 있었다. 코트 안에 겹쳐 입은 더러운 옷들이 그의 배를 감싸고 있었다. 그래서 땅딸막해 뚱보처럼 보일 정도였다. 하지만 잘 먹어 살찐 것하고는 거리가 멀었다. 한겨울 워싱턴에 사는 노숙자들이 가진 모든 옷을 몸에 걸치고 다니는 것 같았다.

그는 흑인이고 나이가 들어 보였다. 수염과 머리는 반쯤 허옇게 셌고, 몇 년 동안 감지 않고 깎지 않은 듯 보였다. 그는 새까만 선글라스를 쓰고 뚫어져라 앞만 쳐다보고 있었다.

우리는 이 묘사를 통해 시각적인 내용 이상으로 드본 하디에 대한 정보를 알 수 있다. 그는 힘든 삶을 살고 있다. 그는 구할 수 있는 곳이면 어디서든 헌 옷을 구해 입는다. 그는 샤워기와 같은 기본적인 편의 시설조차 이용할 수 없다. 그는 술을 많이 마신다. 다음 문단에서 드러나듯 그는 워싱턴에 있는 고급스러운 법률 회사 빌딩의 엘리베이터와 전혀 어울리지 않는다. 이 묘사는 우리의 세 가지 중요한 기준 즉 일관된 인상, 인물의 성격과 배경에 관한 단서, 독자의 흥미를 만족시킨다는 점에서 성공적이다.

하지만 소설 속 인물들에게는 복잡한 문제가 또 하나 있다. 우리가 그 인물들에 대한 객관적인 묘사를 얻기 어렵다는 점이다. 우리는 시점인물이 누구이든 간에 그의 눈을 통해서만 다른 인물들을 본다. 앞서 본 드본 하디의 경우에 우리에게 주어진 것은 시점인물인 마이클 브룩이 알아챈 정보뿐이다. 브룩의 묘사는 상당히 객관적이다. 그는 드본 하디에 대해 대부분의 사람이 알아챌 만한 것을 전한다.

하지만 소설을 쓸 때 반드시 이렇게 할 필요는 없다. 객관적이기는커녕 편견이 가득한 시점인물의 눈을 통해 조연을 보여줄 수도 있다. 이런 방식은 작가에게 엄청난 자산이 될 수 있다. 시점인물이 다른 인물들의 외모에 대한 또 다른 관점을 제시하기 때문이다. 그 인물들은 결코 자신을 그렇게 평가하지 않을 것이다. 그리하여 독자는 한 인물에 대해 두 배로 풍성한 묘사를 얻게 된다. 구체적인 세부 사항 몇 가지와 그에 대한 해석이 덧붙여지면서 인물들의 양면성이 드러나는 것이다.

쉽게 이해할 수 있도록 예를 살펴보자. 마이클 커닝햄의 퓰리처상 수상작 『세월The Hours』에 나오는 클라리사 본은 이웃인 윌리 베스의 눈을 통해 이렇게 묘사된다.

또 그 여자군, 하고 윌리 베스는 속으로 생각한다. 그는 며칠째 아침 이맘때 정확히 이곳에서 그녀를 지나치곤 했다. 늙었지만 여전히 아름답고, 나이 든 히피. 아직도 긴 머리카락은 오만할 정도로 하얗고, 청바지에 남성용 면 셔츠를 입고, 발에는 이국적인(인도산? 중앙아메리카산?) 슬리퍼를 신고 아침 산책을 나섰군. 그 여자에게서는 아직도 여성적인 매력이 풍겨. 보헤미안이랄지 착한 마녀 같기도 한 매력이 있어. 그런데 오늘 아침 그녀의 모습은 보기에 안쓰럽군. 헐렁한 셔츠에 이국적인 신발을 신고 중력의 끌어당김을 거부하는 듯 몸을 꼿꼿이 세우고 있는 게 마치 끈적끈적한 타르 속에 무릎까지 잠긴 매머드 암컷이 빠져나가려는 몸부림을 잠깐 멈춘 채, 저 멀리 둑 위에 자라는 보드라운 풀을 바라보는 척 태연하게 서 있다고 할까. 그러면서도 어둠이 내리고 자칼이 나타나도 여기 홀로 타르에 갇혀 있어야 한다는 걸 서서히 깨닫기 시작한 매머드의 형상이랄까.

여기서 우리가 클라리사 본에 대해 알게 된 객관적 사실은 무엇인가? 그녀는 길고 흰 머리카락에 남성용 면 셔츠와 청바지를 입었고, 이국적인 슬리퍼를 신었고, 길을 건너기 위해 기다리고 있다. 하지만 이 묘사는 경찰 조서보다 훨씬 강렬한 인상을 준다. 이 묘사가 흥미로운 건 구체적인 이미지 때문이라기보다 세부 사항들을 해석하는 윌리의 극적인 방식 때문이다. 우리가 보는 건 거리 모퉁이에 서 있는, 늙었지만 여전히 아름다운 한 여자의 모습이 아니라 나이와 시간이라는, 인간을 쇠약하게 하는 요소들에 당당히 맞서는 저항가의 모습이다. 하지만 우리는 이 인물의 그러한 모습을 윌리를 거쳐서만 볼 수 있다. 클라리사가 자신을 선한 마녀라든가 타르 속에 갇힌 매머드 같다고 생각하며 서 있지 않다는 건 분명하다. 이처럼 다른 사람의 눈을 통한 해석은 묘사를 더욱 풍성하게 한다.

그리고 또한 이 단락을 통해 우리는 윌리 베스에 대해서도 알 수 있다. 그의 묘사 방식 자체가 그가 어떤 인물인지 보여주는 것이다. 그는 낭만적이며 극적인 사고를 좋아하고 약간은 겸손하다. 다른 남자가 클라리사를 봤다면 그와 달리, 어쩌면 평범한 할머니로 봤을 수도 있다. 또 다른 남자는 그녀의 존재를 알아채지 못했을지도 모른다.

이것이 겉모습을 통해 성격 묘사를 하는 기본 방법이다. 이 방법은 다중 시점의 소설에서 특히 효과적이다. 한 인물을 여러 관점으로 바라볼 수 있기 때문이다. 앞서 1장에서 동물병원에 수십억 원을 유산으로 남긴 노부인 이야기로 돌아가 보자. 인물들이 노부인에 대해 기억하는 세부 사항이 똑같더라도 그들의 해석은 저마다 다를 수 있다.

- 늙은 수의사: "리디아 부인은 너그러웠다. 얼굴에 그게 나타났다. 커다란 입은 늘 웃고 있었고 눈길은 따뜻했다. 나중에는 목에 흰 레이스 스카프를 자주 둘렀는데 아주 여성스러워 보였다."

- 유산을 물려받지 못한 아들: "어머니가 유산을 동물병원에 남긴 것은 협박 때문이다. 무엇에든 잘 속는 노인네! 어머니의 축 늘어진 입술과 흐리멍덩한 눈동자, 목의 잔주름을 감추려 두르던 바보 같은 레이스 스카프가 아직 눈에 선하다. 쓸데없고, 쉽게 속고, 마음도 약하고!"

- 인내심 많은 가정부: "리디아 부인은 고양이를 사랑했다. 고양이가 기어올라치면 피곤에 지친 늙은 눈에 번쩍 생기가 돌았다. 부인

은 고양이들이 한기를 피하려 목에 두른 하얀 레이스 스카프를 잡아당기는 것도 내버려둘 정도였다."

이 중 어떤 묘사가 '진실'일까? 아마 어느 만큼은 모두 진실일 것이다. 이 모든 것이 합쳐져 다차원적인 인물이 만들어진다.

누구든 소설에 이 방법을 활용할 수 있다. 새로운 인물이 소설에 등장할 때마다 누구의 눈으로 묘사할 것인지 생각하자. 그런 뒤에 특정한 관찰자가 말하는 이미지들에 대한 일관된 해석을 독자에게 전해줄 수 있는 여러 가지 세부 사항을 선택한다.

사회경제적 맥락으로 보는 인물의 겉모습

인물의 겉모습은 헤어스타일이나 옷차림에 관한 개인적인 취향을 드러내는 것뿐만 아니라 또 다른 중요한 역할을 한다. 그 인물이 속한 더 큰 범위의 사회경제적인 맥락을 알리는 단서가 되기 때문이다.

슈퍼마켓에 서 있다고 상상해보자. 중년의 여자 셋이 쇼핑 카트를 밀고 지나간다. 한 여자는 희끗희끗해진 머리를 중간에 가르마를 타서 뒤로 묶고 폴리에스터 소재의 편한 바지와 헐렁한 꽃무늬 레이온 상의를 입고 있다. 또 한 여자는 기하학적인 단발에 진회색 실크 블라우스와 도나 카렌 바지를 입고 있다. 또 다른 여자는 긴 파마머리에 청바지와 면 티셔츠를 입고 있다. 자, 누가 컨트리클럽의 회원 같은가? 누가 청소부로 일하는 것 같은가? 누가 작정하고 쇼핑을 나선 미국의 전형적인 중년 여성 같은가?

답은 두 번째, 첫 번째, 세 번째 순이다.

미국 사람들은 계층에 관한 이야기를 잘 안 하는 편이다. 마치 계층이 존재하지 않는 양 행동한다. 그러나 현실은, 다른 이보다 돈이 많고 교육도 많이 받은 사람이 존재한다(소설에서도 마찬가지다). 또 어떤 사람은 교육을 받았지만 돈이 없고, 다른 어떤 사람은 돈은 많은데 교육을 받지 못했다. 어떤 직업은 다른 직업보다 더 존경을 받는다. 사회경제적으로 부류가 전혀 다른 사람들은 옷, 휴가지, 스포츠, 심지어는 키우는 애완동물과 마시는 술까지 평범한 사람들과 전혀 다르다. 그러니 소설 속 인물에게 현실감이 있으려면 그 인물의 사회경제적인 세부 사항을 제대로 묘사해야 한다.

이 일은 면밀한 관찰을 통해 가능하다. 소설가 헨리 제임스는 "인물에 관한 한 아무것도 놓치지 마라"라고 했다. 이 충고는 여전히 유용하다. 인물들이 속한 사회를 암시하는 신체적 세부 사항을 찾아보자. 그리고 인물 묘사에 활용하자.

그러면 우리는 특별한 한 가지 세부 사항에 신경을 쓰게 된다. 바로 브랜드 이름이다. 앞서 슈퍼마켓에 온 세 여자 중 한 명에 대해 나는 '도나 카렌 바지'를 입고 있다고 묘사했다. 이 점에 대해서는 두 갈래로 의견이 갈린다.

우선 한편에서는 브랜드 이름은 계급이나 종교를 말하는 것처럼 소설에서 개연성을 높이는 빠르고도 확실한 방법이라고 한다. 뉴욕 5번가의 화려한 비스트로에서 마놀로 블라닉 구두를 신고

루콜라와 염소 치즈 샐러드를 주문하는 여자는 타깃 운동화를 신고 멤피스의 간이식당에서 닭튀김을 주문하는 여자와 같은 부류일 수가 없다. 그들이 선택한 상품들로 그들을 묘사하는 게 당연하지 않은가? 많은 성공한 작가가, 그중에서도 특히 스티븐 킹은 브랜드 이름을 폭넓게 사용한다.

반면에 다른 한편에서는 브랜드 이름을 쓰는 건 아주 게으르게 지름길을 가는 것이라고 생각한다. 소설 속 시대를 너무 빠르게 보여줄 뿐 아니라 상투적이고 때로 오해를 일으킬 수 있다는 것이다. 도나 카렌 바지를 입은 여자는 돈을 절약해 그 바지를 샀고 단 한 벌밖에 없으며, 지금 남편의 새로운 상사와의 중요한 모임에 가는 길일 수도 있다. 이런 경우에 그 바지로 그녀가 부자라고 판단할 수는 없다.

브랜드 이름을 어느 정도로 사용할 것인가는 스스로 결정해야 한다. 그리고 어느 쪽을 선택하든 그 밖의 다른 사회경제적 특징도 소홀하게 다루어선 안 된다. 이 역시 소설에 상당한 현실감을 부여하기 때문이다.

집을 보면 인물도 보인다

집은 그곳에 사는 사람의 성이고 가장 안전한 장소다. 집은 인테리어 잡지에서 끊임없이 속삭이는 대로 그곳에 사는 사람의 연장이다. 어디에 사는지, 어떻게 보이는 집에 사는지는 누군가에 대해 많은 사실을 알려준다.

이는 현실 속 우리뿐만 아니라 소설 속 허구의 인물들에게도 절대적이다. 외모와 마찬가지로 집이 알려주는 정보들 가운데는 선택할 수 있는 것들과 선택할 수 없는 것들이 있다. 부모의 집에서 함께 사는 십 대 청소년을 생각해보라. 이 경우 자신이 선택하지 않은 환경의 영향을 받는다. 이런 이유로 작가는 인물의 집을 잘 설정해야 한다. 인물에 대한 아주 많은 배경 지식을 전달할 수 있기 때문이다.

다음 세 문단에서 인물은 모두 같은 행동을 한다. 하지만 환경에 따라 이 행동은 아주 다른 인상을 준다.

제인은 파티 준비를 거의 끝냈다. 햄버거 고기는 그릴 옆에 쌓아두었고, 맥주는 시원해지라고 냉장고에 넣어두었고, 캡틴은 낯선 사람의 발목을 무는 못된 버릇이 있어서 세탁실에 가둬두었다. 제인은 스톤스 앨범을 CD 플레이어에 넣었다. 커피 테이블 위에 쌓여 있던 뉴스위크 한 뭉치를 치운 뒤에 감자 칩과 딥 소스를 내놓았다. 그때 벨이 울렸다.

제인은 파티 준비를 거의 끝냈다. 플레 오 샹트렐은 오븐에 밀어 넣었고, 고급 샤르도네 와인은 냉장고에 차갑게 식혀두었고, 마키아벨리는 낯선 사람의 발목을 무는 못된 버릇이 있어서 서재에 가둬두었다. 제인은 플롯 독주곡을 CD 플레이어에 넣었다. 커피 테이블 위에 쌓여 있던 보그 잡지 한 뭉치를 치운 뒤에 카포나타와 티 에그를 내놓았다. 그때 벨이 울렸다.

제인은 파티 준비를 거의 끝냈다. 피자는 전자레인지 옆에 두고, 펩시콜라는 냉장고 속에 차갑게 식혀두었고, 틴지는 낯선 사람의 발목을 무는 못된 버릇이 있어 침실에 가둬두었다. 제인은 브리트니 스피어스 앨범을 CD 플레이어에 넣었다. 커피 테이블 위에 쌓여 있던 아빠의 물건들을 치우고 나서 M&Ms 한 봉지와 오레오 한 봉지를 내놓았다. 그때 벨이 울렸다.

앞의 묘사들은 모두 적절하지만 더 나은 묘사를 할 수도 있었다. 실내 장식만큼이나 중요한 것은 그 환경에 대한 인물의 반응이다. 실내 장식은 인물에게 옷을 입히는 것처럼 그의 성격을 다시 한번 설정할 수 있는 기회다. 인물이 자신의 환경에 반응을 보이든 다른 사람의 환경에 반응을 보이든지 간에 마찬가지다.

다음은 애너 퀸들런의『블레싱스Blessings』의 일부분이다. 리디아 블레싱이 마운트 메이슨 마을에 대해 보인 반응에서 우리는 무엇을 알 수 있을까?

그녀에게 낯익은 건물은 모두 사라지고, 오래된 석회암 은행 건물에는 여행사, 미용실, 중고 서점이 들어서 있었다. 네모난 붉은 벽돌로 지은 철물점은 끔찍한 인조석으로 재단장되었고 레코드를 파는 가게로 변해 있었다. 그녀는 시내를 두 번이나 돌아야 했는데, 상가로 가려면 어느 길로 들어서야 하는지 몰라서였다. 십 대들이 가득 탄 차 한 대가 그녀의 차 뒤에 바짝 붙어 경적을 울려댔다. 그런 뒤에는 갑자기 가게에서 요란한 소리가 들려왔고, 쇼핑객

들이 그녀를 밀치고 지나가면서 지저분한 아이들에게 고래고래 소리를 질렀다. 그러나 그녀는 결국 나딘이 숍라이트에서 찾은 것보다 훨씬 싼 전구와 12개들이 종이 타월을 찾고야 말았다.

이 문단에 묘사된 모든 것은 리디아의 관점으로 색칠되어 있다. 아이들이 하나같이 정말로 더러웠을까? 아닐 수도 있다. 십대 아이들이 모는 차가 리디아의 차 뒤에 그렇게 바짝 붙어 달렸을까? 우리는 알 수 없다. 우리가 알 수 있는 건 리디아는 늙었고 운전을 두려워한다는 점이다.

또 그녀는 모든 면에서 과거가 현재보다 낫다고 확신한다. 그녀는 자신이 경멸하는 현대 세계에서 소외되어 있다. 소설의 시점이 2002년이라면 음반 가게에 레코드라는 게 있는지조차 의심스럽다. 리디아는 자기확신이 강한 사람이며 속물 근성이 있고("지저분한 아이들"이라는 표현을 보자), 또 가난하거나 절약이 몸에 배어 있다("싼 전구와 12개들이 종이 타월"을 찾아냈다). 이처럼 장소 묘사는 또한 그곳을 바라보는 사람 그 자체에 대한 생생한 묘사가 되기도 한다.

이 기술은 그저 소설 쓰기의 커다란 규칙 중 하나일 뿐이다. 즉 모든 것은 한 가지 이상의 기능을 해야 한다. 인물의 취향과 사회적 위치, 성격을 드러내는 옷차림을 설정해야 한다. 그리고 이를 묘사할 때에는 이에 대한 누군가의 반응도 있어야 한다. 배경을 묘사할 때도 마찬가지다.

앞서 제인의 파티를 묘사한 마지막 문단에다가 제인의 반응을 집어넣으면 묘사가 얼마나 더 풍성해지는지 보자.

제인은 파티 준비를 거의 끝냈다. 피자는 전자레인지 옆에 놓아두었다. 제대로 고른 걸까? 피자를 잘못 고르면 한나가 꽤나 비웃을 텐데. 최소한 시원해지라고 냉장고에 넣어둔 펩시는 문제가 없었다. 에밀리도 지난주 파티에 펩시를 준비했었으니까. 틴지는 낯선 사람의 발목을 무는 못된 버릇이 있어 침실에 가둬두었다. 하지만 친구들이 보고 싶어 하면 내놓을 생각이었다. 아빠가 책임 보상 어쩌고저쩌고 하셨어도 말이다. 제인은 브리트니 스피어스 앨범은 CD 플레이어에 넣었다. 커피 테이블 위에 쌓여 있던 아빠의 물건들을 옮긴 뒤에(부모들은 왜 이렇게 구식인 걸까?) 제인은 M&Ms 한 봉지와 오레오 한 봉지를 꺼내놓았다. 그때 벨이 울렸다. 제인은 긴장으로 몸이 굳었다.

이제 묘사는 배경뿐만 아니라 제인까지 소개하고 있다. 이 불쌍한 아이는 친구들과의 관계를 걱정하고, 에밀리와 잘난 척하는 한나보다 자신이 열등하다고 느끼며, 부모의 판단을 불신하는 것만큼이나 자신의 판단을 믿지 못한다.

인물은 무엇을 소유하고 있고, 어떻게 장식하고 있으며, 어떤 차를 타고, 어떤 책을 읽는가? 이 모든 세부 사항은 인물이 뭔가 중요한 행동을 하거나 말을 꺼내기도 전에 그에 대해 알려준다.

때로 작가 자신과 성별, 민족, 국적, 시대적 배경이 전혀 다른 인물을 소설의 주요 인물로 등장시켜야 할 때가 있다. 그 인물은 시점인물일 수도 있고 아닐 수도 있다. 이럴 때 작가는 그 인물을 정확히 그려내는 힘들고 복잡한 과정을 거치는 대신에 간접적으로 보거나 전해들은 상투적인 인물 유형에 기대고픈 유혹에 빠지기가 쉽다. 예를 들어 가톨릭 신부를 인물로 등장시키고자 할 때 빙 크로스비가 나오는 오래된 영화를 본다거나(빙 크로스비는 「나의 길을 가련다Going My Way」에서 신부 역으로 아카데미 남우주연상을 받았다) 신문에 난 성직자들에 대한 기사를 찾아보는 식이다. 아랍인에 대해 쓸 때 늘 흰 버누스를 입는 이슬람 광신도를 묘사하는 것도 마찬가지다. 또한 오십 대 남성 작가가 이십 대 여성 인물을 그릴 때 TV 드라마 「섹스 앤 더 시티Sex and the City」에 나오는 여자들의 모습에서 뭔가를 빌려오는 것도 그렇다.

이렇게 했을 때 따르는 위험은 한두 가지가 아니다. 일단 틀린 세부 사항을 가져다 쓸 수가 있다. 특정 집단을 모욕하는 결과가 나올 수도 있다. 게다가 진부하고 흔한 인물 때문에 소설의 힘이 떨어지는 건 불 보듯 뻔하다. 그렇다고 해서 자신과 극단적으로 다른 인물은 결코 소설에 쓸 수 없다는 뜻은 아니다. 시점인물이라 해도 마찬가지다. 쓸 수 있다. 다만 더 세심히 주의를 기울여야 한다.

그래서 자료 조사가 필요하다. 특히 역사소설을 쓰려면 자료 조사는 반드시 거쳐야 할 과정이다. 15세기 말의 영국 귀부인에게 파딩게일(치마를 부풀리기 위해 입던 둥근 틀) 대신 후프 스커트를 입히는 실수를 해서는 안 되기 때문이다. 또한 그 당시의 가치관과 태도는 복식 못지않게 중요하다. 이는 역사소설에만 국한되지 않는다. 소설에 아랍인이 나온다고 해보자. 그는 튀니지 출신인가, 이집트 출신인가, 아니면 이라크 출신인가?(이런 출신은 엄청난 차이를 만든다!) 다양한 계층에 속하는 젊은 남자 주인공이 튀니스 또는 카이로, 아니면 바그다드 거리를 걸을 때 어떤 옷을 입을까? 인물은 어떤 이슬람 분파에 속할까? 시아파일까, 수니파일까, 아니면 다른 종파일까? 얼마나 독실한 신자일까? 그리고 현재를 살아가는 스물세 살 여성은 어떤 인물이면 좋을까? 그녀는 어떤 사람일까? 그녀가 만약 건방지고 섹시하고 부유한 뉴요커라면 다른 건방지고 섹시하고 부유한 뉴요커들과 구별 지을 수 있는 요소는 무엇일까? 작가가 오십 대 남성이라면 그는 이 여성 인물이 좋아할 법한 화장, 옷, 음악에 대한 연구를 더 해야 한다. 그래야 광대 같은 정형화된 이미지로 가득한 인물이 아닌 현실감 있는 세부 사항으로 이루어진 인물을 만들 수 있다.

책이나 잡지, 인터넷에서 얻은 정보만으로는 부족하다. 직접적인 관찰로 얻은 정보를 보완해야 한다. 백화점에 가서 쇼핑하는 이십 대 여성들을 염탐하자. 그들을 지켜보고 그들의 대화를 들으면서 인물을 생생하게 만들 구체적인 세부 사항들을 기록하자. 마지막 과정은 인물이 속한 부류의 누군가에게 원고를 읽어봐 달라고 한 뒤 의견을 듣는 것이다. 나도 『스팅거Stinger』를 쓸 때 그렇게 했다. 주요 인물 가운데 하나가 1970년대에 테러리스트로 활동한 질병예방본부의 여성 흑인 과학자였다. 나는 흑인 여자 친구 둘에게 내 원고를 읽고 인물을 평가해달라고 요청했다(나는 흑인이 아니다). 그때 둘 다 똑같은 이야기를 했다. "그 인물은 그럴듯해요. 그녀와 비슷한 여자를 알아요. 그런데 검은 머리를 묘사하는 방식이 틀렸어요. 선 스크린 부분은 빼는 게 좋겠어요." 나는 그들이 제안한 대로 원고를 수정했다.

열두 살짜리 아이에 관한 글을 쓰고 있다면 주변에서 열두 살짜리 비평가를 찾아보자. 그 아이는 기꺼이 옷차림, 음악, 게임 등 또래의 관심사에 대해 우리가 잘못 알고 있는 점을 바로잡아 줄 것이다. 우리가 다시 열두 살로 돌아갈 방법은 없다. 그러니 지금 현재 열두 살인 아이의 지식을 가장 먼저 활용해야 한다.

하지만 이 모든 정보는 결국 크게 바뀔 수밖에 없다. 열두 살 아이, 가톨릭 신부, 아랍인, 부유층 여자를 보고 있는 사람이 누구인지에 따라 많은 내용이 달라지기 때문이다. 완전한 객관성은 존재하지 않는다. 심지어 경찰 조서도 어떤 내용을 적어야 할지 선택하게 되어 있다(예를 들어 키는 기록하지만 눈썹 길이는 적지 않는다). 소설에 쓰는 정보는 정확하지 않더라도 타인의 인식, 편견, 선호에 따라 자르거나 덧붙여야 한다.

예를 들어보자. 이 글의 인물은 미사를 집전하는 가톨릭 신부에 대해 편견을 갖고 있다.

그는 개 목걸이를 차고 목에는 우스꽝스러운 스카프를 두르고 장갑도 끼지 않은 채 이른바 성체라는 걸 나눠 주고 있었다. 이따 금씩 극장에서처럼 종이 짤랑거렸다. 사람들이 어떻게 이런 미신 에 빠질 수 있는 거지?

시점인물이 이렇듯 편견을 갖고 있다면 정확하거나 복합적인 세부 사항이 굳이 필요 없다. 이 관찰자는 그런 세부 사항을 보지 못하기 때문이다.

너무 단조로워도 너무 특이해도 안 된다

우리가 누군가(실제 또는 허구의 인물)의 겉모습이나 집을 묘사할 때 가장 빠지기 쉬운 함정은 명백한 사실에 손을 대는 것이다. 긴 갈색 머리, 데님 재킷, 붉은색 줄무늬 소파 등. 이런 묘사들이 유 용할 때도 있다. 하지만 흥미롭지는 않다. 더 잘할 수 있지 않을 까? 긴 머리에 흥미로운 점은 없는가? 어쩌면 긴 머리가 유리처 럼 반짝거릴 수도 있다. 아니면 앞머리가 너무 길어 인물이 입으 로 바람을 불어 계속 머리칼을 날리는 행동을 할 수도 있다. 또는 머리카락이 새로 올라오고 있거나 사이사이로 흰머리가 보일 수 도 있다. 머리카락 색이 갈색이 아니라 계피색이거나 짙은 갈색 이거나 자주색일 수도 있다.

데님 재킷에 아플리케 수가 놓여 있는가? 소매 끝에 벨벳 커 프스가 달려 있는가? 단추가 떨어지지 않았나? 반짝이가 촘촘히 박혀 있지는 않는가? 붉은색 줄무늬 소파의 양쪽 팔걸이에 초콜릿이 묻어 있지 않은가? 의자 다리 하나를 수프 깡통 위에 세워놓지 않았는가? 새것처럼 아끼려 비닐 덮개를 씌워놓지 않았는가?

명백한 것 그 이상이 되어야 한다. 하지만 각 인물에 대한 모든 세부 사항이 지나치게 장식적이고 기괴해서는 안 된다. 그런 과장은 순식간에 개연성을 떨어뜨리고 소설을 지루하게 만든다. 목표는 인물의 겉모습이나 소지품, 장식에 관한 세부 사항들을 생생하게 표현해서 독자를 사로잡고, 나아가 흥미로운 사실을 드러내며 새로운 묘사를 하는 데에 있다. 풍자소설을 쓰는 게 아니라면 지나치게 묘사해선 안 된다.

그리고 묘사의 길이가 너무 길어도 안 된다. 인물 묘사가 끝없이 이어지면 독자들은 읽지 않은 채 넘겨버릴 수 있다. 인물 소개는 좋은 문장 몇 개 정도로 그치고, 나머지는 대화나 행동 또는 인물의 생각을 쓸 때 끼워 넣는 게 좋다. 묘사에 너무 오래 머물지 말자. 인물의 첫인상이 중요한 건 두말할 나위가 없지만 소설을 읽어가면서 발견하게 될 인물의 내면보다 더 중요하지는 않다.

마무리: 첫인상을 결정하는 것들

우리는 이름을 통해 대화가 한 줄도 채 나오기 전에 인물에 대한 많은 정보를 전달할 수 있다. 인물의 이름 또는 애칭을 이용해 가족 사항이나 민족적 배경, 나이, 계층을 암시하자. 아니면 독자의 예상을 깨는 이름으로 반전을 일으키는 것도 가능하다.

인물의 겉모습(옷차림, 헤어스타일, 몸매, 소지품 등)을 활용해 인물의 성격을 설정하고 독자들의 호기심을 자극하자. 단, 인물 묘사는 늘 다른 인물의 눈을 거쳐 전달되므로 관찰자의 취향을 반영해야 한다는 사실을 잊으면 안 된다. 인물이 사는 집도 마찬가지다. 실내 장식은 인물의 성격을 드러낸다. 또한 경제적인 능력도 드러낸다. 이런 이유로 한 인물이 자신의 겉모습과 사는 공간을 어떻게 느끼는가는 시각적인 묘사만큼이나 중요하다.

간결하게 묘사하자. 하지만 너무 단조로워서 독자를 지루하게 하거나 이야기가 곁길로 빠질 만큼 특이해서도 안 된다.

브랜드 이름은 개연성을 높일 뿐 아니라 인물에 관한 정보를 전달한다. 하지만 브랜드 이름은 오래되거나 상투적이거나 오해를 일으킬 수도 있다. 그러니 신중하게 써야 한다.

나이, 성별, 계층, 민족, 국적이 자신과 전혀 다른 인물에 대해 쓸 때도 주의해야 한다. 고정관념을 피하고 새로운 세부 사항을 찾아야 한다. 다만 시점인물이 편견에 사로잡혔다면 그가 생각하는 대로 쓰면 된다.

앞서 1장에서 작성한 '주요 인물의 짧은 일대기'로 돌아가자. 그리고 인물들의 이름을 하나씩 살펴보자. 인물에 대한 정보를 드러내고 있는 가? 인물의 민족, 나이, 가족 사항에 대해 무엇을 암시하는가? 독자의 예상을 깨는 이름이 더 효과적이지 않은가? 이어지는 이야기에 활용 할 수 있도록 관계의 다양성을 암시하고 있는가? 효과적이지 않은 이 름은 모두 바꾼다.

'주요 인물의 짧은 일대기'에서 인물을 셋 고른다. 각 인물에게 어울리 는 옷을 고르고 가능한 한 자세히 묘사한다. "싸구려 정장과 넥타이" 가 아니라 "누런 흰색 셔츠에 붉은색 폴리에스테르 넥타이를 매고 소 매 끝이 해진, 번들거리는 푸른색 정장을 입고 흰색 양말과 갈색 구두 를 신었다"라고 써야 한다. 각 인물에게 어울리는 헤어스타일도 덧붙 인다.

이제 묘사를 자세히 들여다본다. 각 인물이 일관된 인상을 주고 있는 가? 성격, 사회경제적인 지위가 드러나는가? 흥미로운가? 아니라면 인물의 옷을 다시 입혀야 한다.

실전 연습 02에서 고른 세 인물 중 다시 한 명을 고른다. 이 인물을 다른 두 인물의 시선으로 간략하게 묘사한다(이때 두 관찰자 중 적어도 한 명은 이 인물을 싫어해야 재미있다).

'주요 인물의 짧은 일대기'에서 인물을 하나 고른 뒤 다음 질문에 답해보자.

- 그의 침실은 어떤 모습인가?
- 그는 어떤 차를 몰고 다니는가?
- 그가 가장 최근에 읽은 책이나 잡지는 무엇인가?
- 그가 가장 아끼는 소지품은 무엇인가?

3장

인물의 자아: 그는 누구인가?

신체적 반응과 내면의 생각은
행동과 대화보다 앞선다는 점을 잊지 말자.
몸은 거짓말을 하지 않는다.

우리 모두는 사회적 가면을 쓰고 살아간다. 지루하거나, 화나거나, 속상하거나, 지쳐서 눈물이 날 것 같은데도 사람들 사이에서 미소 지으며 서 있었던 적이 있는가? 속으로는 그런 엄청난 행운을 누릴 자격이 없다고 생각하면서도 누군가를 진심인 것처럼 축하한 적이 있는가? 사랑하고 존경하는 누군가에게 잔인한 말을 한 적이 있는가? 겁이 나 죽겠으면서도 자신 있는 척한 적은? 누구나 그런 적이 있을 것이다. 소설 속 인물도 그래야 한다.

또한 사람들은 깊은 감정을 느끼면서도 이를 표현하지 못하곤 한다. 사랑한다는 말을 못 하는, 감정 표현에 서툰 중년 남자는 가족드라마에 흔히 나온다(아마 현실에 그런 사람이 너무나 많기 때문일 것이다). 빅토리아 시대를 배경으로 하는 소설에는 성적 욕망을 표현하기 두려워하는 젊은 여성이 계속해서 등장한다. 소설 속 인물 또한 이렇게 감정을 억누를 수 있다.

우리 모두는 또 말하고 싶은 바를 정확히 말하고, 느낀 대로 행동하기도 한다. 그 결과가 나쁠 게 뻔해도 기어이 그렇게 하고야 만다. 소설 속 인물 또한 그래도 된다.

인물이 진짜 감정에 따라 행동하거나, 진짜 감정을 숨기거나, 진짜 감정 때문에 상처받는 모습을 보일 때 소설의 개연성은 커진다. 이를 서투르게 그리면 오히려 엄청난 혼란이 생길 수 있다.

그렇다면 작가는 인물의 내적 자아를 어떻게 그려야 할까? 그리고 인물의 내적 자아와 외적 자아의 충돌은 어떻게 그릴 수 있을까? 소설에서 이보다 더 중요한 질문은 없다. 감정은 행동을 몰아가고, 행동은 이야기를 몰아가기 때문이다. 그렇다면 감정 자체는 어디서 나오는 걸까? 감정은 인물의 동기와 뒷이야기에서 나온다. 즉 인물이 느끼는 감정은 그가 지금 원하는 것과 그의 뒷이야기라는 두 가지 요소의 결과다.

뒷이야기: 그는 왜 그렇게 되었을까?

우리가 그렇듯, 소설 속 인물도 지금껏 그가 겪은 모든 일(뒷이야기)의 결과로 지금의 인물이 된 것이다. 하지만 그에게 일어났던 모든 일을 다 보여줄 수는 없다. 설령 다 보여준다 해도 너무나 지루해 독자의 흥미를 반감시킬 수 있다("······그리고 나서 3학년이 시작되던 날 수학 시간에······"). 소설의 모든 다른 요소와 마찬가지로 인물의 과거를 얼마나 보여줄지는 선택의 문제다. 그 인물이 현재 어떤 사람인지를 설명하는 데 필요한 부분만을 선택해야 한다.

그렇다면 어느 정도가 적당한 선택일까? 그건 어떤 소설을 쓰는가에 달려 있다. 단편소설이나 액션소설 같은 경우 이야기가 시작되기 이전의 인물의 삶에 대해서는 사실상 아무것도 알 수 없다(제임스 본드가 3학년 때 수학을 어려워했더라도 우리는 이를 알 길이 없다). 하지만 어떤 장르의 소설에서는 인물이 이전에 어떻게 살았는지는 설명하지 않더라도 소설 속 스토리라인 바로 앞에 일어난 사건들을 알려주기도 한다. 또 어떤 장르의 소설, 특히나 스물을 갓 넘긴 젊은이들이 주인공인 순수소설에서는 회상, 대화를 통해 인물에 대한 뒷이야기가 나오기도 한다. 이런 소설에서는 과거가 중요하므로 그 상황이 고스란히 그려진다. 그 밖에도 적당히 뒷이야기를 풀어내는 소설들이 있다.

하지만 어떤 경우에도 작가는 뒷이야기를 모두 알고 있어야 한다. 즉 인물의 과거를 오롯이 파악하고 있어야 한다. 그래야 과거를 어느 정도 끼워 넣을지 결정할 수 있다. 이때 판단을 내릴 수 있는 근거는 인물의 동기다. 동기와 뒷이야기는 밀접하게 연결되어 있기 때문이다. 왜 그런지 보자.

동기: 그가 원하는 건 무엇일까?

동기는 소설을 여는 열쇠다. 우리는 생생한 뒷이야기, 완벽한 묘사, 감각적이고도 사실적인 배경을 가진 매력 넘치는 인물을 만들 수 있다. 하지만 이 모든 건 인물이 무언가를 하지 않는다면 개요나 일화, 여행담에 그치고 만다. 그리고 인물은 동기 없이는 아무것도 하지 않는다.

동기는 인물이 무언가를 하고 싶어 하는 것을 뜻한다. 인물은 전 세계의 악당들을 막고 싶고(제임스 본드), 진정한 사랑과 함께하고 싶고(안나 카레니나), 보석 기간 중에 무단으로 행방을 감춘 사람을 찾고 싶고(스테파니 플럼), 파티를 성공적으로 열고 싶다(클라리사 본). 어떤 인물들은 자신이 진정 원하는 게 무엇인지 모르고(그러나 작가는 알고 있다), 또 어떤 인물들은 자신을 그저 가만히 내버려두길 바라기도 한다. 하지만 인물에게는 반드시 원하는 게 있어야 한다. 이는 소설 쓰기의 절대 규칙이다(이런 절대 규칙은 많지 않다). 원하는 게 없다는 건 소설도 없다는 뜻이다.

시작 단계에서 인물이 원하는 것을 열거해보자. 필요하면 목록을 만들자. 어떤 장르에서는 인물의 기본 욕구가 분명하다.

- **형사**: 살인 사건을 해결하고 싶어 한다.
- **살인자**: 잡히지 않고 싶어 한다.

단순한 줄거리라면 이 정도로 충분할 수 있지만, 대개는 그 이상의 동기가 작용한다. 예를 들어 형사는 살인 사건을 해결하고 싶어 하지만 또한 의심 많은 상사에게 인정을 받고 싶고, 술도 끊고 싶고, 딸의 비행을 막고 싶고, 지난번에 맞부딪혔던 범죄자에게 복수하고 싶고, 세상을 향한 오랜 적의도 좀 누그러뜨리고 싶고…… 이런 식이다. 이렇게 목록을 확장해야 한다.

살인자 역시 원하는 것이 복합적일 수 있다. 그는 왜 살인을 저질렀을까? 은행을 털다가 우발적으로 일어난 살인이라면 부주의 때문이라고 할 수도 있다. 하지만 좀 더 강한 동기가 있을 수도 있다. 그는 왜 은행을 털었을까? 물론 돈이 필요했을 것이다. 돈이 필요한 사람은 많지만 이들 모두가 은행을 털지는 않는다. 그럼 그는 왜 은행을 털 생각을 했을까? 어쩌면 그는 자신이 특별해서 무슨 짓을 해도 잡히지 않을 거라 생각하는 부류일 수도 있다. 그는 어떻게 그런 부류가 되었을까? 자, 동기가 뒷이야기로 서서히 바뀌는 지점이다. 만약에 살인자가 시점인물이 아니라면 그의 뒷이야기를 끼워 넣지 않을 수도 있다. 하지만 뒷이야기는 살인자의 외적 행동에 영향을 끼치기 때문에 작가는 이를 알고 있어야 한다. 자신이 절대 잡히지 않을 거라고 확신하는 강도는 어쩌면 잡힐지도 모른다고 생각하는 강도와 매우 다를 수밖에 없다. 만일의 사태를 대비해 계획을 세우지도 않을 것이고, 훨씬 무모하게 행동할 가능성이 높다.

어떤 인물은 동기가 명확하지 않을 수 있다. 애너 퀸들런의 『블레싱스』에서 갓 스물이 된 저택 관리인 스킵 커디는 밤중에 차고 옆에 버려진 상자 하나를 발견한다. 그 안에는 갓 태어난 아기가 있다. 다른 사람들 같으면 경찰에 알리겠지만 그는 그러지 않는다. 대신 아기를 차고 위 자신의 숙소에 숨겨두고 돌봐주려 한다. 왜? 스킵 자신은 정확히 그 이유를 모른다. 하지만 그가 부모에게서 버림받은 뒤 방치되어 죽을 고비를 넘겼고, 그래서 사랑에 굶주린 이 남자가 자신을 버려진 이 아기와 동일시하고 있다는 것이 점차 밝혀진다.

하지만 장담하건대 이 소설의 작가는 처음부터 스킵의 동기를 알고 글을 썼을 것이다. 2장의 두 번째 장면을 보면 스킵의 뒷이 야기가 나온다. 스킵은 아주 어렸을 때 어머니가 돌아가셨고, 아버지가 그를 친척에게 맡기고 가버렸으며, 충동적으로 저지른 편의점 강도 사건으로 감옥에서 1년을 살았고, 지금의 직장을 얻을 때까지 친구들의 아파트를 떠돌아다니며 살았다. 더 중요한 건 스킵이 그 모든 일을 무척 증오한다는 점이다. 그는 우연이지만 결국 자신의 뿌리와 가족을 찾는 인물이다.

　스킵이 원하는 건 무엇일까? 결국 어딘가, 누군가에게 소속되는 것이다. 그가 택한 행동은 황당하지만 그의 뒷이야기는 그의 욕망을 개연성 있고 사실적으로 만든다. 다른 청년이라면 아기를 재빨리 다른 곳에 보내버렸을 테지만 스킵은 다르다. 그는 이런 뒷이야기를 가진 젊은이로, 그의 뒷이야기는 그가 한 행동의 동기를 분명히 드러낼 뿐 아니라 뒷받침한다. 『블레싱스』에서 뒷이야기와 동기는 떼려야 뗄 수 없다. 뒷이야기가 없다면 사실 스킵은 이해는 되나 제멋대로 행동하는 인물로 보일 것이다.

독자의 추측에 따라 달라지는 뒷이야기

인물의 뒷이야기를 자세히 풀어야 할 때도 있지만(스킵처럼), 그러지 말아야 할 때도 있지 않을까?(제임스 본드처럼) 이를 가르는 기준은 동기에 관한 독자의 추측에 달려 있다. 우리는 제임스 본드가 스파이 세계에 몸담고 있다는 것을 알기에 그가 악당들을 막으려 한다는 걸 이미 짐작한다. 이를 설명할 뒷이야기는 필요가 없다. 탐정이 살인자를 잡고 싶은 이유, 한 여자가 짝사랑하는 남자의 마음을 얻고 싶은 이유, 아버지가 아이들을 보호하고 싶은 이유, 로스쿨에 다니는 학생이 좋은 성적을 내고 싶은 이유도 굳이 설명이 필요 없다. 현대 사회에서 이러한 동기는 모두 직관적으로 이해되기 때문이다.

하지만 맥락에 유의해야 한다. 예일대 로스쿨에 다니는 젊은 여성이 A학점을 받기 위해 기를 쓴다면 그 동기는 분명하다. 하지만 그 여성이 로스쿨에 들어가려 하는 시대가 1904년 배경이라면 어떨까? 그렇다면 그녀는 당대의 젊은 여성에게 사회가 요구했던, 그런 순종적인 여성이 아니다. 그녀의 동기를 이해하려면 더 많은 뒷이야기가 필요하다. 시대적 배경이 2005년이라 해도 그녀가 빈민가 출신이라면 로스쿨에 들어가려는 그녀의 열망은 독자의 일반적인 추측과 어긋난다. 따라서 이 인물을 그럴듯하게 만들려면 더 자세한 설명이 있어야만 한다. 빈민가에 사는 사람들은 누구도 고등교육을 원하지 않는다. 그런데 그녀를 그들과 다르게 한 건 무엇일까? 그녀는 늘 이렇게 성취 욕구가 강했을까? 가족 중 누구보다 영특해서일까? 그녀에게 용기를 준 선생님이 있었을까? TV에서 본 값비싼 물건을 갖고 싶은 욕망이 동기가 되었을까? 만약 그녀가 자신의 가족 같은 이들을 법이 보호해줄 거라고 믿을 만큼 이상적인 인물이라면 도대체 무엇을 목격했기에 이런 신념을 갖게 된 걸까?

요약하자면 뒷이야기는 동기에 대한 이야기이고, 이때 뒷이야기의 수준은 독자의 추측에 따라 달라진다.

뒷이야기의 문제는 말 그대로 이미 지나간 일이라는 것이다. 뒷이야기는 소설 속 시간에서 현재가 아니라 과거에 일어난 일이다. 따라서 즉시성이나 긴박감이 없다. 설상가상으로 뒷이야기는 소설 속 시간에서 현재 벌어지는 사건 사이에 끼어들어 속도감을 떨어뜨린다. 소설에서 뒷이야기는 TV 프로그램 중간에 끼어드는 광고와 같다. 시청자가 프로그램에서 눈을 떼고 샌드위치를 가지러 갔다가 그만 흥미를 잃고 안 돌아올 수도 있다. 이런 일을 방지하려면 뒷이야기를 어디다 넣어야 할지 연습을 거듭해야 한다.

뒷이야기를 넣는 네 가지 방법

다음은 뒷이야기를 집어넣을 때의 네 가지 방법이다.

- 간단한 세부 사항
- 단락
- 플래시백(회상)
- 자세한 설명

이 네 가지 방법은 모두 서로 다른 기술이 필요하다.

간단한 세부 사항: 시간이 흘렀다는 암시

간단한 세부 사항은 뒷이야기를 알려주는 가장 쉬운 방법이다. 전개 중인 장면에 세부 사항을 슬쩍 끼워 넣으면 된다. 이 방법은 속도감을 떨어뜨리지도 않고 독자를 소설 속 현재 시점 밖으로 홱 잡아당길 염려도 없다. 세부 사항을 이용하면 깜짝 놀랄 만큼 많은 정보를 전달할 수 있다.

다음은 리처드 루소의 퓰리처상 수상작 『엠파이어 폴스Empire Falls』다. 마일스 로비는 자신이 요리사로 일하는 식당의 유리창 바깥을 쳐다보고 있다.

9월 초 이 특별한 오후 마일스 로비의 수심에 찬 눈을 잡아끈 것은 어머니가 성인이 되고부터 평생 일했던 어두컴컴하고 창이 높은 셔츠 공장도, 그 공장 바로 너머에 거대하고 음울하게 서 있는 방직 기계도 아니었다. 오히려 딸 티크를 힐끔이라도 보겠다는 그의 희망이었다. 티크는 모퉁이를 돌아 혼자 느릿느릿 대로를 따라 걸었다. 아이들이 대개 그렇듯 티크도……

이야기는 티크에 대해 옮겨가지만 우리는 여기서 나중에 중요해질 뒷이야기 하나를 듣는다. 바로 마일스의 어머니가 오랫동안 셔츠 공장에서 일했다는 사실이다. 이 세부 사항은 전개를 전혀 방해하지 않는다.

이처럼 세부 사항을 쓰면 큰 노력 없이 뒷이야기를 암시할 수 있다. 예를 들어보자.

- 벽에 걸어놓은 하버드대학 졸업장 액자
- 아이가 없는 여자의 거실에 놓여 있는 색 바랜 흔들 목마

- '사고 전 한때 온 동네의 자랑거리'였던 잡초가 무성한 정원
- 그날 일찍 감옥에 있는 어머니에게 전화했다고 슬쩍 언급하기

이런 세부 사항에 익숙해지면 이 같은 간단한 정보가 네 가지 일을 해낸다는 걸 알게 된다. 즉 뒷이야기를 알려주고 앞으로 닥칠 사건을 예고하며, 옷이나 소지품처럼 인물의 성격을 드러내고, 독자의 호기심을 자극한다. 한 문장도 안 되는 몇 마디로 이렇게 많은 일을 할 수 있다니!

단락: 순식간에 훑어보는 과거

뒷이야기 단락을 중간에 끼워 넣는 것은 세부 사항을 통해 암시하는 것보다 더 정교한 방법이다. 이 방법은 소설 전개를 방해하지만 한두 문단 정도는 흐름에서 크게 벗어나지 않는다.

『엠파이어 폴스』를 다시 살펴보자. 마일스는 같은 마을에 사는 호러스 웨이머스에게 점심을 대접하고 있는데, 호러스의 이마에 자주색 섬유질낭이 돋아 있다. 마일스는 한동안 호러스의 섬유질낭을 전혀 의식하지 못했다는 것을 깨달으며, 매일 보는 사람의 신체적 특이함은 의식하지 않게 된다는 것을 생각한다. 그리고 소설 속 시간은 별 무리 없이 제법 긴 문단의 뒷이야기로 옮겨간다.

마일스는 마서즈 비니어드섬에서 기이하게 생긴 것을 많이 봤다. 지난주에 그 섬에서 딸과 함께 휴가를 보냈다. 섬에 있던 사람

들은 하나같이 부유하고 늘씬하고 아름다워 보였다. 이 이야기를 꺼내자 오랜 친구인 피터는 마일스에게 잠깐이라도 로스앤젤레스에 와서 살아봐야 한다고 말했다. 그는 주장하기를, 그곳에서는 추함이 빠른 속도로 그리고 체계적으로 인간 세상에서 멸종되는 중이라고 했다. "로스앤젤레스 전체를 얘기하는 게 아니에요." 피터의 아내 돈이 마일스가 믿지 못하겠다는 눈치를 보이자 이렇게 정정했다. "베벌리힐스 얘기를 하는 거예요." "벨 에어도." 피터가 끼어들었다. 돈이 말을 보탰다. "말리부도." 그런 뒤에 그들은 매력 없음이 추방되고 있는 베이커의 또 다른 열두 곳을 거명했다. 피터와 돈은 이러한 세속적인 지혜를 많이 알고 있었고, 마일스도 그것들을 즐겼다. 세 사람은 포틀랜드 외곽에 있는 작은 가톨릭 대학 동창생이었다. 마일스는 그 두 사람이 학생 시절과 너무나 달라진 사실이 존경스러웠다. 피터와 돈은 판이하게 다른 사람들이 되었고, 마일스는 자신에게는 아니지만 일어날 일이 일어난 것이라는 결론에 이르렀다. 옛 친구가 전혀 진화의 흔적이 없는 것에 두 친구는 실망감을 잘 숨겼다. 심지어 늘 변함없는 마일스로 남아줌으로써 인간성에 대한 자신들의 믿음을 지켜줬다고 주장하기까지 했다. 그 말이 겉으로는 칭찬처럼 들렸기에 마일스도 그렇게 받아들이려 안간힘을 썼다. 그들은 매해 8월에 마일스를 만나는 것을 진심으로 기뻐하는 듯 보였다. 그럼에도 매해 마일스는 두 친구가 다음 해 여름에는 자신을 초대하지 말았으면 하는 기대를 품었고, 그의 기대는 어김없이 빗나갔다.

그리고 다시 현재 시점으로 돌아오고 호러스와의 점심이 이어진다.

이렇게 뒷이야기 단락을 끼워 넣음으로써 얻은 건 무엇일까? 간단한 뒷이야기를 통해 작가는 네 가지 효과를 거둔다.

- **과거의 사건 알림**: 독자는 마일스가 대학에 다녔고, 다른 해처럼 올해도 고급 휴양지인 마서즈 비니어드섬에서 휴가를 보낸 사실을 알게 된다.
- **복선**: 피터와 돈, 그리고 그들의 별장은 소설의 끝에서 중요한 의미를 지니게 된다.
- **인물의 성격 묘사**: 마일스는 "진화하지" 않고 결코 엠파이어 폴스를 떠난 적이 없는 데도 현명한 친구들을 잃지 않을 만큼 흥미로운 인물이며, 그렇다고 친구의 부를 부러워하지도 않는다는 게 밝혀진다. 그리고 매번 피터와 돈이 자신을 다시 초대하지 말기를 바랄 정도로 자신감이 떨어져 있다.
- **호기심 유발**: 이제 독자의 마음에는 한 가지 질문이 떠오른다. '대학 교육까지 받은 남자가 쇠락해가는 엠파이어 폴스를 떠날 수 있었음에도 왜 요리사로 남아 있는 걸까?'

플래시백: 뒷이야기의 극화

플래시백은 소설 속 현재 시점에서 과거의 장면을 극화劇化해 보여주는 것이다. 대화나 행동, 생각 등 모든 것을 활용할 수 있다. 하지만 플래시백은 현재 시점은 아니다. 소설 속 이야기가 시작되기 전에 일어난 사건이고, 따라서 현재 시점의 사건들이 보여주는 속도감이나 긴박감이 없다. 하지만 몇 가지 지침을 잘 따른다면 효과적인 방법이다.

먼저 플래시백이 나올 구실이 있어야 한다. 이 말은 즉 독자를 과거로 데려가기에 앞서 현재 시점에서 흥미로운 일들이 나와야 한다는 뜻이다. 이런 이유 때문에 소설의 첫 장면이 플래시백이어서는 절대 안 된다. 또한 다음의 시작 부분처럼 단순하고 행동이 없는 '현재'가 이어져도 안 된다.

> 잰은 창 너머로 겨울 정원을 내다봤다. 눈이 빠르게 내리고 있었다. 매니가 전에 심었던 참나무들도 볼 수 없었고, 그 뒤로 호수도 보이지 않았다. 날리는 눈발이 그녀를 그 겨울 오후로 데리고 갔다. 2년도 채 지나지 않았는데 모든 것이 변했다. 매니가 막 차고에서 안으로 들어왔고……

이 정도로는 안 된다. 독자는 이 겨울 오후에 대해 아무것도 모르기에 2년 전 겨울 오후로 돌아갈 준비가 되어 있지 않다. 잰은 누구이고 또 매니는 누구인가? 둘은 현재 어떤 관계인가? 우리는 어디에 있는가? 우리가 왜 이 이야기에 관심을 가져야 하는가?

여기 가장 중요한 건 마지막 질문이다. 작가는 독자가 잰과 매니의 과거를 궁금해하기에 앞서 먼저 현재에 관심을 갖게 만들어야 한다. 따라서 플래시백은 적어도 두 번째 장면 이후에 배치해야 옳다. 독자를 끌어당기는 매력적인 첫 장면을 보여준 뒤에, 즉 인물과 그들의 현재 상황을 제대로 인식시키고 난 뒤에 플래시백을 넣는 것이다.

또한 플래시백으로 거의 모든 이야기를 해서는 안 된다. 독자는 사건이 일어나는 바로 그 시점에서 경험하기를 원하기 때문이다. 중요한 뒷이야기를 들려준다고 장마다 플래시백을 넣으면 애초에 소설의 시작점을 잘못 잡은 것일 수도 있다. 먼저 사건이 일어나야 한다.

마지막으로 소설 속 현재 시점에서 플래시백으로 전환하는 과정도 중요하다. 제멋대로나 억지스럽게 전환하면 플래시백 전체가 못 미더워진다. 과거의 사건이 왜 바로 그 시점에서 다루어져야 하는지 인물 또는 행동에 '명분'이 있어야 한다.

앤 타일러의 소설 『인생Back When We Were Grown Ups』의 주인공은 중년의 여자인 레베카 다비치다. 그녀는 손자들에게 자신이 남편 즉 아이들의 할아버지를 어떻게 만났는지 설명하는데 그런 뒤에 플래시백이 나온다. 레베카는 할아버지 집에서 열린 파티에 갔다가 구운 햄 하나가 자신의 신발에 떨어진 일을 현재 시점으로 들려준다.

"그 사이 너희 할아버지는 뜨거운 물과 수건을 들고 왔다 갔다 하면서 식당을 깨끗하게 닦았어. 그러더니 부엌에 쭈그리고 앉아 내 구두를 닦기 시작하더구나. 난 거기에 서서 비디가 샐러드를 섞는 걸 돕고 있었어." 레베카가 말했다.

오감 가운데 가장 기억에 오래 남는 건 촉감이라는 생각이 가끔

들었다. 많은 세월이 흐른 지금도 레베카는 여전히 발가락에 닿던 젖은 수건의 감촉과 새끼 고양이들을 핥는 어미 고양이처럼 부지런히 수건을 두드려대던 조의 손놀림을 기억했다. 그리고 그가 구두를 다 닦은 뒤에 일어나서 그녀의 팔을 잡아끌었을 때, 그의 따뜻하고 굳센 손가락들이 팔꿈치 맨살에 닿을 때의 감촉이 분명히 기억났다. "어디로 데려가는 거야?" 그의 어머니가 놀라서 이렇게 소리쳤다……

이들의 만남에 대한 뒷이야기는 소설 속 현재 시점에서 레베카의 선택을 이해하는 데 반드시 필요하다. 따라서 이렇게 완벽하게 극화한 플래시백은 아주 효과적이다.

뒷이야기를 플래시백으로 넣기로 정했다면 그 이야기의 중요도를 파악한 뒤 적절한 곳에 넣고 매끄럽게 전환시켜야 한다.

자세한 설명: 숨김없이 말하기

소설 속 현재의 시간 흐름을 멈춘 뒤 모든 이야기가 시작되기 전에 무슨 일이 일어났는지 그 뒷이야기를 자세히 설명할 수도 있다. 하지만 이 방법의 단점은 "현재의 시간 흐름을 멈춘 뒤"라는 구절이 암시하는 대로 때때로 영원히 멈춤 상태가 될 수도 있다는 것이다. 설명이 너무 방대하면 소설 속 현재에서 독자들이 빠져나가고 결코 다시 돌아오지 않을 위험이 있다는 뜻이다.

그런데도 설명을 꼭 해야 할까? 다음 두 가지 경우에는 해야 한다.

첫 번째, 선택의 여지가 별로 없을 경우다. 인물의 과거가 너무 복잡하고 혼란스러워서 전개를 통째로 중단하고 설명하는 수밖에 전달할 방법이 없을 때가 있다. 설상가상으로 과거의 역사가 진행 중인 다른 일들을 이해하는 데 필수라면 시작 부분에 설명을 늘어놓아야 할 때도 있다. 하지만 그렇다 해도 설명은 첫 번째 장면 이후에 나와야 한다. 명확하지 않더라도 첫 번째 장면에서는 행동이 나와야 한다. 뒷이야기에 이끌리는 독자는 거의 없기 때문이다.

두 번째, 뒷이야기 자체가 엄청나게 재미있을 경우다. 독자는 뒷이야기가 환상적이라면 짜증을 내지도 책을 덮어버리지도 않는다. 가능한 한 긴 문장으로 다음 사항을 만족시킬 뒷이야기를 써보자.

- 배꼽 빠지게 재미있다.
- 숨 쉬는 것도 잊고 읽을 만큼 흥미로운 사건이 가득하다(이런 경우에는 이 멋진 재료로 다른 소설 한 편을 써보는 게 어떨까?).
- 순수소설을 좋아하는 독자가 깊이 빠져들 만큼 반짝반짝 빛나는 문장으로 쓰여 있다.

이 가운데 어느 것도 해낼 수 없다면 뒷이야기는 짧게 다루거나 신중하게 문단 사이에 끼워 넣거나 플래시백으로 넣는 편이 더 낫다.

인물의 감정이 생기는 과정은 아래와 같은 간단한 도식으로 그릴
수 있다.

뒷이야기 ···▸ 성격, 기질 ···▸ 무언가를 원함(동기) ···▸ 감정

다시 말해 인물은 뒷이야기에 따라 무언가를 원하는 상태가
되고, 이러한 욕망은 감정을 일으킨다. 즉 욕망이 감정을 만들어
낸다.

이 장의 앞부분에서 우리는 두 가지 감정에 대해 살펴봤다. 하
나는 인물이 느끼는 대로 행동할 때의 감정이고, 다른 하나는 인
물의 외적 자아와 내적 자아가 충돌할 때 일어나는 감정이다. 감
정을 표현하는 기술은 기본적으로 두 가지 감정 모두 같지만, 두
번째 경우는 몇 가지 장치를 덧붙여야 한다. 먼저 인물의 기본적
인 성격, 순간적인 욕망, 감정이 모두 일치하는 상황을 살펴보자.
이런 인물은 무언가를 숨기려 하지 않는다.

서머싯 몸의 『인간의 굴레에서Of Human Bondage』에서 필립 캐
리는 감정이 격해져 있다. 필립은 내반족 기형(발목 밑이 굽어 발
바닥이 안쪽으로 향하게 된 발)으로 다리 하나를 전다.

하지만 밤에 침대에 올라가려고 옷을 벗고 있는데, 싱거라는 녀
석이 방에서 나와 필립 앞에 자신의 얼굴을 쑥 들이밀었다.

"야, 네 발 좀 보자." 그가 말했다.

"싫어."

필립이 대답했다. 그는 얼른 침대로 뛰어들었다.

"안 된다고 하지 마. 어서, 메이슨." 싱거가 말했다.

옆방의 한 녀석이 모퉁이를 돌다가 그 말을 듣고 슥 들어왔다. 두 녀석은 필립에게 달려들어 이불을 벗겨내려 했다. 하지만 필립은 이불을 꽉 움켜쥐었다.

"날 좀 내버려 둬!" 그가 소리쳤다.

싱거가 브러시를 움켜쥐고 담요를 꽉 쥐고 있는 필립의 손을 때렸다. 필립이 비명을 질렀다.

"조용히 네 발을 빨리 보여주는 게 좋지 않겠어?"

"싫어!"

필립은 주먹을 꽉 쥐고 자신을 괴롭히는 녀석을 때렸지만 상황이 불리했다. 녀석이 필립의 팔을 붙잡았다. 그가 팔을 비틀기 시작했다.

"아야! 제발, 하지 마! 팔 부러져!" 필립이 소리 질렀다.

"그럼 잠자코 발이나 내밀어 봐!"

필립이 흑 울음을 터뜨렸다. 녀석이 또 한 번 팔을 비틀었다. 참을 수 없을 만큼 아팠다.

"알았어. 보여줄게!" 필립이 말했다.

필립의 감정은 명확하다. 수치심과 분노를 느낀다. 이런 감정들은 자세한 설명이 필요하지 않다. 괴롭힘을 당하는 소년이 당연히 느낄 감정들이기 때문이다. 이 감정들은 자신을 가만히 내버려 두길 바라는 욕구, 그리고 기형적인 발을 보여주기 싫은 분명한 욕구에서 나온다. 이 소설의 작가는 어떤 방식으로 필립의 감정을 생생하게 표현하는가?

눈치 챘겠지만 이 작가는 인물이 느끼는 감정이 무엇인지 직접 거론하지 않는다. 다시 말해 '수치심', '분노', '공포' 같은 추상적인 단어들을 쓰지 않는다. 사실 감정의 종류를 말하는 건 유치한 방법이다. "공포가 그를 사로잡았다"와 같이 표현할 때에도 추상적인 감정은 다른 방법으로 보완해야 한다. 인물의 감정을 독자 역시 똑같이 느끼게 만들어야 하기 때문이다.

앞의 『인간의 굴레에서』를 다시 보자. 작가는 필립과 똑같은 감정을 독자가 느끼도록 다음과 같은 방법들을 사용하고 있다.

행동

"얼른 침대로 뛰어들었다", "이불을 꽉 움켜쥐었다", "자신을 괴롭히는 녀석을 때렸다" 같은 필립의 행동은 감정을 가장 확실하게 표현하는 방식이다. 인물이 자신의 감정을 분명하게 표현하는 어떤 행동을 하면, 독자는 인물을 그런 행동으로 몰아가는 감정을 함께 느낄 수 있다.

대화

필립은 자신의 감정을 직접 말하지 않는다(소설은 심리 치료가 아니다). 대신에 그런 감정을 가진 사람이 내뱉을 만한 말을 한다.

"날 좀 내버려 둬!" 이는 '필립은 그들이 하는 짓을 멈추게 하고 싶었다'는 추상적인 말보다 고통의 감정을 훨씬 강렬하게 전달한다. 절망에 싸여 외치는 소리에 독자는 그 상황을 직접 목격하고 자신과 동일시함으로써 필립의 고통을 동감하게 된다. 마찬가지로 "아야, 제발 하지 마! 팔 부러져!"는 '그는 두려움을 느꼈다'보다 훨씬 생생한 느낌을 준다.

신체적 반응

감정은 대뇌의 한 부분인 변연계에서 일어난다. 어린아이가 분노를 표현하는 모습을 본 적이 있다면 알겠지만 감정은 말보다 앞선다. 그래서 우리는 감정을 몸으로 경험한다. 담요를 꽉 움켜쥔 손, 훌쩍거림, 숨을 멈추는 동작은 모두 말보다 앞서고 더 생생하다. 차가운 기운이 골수로 스며들고(공포), 가슴이 뻥 뚫린 듯하고(걱정), 갑자기 현기증이 이는(충격) 등의 반응도 마찬가지다.

지금까지 본 행동, 대화, 신체적 반응은 감정을 표현하는 기본적인 방법이다. 여기에 한 가지 방법이 더 있다. 바로 '생각'이다.

『인간의 굴레에서』를 쓴 몸은 작가로서 거리감을 유지하기 때문에(12장에서 자세히 다룰 것이다) 필립의 생각을 전하지 않지만 다른 작가는 그렇게 하기도 한다. 다시 말하지만 감정을 느끼는 인물이 '난 화가 났다'와 같이 그 감정을 직접적으로 생각해서는 안 된다. 그건 너무 유치하다. 그 대신 인물이 자신이 화난 이유, 그에 대한 반응을 자연스레 생각하게 만들어야 한다.

- 나는 그녀의 머리를 잡아 뜯고 싶었다.

- 이 나쁜 여잘 위해 뼈 빠지게 일했는데 결국 가버리다니.

- 그는 그곳에 부드러운 미소를 짓고 서 있었다. 마치 아무 일도 없었던 듯, 정말 아무 일도 아니라는 듯. 훗날 후회할 말을 하기 전에 나는 돌아서야 했다.

행동, 대화, 신체적 반응, 생각 이 네 가지 방법을 어떤 비율로 섞어 감정을 전달하는 게 좋을까? 그건 전적으로 작가가 판단할 일이다. 더구나 이 문제는 때로 작가의 문체를 결정하기도 한다. 중요한 건 인물이 느끼는 감정이 무엇인지 직접 정의를 내려 알려주기보다는 극화해서 보여주는 방식이 좋다는 점이다.

가면을 쓰고 있는 감정 표현

인물의 감정을 직접 드러내기보다 극화해서 보여주는 것은 인물의 진짜 감정과 실제 행동이 일치하지 않을 때도 효과가 있다. 유일한 차이점은 어떤 감정 표현은 인물이 진짜로 느끼는 감정에서 나오고 또 어떤 표현은 인물이 투사하고 싶은 감정에서 나온다는 것뿐이다.

필립과 똑같은 상황에 놓인 또 다른 소년이 있다고 가정해보자. 학교 친구들이 그에게 발을 보여달라고 강요한다. 그러나 이번에 그의 발은 기형이 아니라 얼마 전 새로 문신을 했다. 소년은 저항하는 척하지만 실은 친구들의 관심이 자신에게 쏠리는 게 좋다.

"네 발 좀 보자." 싱거가 말했다.

"싫어." 필립이 대답했다. 그는 얼른 침대로 뛰어들었다.

"안 된다고 하지 마. 어서, 메이슨!" 싱거가 말했다.

옆방의 녀석이 모퉁이를 돌다가 그 말을 듣고 안으로 슥 들어왔다. 두 녀석은 필립에게 달려들어 이불을 벗겨내려 했다. 하지만 필립은 이불을 꽉 움켜쥐었다. 어두컴컴한 방 안에서 그의 얼굴은 환하게 웃고 있었다.

"날 좀 내버려 둬!"

싱거가 브러시를 움켜쥐고 담요를 꽉 쥐고 있는 필립의 손을 때렸다. 필립의 온몸이 전율했다. 발을 너무나 보여주고 싶었다!

"조용히 네 발을 보여주는 게 좋지 않겠어?"

"싫어!"

필립은 싱거를 밀어냈지만 상황은 그에게 불리했다. 그 녀석이 필립의 팔을 붙잡았다. 그가 팔을 비틀기 시작했다.

필립이 웃었다. "멍청하게 굴지 마. 내가 너보다 훨씬 더 힘 센 거 몰라?"

"그럼 잠자코 발이나 내밀어 봐."

"알았어, 보여줄게."

이 문단에 어떤 방법이 쓰였을까? 필립이 드러낸, 보여주기 싫다는 감정 표현은 다음과 같다.

- **행동**: 침대로 뛰어들고, 이불을 꽉 움켜쥐고, 싱거를 밀어낸다.

- 대화: "싫어!", "날 좀 내버려 둬!", "하지 마!"

하지만 그와 동시에 또 다른 표현는 필립이 이 게임을 즐기고 있다는 걸 보여준다.

- 더 많은 대화: "멍청하게 굴지 마. 내가 너보다 훨씬 더 힘 센 거 몰라?"에는 애정 어린 경멸과 두려운 마음이 없는 게 보인다.
- 신체적 반응: 온몸이 전율함, 웃음.
- 생각: "발을 너무나 보여주고 싶었다!"라는 구절에서 드러나듯 기쁨을 숨길 수 없다.

신체적 반응과 내면의 생각은 행동과 대화보다 앞선다는 점을 잊지 말자. 몸은 거짓말을 하지 않는다. 앞의 글은 현재 일어나고 있는 일에 대해 겉으로는 싫어하지만 속으로는 기뻐하는 인물을 그리고 있다. 하지만 우리는 보이는 것은 가짜고 감춰진 것이 진짜라는 것을 분명히 알고 있다.

따라서 앞에서 정의한, 감정이 생기는 과정을 그린 도식은 다음과 같이 약간 수정을 해야 한다.

뒷이야기 ⋯ 성격, 기질 ⋯ 무언가를 원함(동기) ⋯
감정(내면의 느낌) + 감정(밖으로 드러난 태도)

인물이 어떤 감정을 느끼는가? 작가가 인물의 뒷이야기와 현재의 욕망을 알고 있다면 그의 감정을 쉽게 규정할 수 있다. 그러고 나서 그 감정을 적절한 대화, 행동, 신체적 반응, 생각을 통해 그려내면 된다.

그러나 인물들이 앞의 도식으로 규정할 수 없을 만큼 서로 다른 감정들을 한꺼번에 느낀다면 어떻게 할까? 이런 상황은 다음 장에서 다룰 것이다.

몸은 거짓말을 하지 않는다

"몸은 거짓말을 하지 않는다." 하지만 사람들은 때로 거짓말을 한다. 그렇다면 시점인물이 아닌 인물이 하는 거짓말을 어떻게 드러낼 수 있을까?

가장 쉬운 방법은 시점인물을 통해 거짓말을 알리는 것이다. 시점인물이 이를 대화("당신은 지금 내게 거짓말하고 있어") 또는 생각("캐럴은 키스를 다시 봤다. 그의 눈 속에는 늘 자신의 가슴을 옥죄게 하는 바로 그 표정이 있었다. 그가 또다시 그녀에게 거짓말을 하고 있었다")으로 표현하면 된다.

하지만 시점인물이 거짓말을 깨닫지 못한다면? 그런 경우 이를 드러내는 유일한 방법은 거짓말쟁이의 습성을 이용하는 것이다. 물론 눈치가 더딘 독자들은 기만을 암시하는 신체적 반응을 눈치 채지 못할 수도 있다. 하지만 결국에는 상황이 이상하게 돌아가고 있다는 걸 알아챌 것이다. 나중에 거짓말이 플롯에서 명료하게 드러나면 복선을 깨닫게 된다. 거짓말 표시는 다음과 같다.

• 다른 사람의 눈을 똑바로 쳐다보지 않음(오른손잡이는 거짓말

을 할 때는 오른쪽을 바라보고 단순히 뭔가를 떠올릴 때는 왼쪽을
바라보는 경향이 있다. 왼손잡이의 경우는 반대다)

- 목이 꽉 잠기거나 톤이 약간 올라감
- 식은땀을 흘림
- 손목시계를 자주 보거나 장신구를 자꾸 만지작거림
- 자리에 가만히 앉아 있지를 못함
- 얼굴이 벌게짐
- 화를 내거나 방어적인 태도를 보임

물론 이런 습성들은 거짓말이 아닌 다른 이유로도 나타날 수 있
다(땀이 나는 건 운동을 했거나 두려움 또는 욕망 때문일 수도 있
다). 인물이 거짓말을 하고 있다는 걸 분명히 드러내고 싶다면 이
런 신체적 반응을 대화, 묘사와 조합해야 한다.

마무리: 인물의 내면세계

어떤 장르의 소설이냐에 따라 뒷이야기의 분량은 달라진다. 하
지만 뒷이야기를 얼마나 포함시키든 작가는 인물의 과거를 항상
잘 알고 있어야 한다. 그 과거로부터 현재의 동기가 자라나기 때
문이다. 동기가 특별할수록 그럴듯하게 만들기 위해서는 더 많은
뒷이야기를 집어넣어야 한다.

뒷이야기는 간단한 세부 사항, 소설 속 현재 시점에 끼어드는
단락, 플래시백, 설명의 형태로 끼워 넣을 수 있다. 하지만 플래시
백이나 긴 설명을 소설의 시작 부분에 넣어서는 안 된다. 인물의

과거를 찾아가기 전에 먼저 현재의 이야기에 독자가 몰입하게 만들어야 한다.

뒷이야기는 인물을 형성하고, 또 인물의 동기를 형성하며, 그리고 인물의 감정을 만들어낸다. 이때 그 감정이 무엇인지 직접 거론하지 말고 인물의 신체적 반응이나 행동, 생각, 대화를 통해 독자에게 전달해야 한다.

만약 어떤 인물이 속으로는 이러이러한 감정을 느끼는데 겉으로는 그와 다른 감정을 투사하길 원한다면, 그의 진짜 기분을 알려주는 감정 표현과 그가 위장하고 싶은 감정 표현을 따로 만든다. 하지만 내면의 생각과 신체적 반응은 늘 진짜 감정을 담아야 한다. 몸은 거짓말을 하지 않는다.

좋아하는 소설을 한 편 고른다. 주요 인물 도표를 만든다. 그리고 그들이 원하는 것을 간단히 적는다. 그들 중 한 명을 선택한다. 소설의 한 장(또는 단편소설 전체)을 읽고 나서 뒷이야기처럼 보이는 모든 것에 밑줄을 긋는다. 작가는 앞에서 이야기한 간단한 세부 사항, 단락 삽입, 플래시백, 설명을 활용하고 있는가?

인물의 짧은 일대기 목록에서 세 명을 고른다. 각 인물이 원하는 것을 간단히 적는다. 플롯 아이디어가 떠오르는가?

실전 연습 02에서 고른 세 인물 중 한 명의 뒷이야기를 상상해본다. 그 인물의 과거는 현재 그가 원하는 것과 어떤 관련이 있는가?

대화와 배경 묘사만을 사용해 두 인물이 다투는 장면을 쓴다. 칸을 비운 뒤에 인쇄한다. 그리고 대화 사이사이에 신체적 반응, 몸짓, 행동, 생각을 써넣는다. 각 인물의 감정이 명료해졌는가?

면접을 보러온 남자와 면접관이 등장하는 짧은 장면을 구직자의 시점에서 써본다. 구직자의 내적 긴장감과 전문가로서의 냉정한 면모 모두를 보여주는 데 집중한다.

4장 ———————————— **복합적인 인물:
인간은
단순하지 않다**

우리의 삶 그리고 소설이 흥미로워지는 순간은
우리 그리고 인물이 소중히 여기는 여러 가치가
서로 충돌할 때다.

앞서 동기는 절대 변하지 않는 것처럼 이야기해왔다. '나는 이 한 가지를 원해. 난 늘 이 한 가지를 원했어. 앞으로도 이 한 가지만 원할 거야.' 우리의 삶과 마찬가지로 소설에서도 이건 말이 안 되는 생각이다. 사람들은 때로 서로 어긋나는 것을 원하고, 이 어긋남에 안타까움을 느끼며, 또 시간이 지남에 따라 원하거나 느끼는 것을 바꾸기도 한다. 세상에 평생 한결같은 사람은 없다. 물론 어떤 사람은 다른 사람보다 훨씬 더 복합적이다.

독자는 복합적인 인물을 훨씬 현실적으로 느낀다. 그러므로 작가로서 우리는 그런 복합적인 인물을 만들고 싶어 한다. 독자는 자신의 내면이 그리 단순하지 않다는 것을 알기에 평면적인 인물은 무시하거나 신뢰하지 않는 경향이 있다. 물론 이것도 어떤 장르의 소설인가에 따라 다르다. 모험소설 같은 장르에서는 모든 것을 정복하는 단순한 영웅이 좋다. 오이디푸스 콤플렉스에 걸린 제임스 본드를 원하는 독자는 없을 것이다. 설령 그가 고민을 털어놓는다 해도 듣고 싶지 않을 것이다.

하지만 대부분의 소설에는 복합적인 인물이 최소한 한 명은 등장한다. 그 인물은 서로 어긋나는 욕망이나 기본적인 욕구의 혼란 때문에, 아니면 자신에게 강요되는 변화 때문에 복합적인 인물이 될 수 있다. 이 장에서는 복합적인 인물의 유형을 분류해 다룰 것이다. 물론 복합적인 인물이 되는 데에는 여러 가지 요인이 있을 수 있다. 심지어 인물의 머릿속이 뒤죽박죽인 이유조차 뒤죽박죽일 수 있다.

가치, 욕망, 그리고 내면의 동요

사람들은 때때로 두 가지 이상을 원한다. 그건 사람들이 두 가지 이상의 가치를 소중히 여기기 때문이다. 우리의 삶 그리고 소설이 흥미로워지는 순간은 이 가치들이 서로 충돌할 때다. 예를 들어 우리는 날씬한 몸을 더 가치 있게 여긴다. 하지만 달콤한 음식을 맛보는 즐거움에도 가치를 둔다. 누군가 다이어트를 하고 있다면 이 가치들은 서로 충돌을 일으킬 것이다. 다이어트를 해본 사람들은 안다.

가치 충돌은 윤리적 딜레마와 정치적 딜레마의 핵심 요소다. 이를테면 언론 자유는 미국인이 중요히 여기는 가치다. 공공 안전도 마찬가지다. 그러나 미국 법원은 기자가 설령 범죄와 연루되었다 해도 제보자를 밝힐 필요가 없다고 판결한다. 언론 자유가 범죄자를 추적하는 공공 안전보다 앞서기 때문이다. 반면에 불이 나지 않은 극장에서 "불이야!"라고 외치면 안 된다. 이런 상황에서는 공공 안전이 언론 자유보다 앞서기 때문이다.

흥미로운 소설 중에는 가치 충돌의 문제를 다룬 작품이 많다. 가치 충돌은 결국 한 인물의 동기를 충돌시킨다. 마음속에서 여러 가치가 충돌하는 인물을 창조하면 소설이 엄청나게 좋아진다. 그 방법을 알아보자.

엇갈리는 욕망을 그릴 때

인물이 하나가 아니라 엇갈리는 두 가지를 욕망하면 더욱 그럴듯하고 복합적인 인물이 된다. 이런 설정은 우리 삶을 그대로 비추므로 소설을 더욱 '현실적으로' 만들 뿐 아니라 어떤 가치를 선택하는지를 보여줌으로써 인물의 성격을 더욱 심화시킨다.

예를 들어 어윈 쇼의 『야망의 계절Rich Man, Poor Man』에는 루디 조다시라는 열여섯 살 남자가 나온다. 루디는 자신이 다니는 고등학교의 프랑스어 교사인 르노 선생님을 좋아한다. 루디는 사생활이 보장되는 자신의 방에서 르노 선생님에게 보낼 연애편지를 막 다 썼는데, 일단 영어로 쓴 뒤 아주 형편없는 프랑스어로 옮긴 것이다.

루디는 프랑스어 편지를 읽으며 흡족했다. 의심할 여지가 없었다. 고상해지려면 프랑스어가 답이다. 그는 르노 선생님의 발음이 마음에 들었다. 다른 사람들처럼 조다크나 조대시라고 하지 않고, 정확하게 조다시라고 자신의 이름을 부르는 소리가 부드러운 노래처럼 들렸다.

하지만 아쉽게도 루디는 편지 두 장을 모두 갈기갈기 찢었다. 루디는 르노 선생님에게 이 편지를 절대 보낼 수 없으리라는 사실을 알았다. 이전에도 선생님에게 여섯 번이나 편지를 썼다가 찢어버렸다. 편지를 받은 선생님이 자신을 미쳤다고 생각하고 교장에게 일러바칠지도 몰랐다. 아버지나 어머니, 그레첸, 톰이 자신의 방에서 어떤 나라 말로 쓴 것이든 연애편지를 찾아내는 일이 벌어지길 절대 바라지 않았다.

하지만 만족감은 여전했다. 불과 수백 미터 거리에 허드슨강이 흐르는, 빵집 위층의 허름한 방 안에 앉아 편지를 쓰는 건 마치 자신에게 약속하는 것 같았다. 언젠가 먼 곳으로 여행을 떠날 거라고, 언젠가 배를 타고 강을 따라가서 고상하고 아름다운 여인에게 새로운 언어로 편지를 쓸 거라고, 그 편지를 정말로 부칠 거라고.

루디가 연애편지를 찢어버리는 바람에 이 짧막한 글은 플롯을 조금도 전개하지 못한다. 그가 편지를 부쳤더라면 그 행동의 결과로 플롯이 진전되었을 것이다. 르노 선생님의 반응, 교장 선생님의 호출, 부모님의 반응, 루디가 프랑스어 수업에서 쫓겨남, 다른 형제들의 놀림 등. 하지만 이런 일들은 일어나지 않는다.

그렇다면 작가는 왜 이 장면을 집어넣었을까? 그는 이 세 단락을 통해 루디의 성격을 묘사한다. 또한 열여섯 살 소년 루디의 영혼을 깊이 들여다보게 한다. 특히 다음 세 가지 사실을 밝힌다.

- 루디가 무엇을 가치 있게 여기는지 알린다. 루디는 두 가지 욕망을 품고 있는 게 분명하다. 르노 선생님에게 마음을 전달하려는 욕망과 르노 선생님, 교장 선생님, 가족 앞에서 망신당하고 싶지 않은 욕망이다. 이 욕망들은 루디가 로맨틱하지만 또한 자신의 평판에 신경 쓴다는 것을 보여준다. 그리고 작가는 이런 것들을 말하지 않고 보여준다. 루디가 가치 있게 여기는 것은 극화되어 표현된다.
- 루디가 가치 있게 여기는 두 가지 중에서 더 중요한 게 무엇인지 알린다. 루디는 로맨틱하지만 그 결과를 감당할 정도는 아니다. 이 작은 선택을 통해 그가 부적절한 사랑을 감행하기보다는 평판을 더 중요시한다는 것이 드러난다.
- 세 번째 단락을 통해 자신의 선택에 대한 루디의 감정적인 태도를 알린다. 그는 편지를 찢어버리는 선택을 억울해하지 않는다. 대신 부치지 못한 편지들을 미래를 위한 약속으로 여긴다. 언젠가는 자신도 연애편지를 써 보낼 것이고 멋진 여자를 만나 사랑하고 여행도 떠날 것이다. 그의 태도는 희망적이고 낙관적이며 멋진 미래에 대한 자신감으로 넘친다.

짧은 단락으로 이렇게 인물의 성격을 묘사할 수 있다니!

더구나 이 소설의 작가는 루디의 선택을 극화해 보여줌으로써 또 다른 효과를 거둔다. 즉 앞으로 다가올 더 큰 선택의 예고다. 낭만과 평판이라는 두 가치는 소설 전체에서 루디의 성격 형성에 중요한 요소로 작용한다. 이 두 가치는 서로 충돌을 일으킬 것이다. 또 루디는 생애 대부분을 감정에 따른 모험보다는 평판을 관리하며 보낼 것이다.

이처럼 가치 충돌로 일어나는 소소한 사건들을 극화해 보여주면 인물의 성격을 설정할 수 있다. 그러기 위해서는 먼저 충돌을 일으키는 가치나 욕망이 무엇인지 결정해야 한다. 그리고 인물의 성격과 관련해 독자에게 알릴, 인물이 가치 있게 여기는 것들을 선택한 뒤 어떤 가치가 '이길' 것인지 결정한다. 마지막으로 인물이 자신의 선택에 대해 어떤 태도를 보일지 생각한다. 그가 선택하지 않은 가치를 언젠가는 얻을 수 있다는 희망이 있는가? 마지못한 선택에 분노하는가? 단념하는가? 자책하는가?

이런 구조, 즉 한 인물이 양립할 수 없는 가치 중 하나를 결연하게 선택하는 구조는 인물의 성격 묘사를 위한 짧은 단락 쓰기에만 유용하지 않다. 이 구조를 중심으로 소설 한 편을 쓸 수도 있다. 예를 들어 레프 톨스토이의『안나 카레니나』의 핵심은 안나의 선택이다. 연인을 택할지 아이를 택할지. 그녀는 브론스키와의 부적절한 사랑을 소중하게 여긴다. 또한 아이와 함께 사는 것도 중요한 가치로 여긴다. 하지만 19세기 러시아에서 안나는 둘 다 가질 수 없었고, 그래서 브론스키를 선택한다. 안나의 선택은 그녀와 그녀의 사랑을 조금씩 갉아먹는다. 결국 만사를 비관한 안나는 자살을 선택한다.

이 책에서는 플롯보다는 인물에 초점을 맞추자. 인물의 선택은 인물의 특성을 형성하므로 그 선택은 말하기로만 전달할 수 없다. 인물의 가치와 선택, 태도는 극화해 보여줘야 한다.

인물의 선택은 행동과 생각, 대화, 뒷이야기와 감정을 통해 극화할 수 있다.

앞서 『야망의 계절』에서 루디가 연애편지를 찢어버리는 단락을 다시 보자. 작가는 루디의 선택을 다음 방식으로 생생하게 만든다.

- **루디가 두 가지 행동(연애편지 쓰기와 찢어버리기)을 하게 한다:** 이는 루디가 머릿속으로 르노 선생님에 대해 온갖 상상을 하면서 욕망을 머릿속에만 담아두는 것보다 훨씬 효과적이다. 인물이 자신의 가치와 선택을 드러낼 수 있는 무언가를 수시로 하게 하자.
- **루디의 생각을 알린다:** 그는 프랑스어는 고상하고, 르노 선생님은 멋지며, 언젠가는 로맨틱한 사랑을 하게 될 거라고 생각한다. 우리는 그의 머릿속에 들어가 내밀한 상상에 동참한다. 작가는 루디가 평판이라는 다른 가치를 생각하게 만듦으로써 가치 충돌을 극화한다. "루디는 르노 선생님에게 이 편지를 절대 보낼 수 없으리라는 사실을 알았다." 보내면 선생님이 자신을 미쳤다고 생각하고 교장 선생님에게 일러바칠지도 모르기 때문이다. 가치 충돌에 갈등하는 인물을 그리고 싶다면 두 가치가 모두 그의 생각 속에 그려져야 한다.
- **루디의 감정을 보여준다:** 그는 흡족함을 느낀다. 우리는 이에 대한 이야기를 들은 뒤에 그가 만족해하는 구체적인 예를 본다. 연애

편지, 르노 선생님이 자신의 이름을 발음하는 방식, 미래에 관한 공상이 그것이다. 또한 그는 아쉽게도 편지를 찢었다고 말한다 (다른 인물이라면 분노 또는 절망 때문에 편지를 찢었을 수도 있다).

- **약간의 뒷이야기를 끼워 넣는다**: 루디는 이전에도 르노 선생님에게 이런 편지를 여섯 번이나 쓴 적이 있다. 이 같은 언급은 그의 그리움이 얼마나 강렬한지를 극화한다. 편지가 한 장뿐이었다면 순간적인 감정이라고 여겨질 수 있다.

대화로 내면의 갈등 보여주는 법

『야망의 계절』의 작가는 대화를 통해 루디의 선택만이 아니라 복합적인 내면을 효과적으로 극화하고 있다. 인물의 내면을 극화하는 데에는 두 가지 방법이 있는데, 인물들의 대화 또는 그 인물에 관한 다른 인물의 이야기를 이용하는 것이다.

가즈오 이시구로의 소설 『남아 있는 나날The Remains of the Day』에서 스티븐스는 가치 충돌을 느낀다. 1930년대 영국 시골 저택의 집사인 그에게는 자신의 내면을 깊이 들여다볼 여유가 별로 없다. 자신의 감정을 그대로 표현할 자유도 없다. 하지만 지금 그는 엄청난 압박감에 시달린다. 역시 이 집의 하인이던 아버지가 아래층 식당에서 중요한 만찬이 베풀어지는 동안 2층에서 막 숨을 거둔 것이다. 스티븐스는 집의 가정부인 켄튼 양에게 그 소식을 막 전해 듣는다.

"메러디스 박사님은 아직 도착하지 않으셨어요."

그런 다음에 그녀가 잠깐 고개를 떨구더니 흐느끼는 소리가 새어나왔다. 하지만 곧 자세를 바로잡고 안정된 목소리로 물었다.

"아버님을 뵈러 올라가시겠어요?"

"난 몹시 바쁘군요. 지금 당장은요, 켄튼 양."

"그럼, 스티븐스 씨. 제가 부친의 눈을 감겨드려도 될까요?"

"그렇게 해준다면 정말 고맙겠소, 켄튼 양."

켄튼 양이 계단을 오르기 시작했을 때 나는 그녀를 불러 세우고 말했다.

"켄튼 양. 지금 부친께서 작고하셨는데 올라가 뵙지 않는다고 제가 부적절한 처신을 한다고는 생각하지 말아주시오. 알다시피 아버님도 이 순간 내가 이렇게 업무를 수행하기 바라셨을 것이오."

"물론입니다, 스티븐스 씨."

"제 생각에는, 이렇게 하지 않는다면 그분을 욕되게 하는 것일 거예요."

스티븐스는 아버지에 대한 사랑과 의무 그리고 집사로서의 의무라는 두 가치 사이에서 괴로워하고 있다. 이 대목을 읽고 그가 아버지의 죽음을 중요하게 여기지 않는다 생각할지도 모르겠다. 하지만 소설 전체를 보면 여기서 켄튼에게 하듯 그가 자신을 정당화하는 일은 그의 내면에서 엄청난 갈등이 일고 있다는 표현이다. 보통 때 그는 켄튼에게든 누구에게든 자신의 행동을 해명하는 것은 자신답지 않은 일이라고 여긴다. 아버지의 죽음은 그에게 중요한 문제이고, 여기서의 대화가 그것을 드러낸다.

이 같은 갈등은 퀜튼과 의사의 대화를 통해서도 드러낼 수 있다. 퀜튼이 "스티븐스 씨는 아버지를 뵈러 2층으로 올라오길 원하지만 중요한 연회를 맡고 있는 중"이라고 전하는 것이다. 또는 "스티븐스 씨가 압박감 때문에 이전에 한 적 없던 실수를 저질렀다"고 할 수도 있다. 이런 대화는 평소 완벽하던 스티븐스가 내적 갈등에 빠져 있다는 점을 보여준다. 또한 퀜튼만의 의견으로 머물지도 않게 한다. 하지만 스티븐스가 자신의 복잡한 심경을 직접 말하는 게 아무래도 가장 효과적이다. 이 소설의 작가는 스티븐스처럼 감정을 억누르는 인물이 간접적으로 자신을 드러내는 방법을 찾았다.

설명, 어떻게 해야 좋을까?

인물의 가치, 선택, 그리고 욕망의 충돌을 묘사할 때 가장 위험한 방법은 그냥 말하는 것이다. 소설은 설명이 아니라 극화에 의존해야 한다. 독자는 '비밀스러운 관찰자'처럼 이야기가 조금씩 펼쳐지는 것을 직접 보고 싶어 하기 때문이다. 그러나 설명은 인물의 약력을 읽는 기분을 들게 할 수 있다.

하지만 이런 설명을 훌륭하게 해내는 작가들이 있다. 그들은 전개를 멈추고 인물들의 마음속에 무엇이 떠오르는지 말했다. 어떻게 성공을 거둔 것일까? 왜 이 방식이 통했을까?

그 이유는 두 가지다. 첫째, 설명은 독자가 들을 준비가 되어 있을 때 가장 효과를 발휘한다. 다시 말해 독자가 소설 속 현재 시점에서 어떤 충돌을 목격하기도 전에 인물의 가치 충돌을 설명하려 들면 십중팔구 흥미를 불러일으키는 데 실패한다. 더 좋은 접근법은 그 인물이 갖고 있는 것, 갖지 못한 것, 필요한 것이 무엇인지를 보여주고 나서 설명하는 것이다. 설명이 이야기의 흐름을 끊고 설교처럼 들릴 위험을 완전히 배제할 수는 없지만, 이렇게 하면 독자는 훨씬 더 흥미를 느낀다. 즉 설명으로 만족을 주기 전에 먼저 설명을 듣고자 하는 흥미를 돋워야 한다. 둘째, 설명은 극화가 불가능한 것들을 말할 때 효과적이다.

T. H. 화이트의 소설 『과거 그리고 미래의 왕The Once and Future King』은 두 기준을 다 만족시키고 있다. 다음은 랜슬롯과 20년간 불륜의 관계를 맺어온 기네비어에 대해 작가가 설명하는 단락이다.

기네비어의 비극은 그녀에게 아이가 없다는 것이었다. 아서왕에게는 혼외 자식이 둘 있었고, 랜슬롯에게는 갈라하드가 있었다. 하지만 기네비어는—셋 중에 가장 아이를 가져야 마땅했고, 또 아이들을 가장 잘 다루었을 것이고, 그리고 아주 사랑스러운 아이들을 길러낼 사람으로 신이 선택했을 것으로 보였다—텅 빈 수레였고, 바다 없는 해안가였다. 자신의 바다가 마침내 마를 나이에 이르렀을 때 이 사실은 그녀를 무너뜨렸고…… 이것이야말로 기네비어가 이중적인 사랑을 유지해오고 있던 이유였는지도 모른다—어쩌면 그녀는 아서를 아버지로서 사랑하고, 랜슬롯을 자신이 가질 수 없었던 아들로서 사랑했는지도 모른다.

이 소설의 4분 3 지점에 해당하는 이 단락 전까지 작가는 지금 설명하는 많은 사건을 극화해 보여줬다. 독자는 아서왕의 아이들과 랜슬롯의 아들이 태어나는 걸 지켜봤다. 또 그 아이들이 자라서 기네비어와 친해지는 것도 지켜봤다. 기네비어가 아서왕을 만날 때 어떻게 행동하고, 랜슬롯을 만날 때는 어떻게 행동하는지도 지켜봤다. 따라서 독자는 작가의 설명을 백지 상태에서 듣고 있는 게 아니다. 작가의 생각을 이해하고 평가하기에 충분할 만큼 극화된 정보를 가지고 있다. 기네비어는 아이들에게 정말로 잘해주는가? 그녀가 아서왕을 얼마나 아버지처럼 대하는가? 랜슬롯을 얼마나 아들처럼 대하는가? 아이가 없다는 사실이, 이 특별한 사회를 사는 이 특별한 여인에게 자신을 무너뜨리게 할 만큼 엄청난 일인가?

작가가 이 설명 단락을 훨씬 앞부분에 넣었더라면 우리는 이를 이해하지 못했거나 흥미를 갖지 않았을 것이다. 하지만 작가는 이 복합적인 인물의 복합적인 이야기를 보여주면서 우리가 이야기의 의미에 관심을 기울일 때까지 기다렸다.

게다가 이 설명은 우리가 이제까지의 이야기로 추론할 수 있는 내용들을 단순히 요약하지 않는다. 대신 기네비어를 보는 새로운 관점을 제공하고, 어쩌면 우리가 생각지 못한 새로운 관점에서 그녀를 보게 한다. 이는 앞에서 극화해 보여줬던 장면들의 재탕이 아니라 새로운 아이디어다.

인물의 내면이 혼란스러운 이유를 독자에게 이해시키기 위해 설명을 하고 싶다면 다음 사항을 갖추어야 한다.

- 인물이 충분히 극화된 뒤에 나온다.
- 극화된 장면들에 대한 새로운 관점을 제공한다.
- 말하기(보여주기가 아닌)의 약점을 보완할 정도로 문장이 좋아야 한다.

엇갈리는 감정을 그릴 때

가치 충돌과 더불어 인물은 또한 서로에게 엇갈리는 감정을 품는 것으로 복합적인 인물이 될 수 있다. 인물들 사이의 엇갈리는 감정들은 가치 충돌뿐 아니라 다른 일들로도 생긴다. 즉 문화적인 선호도, 이전의 경험, 또는 기본적인 욕구가 엇갈리는 감정들을 만들어낸다.

우리는 이런 현상들에 아주 익숙하다. 인간적으로는 좋아하는 상사지만 그가 사람들을 쉽게 해고한다는 평판 때문에 경계심이 드는 반면 자신을 위해 이 직장을 관두고 싶지 않은 마음이 들 수 있다. 상사를 향한 이런 감정은 혼란스러울 수밖에 없다. 한편으로는 상사와의 만남을 즐기고 편안히 지내고 싶다. 하지만 경계를 늦춰선 안 된다는 생각도 든다.

또한 입이 거친 오빠가 상스러운 농담을 할 때 이를 즐기면서도 동시에 혐오감을 느낄 수 있다. 여기에는 여러 가지 이유가 있을 수 있다. 자신이 하고 싶은 말을 오빠가 대신한다면? '나는 그런 상스러운 농담과는 거리가 먼 바른 사람이고 오빠는 나를 돋보이게 하는 사람'이라고 느낄 수 있다. 아니면 그 농담이 정말 재미있지만 오빠에게서 듣는 게 당황스러울 수도 있다. 이유가 무엇이든 간에 오빠가 상스러운 농담을 할 때마다 끌림과 거부감이라는 두 가지 상반된 감정을 느끼는 것이다.

소설 속의 인물 역시 상황에 따라 이렇게 혼란스러운 감정을 느낄 수 있다. 이를 어떻게 그려낼 것인가? 다음 세 가지 방법이 있다.

- 다양한 장면에서 엇갈리는 감정을 보여준다.
- 한 장면에서 엇갈리는 감정을 보여준다.
- 갈등을 보여주기 위해 설명을 한다.

다양한 장면에 담긴 엇갈리는 감정

'어제는 당신을 사랑했지만, 오늘은 당신이 밉다.'

에마 매클로플린과 니콜라 크라우스의 소설 『내니의 일기The Nanny Diaries』에서 주인공 내니는 엑스 씨와 엑스 부인이라는 상류층 뉴요커의 4살짜리 아들을 돌보는 보모다. 엑스 부부는 속물인데다 무신경하며 내니를 비롯해 모든 이를 착취하는 못된 사람들이다. 작가는 여러 사건을 통해 그 부부가 아들마저 등한시하고 내니를 학대하는 것을 그려낸다. 그들은 내니에게 아들을 낮잠 재우지도 말고 짜증을 내게 하지도 말라는 터무니없는 요구를 한다. 또 자신들의 의무까지 내니에게 떠넘긴다. 예를 들어 주말에 아이를 돌보는 일이나 독감에 걸린 아이 간호하기 등. 그러면서도 자신들이 정한 규칙을 따르지 않았다고 그녀를 비난한다(침실에서 먹이면 안 된다면서 아픈 아이가 침대를 벗어나면 안 된다는 식이다). 그들은 또 내니를 아주 늦은 시간까지 부려먹으면서도 합의한 액수보다 적은 품삯을 지불한다.

물론 내니는 두 사람 다 싫어한다. 그녀가 머물러 있는 이유는 어린아이가 안되었고 정들었기 때문이다. 하지만 엑스 부부에 대한 그녀의 감정이 이것뿐이었다면 얇은 노트 한 권 분량의 소설로 끝났을 것이다. 어떤 인물이 진짜 열심히 일하는데 학대를 당하고, 정말 애를 쓰는데 또 학대를 당하는 이야기로. 또한 인물의 성격도 너무 단순해지고 말았을 것이다.

그래서 작가는 내니가 더욱 복합적인 반응을 하게 만든다. 내니는 엑스 부인을 무척 싫어하지만(그럴 만하다), 엑스 씨가 못된 비서와 바람을 피운다는 사실을 알게 되면서 엑스 부인에게 연민을 느낀다. 이에 내니는 엑스 씨가 바람피운 흔적을 감추려 애쓴다. 예를 들어 엑스 부인이 발견하기 전에 검은색 레이스 속옷을 찾아 없앤다(비서가 일부러 아파트에 흘리고 갔다). 내니의 감정은 엑스 부인이 끔찍이 싫지만 엑스 씨가 더 나쁘다는 사실 때문에 개연성이 높아진다. 즉 어떤 여자라도 엑스 씨의 저속하기 짝이 없는 이기주의로부터 보호받아야 한다는 것이다.

다음은 내니가 엑스 부인이 밸런타인데이를 맞아 남편과 식사하기 위해 드레스 입는 것을 돕는 장면이다.

"좋아. 지퍼 좀 올려주겠어?" 그녀가 큰 소리로 외친다. 나는 와인 잔을 내려놓고 황홀할 정도로 섹시한 붉은색 시스 드레스의 지퍼를 올리러 돌아선다.

"됐어!" 그녀가 거울을 보자마자 말한다.

"정말 아름다워요." 내가 말한다. 이건 진심이다. 그녀의 몸매를 최대한 살린 첫 번째 드레스로, 그녀는 수척하기보다 요정처럼 보였다. 거울에 비친 엑스 부인의 모습을 보면서 난 그녀의 편이다, 그녀를 응원한다는 사실을 깨닫는다.

그날 엑스 씨가 엑스 부인을 바람맞히고 비서와 저녁을 먹자 내니는 어색해하면서도 크게 상심한 그녀를 위로하려 애쓴다. 그리하여 내니는 엑스 부인에 대해 엇갈린 감정을 갖게 되고 이로써 훨씬 더 사실적이고 효과적인 인물이 된다. 이 소설의 작가들은 내니의 감정을 장면마다 다양하게 그려냄으로써 효과를 거둔다. 내니가 엑스 부인을 아주 싫어하는 몇 장면, 다음에 동정심을 느끼며 혼란스러워하는 장면, 그러고 나서 엑스 부인의 행동으로 전보다 더 싫은 감정과 분노를 느끼는 장면, 그런 다음 또 다른 연민과 동정심이 솟구치는 장면을 보여준다. 이런 방식은 계층 문제에 대한 단조로운 재탕(때로 재미있기는 하지만)이 될 뻔한 작품에 깊이를 더했다. 많은 비평가가 엑스 부인을 향한 내니의 동정심이야말로 이 소설에서 가장 흥미로운 부분이라고 말했다.

한 장면에 담긴 엇갈린 감정
'이 순간 당신을 사랑하면서도 당신이 밉다.'

다른 인물을 향한 혼란스러운 감정을 그려내는 또 다른 방법은 그 감정들이 동시에 일어나는 모습을 보여주는 것이다. 이 방법은 인물들이 독자의 신뢰를 얻을 정도로 일관되게 보여야 한다는 점에서 앞의 방법(다양한 장면에 담긴 엇갈린 감정 보여주기)보다 훨씬 어렵다. 만약 누군가 일관성 없이 감정을 느끼거나 행동한다면(우리 모두 때때로 이렇다) 그러한 갈등이 엉성하거나 혼란스럽지 않고 그럴듯하게 보이기 위해 세심히 다루어야 한다.

어떻게 하면 잘할 수 있을까? 먼저 그 갈등 이면에 그럴 만한 이유가 있다는 것을 납득시켜야 한다. 이를 위한 한 가지 방법은 인물이 동시에 상반된 감정을 느끼는 장면을 보여주기 전에 따로 각각의 감정을 표현한 장면을 보여주는 것이다.

예를 들어 데이비드 머루섹의 SF소설 『우리는 기쁨에 들떠 정신을 잃었다We Were Out of Our Minds with Joy』의 주인공인 화가 샘 하거는 부유한 권력층인 엘리너 스타크와 사랑에 빠진다. 그들은 대화를 나누며, 또한 사랑을 나누며 즐거워한다(이 모습은 여러 장면에 등장한다). 그런 뒤 엘리너는 자신의 컴퓨터, 즉 모든 것을 조종하는 인공지능을 통해 샘의 시스템에 침입한다. 보안을 핑계로 샘의 시스템을 엿볼 뿐 아니라 일부 조종도 한다. 이를 알게 된 샘은 화를 내고 둘의 사이는 멀어진다. 샘은 말한다. "이제 그녀와 나는 없어. 난 그녀를 버릴 거야."

하지만 엘리너는 샘에게 전화를 하고, 꽃을 보내고, 변명을 퍼붓는다. 이제 샘은 엘리너에게 상반된 감정을 동시에 느낀다. 욕망과 깊은 불신. 이어지는 두 쪽에 걸쳐 그는 다음을 경험한다.

- 인공지능 조수가 "엘리너만큼 당신에게 영향을 미친 여자는 없었어요"라고 하자 샘은 이렇게 생각한다. "이 말이 옳다는 걸, 거의 그렇다는 걸 난 알고 있었다. 내게 그렇게 큰 영향을 미친 다른 여자가 있다면 첫사랑인 재니스 숄레로뿐이었다…… 그 사이에 만난 여자들은 모두 이성과의 우정이라는 따뜻한 바다에 이는 물결일 뿐이었다."
- 샘은 여전히 엘리너에게 화가 나 있다. "나는 그녀에게 잘못이 무엇인지 설명하려 했다. 그녀에게 보낼 메시지를 녹음했는데, 속이 끓어올라 비난과 책망을 마구 쏟아냈다. 하지만 그걸 보낼 용기가 없었다."
- 샘은 엘리너에 대해 극단적으로 부정적인 말을 하는 기자에게 소리 지른다. "'당신이 지금 무슨 말을 하는지 알고 있소?' 나는 버럭 소리를 질렀다. '엘리너는 그런 사람이 아니란 말이오. 당신은 그녀에 대해 아는 게 없소. 엘리너는 성자가 아니라 심장이 있고 사랑도 있고, 또…… 또…… 꺼져버려, 이 자식아!'"
- 샘은 엘리너와의 대화를 거절한 뒤에 생각한다. "하지만 엘리너가 작별 메시지를 보냈을 때(우울한 표정의 엘리너가 미술관 어딘가에, 어쩌면 벽을 꽉 채운 내 옛날 캔버스 그림 앞에 앉아서) 난 내 삶이 잿더미라는 걸 알았다."

다음 장면에서 이 둘은 결혼한다.

이 소설의 작가는 이렇듯 혼란스럽게 뒤엉킨 감정을 드러내기 위해 어떤 방법을 쓰고 있는가? 우선 샘이 엘리너에게 끌리면서도 동시에 멀리하려는 상황을 이해하게 할 수 있게 토대를 충분히 구축한다. 그다음 길고 긴 구절들을 통해 우리가 앞에서 다룬, 감정을 드러내는 모든 기술을 사용한다. 즉 신체적인 반응, 감정적인 행동, 생각, 격렬한 대화를 활용한다. 이 가운데 일부는 엘리너에 대한 샘의 긍정적인 감정을 그리고, 일부는 부정적인 감정을 그린다. 이 모두가 합쳐져 샘의 인간적인 갈등을 표현한다.

감정적 혼란을 그리는 설명

한 인물이 다른 인물에게 왜 엇갈리는 감정을 느끼는지 직접 서술하는 설명을 집어넣는 것도 방법이다. 설명은 기본적으로 이야기의 흐름에서 벗어나게 하거나 전개를 더디게 할 위험이 있다. 하지만 작가의 개입을 미리 극화해 보여줌으로써 독자가 받아들일 준비를 하게 만들고, 좋은 문장으로 표현하고, 새로운 관점을 보여준다면 효과를 발휘할 수 있다.

『과거 그리고 미래의 왕』으로 돌아가서 랜슬롯과 기네비어가 서로에게 느끼는 감정이 왜 자꾸 복잡해지는지 이 소설의 작가가 설명하는 부분을 살펴보자. 『우리는 기쁨에 들떠 정신을 잃었다』의 샘과 엘리너처럼 이 두 연인은 다투고 막 화해한 상태다.

왕비는 눈물을 닦고 그를 보며 봄의 소나기처럼 웃었다. 1분도 되지 않아 그들은 서로에게 입을 맞추었는데, 비를 맞고 소생한 초록 대지가 된 듯한 기분이었다. 둘은 또다시 서로를 이해했다고 생각했다—하지만 둘 사이에 의심은 이미 뿌리내리고 있었다. 이제,

둘의 사랑은 더욱 강해졌지만 그 안에서 미움과 두려움, 그리고 혼돈의 씨앗이 함께 자라고 있었다. 사랑은 미움과 공존할 수 있기 때문이다. 사랑과 미움은 서로가 서로의 먹이가 되어 자란다. 그리고 이로써 분노가 폭발한다.

여기서 작가는 기네비어와 랜슬롯이 겪은 일을 보여주지 않고 말한다. 한 번의 화해 키스로 인물들이 느끼는 사랑과 미움, 의심, 공포, 혼란을 모두 보여주기는 힘들었을 것이다. 특히 연인들 스스로 자신들의 관계가 어떻게 변하는지 전혀 깨닫지 못하기에 더욱 그러하다.

설명을 사용해 복잡한 감정을 전달하려면 우선 그 복잡함의 정체가 무엇인지 명확하게 정리해야 한다. 그러고 나서 이를 최대한 명료하고 간단하게 말하는 게 좋다.

마지막으로 설명이 작품을 조금이라도 '나아지게 만들고' 있는지 살펴봐야 한다. 말하자면 설명의 문제점인 긴박감의 결여를 보완할 수 있도록 더욱 복합적이고 극적이어야 한다는 뜻이다. 예를 들어 앞에서 본『과거 그리고 미래의 왕』의 설명 단락은 미움이 서로의 '먹이'가 되고 결국 그 싸움이 '분노'로 일어난다는 시적 비유로 끝맺는다. 다만 지금은 미사여구에 지나치게 빠져들어선 안 된다. 감정의 동력으로서의 은유는 9장에서 더 깊이 살펴볼 것이다. 설명은 다른 어떤 서술 방식보다도 더 형식적이고 비유적이야 한다. 하지만 너무 지나치면 풍자적인 모방(패러디)이 될 수 있다.

짧게 정리하자면, 한 인물이 다른 인물에 대해 혼란스러운 감정을 품을 때에는 다음 단계를 따른다.

- 인물이 어떤 감정을 품고 있는지 마음속으로 정의한다.
- 각 감정의 원인을 극화함으로써 혼란스러운 감정을 품게 된 원인을 정리할 수 있는지 살펴본다. 정리할 수 없다면 다시 돌아가서 장면을 덧붙여야 한다.
- 엇갈리는 감정을 교차하는 장면으로 보여줄지, 한 장면으로 보여줄지, 설명을 통해 보여줄지, 아니면 이 모두를 합쳐 보여줄 것인지 결정한다. 예를 들어 설명 단락에 이어 한 가지 감정에 대한 장면을 번갈아 넣을 수도 있다.
- 인물이 느끼는 감정들을 독자가 공유할 수 있도록 감정 표현을 충분히 집어넣는다.

인물이 제정신이 아닐 때

인물이 제정신이 아니라서 욕망이 충돌할 뿐 아니라 비이성적이라면 어떻게 할까?

문학 작품에는 오랫동안 진짜로 미쳤거나(『제인 에어Jane Eyre』의 로체스터 부인) 당대 사회의 가치관과 현저히 달라 그렇게 판단된 인물(『멋진 신세계Brave New World』의 버나드)이 등장해왔다. 게다가 이러한 판단은 주관인인 것이라 다른 인물의 생각은 다를 수도 있다(『케인호의 반란The Caine Mutiny』의 퀵 선장).

이상한 인물의 가치 충돌은 '말짱한' 인물의 가치 충돌과 그 표현이 동일하다. 말이 안 되더라도 각 가치를 철저하게 극화된 형태로 보여줘야 한다. 자신이 뇌를 빼앗으려는 우주인들에게 쫓기고 있다고 생각하는 여자가 있다면 최대한 설득력 있게 그녀의 진짜 두려움을 그려내야 한다. 동시에 항성 간의 상호협력에 대한 그녀의 믿음 또한 극화되어야 한다. 어쩌면 과학적인 목적으로 그들에게 다른 뇌(쥐? 고양이? 남편의 뇌?)를 줄 수도 있다. 중요한 것은 이러한 믿음이 작가에게 중요한 만큼 인물에게도 절실하다는 사실이다. 따라서 작가는 그 '인물이 되도록' 노력해야 한다. 그 여자가 남편의 두피를 벗겨내 뇌를 파이 통에 담아 우주인이 쉽게 가져갈 수 있게 뒤뜰에 놓아두는 짓을 저지른다 해도 말이다.

개연성 없는 모순이 있을 때

이제까지 제대로 접근한다면 아무리 동기나 가치, 감정이 엇갈린다 해도 설득력 있는 인물을 창조할 수 있다고 이야기했다. 하지만 애석하게도 이건 사실이 아니다. 아무리 신중하게 계획하고 공을 들여 쓴다 해도 인물이 상식을 벗어난다면 독자는 받아들이지 못한다.

예를 들어 1급 살인을 저지르는 수녀는 나와선 안 된다는 말이 아니다. 그런 인물도 있을 수 있다. 하지만 이 수녀가 1장부터 6장까지 상냥하고 경건하고 헌신적이고 온유한 인물로 묘사되다가 살인을 저지르면 안 된다. 이와 같은 '인물 모순'은 평범한 인간의 모순된 감정보다 훨씬 더 신중하게 표현해야 한다. 엄청 많은 분량을 통해 그려야 한다. 그리고 뒷이야기가 필요하다. 그녀는 왜 수녀가 되었고, 살인 욕구는 왜 생겼을까? 그녀가 극단적인 행동을 저지를 가능성이 있다는 것을 보여주는 장면도 거듭 등장해야 한다. 그녀의 온유한 성격과 살인 행동을 조화시켜야 한다. 뇌종양이나 정신병, 마약 때문이라면 통할지도 모르겠으나 그 이상은 곤란할 수 있다. 차라리 처음부터 포학하고 퉁명스럽고 내면이 분노로 가득 찬 수녀를 만들어내는 편이 더 낫다.

덜 극적인 예를 들어보자. 평소에는 아이들에게 무관심하던 어머니가 자신의 방식이 잘못되었음을 '갑자기 깨닫고' 아이들을 자상히 대한다면 이 역시 신뢰를 주기 어렵다. 어머니가 '갑자기 깨달을' 이유가 있어야 한다. 즉 그 이유가 분명히 밝혀져야 하고 또 그런 변화가 생길 가능성이 있다는 점이 미리 드러나야 한다. 그녀가 중요한 변화를 감당할 수 있는 능력이 있다는 정보가 충분히 나오는가? 그렇지 않다면 인물의 성격 묘사를 처음부터 다시 생각해봐야 한다.

이럴 때 도움이 되는 한 가지 방법은 앞에서 만든 인물의 짧은 일대기와 짝을 이루는 감정의 짧은 일대기를 쓰는 것이다. 플롯에 꼭 필요한 정보가 아니더라도 주요 인물의 감정에 대한 짧은 일대기를 만들어보자. 이를 통해 허구의 인물에 대한 생각을 분명히 정리하고 통찰력을 얻을 수 있다.

- 이름:

- 가장 가치 있게 여기는 것(성공, 돈, 가족, 종교, 권력, 평화 등):

- 가장 두려워하는 것 세 가지:

- 삶에 대해 기본적으로 가지고 있는 태도('모든 일이 결국 잘될 거야', '사람은 스스로 힘껏 살아간다'. '남들에게 아무것도 기대하지 말자' 등):

- 타인을 '괜찮은 사람' 또는 '신뢰할 만한 사람'으로 받아들이기 위해 알아야 하는 것:

- 유독 고통을 주는 것:

- 평생 살면서 한 일 중 가장 잘했다고 생각하는 것:

- 정확하든 아니든 자신을 묘사하기 위해 세 단어를 고른다면?:

- 스스로를 얼마나 정확하게 묘사하는가?:

- 인물이 가치 있게 여기는 것을 가장 잘 대변하는 단체(인종, 종교와 교회, 멘사 등):

- 소속된 단체(없다면 이유는?):

마무리: 복합적인 인물이 흥미롭다

흥미로운 인물은 대부분 엇갈리는 두 가지 가치 또는 욕구를 지니고 있다. 따라서 그의 선택은 그의 성격과 신념을 드러낸다. 또한 인물이 선택에 어떤 태도를 취하는가도 그 선택만큼이나 중요하다. 인물이 하는 이런저런 선택에는 일관성이 있어야 하며, 때로는 뒤에 하게 될 더 큰 선택을 예고하는 역할을 해야 한다.

인물의 행동이나 생각, 신체적 반응, 대화를 통해 인물의 선택을 극화해 보여주자. 인물의 뒷이야기 또한 그가 왜 그런 선택을 하는지 이해하는 데 도움이 된다. 설명은 독자가 극화를 통해 이야기를 들을 준비가 되어 있을 때, 극화로 보여줄 수 없는 새로운 관점을 제시할 때 효과적이다.

인물이 다른 인물이나 사건에 대해 엇갈리는 두 감정을 동시에 느끼는 경우에는 다양한 장면에서 각각의 감정을 극화된 형태로 보여줄 수 있다. 또는 한 장면에서 엇갈리는 감정을 동시에 보여줘도 된다. 이때 두 번째 방법이 더 어렵다. 인물이 엇갈리는 감정을 느끼는 이유를 미리 극화된 형태로 보여줘야 하기 때문이다. 그래야 두 감정 모두 제멋대로인 것처럼 느껴지는 걸 막을 수 있다. 그렇지만 인물의 내적 모순이 독자의 신뢰를 잃을 정도로 설정되어 거부감을 일으켜서는 안 된다.

주요 인물이 느끼는 감정의 짧은 일대기를 정리하면 인물의 가치관과 신념에 관한 생각을 명확히 하는 데 도움이 된다.

잘 아는 세 사람의 이름을 적는다. 그들이 중요히 여기는 것을 각각 네 가지 이상 적는다. 이들을 놓고 소설에 어울릴 법한 극적인 상황을 상상해본다. 이때 각 인물이 가치 있게 여기는 것들은 서로 어긋날 수도 있다. 예를 들어 A라는 인물이 우연히 살인을 목격했다면, 자신의 아이들을 지켜야 한다는 욕구와 옳은 일(법정 진술)을 해야 한다는 욕구 사이에서 갈등할 것이다. 각 인물은 이런 상황에서 어떤 가치를 선택하는가?

잘 아는 소설을 하나 고른다. 주요 인물을 두세 명을 적는다. 그 가운데 가치가 충돌하거나 엇갈리는 욕구를 품은 인물이 있는가? 그렇다면 그 인물이 그런 감정이나 욕구를 드러내는 장면이 있는지 찾아본다. 그런 뒤에 그 장면에서 인물이 어떤 가치를 선택하는지 살펴본다.

자신이 중요하다고 여기는 것 다섯 가지를 적는다. 상반되는 가치들이 있다면 그 가치들이 충돌을 일으키는 상황을 상상해본다. 어떤 가치를 선택하겠는가? 그 상황을 통해 쓰고 싶은 소설의 아이디어를 찾을 수 있는가?

전쟁(어떤 전쟁이라도 상관없다)에 나간 군인 두 명이 집으로 보내는 편지를 간략하게 써보자. 둘 다 자원해서 입대했다. 그런데 한 명은 전쟁터의 험난함에도 불구하고 자신이 올바른 선택을 했다고 자긍하고, 다른 한 명은 자원한 것을 후회하고 자책한다. 이렇게 다른 태도는 편지의 내용에 어떤 영향을 미치는가?

부모와 십 대 자녀의 말다툼 장면을 써보자. 여기서 아이는 막무가내다. 부모는 아이에 대해 상반된 감정들을 느낀다. 몸짓, 신체적 반응, 생각, 대화를 사용하되 설명은 하지 않고 표현해보자. 복합적인 감정을 극화해보자.

5장

인물 변화:
지금 알고
있는 걸 그때도
알았더라면

사건을 창조하라.

_ 서머싯 몸

인물은 동시에 여러 감정을 느낄 뿐 아니라 소설이 전개되는 동안 달라지기도 한다. 이렇듯 시간이 흐르면서 가치관과 감정이 달라지는 인물을 앞서 1장에서 우리는 '입체적 인물'로 정의했다. 이때 어떤 인물은 성격이나 가치관이 크게 변화하며, 이들의 동기 또한 소설이 전개되면서 처한 상황에 따라 변화한다. 그런데 이렇듯 시간이 흐르면서 변화하는 '진행성 동기'는 평면적 인물에게도 있을 수 있다.

헷갈리는가? 전혀 그렇지 않다. 사실 그렇게 어렵지 않다. 모든 인물은 아래 네 가지 유형 중 하나이기 때문이다.

- 성격과 동기 둘 다 결코 변하지 않는 인물
- 성격은 변하지 않지만 동기는 변하는 인물(소설이 전개되는 동안 성장하거나 변하지 않는다. 하지만 원하는 것은 변한다)
- 성격이 변하지만 동기는 변하지 않는 인물
- 성격과 동기 둘 다 변하는 인물

인물과 플롯은 서로 맞물려 있으므로 이 네 가지를 앞으로 '인물과 플롯 유형'이라 부를 것이다.

유형 1. 변하지 않는 인물:
'나는 나다'

때때로 소설의 마지막까지 가장 중요한 동기가 바뀌지 않고, 성격도 아주 뚜렷해 결코 변하지 않는 인물이 있다. 제임스 본드가 좋은 예다. 그는 시작부터 지략이 뛰어나고 자상하고 강인하고 똑똑한 평면적 인물이다. 결말에서도 그는 여전히 지략이 뛰어나고 자상하고 강인하고 똑똑하다. 그의 동기도 변하지 않는다. 소설이 시작될 때 그는 임무를 받고 이 임무를 완수하는 게 그의 목표다. 임무를 완수하는 시점에 소설은 끝난다. 중간에 일시적인 목표(악어에게 잡아먹히지 않기, 여성 보호하기)가 있지만 모두 최우선 목표의 일부일 뿐이다.

이런 규칙은 모험소설에만 있는 게 아니다. 존 스타인벡의 『생쥐와 인간Of Mice and Men』에서 조지와 레니의 동기는 줄곧 똑같다. 돈을 모아 작은 농장을 갖는 것이다. 둘의 성격 역시 내내 똑같다. 조지는 계획을 세우고 실행해가고, 약간 모자란 레니는 악의는 없지만 사고뭉치라서 서로를 비극으로 몰고 간다.

이런 유형의 소설을 쓸 때는 일찌감치 분명하고 단호하게 주인공의 성격과 목표를 알려야 한다. 그러고 나서 이야기를 풀어내야 한다. 그래야 독자가 주인공이 누구이고 왜 그런 일을 하는지 알게 된다. 이렇게 하면 주인공 외에 플롯이나 음모, 장치 같은 다른 요소를 마음껏 복합적으로 만들 수 있다.

하지만 목표와 성격 모두 변하지 않는 인물이라도 어느 순간 두 가지 이상의 감정을 느낄 수 있다. 예를 들어 본드는 본드 걸에게 끌리지만 동시에 신뢰하지 않을 수 있다(때로 그럴 만한 이유가 있다). 인물이 다른 인물에 대해 엇갈리는 감정들을 느낀다면 앞서 4장에서 언급한 기술들을 사용하자. 그리고 나서 다음 장면에서 주요 목표로 되돌아가야 한다.

이렇게 하면 상황이 근본적으로 변하지 않았다는 것을 알릴 수 있다. 예를 들어 본드가 방금 본드 걸과 사랑을 나누었다 해도 그녀는 그를 변화시키지 못한다. 본드가 본드 걸에게 끌린다 해도 그 결과로 성격이나 목표는 변하지 않는다.

유형 2. 동기만 변하는 인물: '세상은 움직이는 과녁이다'

기본적인 성격과 신념은 변하지 않지만 사건을 겪으면서 원하는 것이 바뀌는 인물이 있다. 이런 인물은 크게 두 가지 유형으로 나뉘는데, 바로 영웅 아니면 악당이다. 영웅은 소설의 시작에서부터 기본적으로 존경을 받는다. 이들은 변하지 않는다. 작가가 변할 까닭이 없다고 느끼기 때문이다. 그들은 작가의 가치관을 대변하는 인물이다. 이 유형의 인물로는 샬럿 브론테의 제인 에어(『제인 에어』)와 에인 랜드의 하워드 로크(『파운틴헤드The Fountainhead』)가 있다. 이 둘은 전혀 다르다.

우선 제인 에어는 어릴 때도 용감하고 솔직하고 열정적이며 도덕적이다. 그녀는 빅토리아 시대의 권력 구조 밑바닥에 속한 사람도 존엄하다고 믿는다. 이 점은 소설의 시작 부분에 나온다. 제인이 자신과 학교 친구인 헬렌 번즈, 그리고 학대당하는 다른 인물들을 옹호하는 장면을 통해서다. 결말 부분에 이르렀을 때도 제인은 여전하다.

하지만 제인이 성장하는 동안 눈앞에 놓인 동기들은 계속 변한다. 처음에 제인은 고약한 외숙모의 학대에서 벗어나려 하고, 다음에는 외숙모가 보낸 기숙학교에서 벗어나고 싶어 한다. 그 후에는 시야를 넓히기 위해 가정교사가 되고자 한다. 그러다 자신을 고용한 로체스터 씨와 사랑에 빠지고 그를 원한다(그의 진실을 알게 되고 그의 집을 벗어나려 할 때까지는). 그다음에도 동기는 계속 바뀐다.

하워드 로크는 제인보다 훨씬 더 단호하고 영웅적인 인물로, 결코 아무것도 변하지 않는다. 그는 눈 하나 깜빡하지 않고 실패와 세상의 어리석음을 딛고 일어선다. 그의 첫 목표는 자신에게 설계를 지시한 외부 세력의 영향 없이 자신의 건물을 설계하는 것이다. 다음 목표는 자신 설계 일부를 바꿔버린 자들 때문에 그 건물을 날려버리는 것이다. 이 두 가지 행동은 자신의 우월성에 대한 그의 변하지도 흔들리지도 않는 확신에서 나온다.

즉 인물이 영웅이라면 그는 변하지 않아도 된다. 그런 경우에 다음과 같이 구성할 수 있다.

- 인물이 홀로 서고자 하는데 외부 세상이 장애물을 놓는다.
- 장애물이 인물에게 동기를 준다. 인물은 맞서 싸우거나, 도망치거나, 바꾸거나, 적응한다.
- 최초의 동기가 결과로 이어지고, 그 결과는 또 다른 동기를 일으킨다(제인이 가정교사가 된 결과로 로체스터 씨와 만난다).
- 새로운 동기는 또 다른 장애물과 맞닥뜨린다.

이 구조는 '고전적인 플롯 유형'이라 부르기도 한다(사실 앞에서 다룬 인물과 플롯 유형 네 가지 중 하나다). '변하지 않는 인물' 유형과 마찬가지로 이 유형의 성공은 강렬하고 흥미로운 인물에 달려 있다. 이런 인물을 원한다면 그 인물이 헤쳐나갈 최초의 환경을 설정하고 나서 결과에 맞춰 그의 동기를 변화시켜야 한다.

그러나 '변하지 않는 인물' 유형과 마찬가지로 성격은 그대로인 채 동기만 변하는 인물이라도 어떤 상황에서는 감정이 변하거나 엇갈리는 감정을 느낄 수 있다. 사촌인 세인트 존 리버스가 인도 선교사로 가는 자신을 보필해달라고 청혼했을 때, 제인은 아주 혼란스러운 반응을 보인다.

물론 (세인트 존이 전에 말한 대로) 나는 내 삶에서 잃어버린 것들을 대체할 만한 새로운 관심사를 찾아야 한다. 그가 지금 내게 요청한 일이 영광스럽게 하느님께서 나에게 맡기신 일이 아닐까? 고상한 배려와 숭고한 결과로, 뿌리째 뽑힌 사랑과 뭉개진 희망에 의해 남겨진 공허함을 치유하기에 최고의 일이 아닐까? 나는 그러겠다고 말해야 한다고 믿는다—그런데 아직 소름이 돋는다. 아! 세인트 존과 결혼한다면 나는 나 자신의 반을 포기하는 것이다.

이 장면의 뒷부분에서 제인은 경외심, 경멸, 굴욕감, 두려움, 거부감, 냉소, 아픔을 느낄 것이다. 얼마나 혼란스러울까! 그러나 그녀의 기본적인 성격과 신념은 흔들리지 않는다. 제인은 그 결혼이 하느님께 순종하는 일이라 해도 사랑 없는 결혼은 원치 않는다.

영웅의 반대편에는, 성격은 변하지 않지만 동기가 변하는 악당이 있다. 그들은 범죄를 저지르거나, 탐욕적이거나, 사악하거나 다른 이들을 파괴하는 등 시작하고 끝날 때까지 그대로다. 그들이 이기든 지든 마찬가지다. 하지만 때로 이들의 동기는 커지기도 한다. 더 큰 것을 가지려 욕심을 부리거나 더 크게 파괴하거나 더욱 거대한 범죄를 일으키고 싶어 한다. 또는 영웅과 마찬가지로 악당의 동기도 소설 속 사건의 결과로 변할 수 있다.

예를 들어보자. 악당이 시작 부분에서 현금 수송 차량을 털려고 한다. 이제 그의 목표는 잡히지 않는 것이다. 그런데 형사에게 쫓기는 도중에 악당의 조카와 부하가 죽는다. 형사를 향해 총을 빼들었기 때문이다. 이제 악당에게 또 하나의 동기가 생긴다. 형사에게 복수하는 것. 이제 악당의 이해관계는 사건과 그 결과로 점점 깊어진다.

유형 3. 성격만 변하는 인물:
'죽기 아니면 까무러치기'

많은 소설에서 주인공은 눈에 띄게 변화를 겪는다. 그 인물에게는 단 하나의 동기가 있고 그 목표를 이루기 위해 엄청난 노력을 기울인다. 마치 마차에 짐을 싣고 서부로 가기 위해 모든 것을 걸었던 개척자들 같다. 하지만 최우선 목표를 성취하는(또는 성취하지 못하는) 과정에서 인물의 성격 또는 신념은 변한다. 사실 이런 변화가 때로 소설의 주제가 되기도 한다.

예를 들어보자. 한 젊은 여자가 교도소에서 나가려는 욕망을 품고 있다. 이 욕망이 그녀의 동기다. 그녀는 소설의 1장에서 감금되었고 곧바로 이 동기를 갖는다. 이 소설은 그녀가 교도소에서 나오며 끝이 난다. 복역 기간이 끝나서일 수도 있고, 탈옥에 성공해서일 수도 있고, 또는 그녀의 변호사가 재판에서 이겨서일 수도 있다. 하지만 그녀는 변하는 인물이다. 그녀의 목표는 줄곧 변하지 않지만 그녀의 성격, 신념은 변한다. 어쩌면 다른 죄수들과의 교류를 통해 그녀는 우월감이 강하고 냉소적인 속물에서 자신과 그들이 기본적으로 같은 인간이라고 느끼는 인물로 변화할 수도 있다. 냉소에서 공감으로, 경멸에서 우정으로 감정이 변한다. 교도소에서 나가기 위해 온갖 노력을 기울이는 중에 교도소 또한 그녀에게 영향을 미치는 것이다.

이런 유형의 인물을 쓰려면 명심해야 할 사항이 몇 가지 있다.

- 인물 변화는 반드시 사건에 대한 반응으로 일어나야 한다. 그러기 위해서는 인물을 작가의 의도대로 논리적으로 변화시킬 사건이 있어야 한다. "사건을 창조하라." 글쓰기의 비결을 묻는 질문에 서머싯 몸이 한 대답이다. 인물 스스로 변화하도록, 이러한 반응을 불러일으킬 사건을 생각해내야 한다는 의미다.

- 인물은 사건에 대해 반드시 감정적인 반응을 보여야 한다. 3장에서 말한 감정 표현 방법을 사용해 감정적인 반응을 보여주자.

- 인물 변화 역시 극화해 보여줘야 한다. "애비는 지금 교도소 죄수들에게 동정심을 느낀다"라고 단순히 말하면 안 된다. 애비의 심경 변화를 그녀가 전에 하지 않았던 일을 하는 행동을 통해 보여줘야 한다. 이를테면 한때 경멸하던 교도소 죄수들과 도움을 주고받는 일을 보여준다. 이러한 '인증' 과정은 입체적 인물 모두에게 반드시 필요한 과정이다.

- 소설의 마지막에는 마지막 인증 과정을 집어넣어야 한다. 그래야 인물 변화가 일시적이지 않고 영원한 것으로 여겨진다. 대개 이 마지막 인증은 이전 것들보다 훨씬 강력하다. 예를 들어 주인공은 매일매일 좌절을 겪는 죄수들을 단순하게 돕는 게 아니라, 교도소를 나온 직후 여전히 그 안에 있는 죄수들의 상황을 개선하기 위해 자신이 할 수 있는 모든 일을 다 한다.

독자는 본래 이러한 이야기를 좋아한다. 소설 전체를 관통하는 강력한 동기는 독자의 이해력을 높이고, 입체적 인물은 인생에 대한 충고를 바라는 독자들의 요구를 만족시킨다. 교도소를 다룬 이야기는 긍정적인 메시지를 전달한다. 인간은 더 나은 존재가 될 수 있다는 것.

하지만 이와 같은 인물과 플롯 유형은 세상에 대한 부정적 메시지도 전할 수도 있다. 이 경우에 어떤 목표를 가진 인물은 목표를 이루는 데 실패하는 과정을 거쳐 순진무구한 인물에서 '슬프지만 현명한' 인물로 변화한다. 그 예가 이디스 워튼의 『기쁨의 집The House of Mirth』이다. 주인공 릴리 바트의 목표는 한 가지뿐이다. 돈 있는 남자와 결혼하는 것이다. 그녀는 성공하지 못한다. 소설의 끝이자 그녀 삶의 끝에 이르러서야 그녀는 여러 사건으로 변하게 되고, 화려한 삶에 관심을 덜 쏟고 사랑에 관심을 더 쏟았더라면 훨씬 나은 삶을 살 수도 있었음을 깨닫는다. 그러나 때는 이미 늦었다.

단 하나의 목표를 가진 입체적 인물은 원하는 것을 얻지만 그 성공에 실망하는 이야기에도 효과적이다. "자신이 진정으로 바라는 게 뭔지 알아야 한다. 그걸 이룰 수도 있으니까"식의 이야기 말이다.

이때 인물 변화는 두 가지 유형으로 나타날 수 있다. 첫째, 인물은 성공을 위해 너무 많은 대가를 치렀음을 깨닫고, 자신의 삶을 변화시킬 수도 변화시키지 않을 수도 있다. 둘째, 많은 대가를 치렀음을 결코 깨닫지 못하지만(또는 그 사실을 인정하긴 하지만) 인물은 성공의 결과로 후회 또는 비탄에 잠기면서 변화한다.

유형 4. 성격도 동기도 변하는 인물: '나는 지금 누구이고 무얼 원하는가?'

이 인물은 가장 복잡한 유형이다. 인물의 목표가 내내 변할 뿐 아니라 성격과 신념도 변한다. 이런 인물은 줄곧 혼란스러워한다. 따라서 작가는 독자가 혼란을 느끼지 않도록 해야만 것이다.

예를 들어보자. 허먼 우크의 퓰리처상 수상작 『케인호의 반란』에 나오는 윌리 키스 소위를 생각해보자. 윌리는 전쟁 중에 개인적으로 많은 변화를 겪는다. 그의 동기 또한 계속 바뀐다. 시간 순으로 보자.

- 윌리는 징집을 피하고 싶어서 해군에 자원 입대한다.
- 윌리는 힘든 임무를 피하고 싶어서 소해정 같은 위험한 함대에 배속되지 않으려 한다.
- 윌리는 소해정 케인호에서 멀리 벗어나고 싶어 한다.
- 윌리는 압제적이고 비이성적인 케인호의 퀵 함장에게서 살아남고 싶어 한다.
- 윌리는 퀵 함장을 제거하려는 반란에 가담하고 싶어 한다.
- 윌리는 군사 재판과 불명예 제대를 피하고 싶어 한다.
- 윌리는 마침내 훌륭한 해군 장교가 되어 최선을 다해 나라를 지키고 싶어 한다.

이러한 동기 변화를 통해 윌리의 내적 변화를 알 수 있다. 그는 자기중심적이고 편한 길을 찾아다니는 인물에서 의무를 받아들이고 가치 있게 여기는 인물로 변한다.

진행성 동기와 내적 변화 둘 다를 가진 인물을 만들어냈다면 아주 잘한 일이다! 성공을 꿈꾸어도 좋을 만큼 멋진 인물을 창조한 것이다. 하지만 이 모든 변화가 작위적으로 보이지 않게 하려면 하나의 동기를 가진, 변화하는 인물을 위한 지침을 잘 따르는 것이 중요하다. 즉 인물 변화를 극화해 보여줘야 하고, 그 극화된 사건들의 결과로 변화가 일어나야 하며, 개연성 있는 감정 반응이 있어야 하고, 잇따른 행동을 통해 인증을 받아야 한다.

플롯과 인물의 변화

소설의 기본 플롯 유형을 '아우르는' 목록을 만든 작가는 많다. 1945년 프랑스의 연극비평가 조르주 폴티는 『서른여섯 가지 극적 상황The Thirty-Six Dramatic Situations』을 펴내면서 모든 문학 작품의 플롯 유형을 아울렀다고 주장했다. 그런가 하면 기본 플롯 유형을 여섯 가지, 열두 가지, 또는 열다섯 가지로 묶을 수 있다고 주장하는 작가들도 있다.

SF소설 작가 로버트 A. 하인라인은 플롯 유형은 세 가지뿐이라고 했다. 플롯은 인물 변화로부터 생기는데, 인물이 변할 수 있는 방식은 아래 세 가지뿐이라는 것이다.

- '소년, 소녀를 만나다' 플롯: 인물의 삶은 다른 인물이 미치는 영향 때문에 변한다. 이때 영향을 미치는 인물은 연인이 될 수도 있고 교사, 친구, 아이 등 유대감이 깊은 존재라면 누구든 될 수

있다. 이 플롯의 원형은 『미녀와 야수Beauty and the Beast』로, 야수는 미녀에게 받아들여지면서 변한다.

- '꼬마 재단사' 플롯: 인물이 자신도 몰랐던 힘을 발견하는 상황이 나온다(동화 『용감한 꼬마 재단사 The Brave Little Tailor』의 꼬마 재단사는 거인을 죽인다).
- '사람은 깨닫기 마련이다' 플롯: 인물이 현실과 맞서 세상에 대한 자신의 생각을 시험하면서 변한다. 인물은 때로 슬픈 결말을 맞지만 결국엔 현명해진다. 미다스왕은 세상의 모든 황금보다 딸이 소중하다는 걸 너무 늦게 깨닫는다.

인물을 변화시키는 이 동기들 가운데 상상력에 불꽃을 당기는 게 있는가? 그렇다면 이 하인리히 분류가 자신에게 맞는 것이다.

동기, 어떻게 그릴까?

지금까지 감정을 극화하는 법에 대해 살펴봤다. 이제 감정의 근원인 동기를 극화하는 방법을 알아보자.

시종일관 하나의 목표를 좇는 인물과 줄곧 목표가 달라지는 인물을 그리기 위해 작가가 할 일은 독자가 이 목표가 무엇인지를 '알게 하는' 것이다. 여기에는 몇 가지 방법이 있다.

- 인물이 자신의 목표를 생각하게 한다: 『제인 에어』의 제인. "나는 바깥 세계의 누구와도 연락을 주고받지 않았다. 학교 안의 규

칙, 의무, 관습과 관념, 소리, 어법, 체면, 복장, 그리고 선호와 혐오. 이런 게 내가 아는 것들이었다. 그런데 이제 이것들만으로 충분치 않다는 느낌이 들었다. 나는 어느 날 오후 8년간의 일상에 지쳤다. 나는 자유를 갖고 싶었다."

- 다른 이로부터 목표를 부여받게 한다: "형사, 당신이 리슬링 살인 사건을 맡아주시오."

- 다른 인물과 자신의 목표를 이야기하게 한다:『생쥐와 인간』의 레니와 조지. "몇 가지는 까먹었어. 앞으로 어떻게 할 건지 다시 말해줘." "언젠가 우리는 함께 토끼도 키우고, 작은 집을 사서 소도 돼지도 키울 거야." "우리 땅에서 우리 힘으로 먹고살 거야." 이어서 레니가 소리쳤다.

- 다른 인물들의 입을 통해 독자들이 '엿듣게' 한다: 이 방법은 내성적이거나 말이 많지 않은 인물에게 아주 적격이다. "잭은 형의 인정을 받으려 무진장 애를 쓰고 있지만, 칼은 그를 그냥 못 본 척해."

- 목표를 이루기 위해 수차례 시도함으로써 자신의 동기를 입증한다: 단순히 습관, 예의, 규칙이 아니라 인물이 정말로 원하는 것임을 나타내기 위해서는 두 번 이상 시도해야 한다.

이 방법들 중 어떤 것이 어떤 플롯에 잘 통한다 같은 고정불변의 법칙은 없다. 이 방법을 써봤는데 인물의 동기가 분명히 드러나지 않는다면 저 방법을 써보면 된다.

동기의 극화, 감정의 극화, 인물 변화의 극화, 성격 묘사를 위한 적절하고 구체적인 세부 사항 만들기를 동시에 해내기란 마치 곡예를 부리는 일처럼 어렵게 느껴질 수 있다. 그러나 이 재료들을 통제할 수 있는 한 가지 방법이 있다. 사실 이 방법은 플롯과 감정 변화 같은 소설의 다른 요소를 다루기 위한 비법이기도 하다.

비법은 이것이다. '장면 단위로 쓸 것.'

한꺼번에 소설 전체, 즉 전체적인 감정 변화나 모든 인물의 진행성 동기를 생각해낼 필요는 없다. 지금 당장 할 일은 주어진 한 장면을 쓰는 것이다. 그리고 이를 잘하는 방법은 쓰기 전에 그 장면의 목표가 무엇인지 정확하게 아는 것이다.

동물병원에 수십억 원을 유산으로 남긴 노부인 이야기를 쓰고 있다고 상상해보자. 컴퓨터 앞에 앉아 노부인의 아들이 어머니의 책상에서 유언장 사본(원본은 변호사에게 있다)을 발견하는 장면을 쓰고 있다. 아들이 유언장을 읽는다. 인물이 행동에 뛰어들기 전에 이 장면을 통해 무엇을 전달하고 싶은지를 생각하자. 메모를 좋아한다면 글로 적자. 이 장면의 목적은 다음과 같을 수 있다.

- 유언장의 내용(동물병원에 상속) 알리기
- 아들을 욕심 많고 이기적이며 분노에 찬 인물로 묘사하기
- 아들에게 동기 부여하기(노부인을 금치산자로 몰고 가 유언장의 효력을 무효로 만들고 싶어 한다)

이제 이 장면의 목적을 알겠는가? 그렇다면 자문해보자. 이 목적을 단순히 말하지 않고 어떤 식으로 극화해 '보여줄' 수 있을까? 아들의 마음을 어떻게 보여줄 수 있을까? 아이디어가 떠오르기 시작할 것이다.

- 그는 유언장을 찾기 위해 방을 샅샅이 뒤진다.
- 그는 유언장을 찾아서 읽는다(그다음 단락에서 유언장을 직접 보여준다).
- 그는 고양이를 발로 차고 의자를 던지고 욕을 퍼붓는다.
- 그는 마음을 가라앉히는 동안(산책을 하거나 물을 마시거나 담배를 피우면서) 유언을 무효로 만들 방법을 궁리한다. 그는 어머니인 노부인을 금치산자로 만들기로 결심하고, 자신이 유언장을 봤다는 사실을 누가 알기 전에 이 일을 빨리 실행해야 한다는 것을 깨닫는다.
- 그는 유언장을 감쪽같이 제자리에 돌려놓고 방을 이전처럼 해놓는다.
- 그는 변호사에게 전화해 노부인이 유언장을 남겼는지 묻고 나서 그녀가 정신적으로 온전치 못했다는 이웃의 증언을 전하며 걱정을 표한다.

이제 이 장면을 쓸 준비가 되었다. 이 장면만 생각해야 한다. 플롯을 전개하고, 인물의 성격을 설정하고, 다음에 올 장면의 배경이 될 구체적이고 의미 있는 행동에 온 신경을 집중해야 한다.

글을 쓰는 동안 목록에 적어둔 것과는 다른 아이디어가 떠오를 수도 있다. 그 아이디어가 더 좋다면 그걸 쓴다. 목록은 지침일 뿐이지 구속이 아니다. 목록은 동기, 감정, 인물, 플롯에 집중하도록 도움을 주는 도구다.

여기서 예로 든 장면에는 오직 한 인물, 즉 아들만 등장한다 (전화 대화가 있지만). 하지만 대부분의 장면에는 두 명 이상의 인물이 등장한다. 이는 인물을 발전시킬 다른 방법이 훨씬 많다는 뜻이다. 6장에서 이 방법들을 탐색할 것이다.

마무리: 인물의 목표 그리고 감정의 변화

인물은 소설이 전개되는 동안 자신의 신념과 태도를 바꿀 수도 바꾸지 않을 수도 있다. 또한 이전의 목표를 이루었거나 또는 이루지 못했을 때는 목표를 바꿀 수도 있고 바꾸지 않을 수도 있다. 인물에게는 항상 강력한 동기와 진행성 동기 두 가지가 모두 분명하게 있어야 한다. 작가는 이를 통해 인물이 원하는 것이 무엇인지 독자가 정확하게 인식할 수 있게 해야 한다. 이러한 동기는 대화, 생각, 행동, 설명을 통해 표현할 수 있다.

인물 변화는 항상 개연성이 있는 사건의 결과로 일어나야 한다. 또한 그 변화가 일시적인 것이 아님을 입증하기 위한 인증 장면이 소설의 마지막에 나와야 한다.

어떤 장면 안에서 고정된 목표를 가졌더라도 인물은 한 번에 두 가지 이상의 감정을 느낄 수 있다. 이렇게 감정이 혼란스러운 장면 뒤에 동기를 극화하는 장면이 잇따르면 독자는 그 인물의 동기 변화를 알아챌 수 있다.

감정, 동기, 인물의 변화를 한꺼번에 다루는 비법은 장면 단위로 쓰는 것이다. 글을 쓰기 전에 그 장면에서 이루어야 하는 모든 것을 정하자. 이렇게 하면 모든 목표를 달성할 수 있을 뿐만 아니라 장면을 통제하고 있음을 느낄 수 있다.

다음 중 하나를 고른다. 은행 강도, 유괴범, 전쟁 영웅, 전쟁 패자, 부유한 여자와 결혼한 가난한 남자. 이들이 그와 같은 선택을 한 동기를 상상해 세 가지씩 적는다. 어떤 인물이 소설로 쓰기에 가장 흥미롭게 보이는가?

어떤 이유 때문에 유괴를 저지르는 인물을 떠올린다. 이제 이 행동(유괴) 때문에 벌어질 수 있는 일을 세 가지 적는다.
이 결과들을 탐구한다. 그중 무엇이 동기 변화로 이어질 수 있을까?

자신의 인생에서 혼란스러운 감정을 들게 하는 한 사람을 생각한다. 그에 대한 감정들을 적는다.
이제 이 감정들을 자신이 어떻게 표현하는지 생각해본다. 그와 만날 때의 행동, 말, 생각, 신체적 반응은 어떠한가? 그에게 혼란스러운 감정을 표현한 적이 있는가? 어떻게 표현했는가?(이 연습의 요점은 치유가 아니다. 소설 쓰기에서 인간의 복잡함을 더 잘 인식하는 데 있다)

자신이 아는 사람 중에 중대한 방식으로 진정한 변화를 보인 사람이 있는가? 그 사람이 변했음을 어떻게 알았는가? 그러한 변화를 인증하는 행동은 무엇이었는가? 소설 속 좋아하는 인물을 골라 같은 질문을 해보자.

변하기를 바라는 사람을 떠올린다. 그의 변화를 인증하는 행동은 무엇이 될까?

SF소설과 판타지소설은 모험과 특수효과가 아니라
인간의 진실에 초점을 맞추어야 한다.
상상에 근거한 문학 작품의 성공은
정교한 플롯보다 인물에 달려 있다.

장르소설은 미스터리소설, 스릴러소설, 로맨스소설, SF소설, 서부소설 등으로 분류된다. 이러한 장르 분류는 서점에서 따로 서가를 설치하는 데서 보듯 판매 전략과 관련이 있다. 예를 들어 미스터리소설에도 주요 인물 사이에는 로맨스가 있을 수 있다. 펜포크너상을 수상한 앤 팻칫의 순수소설 『벨칸토Bel Canto』는 스릴러소설에 자주 등장하는 인질극이 바탕에 깔려 있다. SF소설에는 미스터리가 들어갈 때가 많다. 사실 작가들은 출판사처럼 장르를 엄격히 구분하는 데에 그다지 관심이 없다.

장르소설의 인물도 그저 인물이다. 즉 이제까지 다룬 모든 내용이 적용된다는 뜻이다. 그중에는 입체적 인물도 있고 평면적 인물도 있다. 단 하나의 동기가 있을 수도 있고 여러 복합적인 동기가 있을 수도 있다. 모두가 뒷이야기를 가졌고 어딘가에 집과 가족이 있다. 장르소설이라 해서 다차원적이고 흥미로운 인물을 쓰지 못할 이유가 전혀 없다.

단, 장르소설에는 반드시 해결해야 할 사항과 문제들이 추가 된다. 이 분야의 편집자와 독자는 자신이 무엇을 기대하고 있는지 명확히 안다. 로맨스소설을 집어든 독자가 인물들에게 기대하는 것은 분명하다. 그 기대가 무엇인지 알아야만 로맨스소설의 독자(또는 미스터리소설 독자, SF소설의 독자)를 사로잡을 수 있다.

로맨스소설 1: 특별한 사랑법

로맨스소설의 시장은 엄청나다. 많은 사람이 러브스토리를 읽고 싶어 한다. 로맨스소설 작가들은 여타의 장르소설 작가보다도 출판사로부터 인물에 대한 가장 분명한 지침을 전달받는다. 다른 장르소설처럼 로맨스소설도 하위장르가 있다. 로맨틱서스펜스, 현대로맨스, 리젠시, 관능로맨스 등등. 로맨스소설에서 인물을 성공적으로 그리기 위한 핵심은 애독자들이 하위장르에서 무엇을 기대하는지 아는 것이다.

예를 들어 리젠시(영국 섭정시대의 상류 사회를 배경으로 하는 로맨스소설)에는 결코 섹스 장면이 들어가지 않는다. 당시에는 젊은 여성들이 순결을 지켰기 때문이다(그럼에도 영국 섭정시대를 배경으로 하는 도발적인 로맨스소설을 쓰고 싶다면 그건 역사로맨스로 재분류되어야 한다). 따라서 리젠시의 여주인공은 재기가 넘치기 마련이다. 리젠시는 로맨스소설의 하위장르 중에서 가장 재치가 빛난다.

또한 출판사들은 인물에 대해 특별한 필수 조건을 단 임프린트(출판사 안의 독립된 브랜드. 주로 전문 편집자에게 경영을 맡긴다)를 보유하고 있다. 예를 들어 할리퀸 프레젠트는 현대를 배경으로 활기차고 독립적인 여주인공과 숨이 멎을 만큼 매력적이고 영웅적인 남주인공을 요구하는 임프린트다. 이 임프린트에서 출간하는 소설에는 상냥하지만 평범하고 뚱뚱한 여자와 반에서 소문난 괴짜 남자의 로맨스가 들어설 자리가 없다.

임프린트마다 인물에 대한 요구 사항이 다르기 때문에 가장 좋은 방법은 출판사에 직접 연락해 지침을 얻는 것이다. 인물의 나이와 상황까지 지정해줄 만큼 자세한 경우도 있고, 그렇지 않은 경우도 있다. 하지만 로맨스소설의 여주인공들은 다음과 특징을 공통적으로 가지고 있다.

- 여주인공은 예쁘고 하다못해 톡 쏘는 매력이 있다. 로맨스소설의 독자는 대개 여성이다. 로맨스소설은 환상을 실현하며 독자가 인물과 자신을 동일시할 때 성공한다. 독자들은 대개 외형적으로 매력적인 인물과 자신을 동일시하고 싶어 한다.
- 여주인공은 도덕적이다. 로맨스소설의 여주인공은 실수를 하거나 나쁜 결정을 할 수 있지만 기본적으로 도덕적이다. 행실이 추잡한 인물은 로맨스가 들어간 역사소설 주인공으로는 적합할지라도(캐슬린 윈저의 『내 사랑 앰버Forever Amber』), 상위 범주인 로맨스소설의 주인공으로는 적합하지 않다. 옳은 일을 하려 애쓰는 인물을 창조해야 한다.
- 여주인공은 독신이다. 로맨스소설의 독자들은 대체로 불륜을 용납하지 않는다.

- 여주인공은 연애 말고 다른 일에 관심이 있다. 그녀에게 로맨스는 힘을 쏟아붓는 최우선 동기라기보다는 우연히 일어나는 일이다. 여주인공은 시작부터 명확한 목표를 갖고 있어야 한다. 목장 운영, 의사 되기, 선거 출마, 최고의 유치원 선생님 되기 등.
- 여주인공은 사랑스러워야 한다. 결국 남주인공의 사랑을 받으며 끝나기 때문이다. 로맨스소설의 인물들은 예외 없이 해피엔딩을 맞으며, 독자는 그들이 행복해질 자격이 있다는 것을 확인하고 싶어 한다.

로맨스소설 2: 개성이 있는 사랑

로맨스소설의 여주인공은 어떻게 창조할까? 다른 인물들과 같다. 앞서 다룬 지침을 바탕으로 만들면 된다. 기본부터 시작하자. 이름, 겉모습, 옷차림 등등. 이를 통해 그녀가 어떤 사람인지 정해야 한다. 그녀의 뒷이야기는 현재 원하는 바와 같아야 한다. 예를 들어 여주인공이 목장 경영을 원하는 이유는 목장에서 자랐기 때문일 수 있다. 또는 여주인공이 아주 어려서부터 의사가 되고 싶었고 중상류층인 가족들로부터 전폭적인 지지를 받았는데, 지금은 의대가 자신에게 정말로 맞는지 의심을 품고 있을 수도 있다.

여주인공의 기본적인 인적 사항을 정한 뒤에 그 인물이 되어 보자. 그녀는 자신의 상황을 어떻게 느끼는가? 그녀는 감정을 어떤 식으로 표현하는가? 열정적으로 아니면 조심스럽게? 이런 성격을 누구에게 가장 먼저 드러낼 수 있을까? 이 점이 첫 장면에 나오면 좋다.

다음으로 관심을 남주인공에게로 돌려라. 과거에 남주인공은 여주인공보다 '나이가 더 많고, 더 부유하고, 키가 더 커야' 한다는 조건이 따랐다. 이 조건은 이제 완화되었지만, 여성 독자가 사랑에 빠지고 싶을 만큼 멋진 남자여야 한다는 점은 변하지 않았다. 남주인공은 다음의 다섯 가지 요건을 갖추어야 한다.

- 독신이어야 한다.
- 성적 매력이 있어야 한다.
- 친절해야 한다(처음에는 분명하게 드러나지 않을 수도 있다).
- 똑똑해야 한다.
- 경제적 여유가 있어야 한다(실제로 부자가 아닐 수도 있다).

이렇듯 멋진 남주인공을 창조하기 위해 그의 상황에서 시작해 보자. 남주인공이 자연스럽게 여주인공과 엮여야 한다. 즉 반드시 만나야 할 상황이 있어야 한다. 예를 들어 여주인공이 목장을 사고 싶다면 남주인공은 목장을 팔지 않으려는 목장주, 아니면 여주인공이 관심을 둔 땅에 눈독 들이는 가까운 목장의 주인일 수 있다. 또는 주디스 맥노트의 소설 『밤의 속삭임Night Whispers』처럼, 여주인공이 돈 많은 바람둥이가 오래전에 버린 딸이라면 남주인공은 그 바람둥이 아버지의 이웃이며 여주인공의 이복 자매와 약혼한 사이일 수도 있다.

남주인공의 상황은 플롯뿐 아니라 그의 성격을 결정하기도 한다. 손수 일하는 목장 주인은 아마도 강인하고 바깥 활동을 좋아하며 편한 옷차림을 즐겨 하고 발레보다 소떼에 더 관심 있을 것이다(그가 발레를 좋아하는 목장주라면 흥미가 배가될 수도 있겠다). 여기서 핵심은 개성이다. 하지만 지나치게 개성적이어서는 안 된다. 수많은 여성 독자가 사랑에 빠질 수 있을 정도라야 한다. 남주인공이 너무 특이하면 그렇게 되기 힘들다.

다시 말해 로맨스소설의 작가는 개성 있으면서도 대중적 이상형에서 너무 멀지 않은 주인공을 만들어야 한다. 상당한 노력이 필요한 일이므로 소설을 쓰기 전에 충분히 생각해야 한다.

미스터리소설 1: 괴짜가 넘친다

미스터리소설도 로맨스소설과 마찬가지로 여러 하위장르로 이루어져 있다. 형사, 법정, 사설탐정, 역사미스터리, 그리고 아마추어 탐정이 나오는 소프트미스터리(빌리지미스터리) 등등. 이렇게 다양한 하위장르는 자연스럽게 다양한 인물로 이어진다. 미스 마플(애거서 크리스티의 시리즈 주인공)은 겉으로는 샘 스페이드(대실 해밋의 『몰타의 매』 주인공)처럼 고전적인 누아르풍 탐정이지만, 데릭 스트레인지(조지 펠레카노스의 시리즈 주인공)처럼 거친 사설탐정과 닮은 점은 많지 않다. 하지만 자세히 들여다보면 미스터리소설이라는 형식 자체에 따른 공통점이 있다.

모든 미스터리소설은 범죄 사건의 해결에 집중하며, 대부분의 소설에서 사건이 해결되고 범인은 붙잡힌다. 물론 에드거상 수상작인 토머스 페리의 『부처스 보이The Butcher's Boy』처럼 살인범이 잡히지 않을 수도 있다. 하지만 형사들은 여전히 범인을 잡으려 엄청난 애를 쓴다. 미스터리소설 작가 클로디아 비숍은 이렇게 말한다. "사람들은 다양한 이유로 미스터리소설을 읽는데, 그중 하나가 안심이 되기 때문이다. 즉, 범죄는 나쁘고 범죄를 저지르면 그 대가를 치러야 한다는 도덕적 가치를 재확인한다. 미스터리소설에서 법이 언제나 정의의 편은 아니지만 대개 정의가 승리한다."

이것이 미스터리소설의 독자가 기대하는 바다. 물론 예외는 있다. 퍼트리샤 하이스미스의 톰 리플리(『리플리 1: 재능 있는 리플리The Talented Mr. Ripley』의 주인공)는 살인을 저지르고 잘도 빠져나간다. 그것도 몇 번씩이나. 하지만 여전히 대부분의 미스터리소설은 범인이 잡히면서 끝나고, 이런 제약 때문에 작가는 어려움을 겪는다.

더욱이 미스터리소설에서는 선한 인물이 승리해야 하다는 요구 사항 때문에 인물의 성격을 발전시킬 수 없는 경우가 있다. 시리즈물이라면 더욱 그렇다. 독자는 렉스 스타우트의 소설 속 탐정 네로 울프가 느닷없이 날씬하고 공손해지기를 원하지 않는다. 재닛 에바노비치의 소설 속 스테파니 플럼이 우아한 옷을 입는 것도 바라지 않는다. 사실 독자는 시리즈물의 탐정이 너무 많은 걸 알지 않길 바란다(대부분의 미스터리소설은 시리즈다). 그들이 급격히 변해버릴 수 있기 때문이다. 독자는 주인공이 늘 변함없기를 원한다.

이런 제약은 미스터리소설 작가에게 영향을 미친다. 주요 인물들이 크게 변하지 않는 경우, 작가는 이들이 계속 흥미로운 인물일 수 있도록 대안을 찾아야 한다. 소프트미스터리의 경우에는 괴상한 과업과 상투적인 내용에 빠지기 쉽고, 하드보일드의 경우에는 마치 기성복 같은 터프한 형사에 의존하려는 유혹에 빠지기 쉽다.

하지만 훌륭한 작가는 이를 뛰어넘는다. 복합적인 인물이 나오는 데다 문학성까지 갖춘 미스터리소설이 계속 나옴으로써 시장은 더욱 커지고 있다. 로맨스소설과 마찬가지로 미스터리소설의 장르적 제약은 오히려 기억에 남을 주인공을 만들기도 한다. 좋은 예가 레지널드 힐의 『저 너머 숲The Wood Beyond』과 『뷸라 하이트에서On Beulah Height』 등에 나오는 요크셔의 경위 앤드루 달지엘이다. 이 작가는 현실 속의 사람들처럼 엇갈리는 감정을 품은 인물을 능숙하게 만들어낸다. 달지엘은 잔인하면서도 예민하고, 정의감에 불타면서도 교묘하게 정치적이다. 게다가 달지엘과 그의 동료들은 시리즈가 계속될수록 발전한다. 미스터리소설을 쓰고자 한다면 이 소설들을 꼭 읽어봐야 한다. 힐은 시리즈물이라는 한계에도 인물을 다채롭게 창조하는 방법을 알고 있다.

그렇다면 미스터리소설 주인공은 어떤 인물이어야 할까? 다음은 그 지침이다.

- 호기심이 많아야 한다. 자기 자신이나 다른 사람의 생각을 들여다보지 않으려는 고집 센 인물은 범죄 사건을 해결하지 못한다

(교통경찰이 결코 탐정이 될 수 없는 이유가 여기에 있다). 수사를 계속하려면 자신의 일 외에도 관심이 많아야 하고, 새로운 방향으로 나아갈 수 있을 만큼 융통성이 있어야 한다. 주인공이 아마추어일 경우에 이 점은 더욱 중요하다. 그렇지 않다면 사건을 형사에게 넘기고 빠져야 하지 않을까?

- 자립적이고 적극적이어야 한다. 의존적이고 수동적인 인물은 범죄 수사를 시종일관 끌어가지 못한다. 다른 인물이 그 일을 대신 해주기를 기대한다.

- 아마추어라면 수사를 계속할 동기가 있어야 한다. 어떤 위협을 받고 있는가? 생계 수단, 가치관, 가족 사항, 평판, 건강은 어떤가? 법이 사건을 해결해주리라 믿지 못하는가? 그렇다면 왜 그런가? 그는 자신이 더 잘 해결할 수 있다고 생각할 만큼 오만한가? 혹시 남들이 갖지 못한 전문 지식이 있는가? 원래 남의 일에 참견하기 좋아하는가? 사건이 어쩌다가 그의 손에 떨어진 것인가? 미스터리소설 독자는 타당성이 없는 이야기, 즉 애견 조련사가 연달아 살인 사건을 여섯 건이나 해결했다는 식의 이야기에 꽤 너그러운 편이다. 하지만 완전히 믿을 수 없는 이야기는 안 된다. 행동에 논리적인 동기가 있어야 한다.

- 전문가라면 추가로 요구 사항이 있다. 그 분야를 알아야 한다. 미스터리소설 독자는 좋아하는 장르의 소설을 섭렵하는 경향이 있다. 따라서 FBI 조직이 어떻게 구성되어 있는지, 사설탐정이 어떤 법적 한계에 부딪히는지, 경찰 수사권이 어디까지인지 환히 꿰고 있다. 상대방 몰래 통화 내용을 녹음하는 것이 뉴욕에서

는 합법이지만. 메릴랜드에서는 불법이라는 사실도 알고 있다. 뉴욕 경찰이 제20 관할구역을 더 투오라고 부르고, FBI 요원이 모든 심문과 감시 내용을 파일 302로 보관한다는 사실도 안다. 그러니 작가도 이런 세부 사항을 알고 있어야 한다. 모르면서 폭넓게 조사하기 싫다면 인물을 전문가로 내세울 생각은 하지 말아야 한다.

법과 첨단 기술

미스터리소설을 쓸 때 위험 요소 중 하나는 시대에 뒤떨어지는 것이다. 만약 초창기 미스터리소설을 본보기로 삼아 글을 쓰면 독자를 설득하지 못할 것이다. 법은 계속 바뀌기 때문이다. 또한 감시, 추론, 심문과 같은 절차는 아직 그대로지만 위치 추적 같은 기술이 모든 수사에 활용되고 있다. 그러니 인물이 전문가로서 신뢰성을 얻으려면 꾸준히 데이터베이스를 검색해야 하고, 인물이 어떤 정보에 접근 가능한지 알아야 한다. 즉 사전조사를 철저히 해야 한다. 예를 들어보자.

- 국가범죄정보센터NCIC는 미국 FBI가 조사한 엄청난 데이터베이스를 보유하고 있다. 여기에는 범죄, 지문, 체포 영장, 총기, 장물에 관한 정보가 들어 있다. 이 데이터베이스는 사법 집행에 종사하는 공무원과 연방법에 규정된 몇몇 조직만 접근이 가능하다.
- 거의 모든 사람에 관한 정보를 가지고 있는 민간 데이터베이스는 자격증이 있는 사설탐정, 변호사, 채권 추심원도 접근할

수 있고 비용을 지불해야 한다.

- 실종자를 찾는 아마추어 탐정이라면 공공 데이터베이스, 클래스메이트닷컴 같은 웹사이트, 연락처 정보를 되파는 유료 사이트를 찾을 것이다.

인물이 사무실을 나서기 전에 컴퓨터로 무엇을 할지 알아야 한다. 그래야 개연성을 높이고 더 많은 사건을 만들 수 있다.

미스터리소설 2: 탐정의 직업은?

미스터리소설의 주인공들은 어떤 직업을 가지고 있을까? 경찰, 보안관, 사설탐정, FBI 요원, 현장감식반, 현상금 사냥꾼 등이 있다. 물론 이들만이 살인 사건을 조사하지는 않는다. 하지만 살인 사건을 해결하려면 인물이 중요한 데이터베이스에 접근할 수 있어야 한다. 다시 말해 작가에게 이들 직업의 조건과 한계에 대한 올바른 지식을 있어야 한다는 뜻이다.

미스터리소설 시리즈에 등장하는 아마추어 탐정의 직업을 살펴보면 놀랄 정도로 다양하다. 다음은 그 일부다.

세탁소 주인 / 야영장 관리인 / 미용사 / 요리사 / 임상심리학자 / 웨딩 플래너 / 무용수 / 랍비 / 점성가 / 전업주부 / 고등학교 교사 / 청소부 / 마녀

이 밖에도 생각해낼 수 있는 모든 직업이 가능하다. 그런데 여기서 작가는 세 가지 함정에 빠질 수 있다.

첫째, 이미 다른 미스터리소설에서 활약한 아마추어 탐정의 직업을 빼고 다른 것을 떠올리기가 어렵다. 출판사 입장에서도 세탁소 주인이 탐정으로 등장하는 또 다른 미스터리소설 시리즈를 원치 않는다. 또한 얼마나 잘 쓰느냐에 달려 있다 해도, 색다르고 '독창적인' 직업은 바라던 것만큼 독창적이지 않을 수 있다.

둘째, 아마추어 탐정은 직업이 활동 지역을 제한한다. 다시 말해 평소 직장생활을 하는 도중에 범죄를 알게 되고 해결하게 된다. '수단과 동기, 기회'는 보통 범죄와 관련이 있지만, 경찰로부터 사건을 넘겨받지 않는 아마추어 탐정에게도 적용이 된다. 직업 때문에 인물이 필연적으로 범죄에 연루되고 있는가? 단서를 모으거나 실마리를 찾기 위해 돌아다닐 수 있는 직업인가, 아니면 사건이 인물을 찾아오게 되는 직업인가? 직업이 어떤 식으로든 사건 해결에 도움이 되는가? 주인공의 직업을 결정하기 전에 이런 점들을 생각해봐야 한다.

셋째, 아마추어 탐정의 흥미롭거나 색다른 직업은 성격 묘사를 회피하기 위한 수단으로 쓰일 수 있다. 이 점은 어쩌면 가장 중요한 함정일 수 있다. 아마추어 탐정은 배우도, 트로피 제작자도, 재즈 클라리넷 연주자도 될 수 있지만 직업이 그의 전부여서는 안 된다. 다른 사람들과 마찬가지로 클라리넷 연주자도 성격이 다 다르다. 재즈 연주가 하면 제일 먼저 떠오르는 성격(화려하고 믿을 수 없고 돈이 없음)을 찾아내고는 인물을 다 만들었다고 생각해선 안 된다.

훌륭한 아마추어 탐정은 여타의 주인공만큼이나 성격 묘사가 잘 이루어져야 한다. 사이먼 브렛의 소설 속 아마추어 탐정 찰스 파리스는 배우지만 단지 배우로만 정의되지 않는다. 그는 유쾌하면서도 슬프고, 실패해도 언제나 희망을 잃지 않는다. 그래서 독자는 그를 응원하면서도 화가 나기도 한다.

물론 직업이 필요한 건 주인공만이 아니다. 미스터리소설은 장르가 생겨난 이래로 주인공인 탐정과 그의 조수가 짝을 이루며 등장하는 경우가 많다. 예를 들어 셜록 홈스와 왓슨, 앤드루 달지엘과 피터 파스코, 새러와 메그 퀼리엄 자매, 데릭 스트레인지와 테리 퀸 등이 있다. 조수는 탐정이 사건을 의논할 수 있는 인물이다("아주 기초적인 것이지, 나의 친애하는 왓슨"). 조수는 또한 탐정의 기술이나 성격을 멋지게 보완해줄 수 있다. 예를 들어 피터 파스코는 속임수를 쓰는 달지엘을 돋보이게 한다. 파스코는 조용하고 온화하고 예민하다.

스릴러소설과 서부소설 1: 주인공(영웅)의 요건

스릴러소설을 미스터리소설이 아니라 서부소설과 함께 분류하는 것이 이상하게 보일 수도 있지만, 두 장르에서 그리는 주인공의 유형은 거의 동일하다. 이들 장르의 주인공은 보통 사람이 할 수 없는 일을 하고, 으레 등장하기 마련인 악당에 맞서 싸운다. 다양한 테러리스트에 맞서는 제임스 본드, 냉전시대의 러시아에 대항하는 잭 라이언(톰 클랜시의 시리즈 주인공), 범법자에 대항하는 루이스 라모르의 소설 속 서부 영웅들 등등.

물론 서부소설이나 스릴러소설에 믿을 수 없을 만큼 능력 있는 영웅과 믿을 수 없을 만큼 악랄한 악당이 반드시 등장해야 하는 건 아니다. 사실 그런 인물이 등장하지 않는 뛰어난 소설은 많다. 로버트 해리스의 『에니그마Enigma』는 신경쇠약에 걸린 데다 여자들에게 실연당한 수학자가 주인공이다. 톰 클랜시의 『붉은 10월호The Hunt for Red October』는 서방세계를 날려버리려는 핵잠수함의 러시아인들이 아닌 서방세계로 투항하려는 핵잠수함의 러시아인들이 적대자로 등장한다. 「캐프락 목장Caprock Rancher」에 나오는 중년의 가난한 목장주처럼 아모르의 소설 속에는 전형적인 서부영화 주인공이 아닌 평범한 남자들이 주인공으로 나온다.

하지만 이렇게 복잡한 이야기에도 진짜 악당은 등장한다. 『에니그마』에는 영국의 총력을 막으려는 반역자가, 『붉은 10월호』에는 미국으로 망명하는 동포를 몰살하려는 러시아인들이, 「캐프락 목장」에는 목장주의 돈을 가로채려는 악당들이 있다. 그리고 대부분의 스릴러소설과 서부소설은 기본적으로 선한 자와 악한 자의 대결 플롯이다.

어쩌면 선한 자는 너무 선하지 않게, 악한 자는 너무 악하지 않게 그리고 싶은 도전 의식이 들 수 있다. 흔들림이 없는 제임스 본드와 기괴한 상대가 등장하는 소설처럼 기상천외한 이야기를 쓸 때는 예외다. 그러나 풍자소설을 쓰는 게 목적이 아니라면, 인간적인 약점을 지닌 탓에 독자가 동일시를 할 수 있고 이로써 긴장감을 주는 주인공이 훨씬 흥미로울 수 있다. 주인공이 절대로 패하지 않는 천하무적이라는 결론이 나와 있다면 긴장감이 들 수 있을까? 천하의 슈퍼맨도 크립토나이트에 꼼짝 못 한다.

스릴러소설과 서부소설의 주인공을 그릴 때는 성별에 상관없이 참고해야 할 지침이 있다.

- 주인공에게는 굉장한 끈기가 있어야 한다. 다른 인물들이 모두 포기한 상황에서도 주인공은 계속해야 한다.
- 주인공은 대개 외톨이다. 동료나 조수가 있기도 하지만 어떤 순간이 오면 대개 악당과 홀로 맞선다. 비밀 요원은 말 그대로 혼자서 활동하는데 그럼에도 그의 활동을 지시하고 지원하는 사람들이 있기도 하다. 존 르 카레의 『추운 나라에서 돌아온 스파이The Spy Who Came in From the Cold』처럼 주인공이 동지라고 알고 있던 인물들에게 배신당하는 경우도 흔하다.
- 주인공은 감정을 절제한다. 이는 필수 요소다. 위험한 상황에서 변덕스러운 인물은 믿음이 가지 않기 때문이다. 「캐프락 목장」에서 위기에 처한 주인공 에드 터커는 이렇게 말한다.

사내들은 한 번에 한 가지 일만 하고 너무 많은 일에 관여하지 않는 게 최선인 시기였고…… 주변에 자라는 건 키 작은 풀과 무릎 높이의 메스키트(콩과 식물) 외에 아무것도 없었다. 하지만 나는 아버지의 다리를 고정해놓고 보위 나이프로 메스키트를 잘라 내가 아는 지식을 총동원해 부목을 댔다. 아버지는 줄곧 고통이 가득 찬 눈빛으로 나를 바라봤고 나지막한 신음 한번 내뱉지 않았다. 하지만 우리 둘의 얼굴은 땀으로 범벅이 되었다.

- 주인공은 수다스럽지 않다. 감정을 과장해 드러내지 않고 행동하는 동안에도 말이 많지 않다. 다리가 부러져 고통스러울 때에도 마찬가지다.
- 주인공은 지략이 뛰어나다. 주변의 모든 자원을 활용할 줄 안다. 메스키트로 부목을 만들거나(에드 터커) 악어 등 위로 날렵하게 뛰어 탈출한다(제임스 본드).
- 주인공에게는 이상이 있다. 어쩌면 이 점이 주인공의 자질 가운데 가장 중요한 것일지 모른다. 스릴러소설이나 서부소설의 주인공은 거짓말하거나 속이거나 훔치거나 심지어는 살인을 저지를 수도 있다. 하지만 이 모든 행동은 조국, 가족, 땅을 지키기 위해 또는 정의감 때문이다. 인물이 설령 다른 지침에 맞지 않는다 해도(『에니그마』의 주인공은 감정적으로 매우 혼란스럽다) 이상주의는 필수다. 이 점을 통해 약점이 있는 영웅과 약점이 있는 악당이 구분 지어지기 때문이다.

어떤 배경과 성격이 있으면 이런 행동을 하게 되는 걸까? 좋은 스릴러소설, 서부소설을 쓰기 위해서는 이를 파악하고 관습적인 장르의 한계를 뛰어넘어야 한다.

스릴러소설과 서부소설 2: 적대자(악당)의 문제

모험소설, 풍자소설 또는 코믹소설을 쓰는 게 아니라면 악하기만한 악당은 순전히 고상한 영웅보다도 설득력이 떨어진다. 현실에서는 악당이라도 자신이 하는 일에 이유가 있다. 그 이유를 극화해 보여주면 악당은 개연성이 높아진다. 하지만 자칫하면 의도와 달리 동정의 대상이 될 위험도 있다.

2003년에 TV에 방영된 아돌프 히틀러의 전기영화가 이런 문제에 직면했다. 몇몇 비평가에 따르면, 히틀러가 왜 그렇게 되었는지를 설명하다 그를 너무 부드럽게 보이게 만들었고 그가 무시무시한 악인이었다는 게 충분히 그려지지 않았던 것이다. 악당을 그릴 때는 누구나 이와 같은 위험에 처할 수 있고, 이에 대한 명확한 해법은 없다. 하지만 보통은 악당이 어린 시절 겪었던 부정적인 일들을 분명히 묘사할수록 악당은 좀 더 이해를 받게 되고 덜 악하게 보인다.

반면에 아무리 비상식적이라도 어떤 배경이나 이유가 없으면 악당의 행위는 설득력이 없거나 제대로 이해받지 못한다. 아무리 악랄한 행동을 하더라도 누구나 마음속에는 이유를 갖고 있는 법이다. 적대자가 왜 그런 행동을 하는지 이유를 알려주면 한층 현실적인 인물로 보인다.

예를 들어 『에니그마』에서 독일의 잠수함 암호를 해독하려는 영국의 노력을 망친 배신자의 동기는 복수다. 그는 폴란드인으로서 러시아가 자신의 아버지와 형을 비롯한 폴란드 군인들을 학살

하고 묻어버렸다는 사실을 알게 된다. 영국군 사령부는 그 학살 사건을 알고 있었지만 러시아가 연합군에서 이탈할까 봐 입을 다물었던 것이다. 그래서 블레츨리 파크 기지에서 암호 해독 임무를 맡은 이 젊은 폴란드인은 그 임무를 방해하는 데 온 힘을 기울인다. 이 동기는 이해할 만하면서도 반역이므로 이 소설에 도덕적인 복합성을 더하는 데 기여한다.

작가는 이렇듯 악당이 뒤틀리게 된 배경과 추론이 어떤 이야기에 어느 정도 필요한지 결정해야 한다.

SF소설과 판타지소설 1: 상상 속 정원과 두꺼비

시인 마리안 무어의 말을 바꾸어 표현하면, 좋은 SF소설과 판타지소설을 쓰는 데 두 가지 방법이 있다. "상상 속 정원에 진짜 두꺼비를 집어넣거나 진짜 정원에 상상 속 두꺼비를 집어넣는다."

말하자면 이들 장르의 주인공은 두 가지 유형으로 나뉜다는 뜻이다. 첫 번째 유형은 현대인(복잡하고 탄탄하고 믿음직하고 심지어 '평균적인')과 비슷한 인물을 상상 속 배경에 집어넣는 것이다. 상상 속 배경은 화성, 중간계, 우주선 함교, 외계 행성, 마술 서커스 등을 말한다. 두 번째 유형은 상상 속 인물(텔레파시 초능력자, 마법사, 외계인, 먼 미래의 낯선 문화권에서 온 여인 등)을 현실 세상에 집어넣는 것이다. 이 경우 배경은 현재든 과거든 '실제' 인류 역사의 일부이고 대개 독자에게 친숙한 곳이다.

첫 번째 유형의 예로 킴 스탠리 로빈슨의 『붉은 화성Red Mars』

에 등장하는 프랭크 차머스가 있다. 이 작가의 다른 등장인물처럼 차머스는 현대가 배경인 작품에 자주 등장한다. 차머스는 이상주의와 자기중심주의, 그리고 분노가 태생적 우월성과 합쳐져 돌진하는 강력한 지도자다. 그의 '상상 속 정원'은 화성의 식민 개척지이지만 그는 미국의 정치판을 다루는 소설에 집어넣어도 될 정도로 매우 생생하고 현대적으로 느껴진다.

상상 속 배경은 단순히 현실 세계를 새롭게 뒤바꾼 공간이 될 수도 있다. 수많은 명작 선집에 수록된 대니얼 키스의 『앨저넌에게 꽃을Flowers for Algernon』에는 순수하지만 급격한 지능 변화를 겪는 젊은 남자 찰리 고든이 주인공으로 나온다. 찰리의 세계(공장 일, 가정교사, 기숙사 방)는 의학적 대수술이라는 해결 방식을 빼고는 현실 세계와 아주 흡사하다. 찰리는 수술을 통해 엄청나게 지능이 높아진다. 수술은 그의 세계를 엄청나게 변화시키면서 소설의 장르를 SF로 바꾸어놓는다.

'상상 속의 정원에 진짜 두꺼비'를 집어넣는 판타지소설로는 진 M. 아우얼의 『대지의 아이들The Clan of the Cave Bear』이 있다. 주인공 에일라는 상황에 따라 현대의 미국 여성처럼 반응을 보이는데, 이 때문에 독자는 그녀에게 공감한다. 그녀의 상상 속 세계는 선사시대의 지구로, 독창적으로 묘사된 네안데르탈인들이 살고 있다. 다음 단락은 갓 임신한 채 자신과 섹스할 권리를 가진 부족의 남자를 맞아들이는 에일라를 묘사하고 있다.

에일라는 소스라치게 놀랐다. 브라우드를 까맣게 잊고 있었다.

더 중요한 일들, 따뜻하고 앙증맞은 아기를 젖먹이는 일, 그것도 따뜻하고 앙증맞은 자신의 아기를 젖 먹이는 일 따위를 생각하고 있었다. 얼른 끝내야지, 하는 생각에 에일라는 브라우드가 그의 욕구를 만족시킬 수 있을 자세를 취해줬다. 그가 빨리 끝냈으면 좋겠다. 얼른 개울로 내려가서 머리를 감고 싶은데.

이 단락으로 보건대 첫 번째 유형의 '전형적인' SF소설이나 판타지소설의 주인공에 관한 분명한 지침은 있을 수 없다. 인물은 지금의 현실 세계와 동떨어진 시기에 살고 있다 해도 우리를 대변하기 때문에 그들을 둘러싼 이국적인 환경에는 현실성이 있어야 한다. 작가가 노련하게 창조할 수만 있다면 어떤 기질이나 인물, 성격이라도 통할 것이다.

SF소설과 판타지소설 2: 아웃사이더

두 번째 유형의 상상 속 인물은 지침을 더 엄격히 지켜야 한다. 이 유형은 외부인, 외계인, 타인 등 '상상 속 두꺼비'를 사실적인 환경에 집어넣는 것이다. 이 인물은 당연히 여러 방식에서 현실의 우리와 확연히 달라야 한다.

리 케네디의 『미국인 니콜라스의 일기The Journal of Nicholas the American』의 주인공은 상대방의 감정을 읽는 초능력을 가졌다. 그는 주변 사람들의 생각을 차단할 수 없게 되면서 정신 이상이 되어간다. 그런데 그와 대조적으로 그의 정원은 현대 도시의 지저분한 구역과 대비를 이루며 견고하고 사실적으로 그려져 있다.

판타지소설 장르의 기념비적인 작품 J. R. R. 톨킨의 『반지의 제왕The Lord of the Rings』에는 인간이 아닌 인물이 많이 나온다. 마법사, 엔트, 오크, 어둠의 기사, 호빗 등 '상상 속 두꺼비'가 대거 등장한다. 그러나 그들이 활동하는 무대는 영국 초기이라는 알아볼 만한 공간이다. 환상적인 탑 꼭대기나 요정의 숲도 등장하지만 배경은 대부분 언덕, 과수원, 강, 산 등으로 이루어져 환상이 실제에 단단히 뿌리내리게 한다.

외계인을 외계 속에, 마법사를 마법으로 가득한 세상 속에 넣고 싶은가? 그래도 되지만 그런 경우에는 대개 우리 현실 속의 인간을 주요 인물로 등장시켜야 한다. 독자가 낯선 인물들을 이해할 수 있도록 이끌어줄 존재가 필요하기 때문이다.

예를 들어보자. 올더스 헉슬리는 『멋진 신세계Brave New World』에서 유리병 안에서 길러지는, 유전적으로 조작된 인간들이 사는 완전히 낯선 미래를 묘사한다. 하지만 주인공인 야만인 존은 현재 시대의 관점에서 현대인의 반응을 비춰줌으로써 독자가 이야기에 닻을 내리게 해준다. 그가 아니라면 그 소설에는 우리가 알아보고 동일시할 수 있는 게 전혀 없었을 것이다.

'상상 속 두꺼비'를 주인공으로 삼으려면 명심해야 할 몇 가지 지침이 있다.

• 주인공을 충분히 묘사해야 한다. 중년의 흑인 여성이라고 하면 눈에 그려볼 수 있다(하지만 세부 사항이 많지 않으면 원하는 모습

을 그려내지 못할 수 있다). 그릴멀에서 온 외계인, 유전자가 조작된 달의 주민, 로스트 왕국에서 온 변신 능력자는 그림을 그리기가 어렵다. 구체적으로 묘사해야 한다.

- 주인공의 특성은 묘사하기보다 행동으로 보여줘야 한다. 습관적인 행동이 성격을 드러낸다. 이는 장황한 설명보다 읽기에도 더 재미있다.

- 주인공에게 일관성이 있어야 한다. 그의 행동, 욕망, 그리고 그를 만들어낸 사회(현실과 다르다 해도)는 서로 일관되어야 한다. 예를 들어 어슐러 K. 르귄의 『어둠의 왼손The Left Hand of Darkness』에 나오는 자웅동체들은 짝짓기가 매일매일 진행되는 도시의 일과를 방해하지 못하게끔 정교한 섹스 규칙을 가지고 있다.

- 판타지소설 속 주인공이 마법 능력을 가졌다면 그 마법은 일관되고 신중하게 그려져야 한다. 그는 이 능력을 갖고 태어났는가, 능력을 통제하기 위한 훈련을 받아야 하는가? 어떤 상황에서 마법을 쓸 수 있는가? 그가 6쪽에서 마법을 걸 수 없다면 26쪽에서도 걸 수 없어야 한다. 불일치를 충분히 설득력 있게 설명하기 전까지는 말이다.

- 외계인이 인간과 아주 다르다면 전혀 이해하기 힘든 인물이 될 수 있다(테리 카의 고전 『변신자의 춤과 셋The Dance of the Changer and the Three』처럼). 이 경우 외계인이 주인공이 되어서는 안 된다. 플롯으로 독자를 안내할 시점인물로 인간이 있어야 한다.

SF소설과 판타지소설은 모험과 특수효과가 아니라 인간의 진실에 초점을 맞추어야 한다. 그렇게 하려면 독자가 흥미를 느낄 주인공을 창조하는 것이 관건이다. 상상에 근거한 문학 작품의 성공은 정교한 플롯보다 인물에 달려 있다.

마무리: 장르소설의 인물

장르소설 속 인물을 창조할 때에는 순수소설과 기본적으로 같은 관심을 두어야 하지만 또 다른 지침도 필요하다. 또한 다양한 하위장르가 있기 때문에 작가가 가장 먼저 해야 할 일은 자신이 쓰고 싶은 하위장르에 익숙해지는 것이다.

로맨스소설은 독자의 동일시와 욕구 실현을 결합해 호감을 사야 한다. 따라서 여주인공은 매력적이고, 도덕적이고, 독신이고, 사랑스럽고, 로맨스 외에 다른 일에 관심을 가져야 한다. 로맨스소설의 남주인공은 독신이고, 섹시하고, 똑똑하고, 경제적 능력이 있고, 겉으로는 무뚝뚝해도 내면은 부드러운 사람이어야 한다.

미스터리소설은 대개 질서와 정의에 대한 독자의 요구를 충족시켜준다. 소설 속의 사건을 끝까지 밀고가려면 주인공은 호기심이 많고, 독립적이고, 집요해야 한다. 아마추어 탐정에게는 사건에 연루될 만한 그럴듯한 이유가 있어야 한다. 주인공이 전문가인 경우에는 작가가 수사 절차와 법률, 법 집행의 한계를 잘 알고 있어야 독자를 설득할 수 있다.

스릴러소설과 서부소설에는 대개 영웅과 악당 둘 다 나와야 한다. 작가는 영웅을 너무 선하게, 악당을 너무 악하게 그리지 않아야 한다. 그러지 않으면 둘 다 신뢰할 수 없는 인물이 되고 만다. 영웅은 약점이 있지만, 끈기가 있고, 지략에 능하고, 감정을 절제할 줄 알고, 이상을 가진 인물이어야 한다. 악당은 악랄한 행위를 저지르는 명분이 있어서 그 행동에 설득력이 있어야 한다. 완전한 악은 풍자소설에서나 통하기 때문이다.

SF소설과 판타지소설은 '상상 속 정원에 진짜 두꺼비(이국적인 환경에 놓인 익숙한 인물)'를 집어넣거나 '진짜 정원에 상상 속 두꺼비(익숙한 환경에 놓인 이국적인 인물)'를 집어넣어야 한다. SF소설의 인물은 독자가 인정할 수 있고, 믿을 수 있고, 더 나아가 자신과 동일시할 수 있어야 한다. 판타지소설의 인물은 괴상한 존재라 할지라도 일관성이 있어야 하고, 작가는 말하기보다는 충분히 극화된 형태로 이 인물을 보여줘야 한다. 기괴한 환경 속의 기괴한 인물을 그리고 싶다면 기괴하고 낯선 그 환경 속으로 독자를 이끌고 갈 '평범한' 인간이 최소한 한 명은 등장해야 한다.

좋아하는 로맨스소설 하나를 선택해 여주인공의 짧은 일대기를 쓰자. 작가는 어떻게 이 모든 정보를 알려주고 있는가? 설명, 대화, 묘사, 인물의 행동, 생각?

잘 아는 직업을 하나 떠올린다. 이 직업을 가진 인물은 살인 사건의 발단을 어떻게 의심하는가? 그에게 전문 지식이 있는가? 그 지식이 플롯에 대해 암시하는 바가 있는가? 이를 소설로 쓸 수 있는가?

좋아하는 미스터리소설 다섯 가지를 꼽는다. 아마추어 탐정이 등장하는 소설은 무엇이고, 전문가가 등장하는 소설에는 어떤 것이 있는가? 범죄자들은 각각 어떤 방식으로 붙잡히는가?

스릴러소설이나 서부소설에서 차분하며 말이 없고 용감한 성격(이른바 고전적 유형)이 아닌 주인공이 나오는 작품을 찾아보자. 일반적인 기준에서 벗어난 그 인물이 플롯에 어떤 영향을 미치는가? 독자는 그 인물에 쉽게 동일시하는가? 동일시가 쉽지 않다면 독자가 더욱 쉽게 동일시할 것 같은 다른 인물이 있는가?

좋아하는 SF소설이나 판타지소설 다섯 가지를 꼽는다. '상상 속 정원
에 진짜 두꺼비'를 집어넣는 소설에는 어떤 것이 있고, '진짜 정원에
상상 속 두꺼비'를 집어넣는 소설에는 어떤 것이 있는가? 둘 중 어떤
유형의 소설에 더 끌리는가?

이 선택을 통해 자신이 어떤 소설을 써야 할지 알 수 있다.

잘 아는 실제 인물을 한 명 고른다. 이제 그를 자신이 가장 좋아하는
장르 속 인물이라고 상상해본다. 범죄와 맞서거나 사랑에 빠지거나 마
법의 힘으로 판타지 왕국으로 간다고 생각해본다. 그는 어떤 태도를
보일까? 이 태도가 그를 소설의 주인공 후보로 만든다면, 왜인가? 아
니라면 그 이유는?

이제 자신을 소설 속 인물이라 상상하고 똑같은 생각을 해본다.

7장   재미있는 인물: 웃기지 못하면 꽝!

어떤 기술을 어느 정도로 쓰든 간에,
인물들이 가장 웃기게 느껴질 때는
작가의 태도가 재미있을 때다.
독자는 이 점을 재빨리 감지한다.

코미디는 어렵다. 대부분의 작가가 동의한다. 심각한 이야기는 실패하더라도 기억에 남는 인물이나 흥미로운 반전 등 남는 게 있을 수 있다. 하지만 재미있는 이야기는 실패하면 건질 게 없다.

　유머소설이나 익살소설 쓰기에 대해서는 이야기하는 것조차 쉽지 않다. 독창적인 작가 E. B. 화이트는 이렇게 썼다. "유머를 분석하는 것은 개구리를 해부하는 것과 같다. 과학도 외에는 아무도 관심을 갖지 않지만 개구리는 그 때문에 죽게 되니까." 그럼에도 용감하게 시도를 해보겠다고 나선 작가들이 정리한, 재미있는 인물을 창조하기 위한 몇 가지 지침이 있다.

웃기는 건 사람마다 다르다

유머의 형태가 다양한 것처럼 재미있는 인물도 마찬가지로 다양하다. 이 스펙트럼의 한쪽 끝에는 기본적으로 진지하지만 유머 감각이 있는 인물이 존재한다. 가즈오 이시구로의 『남아 있는 나날』의 집사 스티븐스가 여기에 속한다. 소설 내내 스티븐스는 정치적인 이유로 쇠락한 대저택 달링튼 홀의 과거, 실패로 끝난 가정부와의 관계에서 자신의 역할을 이해하고 받아들이려 안간힘을 쓴다. 그러나 그 속에도 유머가 번득이는데, 바로 스티븐스가 대저택의 새 주인인 미국인 패러데이 씨와 '농담'을 주고받는 법을 배우려 애쓸 때다. 스티븐스는 미국인들이 농담을 좋아한다면 자신도 따라가야 한다고 생각한다.

더욱이 농담 주고받기가 고용주가 전문적인 고용인에게 바라는 게 결코 터무니없는 의무가 아니라는 생각이 떠올랐다. 나는 물론 이미 많은 시간을 들여 농담의 기술을 익히고 있지만, 그 업무에 가능한 한 최선을 다한다는 생각으로 접근하지 못했을 가능성도 있다. 어쩌면 내일 달링튼 홀로 돌아갈 텐데—패러데이 씨는 일주일 후에나 돌아오실 테니까—그사이에 새로운 마음으로 농담 연습을 재개해야겠다. 패러데이 씨가 돌아올 때쯤에는 그를 깜짝 놀랄 만큼 즐겁게 해드릴 수준이어야 할 텐데.

이 대목을 재미있는 만드는 건 물론, 스티븐스의 엄숙하고 더 나아가 지나치게 신중한 태도가 그 목표와 대비를 이루는 데 있다. 농담을 주고받으려면 스티븐스의 접근 방식과 정반대로 즉흥적이고 가벼운 마음이 있어야 한다. 스티븐스 같은 인물에게 유머는 주요 성격이 아니고 플롯의 전개와 별 상관도 없다. 인물을 어떻게 그려야 하는지 특별한 지침 같은 것은 없다. 우리가 이제까지 이야기해왔던 인물을 만드는 방법들을 모두 적용하면 된다. 스티븐스는 복합적이고, 감정적이며(영국식으로 잔뜩 억눌려 있다), 동기가 확실하고, 그럴듯하다. 또한 수시로 웃기기까지 하다.

하지만 여기서 우리는 중요한 문제에 이르게 된다. 모든 독자가 그를 우스운 인물로 생각하는 건 아니라는 사실이다. 재미는 어떤 반응보다 개인차가 크다. 아무리 잘 쓴다 해도 특정한 유머를 모든 독자가 재미있게 받아들이는 건 무리라는 말이다. 그렇다고 재미있는 글쓰기를 그만두라는 뜻은 아니다. 자신이 좋아하는 유형의 유머를 쓰자. 그럼 비슷한 취향을 가진 독자들은 배꼽을 잡을 것이다.

유머는 가벼운 우스개부터 신랄한 풍자에 이르기까지 다양하다. 하지만 유머의 유형이 아무리 다양해도 재미있는 인물을 만드는 방법은 늘 같다. 과장, 조롱, 그리고 반전이라는 기술이 필요하다. 재미있는 인물은 이 중 하나, 또는 둘, 아니면 셋 다를 쓴다.

개연성보다 중요한 과장

과장된 인물은 현실성이 없다. 과장된 인물을 창조할 때는 앞서 다룬 모든 방법을 적용하지 않아도 된다. 극도로 과장된 인물은 실제 사람이라기보다 인간의 특정한 기질을 크게 강조한 것으로 여겨진다.

예를 들어보자. 우디 앨런의 코믹소설 「인류를 위한 위대한 한 걸음A Giant Step for Mankind」은 두 동료와 함께 질식사 방지 장치를 연구하는 한 과학자의 일지로 이루어진다. 그들은 하임리히 요법을 개발해 신문에 특종으로 실린다. 엄청나게 웃기는(나에게는) 일지는 과학적인 절차와 과학자의 전형을 과장함으로써 개연성을 뛰어넘는다. 동료 과학자 중 슐라미스 아놀피니는 재조합 DNA로 실험을 해왔는데, 결국 "'내 백성을 가게 하라'(출애굽기에서 모세가 파라오에게 한 말)라고 노래하는 게르빌르스쥐 한 마리를 만들었다." 이 과학자들은 오랜 시간을 실험실에서 보낸다.

오늘 슐라미스와 나의 실험에 결실이 있었다. 밤낮을 가리지 않고 우리는 쥐를 질식시켰다. 이 설치류에게 건강에 좋은 고다 치즈를 삼키도록 구슬린 다음에 웃게 만들어서……쥐의 꼬리를 꽉 잡은 다음에 그걸 채찍처럼 휘둘렀고, 그러자 치즈 조각이 느슨해졌다. 슐라미스와 나는 이 실험에 대한 방대한 기록을 남겼다. 꼬리를 휘두르는 과정을 인간에게 적용할 수 있다면 뭔가가 나올지도 모른다. 아직 말할 단계가 아니다.

분명히 이 글에는 신뢰할 만한 인물이 없고 애초에 그럴 의도도 없는 듯하다. 진짜 과학자들의 특징이 개연성을 넘어 훨씬 과장되어 있다. 이 소설의 인물들은 일에 헌신하고 괴상한 실험을 주저하지 않으며, 결과를 엄숙히 평가하고 판단은 조심스럽다("아직 말할 단계가 아니다"). 그 결과 기존에 나온 소설들의 인물 관습을 따르지 않고 이 이야기의 목적에 맞는 인물들로 거듭난다. 이런 소설을 쓰려면 개연성보다 과장이 중요하고, 과장이 심할수록 더 좋아진다.

과장의 수위가 높은 인물로는 제인 오스틴의『오만과 편견 Pride and Prejudice』에 나오는 콜린스가 있다. 이 소설은 '사실적'으로 읽을 것을 염두에 두고 쓰였다. 엘리자베스 베넷이나 다시, 리디아 등 주요 인물은 나무랄 데 없이 개연성이 있다. 과장되어 있는 건 콜린스 같은 일부 인물뿐이다. 그는 현실에서 보기 드문, 유들유들하고 우둔하며 출세에 눈이 먼 인물이다.

이런 기술은 많은 소설에 쓰이고 있다. 주요 인물은 개연성 있게 그리지만 웃기는 인물은 과장해서 재미를 주는 것. 따라서 작가는 재미와 의미 둘 다를 얻을 수 있다. 이 기술은 모든 장르에서 효과를 발휘한다.

두 가지 예를 살펴보자. 클로디아 비숍의 미스터리소설 헴록 폴즈 시리즈에서 새러와 메그 퀼리엄 자매는 다재다능하고 현실감 있는 인물인 반면, 이웃에 사는 두키 셔틀워스와 데이비 키더마이스터는 캐리커처에 가까운 과장된 인물이다. 코니 윌리스의 배꼽 빠지게 우스운 SF소설 「리알토에서At the Rialto」에서는 화자만 믿을 만하고 나머지 물리학자들과 호텔 직원들은 모두 엄청 과장되어 있다.

『남아 있는 나날』의 스티븐스도 과장되어 있다. 이 인물은 최대한 사실적으로 그려진다. 다만 그의 성격 중 한 가지, 즉 주인을 기쁘게 하려는 자발성이 과장되어 있다. 이 작품을 성공적으로 만든 것은 재미뿐 아니라 슬픔도 담아내기 때문이다. 주인을 기쁘게 하려는 스티븐스의 욕망이 10년 전 나치당을 후원했던 주인에게 맹목적으로 충성하게 만들었기 때문이다.

재미있는 인물을 그리기 위해 과장을 하려면 스스로 다음 질문을 해보자.

- 인물에게 어느 정도 개연성이 있기를, 나아가 소설에 개연성이 있기를 바라는가? 순전히 유머소설이나 익살소설을 쓰려 한다면 한계를 두지 말고 과장해야 한다. 하지만 재미뿐 아니라 의미를 원한다면 과장의 수위를 낮추는 게 좋다.

- 재미있는 인물이 주인공인가? 독자는 조연보다는 주인공과 자신을 동일시하는 경향이 있다. 그러므로 '사실적인' 소설에서는 조연은 노골적으로 과장하고 주요 인물은 과장을 적게 하는 게 좋다.

- 어떤 자질을 과장해야 할까? 두 가지 기준이 있다. 우스운가? 플롯 전개에 도움이 되는가? 좋은 과장은 우습기도 하고 플롯도 전개한다. 예를 들어 『오만과 편견』의 콜린스는 어리석기 때문에 웃기지만 그의 번지르르한 아첨은 모든 소문을 후견인에게 옮기는 역할을 한다. 이 소문에는 엘리자베스가 다시와 약혼했을지도 모른다는 가정도 포함된다. 그리고 이는 두 사람을 진짜 약혼으로 이끈다.

- 과장된 인물이 소설 속 세계의 개연성을 떨어뜨리는가? 콜린스는 『오만과 편견』에서 제 역할을 다한다. 하지만 그가 「인류를 위한 위대한 한걸음」의 미친 과학자 정도로 과장이 되었다면 『오만과 편견』은 전체적으로 신뢰성이 흔들렸을 것이다. 이럴

때 독자들은 논리적으로 따져본다. '내가 이 인물을 신뢰할 수 없는데 소설의 나머지 부분을 왜 믿어야 하지?' 진지한 소설이라면 과장의 수위를 신중하게 조절해야 한다.

작가의 세계관을 반영하는 조롱

조롱은 과장과 더불어 자주 사용되는 희극의 기술이다. 조롱은 대상을 놀리기 위해 인물을 과장하고, 나아가 현실 세계에서 그들이 대변하는 가치를 비웃는 것이다. 조롱은 수위가 약한 우스개부터 신랄한 풍자에 이르기까지 범위가 넓다. 조롱의 수위는 곧 작가의 세계관을 반영하는 지표다.

예를 들어보자. P. G. 우드하우스의 유머소설 지브스 시리즈에 등장하는 버티 우스터는 멍청한 바람둥이다. 그와 상류층 친구들은 터무니없는 말썽에 연달아 휘말린다. 작가는 이 어리석은 부자들을 꼬집고 있지만 그 수위는 아주 낮다. 버티는 우스꽝스럽지만 심성이 따뜻하고 호감이 가는 인물이기 때문이다.

신랄한 조롱이 나오는 작품으로는 스텔라 기븐스가 1932년에 쓴 고전 컬트소설 『춥지만 편한 농장Cold Comfort Farm』이 있다. 이 소설은 당시 유행하던 로맨틱소설을 풍자하고 있다. D. H. 로런스는 "피는 피를 부른다"라는 주제를 담은 소설들에서 정력이 넘치고 원시적이고 미개한 농부를 성적 이상형으로 등장시킨다. 하지만 기븐스의 소설에서 세속적이고 원시적인 농부는 여자들의 우상인 영화배우가 되고 싶어 한다. 그의 상대 여성은 관습적으로 옷을 입고 행동하는 법을 배운 뒤에 행복을 찾는다. 그의 뒤틀린 영혼은 한때 프로이트가 말한 아동기의 트라우마 곧 '유년기의 충격적인 경험' 때문에 비뚤어졌다가 패션잡지와 비행기, 리비에라에서의 즐거운 삶에 대한 기대로 정상으로 돌아온다.

이 소설의 과장된 인물들은 모두 농장에서 유일한 정상인인 플로라 포스트 주변을 맴돌고 있으며, 이 소설은 당시 유행하던 멜로드라마의 전형적인 인물들을 조롱한다. 그 결과 상식, 절제, 예의, 그리고 깨끗한 커튼을 좋아하는 작가의 세계관을 드러낸다.

인물들을 더욱 맹렬하게 조롱하는 소설도 있다. 노벨문학상 수상 작가인 싱클레어 루이스는 『도즈워스Dodsworth』에서 자신의 첫 번째 아내를 토대로 프랜 도즈워스라는 인물을 만들었다. 루이스는 그 여자의 자기중심주의, 속물근성, 그리고 안하무인 태도를 과장한다(그게 과장이었기만을 바란다). 그 결과 미국의 상류층 여성들에 대한 풍자가 되었다. 사치스럽고 게으르고 버릇없고 쓸모없는 이들로 폄하되었다. 여기서 프랜은 우스꽝스럽지만 또한 치명적인 매력을 가진 여인으로 등장한다.

온화한 풍자는 그 사악한 사촌인 조롱과 어떻게 다를까? 이는 크게 봤을 때 작가의 동정심에 대한 질문이라고 할 수 있다. 작가가 자신이 만든 인물을 좋아하면, 작가는 그 인물의 어리석음을 극화하지만 망가뜨리지는 않는다. 하지만 작가가 자신의 인물에게 동정심이 전혀 없으면, 그 인물의 어리석음은 개선의 여지가 없고 다른 인물들에게 해로운 존재로 그려진다. 그리고 작가의 세계관은 훨씬 더 냉혹하게 보인다. 이때의 인물은 그냥 웃고 넘길 그런 존재가 아니라 위협이 된다.

풍자소설을 쓸 때 인물은 다음과 같아야 한다.

- 인물은 풍자하는 기관이나 제도를 대변한다. 지브스 시리즈의 버티는 재즈 시대의 멍청한 특권층을 상징한다. 그를 조롱하는 것은 곧 그가 속한 사회의 가치를 조롱하는 것이다. 『도즈워스』의 프랜도 마찬가지다. 작가가 어떤 인물 또는 부류를 조롱하는 것은 이로써 자신을 가치관을 드러내는 것이다. 자신이 겨누고 있는 과녁을 확인하자.
- 인물을 동정해선 안 된다. 신랄한 풍자가 되려면 독자를 화나게 해야 한다(조너선 스위프트의 수필 「겸손한 제안A Modest Proposal」을 읽어보자). 세상의 어떤 측면을 꼬집고 싶다면 이를 대표하는 인물을 가차 없이 조롱해야 한다. 그의 잘못이 가져온 부정적인 결과를 과장해야 한다. 공정할 필요는 없다. 신랄한 풍자는 다차원적인 묘사에는 관심이 없다. 풍자의 대상만 분명히 하면 된다.
- 인물을 극화한다. 어리석음을 묘사하는 것으로는 풍자가 약하다. 인물의 우스꽝스러움을 행동으로 보여줘야 한다.

깜짝 놀라 웃게 만드는 반전

어떤 유머는 독자들의 보편적인 기대를 뒤집기도 한다. 농담에 자주 쓰이는 기술 중에 '급소를 찌르는 말'이 있다. 우리가 기대한 결론이 아니라 뜻밖의 결론이 튀어나오면서 '한 방' 맞는 것이다.

소설에서 반전은 대부분의 독자가 세상에 대해 공통된 신념을 갖고 있다는 가정에서 출발한다. 그래야 인물들이 그 신념을 뒤집을 때 웃음이 나올 수 있다(순진무구하다고 여긴 어린아이가 살인자로 밝혀질 때처럼 충격적인 경우도 있다. 하지만 그건 여기서 다룰 주제는 아니다). 이 경우 인물 때문에 웃음이 나올 수도 있지만 우리조차 알지 못했던 우리의 신념 때문에 웃음이 나올 수 있다.

리처드 브래드퍼드는 이런 반전을 쓰는 데 노련하다. 소설 『아침의 붉은 하늘Red Sky at Morning』을 보면 1944년 뉴멕시코의 헬렌 드 크리스핀 고등학교의 학생들이 조회를 하러 강당으로 모여든다. 보스턴의 상류층 부인인 헬렌 드 크리스핀은 얼굴에 물감을 칠하고 깃털을 꽂은 채 연례 인디언 전통문화를 강연한다.

"이 아이는 제 어린 친구 빌리 버드윙입니다." 그녀는 북을 든 소년을 가리키며 말을 이었다. "빌리는 아라파호족과 샤이엔족의 피를 물려받았고, 멀리 떨어진 오클라호마에서 왔습니다. 여러분도 알다시피 여기서 해가 여러 번 뜨고 져야 갈 수 있는 곳이지요."

"나 같으면 트럭으로 다섯 시간이면 갈 수 있어." 내 뒤에 있는 인디언 녀석이 말했다. (……)

빌리가 팔을 쫙 펼치더니 같은 스텝을 반복하면서 두세 번 헤이야, 라고 외쳤다.

"이건 인디언들이 독수리에게 기도할 때 추는 춤입니다." 그녀는 얼버무렸다. "인디언들이 자랑스러운 부족이었을 때 그들의 화살 통에는 화살이 그득했습니다. 부드러운 토끼는 덫을 놔서 잡았고, 거친 들소는 사냥을 해서 잡았습니다."

"이봐, 나는 빌어먹을 들소보다 더 교활한 젖소를 두 마리나 잡았어." 내 뒤에 있던 인디언 녀석 하나가 소곤거렸다.

이 글은 왜 웃음을 자아내는가? 백인들은 인디언의 과거에 별 관심이 없고 인디언들은 그 과거를 소중히 여긴다는 우리의 기대 때문이다. 그런데 강연을 하는 상류층 백인 여성은 인디언의 과거를 신화화하고 있는 데 반해, 인디언들은 오히려 『춥지만 편한 농장』의 플로라 포스트처럼 상식이 통하는 현재에 단단히 뿌리내리고 있다. 여기서 우리의 모든 가정이 뒤집힌다.

이 짧은 단락은 앞에서 이야기한 두 가지 기술, 즉 과장과 조롱을 자유자재로 구사한다. 드 크리스핀 부인은 남의 문화를 멋대로 끌어와 상상의 나래를 펼치는, 즉 현실에 존재할 법한 유형의 인물이다. 하지만 그녀는 과장된 형태로 등장한다. 이런 과장에다 인디언들의 출전 의식, 즉 얼굴에 물감을 칠하고 깃털을 꽂는 행동이 얼마나 부적절한지를 알지 못하는 무지가 더해지면서 그녀는 우스꽝스러운 인물이 된다. 이처럼 과장과 조롱, 반전은 함께 어우러져 웃음을 자아낸다.

반전은 인물 묘사에 두루 쓸 수 있다. 대화로 외모를 착각하게 만들 수도 있다. 또한 대화와 뚜렷하게 대비되는 생각은 어느 순간에 그 인물이 무엇을 생각하는지에 대한 우리의 예상을 무너뜨릴 수 있다. 비비언 밴드 벨드는 이를 동화 『옛날 옛적에 시험 하나Once Upon a Test』에서 제대로 활용한다. 농부인 고든에게 세 가지 시험이 주어지는데, 이를 통과하면 아름다운 공주를 차지할 수 있다. 어린 시절에 동화를 많이 읽고 자란 우리는 당연히 그가 시험을 통과할 거라고 기대한다. 하지만 고든은 "당신들은 모두 미쳤어요"라고 말하고 집으로 돌아가 방앗간집 딸과 결혼한다.

반전을 통해 재미있는 인물을 만들 때는 다음을 참조하자.

- 반전을 일으키려면 기대하는 바가 보편적이어야 한다. 만약 16세기 불교에 관한 기대를 통해 웃음을 끌어내려 한다면 소수의 독자만 웃길 것이다. 우리 대부분은 16세기 불교에 대해 어떤 예상을 할 만큼 아는 게 없기 때문이다. 모든 이에게 익숙한 기대를 깨야 한다. 동화는 널리 알려져 있지만 16세기 불교는 그렇지 않다.
- 논란이 많은 주제는 독자들의 기대가 모두 다르다는 사실을 염두에 둬야 한다. 버나드 맬러머드의 소설 「신앙의 수호자Defender of the Faith」는 종교에 관한 통념을 재미있게 뒤집는다. 하지만 신앙이 풍자소설의 주제로 적절치 않다고 여기는 독자는 전혀 우습다고 생각하지 않을 것이다(내가 몇 년 전에 가르친 신입생들도 그랬다). 그러한 주제의 소설에서는 반전을 쓰지 말라는 말은 아니다. 다만 어떤 독자들은 소외될 수 있음을 잊지 말자.
- 설명을 덧붙이는 수고를 하면서까지 반전에 힘쓰지 말자. 농담을 설명하려는 시도는 유머를 망칠 뿐이다. 인물은 행동으로, 말로, 생각으로 반전을 드러내면 된다. 웃는 독자도 있고 웃지 않는 독자도 있을 것이다.
- 인물이 플롯에서 제 기능을 하고 있는지 살펴보자. 재미있게 하

고 싶다는 이유만으로 웃기는 인물을 소설에 집어넣고 싶은 유혹에 빠질 수도 있다. 하지만 이는 소설 전체를 약화시킨다. 이 웃기는 인물을 플롯의 다른 부분에 집어넣을 방법을 찾거나 아니면 다른 소설을 위해 아껴두자.

인물의 웃음은 어떻게 표현할까?

웃기는 이야기든 진지한 이야기든 독자가 아니라 인물을 웃기는 게 목적일 때가 있다. 이때 '그가 웃었다'라는 구절 말고 어떻게 표현할 수 있을까?

한 가지 방법은 의성어를 쓰는 것이다. "하하", "헤헤", "히히" 등등. 하지만 이 단어들은 모두 심각한 약점이 있다. "하하"는 멜로드라마에 나오는 악당의 웃음을 연상시킨다("조롱하듯 '하하!' 웃으며 그는 그 사랑스러운 소녀를 철로에 묶었다"). "히히"는 킥킥거리는 십 대 소년, 소녀의 웃음처럼 들린다. 인물이 십 대라면 별문제없지만 아니라면 달리 생각해야 한다. "헤헤"는 발음에 문제가 있다. "헤에헤에"일까, "헷헷"일까? 그 어느 것도 진짜 웃음소리를 제대로 흉내 내는 것 같지 않다.

또 다른 방법은 비슷한 말을 쓰는 것이다. "생글거리다", "낄낄대다", "비웃다", "폭소하다" 등등. 이렇게 특별한 웃음을 가리키는 표현들은 지나치지만 않는다면 써도 좋다.

마지막으로 "웃음을 터트렸다", "온몸이 흔들릴 정도로 웃었다", "포복절도했다" 같은 표현도 사용할 수 있다. 그러나 여기에는 상투성이라는 위험이 따른다. 그보다는 "그가 웃었다"라고 쓴 뒤에 뭐가 그렇게 우스운지 보여주는 게 더 좋다.

결국 재미있는 인물을 어디에 넣을지는 소설 전체의 분위기에 달려 있다. 분위기를 정확하게 정의하는 건 쉽지 않다. 분위기란 등장인물, 문장, 사건 나열, 묘사, 창작과 관련된 다른 수많은 재료에 대한 작가의 태도를 뜻한다. 따라서 분위기를 정의하기는 어렵지만 찾기는 의외로 쉽다. 우리는 소설의 분위기가 장렬한지, 어두운지, 낭만적인지, 재미있는지 금방 알 수 있기 때문이다.

재미있는 분위기를 비롯해 어떤 재료가 어떤 분위기로 쓰일 수 있는지 아는 것은 중요하다. 예를 들어 지금부터 볼 세 단락은 분위기가 아주 다른 장례식 장면이다.

제후들은 고개를 숙였고, 무기를 든 남자들은 제각기 무기를 들어올렸다. 그들 가운데에는 창 손잡이 모양의 상여 위에 죽은 왕의 관이 놓여 있었다. 달빛이 그의 투구에 비춰 번쩍거렸고, 어린 아들은 다른 사람들처럼 고개를 숙인 채 서 있었다. 아직 날개 한번 제대로 펼쳐보지 못한 그의 어깨 위에는 벌써 무거운 왕관이 얹혀 있었고, 여인네들은 그런 그를 보며 울었다.

이 장례식 장면의 분위기는 매우 장렬하다. 인물들은 위엄 있고 상황은 비극적으로 그려진다. "날개 한번 제대로 펼쳐보지 못한 어깨"라는 예스러운 표현, 그리고 무엇보다도 인물들에 대한 작가의 존경심이 어우러져 이런 분위기가 만들어진다. 이 단락에는 과장, 풍자, 조롱이 전혀 없다.

　이제 다음 장례식의 인물들을 보자. 여기서의 분위기는 앞 단락과 사뭇 다르다.

　봄에 엄마가 돌아가셨다. 잠깐 앓으신 뒤였다. 우리는 수요일에 엄마를 묻었다. 그날 비가 내렸다. 그 뒤에 우린 다 같이 오빠 집으로 갔다. 집에는 올케가 준비해둔 샌드위치와 다른 사람들이 가져온 케이크와 파이가 있었다. 말을 많이 하는 사람은 없었다. 나는 예의에 어긋나지 않을 정도만 머물렀다. 얼른 그 집을 빠져나왔다.

　이 장례식은 장렬하게 보이지 않는다. 분위기는 냉담할 정도로 절제되어 있다. 작가는 인물들에게서 멀리 떨어져 객관적으로 관찰하고 있는 것처럼 보인다. 화자는 감정을 드러내지 않고 작가 역시 별 감정을 전하지 않는다. 이런 분위기는 짧고 사실적인 문장, 장례식에 참석한 이들의 이름을 거론하지 않은 점, 상세한 묘사의 생략 등을 통해 이루어진다. 이 단락의 화자는 어떤 일에 개입하는 걸 싫어하거나 감정이 억제된 사람일 것이다. 작가 역시 글의 분위기로 인물의 성격에 보조를 맞추고 있다.

　이제 세 번째 장례식을 보자.

　"떨어뜨리지 마!" 샐이 숨을 헐떡였다.

　"떨어뜨리지 않을 거야!" 비니가 말했다.

　"떨어뜨리기만 해봐. 사장이 네 목을 쳐버리고 말 테니까."

사장이 빅 루이의 머리를 베어버렸기 때문에 비니는 그 말이 사실이라는 걸 알았다. 그들이 운반해온 관 속의 시체에는 머리가 없었다. 빅 루이의 머리는 흰 푸줏간 종이에 싸인 채 '지방질 부위'라는 이름표가 붙어 호보켄의 고기 저장고에 보관되어 있었다. 장례식이 끝난 뒤 사장은 경고의 의미로 그걸 빅 루이의 형에게 보낼 생각이었다. 비니는 빅 루이가 안됐다고 느꼈다. 장례식장의 관 속에 누워 있던 이틀 동안 그의 어머니조차 조문을 오지 않았다. 빅 루이의 어머니가 사장의 사촌과 연애 중인 게 그 이유였다.

이 단락의 분위기는 재미있다. 으스스한 면도 있지만 그래도 우습다. 작가가 이 죽음을 그다지 심각하게 여기지 않는 것처럼 보이기 때문에 우리 역시 그렇게 반응한다. 세부 사항은 과장되어 있고("'지방질 부위'라는 이름표") 우리의 기대는 반전된다(그 어머니가 아들의 죽음을 슬퍼하지 않고, 심지어 장례식에 나타나지 않은 건 살인자의 사촌과 연애하고 있었기 때문이다). 이 단락에 나타난 모든 것은 장례식을 비극적이거나 부도덕하게 받아들이지 말고 우스꽝스러운 것으로 받아들이라고 재촉하고 있다.

결국 재미있는 인물은 분위기 문제로 귀결된다. 어떤 기술을 어느 정도로 쓰든 간에, 인물들이 가장 웃기게 느껴질 때는 작가의 태도가 재미있을 때다. 독자는 이 점을 재빨리 감지한다. 유머는 가벼울 수도 악의적일 수도, 엉뚱할 수도 신랄할 수도 있다. 따라서 그 반응도 아주 다양할 수밖에 없다. 때로는 조용한 미소를, 때로는 배꼽 잡는 웃음을, 때로는 너무 충격적이어서 숨이 멎을 정도의 폭소를 자아낸다. 하지만 그 전에 유머는 작가가 재미있다고 생각해야 재미가 있으며, 왜 재미있는지도 알 수 있다.

마무리: 재미있는 인물

유머는 엉뚱한 우스개부터 신랄한 풍자에 이르기까지 다양하다. 유머를 느끼는 데는 개인차가 크기에 보편적으로 재미있는 작품을 쓸 수는 없다.

기본적으로는 심각한데 간혹 우스꽝스러운 인물을 만들려면 앞에서 이야기했던 기술들이 총동원되어야 한다. 인물은 복합적이고, 동기가 분명하고, 개연성이 있어야 한다. 하지만 인물의 유일한 역할이 독자를 웃기는 것이라면 이 모든 요소는 전혀 없어도 상관없다.

재미있는 인물을 창조하는 기본적인 기술은 과장, 조롱, 반전이다. 개연성이 어느 정도 필요한가에 따라 수위를 조절할 수 있다. 하지만 이 모든 건 결국 플롯 전개가 목적이어야 한다.

유머는 설명해서는 안 되고, 설명할 수도 없다. 유머는 궁극적으로 분위기 문제로 귀결되고, 분위기는 작가가 인물을 어떻게 보는가에 달려 있다.

실전 연습 01

재미있다고 생각하는 농담을 하나 선택해 분석한다(한 문장짜리 농담이 아니라 "이야기로 된 농담"을 말한다). 과장되어 있는가? 아니면 조롱? 반전? 그 밖의 다른 기술을 쓰고 있는가? 인물이 우스운가, 상황이 우스운가? 아니면 둘 다인가? 우습다고 생각하는 단편소설을 골라 똑같이 분석해본다.

실전 연습 02

다섯 명에게 자신의 쓴 재미있는 글을 보여준다. 그들이 우습다고 생각하는가? 우스운 이유 또는 우습지 않은 이유가 무엇인지 물어보자.

실전 연습 03

진지한 소설 첫 쪽을 재미있게 바꿔본다. 자신이 쓴 소설이든 다른 작가의 소설이든 상관없다. 과장하고 조롱하고 반전을 넣는다. 어떤가? 이런 식으로 바꿨을 때 글이 더 웃기는가, 아니면 뭔가 부족한가?

실전 연습 04

웃기는 인물을 하나 만든다. 직업, 목표, 성격을 정한다. 그가 다른 인물과 말다툼하는 장면을 짧게 쓴다. 두 사람이 싸우고 있는 말도 안 되는 주제를 선택한 다음에 이를 과장한다. 이 글이 소설의 시작이 될 수 있을까?

8장

대화와 생각: 감정 표현의 기술

제대로, 그리고 설득력 있게 쓰려면
어느 정도 작가는 감정에 독살되어야 한다.
혐오감, 불쾌감, 거부감, 비난, 불만, 억울함,
이 모든 게 좋은 연료다.
_에드나 퍼버, 퓰리처상 수상 작가

"슬픔이 말하게 하라." 윌리엄 셰익스피어는 400년 전에 이렇게 썼다. 이것은 모든 작가에게 필요한 충고다. 슬픔, 기쁨, 욕망, 만족, 절망, 그리고 분노가 말하게 해야 한다. 즉 인물이 자신의 감정을 말해야 한다. 단, 절제는 필수다.

감정적인 대화는 소설 쓰기에 가장 까다로운 부분이다. 절벽에서 떨어진 인물이 할 말이나("도와줘요!") 마트에서 헤매는 인물이 할 말은("애완견 사료는 어디서 파는지 알려주시겠어요?") 선택의 여지가 별로 없다. 하지만 감정이 들어간 대화는 다르다. 사람들은 성격, 민족, 종교, 가족 사항, 환경이 다 다르기 때문에 감정 표현 역시 다르다. 이는 인물의 성격을 설정하는 데 대화가 큰 역할을 하지만 인물이 자신의 감정을 언제, 어떻게, 얼마나, 그리고 누구에게 표현하는가 역시 중요하다는 뜻이다

인물이 자신의 '감정'을 생각할 때에도 마찬가지다. 생각은 일종의 내적 대화다. 따라서 전부는 아니지만 몇 가지 지침은 중복된다.

내가 말하는 것이 바로 나다

"내가 말하는 것이 바로 나다." 이 말은 물론 절대적 진실이 아니다. 우리 모두는 말로 표현하는 것보다 훨씬 많은 것을 마음에 품고 있다. 그러나 소설에서는 인물이 말하는 방식은 물론이고 말하는 내용이 강렬한 인상을 준다. 인물은 때로 겉으로 하는 말과 다른 생각을 품고 있기도 한다. 어떤 감정(예를 들어 분노)을 느끼면서 겉으로는 다른 감정(예를 들어 무관심함)을 의도적으로 내보이기도 한다. 하지만 대부분의 경우 독자는 다른 근거가 없으면 인물이 표현하는 감정을 그대로 받아들인다. 이 점은 인물의 성격을 설정하는 데 아주 유용하게 쓰인다.

예를 들어보자. 다음은 자신의 애완견이 과속 운전을 하던 트럭에 치였다는 소식을 들은 인물들이 즉흥적으로 내뱉은 말이다.

- "오, 하나님, 맙소사! 아니야! 아, 아니야. 안 돼!"
- "빌어먹을 운전수 자식! 죽일 거야!"
- "우리 강아지 어디 있어요? 볼 수 있어요? 시체는 누가 치웠죠?"
- "고통스러워했나요? 오, 제발 그 자리에서 죽었다고 말해줘요!"
- "잠깐 내보낸다는 게…… 오, 하나님, 줄을 맸어야 했는데…… 아, 내 잘못이야. 불쌍한 것……."
- …….(말 없음)

이 인물들이 얼마나 다른지는 금방 알 수 있다. 작가가 특별한 감정 표현(눈물, 표정 변화, 말투)을 더하기 전에 이 대화는 각 인물의 감정 차이를 뚜렷하게 보여준다. 절제되지 않은 슬픔, 분노, 조용한 감정 억제, 고통받은 개에 대한 안쓰러움, 자책, 차가운 침묵을 드러낸다. 이때 말이 없는 인물의 감정은 다른 사실들을 참고해 해석해야 한다.

이 여섯 인물 누구도 자신의 감정을 직접 언급하지 않았다는 점에 주목해야 한다. "나는 개가 죽어 슬퍼요"라고 누구도 말하지 않는다. 어쩌면 그중 누군가는 나중에 그렇게 말할 수도 있다. 그런데 사건 당시 감정을 이야기하는 것과 사건이 지난 뒤 감정을 이야기하는 것에는 차이가 있다. 이는 아주 흥미로운 문제다. 일단 둘 다 인물 설정에 도움이 된다. 예를 들어 이들이 사건이 일어나고 한 달 뒤에 개의 죽음을 이야기한다고 해보자.

- "정말 사랑했어요. 딸이 다른 강아지를 키워보라지만 전 아직 준비가 안 되었어요."
- "그 빌어먹을 놈이 내 개를 죽였고, 그 빌어먹을 쓰레기 회사 측에서는 아무 책임도 지지 않았소. 아무도 더 이상 관심이 없소."
- "우리 개가 트럭에 치였을 때 이웃에 사는 랠프가 개를 시트에 싸서 자기 집 차고에 두고 내가 직장에서 돌아올 때까지 기다려줬죠."
- "수의사가 말하기를, 우리 개는 즉사했고 아무런 고통도 없었대요. 심지어 자기가 차에 치인 줄도 몰랐대요. 정말 감사한 일이에요!"

- "제가 우리 개를 줄에 묶지 않고 내보냈기 때문에 트럭에 치이고 만 거예요. 아직도 가슴이 아파요."
- "처음 키우던 개가 죽은 뒤에 이 녀석을 키우기 시작했습니다."

감정적인 대화를 쓸 때는 그 대화가 사건이 일어난 순간에 하는 말인지 아니면 사건이 끝난 뒤에 하는 말인지를 고려해야 한다. 사건이 끝난 뒤에 하는 말이라면 어떤 감정인지 직접 말함으로써 더욱 추상적으로 표현할 수가 있다("사랑했어요", "정말 감사한 일이에요"). 하지만 사건이 일어난 순간에 하는 말이라면 인물이 할 수 있는 한 직접적이며 본능적으로 말해야 한다.

물론 인물의 반응은 그 성격을 따른다. 인물을 가장 잘 아는 사람은 작가다. 그는 어떤 감정을 느끼는가? 사랑하는 애완견이 죽는다면? 연인이나 자식에게 거부당한다면? 법정의 판단이 자신에게 불리하다면? 45분 동안 교통 체증에 갇혀 있다면? 유산을 상속받지 못한다면? 동생 결혼식에 초대받지 못한다면?

인물이 어떤 감정을 느끼고 어느 정도로 격렬하게 표현하는지 알았으면, 이제 남은 건 인물이 할 말을 고르는 일이다.

성격 외에 인물의 말에 영향을 미치는 것들

성격은 인물이 할 말을 결정하는 가장 큰 요인이지만, 그게 다는 아니다. 뮤지컬 「마이 페어 레이디My Fair Lady」에서 헨리 히긴스 교수는 말씨만 듣고도 그 사람이 런던의 어느 지역에 사는지 맞힐 수 있다고 장담한다. 뮤지컬과 달리 소설에서 작가는 제각기 다른 말씨로 대사를 읊는 노련한 배우들을 활용할 수 없다. 하지만 사람들이 이야기하는 방식에 영향을 미치는 몇몇 요인으로 인물의 대화를 사실적이고 흥미롭게 만들 수 있다.

민족적 배경

물론 여기에는 상투적인 표현이 있다. 상투적으로 대화하는 진부한 인물을 만들고 싶은 작가는 없을 것이다. 그러나 여전히 민족적 전통에 따라 어떤 감정이 표현되는지 아니면 억제되는지 구별은 있다. 예를 들어 아랍 문화권에서는 성별과 관계없이 사람들이 땅바닥에 주저앉아 머리카락을 뽑아 슬픔을 표현한다. 하지만 영국에서 그렇게 했다가는 혐오감을 일으킬 것이다. 물론 혐오감을 겉으로 드러내지는 않는다. 이런 관습들은 수많은 민족이 함께 사는 미국 같은 나라에서는 많이 사라졌지만 그럼에도 여전히 영향을 주고 있다. 보스턴의 유서 깊은 가문에서 자란 남자는 뉴욕의 빈민촌에서 자란 또래의 남자와 다른 감정 표현을 하면서 자랐을 것이다. 인물이 속한 사회의 감정적인 관습이 무엇인지 모른다면 쓰기를 멈추고 조사해봐야 한다.

가족 사항

인물이 속한 사회는 각각의 가족으로 이루어진다. 물론 같은 가정에서 태어났더라도 감정 표현 방식이 확연히 다를 수 있다(나는 때로 남동생과 내가 한 가족이라는 사실이 믿어지지 않는다).

그러나 가족에게는 독특한 집안 정서가 있다. 즉 집집마다 분노, 감상, 욕설, 그리고 슬픔을 드러내는 정도가 다르다. 이러한 감정 표현은 나이가 들어 가족의 가치관으로부터 벗어나면서 그만두게 된다. 팻 콘로이는 소설 『위대한 산티니The Great Santini』에서 고지식한 해군 아버지 밑에서 자라는 인물을 잘 그려내고 있다. 만약 이 인물이 이러한 고지식한 집안 정서를 깨뜨리며 툭하면 가족들과 부딪힌다면 가족 모두가 극심한 스트레스를 받을 것이다.

지역

여러 사회과학 연구에 따르면 지역마다 감정을 드러내는 말을 비롯해 말하는 방식이 다르다고 한다. 뉴욕 사람들은 앨라배마 사람들보다 말하는 속도가 빠르다. 미국 중서부에서는 다른 사람의 말에 끼어들면 무례하다고 여기지만, 뉴욕에서는 대화에 열중하는 것으로 간주한다. 인물이 어디에 살고 있는가? 그는 줄곧 그곳에서 살았는가? 그가 사는 지역이 그의 감정 표현 방식에 영향을 미치는가?

성별

이에 대해 논란이 많지만 관심을 기울일 가치는 있다. 몇몇 연구에 따르면 여성의 대화 방식은 남성과 전혀 다르다. 즉 더 생략적이고, 덜 경쟁적이며, 공감대 형성에 더 관심이 많다는 것이다. 심지어 토론할 때도 휴가 계획을 말할 때처럼 전혀 공격적이지 않다. 그리고 미국 문화권에서 여성은 남성보다 공개적으로 눈물을 보여도 괜찮다는 인식이 아직 높다. 성별 차이는 잘 듣는 게 가장 좋은 방법이다. 다양한 상황에서 남성과 여성이 다르게 감정 표현하고 있는 것을 인지할 수 있는가? 그렇다면 인물은 이러한 관습을 따르고 있는가 아니면 의도적으로 거스르고 있는가?

교육 수준

높은 교육 수준은 감정을 자제하게 만드는 기제로 작용한다. 즉 고등 교육을 받은 사람들은 감정을 덜 폭력적으로 표현하는 경향이 있다. 게다가 정확한 문법과 다양한 어휘를 구사할 가능성이 더 높다. 예를 들어보자. 자신이 사는 곳에 대해 불만을 크게 표현하는 두 인물이 있다. 먼저 어윈 쇼의 『물 위의 빵Bread Upon the Waters』이다.

저로서는 신문사에서 해야 했던 일들이 모멸적이었고, 그들은 너무나 평범했어요. 전 우리가 실수했다고 그에 말했고, 그 때문에 동반자살을 해야 한다고는 생각하지 않았어요. 우리가 마지막 협박 전화를 받은 뒤 전 그에게 숙고할 시간을 하루 줬어요. 그가 저와 함께하든지 말든지 전 갈 거라고 말했어요.

다음은 토니 모리슨의 『빌러비드Beloved』다.

"더는 못 하겠어요. 더는 할 수 없어요."
"뭘 더 못 하겠다는 거지? 뭘 못 하겠다고?"

"여기선 못 살겠어요. 어디로 가서 뭘 할지 모르겠지만, 여기서는 못 살아요. 우리한테 아무도 말을 안 해요. 아무도 우리 집에 오지 않아요. 남자애들은 날 싫어해요. 여자애들도 그래요."

어떤 인물이 더 고등 교육을 받았는지 눈치 챘을 것이다. 『물 위의 빵』에 나오는 인물은 긴 문장과 정확한 문법, 어려운 단어를 사용한다. 반면 『빌러비드』의 인물은 대부분 짧은 단어를 사용한다. 이러한 차이는 인물이 사는 지역이나 시대가 다른 탓도 있지만 대개는 교육 수준에서 온 것이다.

주변 환경

긴장되거나 위험한 상황에 놓인 인물은 평소보다 더 간결하게 말한다('불이야!'). 또는 감정을 '터뜨리는' 경우도 있다. 이에 대해서는 곧 자세히 다룰 것이다.

그런데 감정적인 장면을 쓰는 동안 이 모든 사항을 기억하고 있어야 할까? 그럴 필요는 없다. 모든 것을 '인물이 되어' 그 인물의 시점에서 쓰고 생각하고 느끼고 말하도록 노력하자. 그러면 적절한 단어들이 제자리에 쓰일 것이다. 그런 뒤에 개고를 할 때는 '독자가 되어' 대화가 미래의 독자에게 어떤 인상을 주는지 생각해보고, 앞의 모든 지침을 반영하기 위해 수정이 필요한 곳이 어디인지 검토하자.

소설 속 대화 vs 현실 속 대화

초고를 쓰고 고쳐쓰기를 하는 동안에는 소설 속의 감정적인 대화가 현실의 대화와는 다르다는 것을 인식하는 게 중요하다. 물론 같을 때도 있다. 특히 짧은 말들이 그렇다('안 돼!' 또는 '사랑해'). 하지만 현실 속에서 장황한 감정 표현은 소설 속에서보다 조리가 없고 늘어지고 애매하고 반복되는 경향이 있다. 소설에서는 감정을 전달하는 대화가 여러 방법으로 다듬어지기 때문이다.

소설에서 대화를 다듬는 한 가지 방법은 압축이다. 자신의 애완견이 차에 치여 죽은 일을 겪은 사람은 그 이야기를 하고 또 하면서 10분이나 15분을 떠들 수 있다. 낙심천만한 주인은 배출구가 필요할 수도 있고 그 일이 일어났다는 사실을 믿기까지 시간이 걸릴 수 있다. 그러나 15분간 늘어놓은 넋두리를 글로 옮기면 여덟 쪽은 족히 될 텐데, 상심해서 한 말을 또 하는 여덟 쪽을 읽어줄 독자는 없다.

그렇다면 감정적인 말은 어느 정도 길이인 게 좋을까? 또 반복은 어느 정도가 적당할까? 그건 어떤 인물이냐에 달려 있다. 수다스럽고 변덕스러운 인물이라면 한 쪽이 적당하다. 그러고는 넘어가야 한다. 또한 수다스러운 인물은 "우리 개를 잠깐 밖에 내보낸다는 것이"라는 말을 서너 번쯤 반복할 수 있지만, 현실에서 하듯 열여섯 번 반복하는 건 금물이다. 과묵하거나 절제를 할 수 있는 인물의 경우에는 한 단락 정도가 적당하다. 그러면 그의 성격에 어긋나지 않으면서 독자가 그의 슬픔을 공감하게 만들 수 있다.

소설 속의 말을 다듬는 또 다른 방법은 현실 속의 대화보다 훨씬 구체적으로 만드는 것이다. FBI 요원들이 범죄 정보를 도청하는 데 어려움을 겪는 이유는 사람들이 서로 아는 내용은 구태여 말하지 않기 때문이다. 다음 대화는 우리로서는 이해하기 힘들지만 아마 당사자들은 그렇지 않을 것이다.

"너 그거 했어?"
"아니. 그가 거기에 없었어."
"그가 없었으면, 자니가 했나."
"아니. 못 했어."
"빌어먹을!"

누가 무엇을 했단 말인가? 누가 거기에 없었는가? 자니가 무엇을 할 수 없는가? 이 두 사람이 이야기하는 게 살인이나 강도인가, 아니면 카펫 청소인가?

사실 앞의 대화는 그 상황과 관련된 인물들이 누구인지 안다면 소설에서 쓸 수도 있다. 하지만 대부분은 그 상황을 더 자세히 알려주는 대화가 바람직하다.

"너 돈 받았어?
"아니. 돌로비가 거기에 없었어."
"그가 없었으면, 자니가 다음 주에 돈 받겠다고 루이한테 이야기했나?"

"아니. 못 했어. 루이가 플로리다에서 돌아오지 않았거든."

"빌어먹을!"

이렇듯 명확해야 독자들이 인물의 슬픔이나 정열, 두려움, 기쁨을 이해할 수 있다. 독자는 인물의 감정을 확실히 알 수 있어야 한다.

소설 속의 대화를 다듬는 또 다른 방법은 표현을 억누르는 것이다. 수다스러운 인물이 자신의 감정을 강렬하게 내보이는 가장 효과적인 방법은 입을 다무는 것이다. 누군가 분노를 터트릴 거라 예상하고 있는데 그러지 않는다면 우리는 그가 진짜로 분노에 휩싸여 있다고 받아들이기 쉽다. 에벌린 워의 고전 『다시 찾은 브라이즈헤드Brideshead Revisited』의 끝부분에서 주인공 찰스 라이더는 약혼녀 줄리아 플라이트가 종교적인 이유로 결혼할 수 없다고 결정했을 때 자신에게 중요한 모든 것을 잃는다. 하지만 그의 반응은 "나도 알아요"뿐이다. 그는 두 문장을 더 이어가는데, 둘 다 감정을 억누른다. "당신은 뭘 할 건가요?", "이제 우리 둘 다 혼자가 되겠네요. 그리고 내겐 당신을 이해시킬 방법이 없어요." 이렇게 표현을 억제하고 있는데도 우리는 라이더의 마음이 찢어지고 있다는 걸 단박에 알 수 있다. 평소의 빈정거림과 냉소가 싹 사라진 말투가 모든 것을 말하기 때문이다.

마지막으로 대화는 어디에 놓이는지 그 위치에 따라서도 감정을 만들어낼 수 있다. 라이더가 슬픔을 억누르는 장면이 장章의 끝에 위치하는 건 우연이 아니다. 장이 끝나고, 장면이 끝나고, 한

줄로 된 문단이 어떤 일이 일어나는지 강조한다. 이런 위치에 감정을 억제하는 말을 놓으면 독자는 자동적으로 이를 중요한 감정으로, 그래서 더욱 심각한 감정으로 여긴다.

부사로 표현하는 어조

부사를 통해 어조를 드러내면 쉽게 감정을 표현할 수 있다. "그는 슬프게 말했다", "그녀는 미친 듯이 울었다." 그러나 작가들은 이런 문장을 쓰지 말라는 충고를 자주 받는다. 이유가 무엇일까? 이 충고를 귀담아들어야 할까?

내가 보기에 부사는 부당한 대우를 받고 있다. 부사를 지나치게 쓸 경우 게으르고 바보같이 보이는 건 사실이다. 작가들이 즐기는 게임 중에 '톰 스위프티스'가 있는데, 오래된 청소년소설 톰 스위프트 시리즈에서 이름을 딴 것이다. 이 게임은 앞 사람의 대화와 관련된 부사를 넣어 말하는 일종의 말장난이다("그녀는 죽었어dead." 그가 '엄숙하게gravely' 말했다). 제대로만 쓰면 부사는 사실 효과적으로 어조를 드러낼 수 있다. 예를 들어 "그가 부드럽게 말했다" 같은 문장을 잘못 이해할 독자는 없다. 또한 대화 내용과 어긋나게 짝지어진 부사는 복합성을 더할 수 있다. "'난 당신을 사랑해.' 그가 버럭 화내며 말했다."

반면에 "그가 크게 말했다" 같은 문장은 부사를 빼고 더 강렬한 동사로 바꾸는 게 나을 수 있다. 그러면 경제성과 생생함이 생긴다. 예를 들어 "그가 외쳤다"는 건 어떨까? 물론 "말했다"와 바꿔 쓸 수 있는 강렬한 동사들 역시 함정을 가지고 있다. "말했다" 대신에 "으르렁거렸다" 또는 "야유했다", "지껄였다"라고 쓰면 작가가 유머를 의도했든 아니든 간에 글은 재미있는 어조를 띠게 된다.

즉, 어조를 나타내는 부사를 완전히 피할 필요는 없지만 절제해 써야 한다.

욕설, 감탄사, 비속어, 그리고 사투리

어떤 감정적인 대화는 더없이 강력해 신중하게 다루어야 한다. 바로 욕설, 감탄사, 비속어, 그리고 사투리다.

욕설은 감정을 표현하는 자연스러운 수단 중 하나지만 여기에는 두 가지 제약이 있다. 첫째, 과하게 쓰면 안 된다. 인물이 수위가 높은 욕설을 거의 모든 문장에서 내뱉는다면 이 점이 인물의 성격으로 굳어지긴 하겠지만 욕설은 그 힘을 상실한다. 즉 욕을 자주 하는 인물은 자신의 감정을 전달할 다른 방법을 찾아야만 한다. 그렇지 않은 인물이라면 감정이 격해질 때를 대비해 욕설을 아끼는 게 좋다.

둘째, 욕설은 인물의 성격과 맞아야 한다. 어떤 사람들은 어떤 상황에도 "빌어먹을"이나 "제길" 외에는 절대 욕을 하지 않는다 (이런 욕조차 하지 않는 사람들도 있다). 인물의 성격과 배경, 나이를 정확하게 반영하는 욕설을 선택해야 한다.

감탄사 역시 마찬가지다. 요즘의 청년들이 "아이고", "저런"

이라고 하지 않듯, 노인들도 "헐"이라고 말하지 않는다. 유행을 따르려 무진 애를 쓰지 않는 이상에는 말이다.

감탄사를 쓸 때 또 다른 위험은 비속어와 마찬가지로 상투적인 표현이나 낡은 표현이 될 수 있다는 점이다. 그 예로 미국 남부에 사는 모든 흑인 침례교도가 "주님을 찬양하라!"라고 하지 않는다. 또한 모든 아일랜드계 미국인 경찰이 "하느님 맙소사"라고 하지도 않는다(이전에 그렇게 말했다고 할지라도). 감탄사를 쓸 때는 인물이 속한 시대와 사회에 적합한지 확인하고 쓰거나 시대를 타지 않는 말을 쓰자.

사투리는 사실 감정적인 말이 아니고 평상시 화법이다. 하지만 인물이 보통 때는 표준어를 사용하다가 감정이 격해질 때면 (또는 술에 취했을 때면) 고향 사투리를 쓰는 사람이라면 감정 표현에 이용할 수 있다. 사투리는 웃기는 분위기는 내는 데 특히 유용하다. 그의 말투가 왜 변하는지 보여주되 지나친 사용은 금물이다.

감정과 문장 부호

문장 부호는 특정한 감정을 암시할 수 있다.

- 대화 마지막의 줄표(—)는 말이 끊겼다는 뜻이다. 상대가 화를 내거나 흥분했을 때 쓸 수 있다("정말, 제인, 너 그러면 안—")
- 대화나 생각 중간의 줄표(—)는 인물의 말이 끊겼거나, 딴생각을 하거나, 스트레스를 받고 있거나 놀랐음을 뜻한다("난 안 갔

는데 왜냐하면—그날이 아니라서—우리가 화요일이라고 말한 거
맞지?").

- 말줄임표(……)는 대화나 생각이 차츰 잦아들면서 뭔가 확실
  치 않거나 포기할 예정임을 암시한다("무슨 말을 해야 할지 모
  르겠어……").
- 느낌표(!)는 강조를 할 때 쓰며 대화나 생각에만 사용해야 한
  다. 서술을 할 때 흥분은 이야기 자체에서 나와야지 문장 부호
  에서 나오면 안 된다.
- 큰따옴표("") 안의 작은따옴표('')는 인용한 말을 의심하거나
  냉소적으로 생각할 때 사용한다("존은 내게 지난밤에 '사랑스
  러운 놀라움'을 줬어").

인물이 감정을 터트릴 때

욕설이 계속되면 힘을 잃듯이 똑같은 감정도 반복되면 힘을 잃는
다. 물론 어떤 인물은 성격상 줄곧 감정적인 상태에 빠져 있을 수
있다. 하지만 이런 변덕스러운 인물은 대개 조연이다. 주인공은
침착하면서도 감정적인 인물이어야 한다. 그래야 감정적인 에피
소드와 대비되기 때문이다.

가장 효과적으로 대비를 사용하는 방법 중 하나는 인물의 감
정을 오랫동안, 또는 내내 잘 억누르다가 어느 순간 화려하게 분
출시키는 것이다. 이때를 '한계점'이라 하는데, 이 한계점이 인물

을 행동으로 몰아간다면 자연스럽게 극적이고 흥미로운 절정에 이를 수 있다. 어떤 행동이 될지는 어떤 이야기인가에 따라 다르다. 눈물을 흘리는 것부터 길길이 날뛰는 것에 이르기까지 무엇이든 될 수 있다. 오랫동안 사랑받아온 찰스 디킨스의 소설 『크리스마스 캐럴A Christmas Carol』에서 스크루지는 세 유령이 보여주는 자신의 과거, 현재, 미래를 보고 난 뒤에 한계점에 다다른다. 그를 무너뜨린 것은 황량하고 사랑 없는 자신의 미래다. 꿈에서 깨어 자신이 죽지 않았다는 사실을 알고 나자 스크루지는 찬송과 감사를 드린 뒤에 크라치트 집에는 칠면조를, 구빈원에는 기부금을 보내는 행동을 하기에 이른다.

제인 오스틴의 『이성과 감성Sense and Sensibility』에는 조용한 형태의 한계점이 나온다. 엘리너는 에드워드에 대한 사랑과 그가 다른 여자와 약혼한 일에 대한 아픔을 조심스럽게 숨겨왔다. 감정 표현을 어찌나 잘 절제하는지 동생 매리앤은 줄곧 엘리너를 "냉정하다"고 일컬을 정도다. 그런데 파혼한 에드워드가 와서 청혼하자 그제야 억누르던 그녀의 감정이 한계점에 다다른다.

엘리너는 더 이상 앉아 있을 수가 없었다. 그녀는 방을 거의 뛰어나갈 뻔했고, 문이 닫히자마자 기쁨의 눈물을 터트렸다. 그리고 결코 멈출지 않을 것처럼 계속 눈물이 흘러내렸다.

감정을 억누른 채 살아온 엘리너는 히스테리에 가까운 반응을 보인다(에마 톰슨이 주연한 동명의 영화에서는 엘리너가 기쁨에 겨워 진짜 히스테리 상태에 빠진다).

한계점은 또한 부정적인 감정을 표출할 수도 있다. 굴욕을 연달아 당해도 조용히 참고만 지내던 인물이 인내심의 한계에 도달하면 갑자기 아버지의 총을 가져다 쏘기 시작할 수도 있다. 허먼 우크의 『혈기왕성한 호크Youngblood Hawke』에서 폴 윈터라는 젊은이처럼 자살을 선택할 수도 있다. 폴은 유서에 그동안 말하지 못했던 자신의 모든 절망을 분출한다.

인물을 한계점에 도달시켜 이제껏 표현하지 못한 감정을 쏟아내게 만들려면 몇 가지 지침에 따라야 한다.

- 한계점은 작가가 준비를 충분히 했는지에 그 문학적 기술로서의 성공 여부가 달려 있다. 인물이 한계점에 이르면서 결국 감정을 분출하기까지 작가는 압박감을 반복적으로 극화해 보여줘야 한다. 디킨스는 미래의 크리스마스 유령을 통해 스크루지에게 끔찍한 환영을 보여준다. 오스틴은 엘리너가 에드워드 때문에 얼마나 슬퍼했는지 여러 번 극화한다. 우크는 폴에게 혼란과 불행을 가져온 사건들을 연달아 보여준다.
- 압박감을 느끼는 사건에 처할 때마다 인물이 감정을 절제하는 모습과 그러다 마침내 한계점에 이르러 폭발하는 모습을 보여줘야 한다.
- 감정 폭발의 형태는 그간 인물에 대해 묘사한 모든 내용과 일치해야 한다. 엘리너는 자살할 리 없다. 비밀스러운 소년 폴은 공개적으로 자신을 표현할 리 없다. 노래 부르기부터 망상적인 편

집중에 이르기까지 '감정 폭발'은 인물의 전반적인 성격과 맞아 떨어져야 한다.

한계점을 드러내는 장면은 시작 단계에서부터 계획을 세우면 매우 큰 효과를 거둘 수 있다. 쓰고자 하는 소설과 잘 맞을까?

감정을 터놓을 상대

인물은 자신의 감정을 누구와 나누고 싶어 하는가에 따라 그 성격을 규정할 수 있다. 주인공인 탐정이 아내에게만 슬픔이나 두려움을 보여주는 인물이면 어떨까? 반면에 아내 앞에서는 강하고 입이 무겁지만 조수에게는 감정적으로 마음을 연다면? 이 둘의 관계에 대해 내용을 늘릴 수 있다.

사람들은 대개 가족에게는 사소한 감정(조급함, 짜증 등)을 편하게 내보이는 반면, 남에게는 예의바르고 매력적인 모습을 유지하려 든다. 이들은 다른 사람들에서 내보일 수 없는 불안감이나 좌절감을 배우자나 자녀에게 화풀이한다. 이때 쏟아내는 부정적인 감정은 약한 비난부터 격렬한 신체적 폭력에 이르기까지 다양하다. 인물이 이런 유형에 속하는가? 그렇다면 행동으로 그의 양면성을 한 번 이상 보여줘야 한다. 그래야 독자도 분명하게 인지한다.

어떤 인물은 누구에게나 자신의 감정을 터놓기도 한다. 이 경우 이 '드라마의 여왕'이 남녀를 불문하고 여러 인물에게 감정을 표출하는 상황이 묘사되어야 한다. 그래야 이 인물이 믿을 만한 친구뿐 아니라 누구에게나 가리지 않고 감정을 과장되게 드러낸 다는 사실을 이해할 수 있다.

특히 문제가 되는 인물은 누구하고도 감정을 나누지 않는, 즉 가까운 사람도 없고 또 그런 사람을 필요로 하지 않는 외톨이다. 이런 인물을 그릴 때는 감정적인 대화를 전혀 쓸 수 없으므로 다 른 감정 표현에 의존할 수밖에 없다. 몸짓이나 행동이 그것이다. 그가 시점인물이라면 생각을 통해 표현할 수도 있다. 다만 여기 저기 떠돌며 혼자 큰 소리로 떠드는 인물로는 그리지 말자. 진짜 로 헛된 망상에 사로잡힌 게 아니라면 너무 작위적으로 보인다.

마지막으로 플롯에 따라 쓸 수 있는 특별한 감정적인 대화의 예를 몇 가지 살펴보자.

- 인물이 일기나 일지를 계속 적거나 편지를 쓴다. 이 방법은 극화 할 때의 긴박감이 없지만 장면과 결합되면 뛰어난 효과를 발휘 한다. 앨리스 워커의 『더 컬러 퍼플The Color Purple』에는 주인공의 열정적이고 우울하며 맞춤법이 엉망인 일기에서 뽑아낸 감동적 인 구절들이 나온다.

- 인물이 애완견에게 말을 건넨다. 이 방법은 인물이 동물을 기르 고 소중히 여기는 사람일 때 효과가 있다.

- 인물이 상담사에게 자신의 이야기를 한다. 이런 유형의 감정적 인 대화는 인물에게 전문가의 도움이 필요한 상황라면 자연스 럽게 사용할 수 있다. 주디스 로스너는 이런 상황을 소설 『어거

스트August』의 토대로 삼았다. 인물이 정신과 의사를 만나야 하는 상황이라면 이 방법이 유용하다. 이런 상황에는 여러 이유가 있을 수 있다. 팻 콘로이의 『사랑과 추억The Prince of Tides』에서 톰 윙고는 자살을 기도한 쌍둥이 여동생을 돕기 위해 정신과 의사인 로웬스타인을 방문해 오랫동안 이야기를 나눈다. 아니면 법원이 피고에게 정신과 상담을 받으라는 명령을 내릴 수도 있다. 어린아이는 내키지 않지만 부모 손에 이끌려 상담사에게 가기도 한다. 또는 약물 의존증 클리닉에 입원했다가 정신과 의사와 감정적인 대화를 나눌 수도 있다. 평소 정신과 상담에 콧방귀를 뀌던 인물이 문제가 생겨 어쩔 수 없는 지경에 이를 수도 있다. 유명 TV 드라마 시리즈인 「소프라노스The Sopranos」는 이러한 상황을 바탕으로 한다.

• 인물이 신부나 목사에게 고해성사를 한다. 신앙심이 깊다면 신앙의 대변자에게 마음을 열고 감정을 터놓을 것이다.

인물이 누구에게 감정을 터놓는가? 인물은 어떤 상황에 놓여 있는가? 이 질문들에 대한 대답은 효과적인 장면 쓰기로 이어져야 한다.

생각은 자신과의 대화다

감정적인 대화에서 언급한 지침은 생각에도 대부분 적용된다. 물론 몇 가지 예외는 있다. 어떤 인물은 감정이 일어나는 그 순간에 너무 격앙되어서 생각을 하지 못한다. 죽음의 문턱을 넘어가는 임사 체험을 다룬 코니 윌리스의『패시지Passage』에서 조애나 랜더 박사가 바로 그러하다.

메이지! 조애나는 공포에 질려 생각했다. 난 리처드에게 말하지 않았어. 그에게 말해야 해. 그런데 메이지가 그에게 말하고 싶어 했던 게 뭔지 기억할 수가 없어. 타이타닉 뭐였는데. 아니, 타이타 닉이 아니야.

하지만 죽음이 닥친 가장 긴박한 순간에는 정작 생각이 명료해지기도 한다.

그는 칼을 들고 있어, 그녀는 침착하게 생각하며, 자신의 블라우스를, 공격하는 그의 손을 내려다봤다. 하지만 시간이 경비원보다 더디게 가는데도 그녀는 너무 늦었다. 그녀는 칼을 볼 수 없었다.
이미 칼이 몸속으로 들어갔기 때문이다.

침착한 생각이든 두서없는 생각이든 간에 대화에서 썼던 기술들은 생각에도 쓸 수 있다. 즉 감탄사, 민족적 배경과 관련된 말들, 사투리, 욕설, 절제된 표현, 한계점, 그리고 짧은 문장(앞의 문단에서 마지막 문장이 어떻게 극적인 효과를 얻는지 주목하자)으로 생각을 드러낼 수 있다.
게다가 생각으로는 누구에게도 말하지 않고 결코 행동하지 않을 것들을 보여줄 수 있다. 인물이 다른 이에게 결코 말하지 않을 판타지나 욕망, 상처를 그의 생각을 '엿들음'으로써 공유할 수 있는 것이다. 감정적인 생각으로는 행동을 언급할 수도 있으며, 행동만 하는 것보다 훨씬 풍성하게 이야기를 만들 수 있다.

인물은 사건을 어떻게 생각하는가? 인물의 생각 속으로 들어가 보면 그 인물이 누구인지 알 수 있다.

감정적인 대화에서 흔히 빠지는 함정

감정을 표현하는 말은 작가에게 다른 어떤 종류의 대화보다 함정이 되기 십상이다. 이때 피해야 할 점들은 다음과 같다.

지나치게 쓰기

'미사여구'로만 나열된 대화는 진지하기보다는 우스꽝스럽게 들린다. 코믹소설을 쓰고 있다면 괜찮다. 그렇지 않은데 인물이 "별빛이 희미해져 사라질 때까지 당신을 사랑합니다!"라고 말한다면 이 인물은 곧바로 신뢰성을 잃는다(어쩌면 작가의 신뢰성까지). 이런 말은 도가 지나치다. 우리는 사실 강렬한 감정을 느끼기도 하고 열띤 말로 격렬한 감정을 표현하기도 한다. 하지만 종이 위에 이런 감정이 나열되면 진실하지도 않을뿐더러 바보스럽게 보이기까지 한다. 독자가 인물의 감정을 진지하게 받아들이기를 원한다면 지나치게 쓰기보다는 약간 덜 쓰는 편이 낫다.

상투적인 표현

여기에는 치명적인 딜레마가 있다. "당신을 사랑해요"는 상투어고 "별빛이 희미해져 사라질 때까지 당신을 사랑합니다!"가 웃기는 표현이라면, 그래서 둘 다 쓰지 못하면 뭘 쓸 수 있을까? 모든 사람이 입을 다문 채 눈짓으로만 사랑을 표현해야 할까?(그렇다면 그 눈짓은 "반짝이는 별처럼 바라봐도" 안 될 것이다). 그건 아니다. 진부하더라도 "사랑합니다"라고 써도 괜찮다. 사실 모든 연인이 이렇게 말한다. 이런 상투어는 간결성과 보편성 덕분에 대화로 나쁘지 않다. "어머니가 돌아가셨다니 안됐네요"라든가 "제 사과를 받아주세요"라든가 "지옥에나 가버려라" 역시 마찬가지다. 표현은 고루하지만 짧고 진실하고 눈이 휘둥그레질 만큼 난해하지 않기 때문이다.

우리가 피해야 할 상투적인 대화는 실생활이 아니라 영화나 TV, 다른 책에서 따온 말이다. "나와 엮인 걸 후회하게 만들어주마", "널 부숴버리겠어"는 공허한 협박이다. 말한 사람이 말한 대로 실행할 수 없어서가 아니라 말이 힘과 위협을 모두 잃었기 때문이다. 따라서 일상 속 흔한 구문을 사용하되, 상황이 좀 더 복합적일 때에는 덜 진부한 표현을 찾아보라.

'잘 알다시피'식의 대화

이런 표현은 어디서든 나쁜 글쓰기로 평가받지만 감정적인 대화에서는 훨씬 치명적이다. 감정의 강렬함과 신뢰성을 다 앗아가버리기 때문이다. 또 감정을 말할 때에는 뒷이야기로 채워서는 안 된다. "너를 사랑하게 된 간 너를 처음 봤을 때, 우리 엄마가 돌아가시고 난 뒤 중학교 2학년 영어 시간이었어"라고 말하는 인물은 자신을 바보로 만드는 셈이다. 그리고 안타깝게도 작가 역시 그렇다. 인물은 감정을 말하는 그 순간에 집중해야 한다.

인물이 자신의 감정을 직접 말하든, 아니면 생각만 하든 아무튼 소설의 핵심은 감정이다. 퓰리처상 수상 작가인 에드나 퍼버는 이렇게 말할 정도였다. "제대로 그리고 설득력 있게 쓰려면 어느 정도 작가는 감정에 독살되어야 한다. 혐오감, 불쾌감, 거부감, 비난, 불만, 억울함, 이 모든 게 좋은 연료다." 물론 감정에 독살되고 싶지 않을 수도 있겠지만, 그렇게 하면 진실성을 담을 수 있다. 이는 다른 말로 하면 '인물이 되어보는 것'이다. 적어도 그 인물에 대해 쓸 동안만이라도 그래야 한다. 그러고 나서 그 장면을 읽고 다시 독자가 되어보자.

마무리: 감정적인 대화와 생각

감정적인 대화는 인물이 어떤 감정을 어떤 말로 표현하든 그의 기본 성격만이 아니라 민족적 배경, 가족 사항, 종교, 교육 수준, 성별, 주변 환경에 따라 결정된다. 게다가 사람들은 사건이 끝난 뒤에는 사건이 일어난 당시와 다르게 말한다. 이 모든 차이에 관심을 기울이면 인물을 설정하고 개연성으로 높이는 데 도움이 된다.

소설 속 대화는 압축과 절제, 강조를 통해 다듬어지기 때문에 현실 속 대화와는 다르다. 최대한 효과를 거두려면 비속어나 욕설, 사투리를 간간히 사용해야 한다. 하지만 그런 말들은 가능하면 현실에서보다 적게 쓰는 게 좋다. 지나치게 쓰거나 상투적인 표현을 하거나 '잘 알다시피'식의 대화는 하지 않아야 한다. 모두 독자의 흥미를 떨어뜨린다.

인물이 누구에게 자신의 감정을 터놓는지, 언제 터놓는지를 신중히 선택해야 한다. 그 인물의 성격을 결정하기 때문이다. 인물의 생각(스스로에게 말 걸기)도 마찬가지다. 생각은 행동과 대화로 드러나지 않는 다른 감정들을 보여준다. 생각을 통해 독자는 인물의 성격을 더욱 깊게 이해할 수 있다.

감정 폭발이 일어나는 순간을 뜻하는 한계점은 대화를 극적이며 효과적으로 드러내는 방법 중 하나다. 한계점을 이용하려면 그전까지 인물이 받았던 압박감과 자기 자신을 억제해온 일을 함께 묘사해야 한다.

친구나 가족과의 짧은 대화를 녹음한다. 녹음한 내용을 옮겨 적는다. 그 대화를 소설에 이용하려면 어떤 식으로 압축, 강조, 설명해야 할까? 대화를 다시 써본다.

아는 사람 여섯을 고른다. 그들은 각각 비밀리에 유산 수십억 원을 상속받게 되었다. 이 이야기를 처음 들은 그들의 모습을 상상해보자. 각자 맨 먼저 무슨 말을 했을지 적는다. 그 말들은 각각의 성격과 일치하는가? 원래의 성격을 유지하는 한편, 그들에게 또 다른 성격을 덧붙이려면 대화를 어떻게 고쳐야 할까?

두 사람 사이에 일어난 격렬한 싸움을 대화로 쓴다. 싸움에 관한 인물의 생각을 각자의 일기로 쓴다. 그들의 감정적인 반응은 어떻게 다른가? 그들은 그 감정을 표현하기 위해 어떤 말들을 사용하는가?

버스를 타고, 쇼핑몰 사이를 걷고, 공원을 돌아다닌다. 그러면서 사람들의 대화를 엿듣는다(의심스러운 사람으로 보이지 않게 조심하자). 사람들이 쓰는 비속어, 욕설, 독특한 표현에는 어떤 것들이 있는가? 이 표현들을 통해 어떤 감정이 표출되는가? 나중에 그 표현들을 적어본다. 소설에 직접 쓰기 위한 게 아니라(비속어는 아주 빠르게 변한다) 사람들의 말을 듣고 새로운 대화를 창조해내는 연습을 하기 위해서다.

실전 연습 05

좋아하는 연극에서 감정이 가장 고조되는 장면을 고른다. 대화로만 이루어지는 상황에서 극작가는 인물들의 감정을 어떻게 표현하고 있는가? 소설에 써먹을 만한 기술이 있는가?

9장

감정 암시:
은유와 상징
그리고
감각적 묘사

엄청나게 많은 단어가 문자 그대로의 뜻을 넘어
다양한 의미를 함축하고 있다.
작가는 이런 단어에 담긴 감정적인
실타래를 잘 풀어내야 한다.
그래야 원치 않는 감정에 무심코 끌려가지 않는다.

지금까지 인물의 감정을 대화, 행동, 느낌, 생각을 통해 직접적으로 표현하는 방법에 대해 이야기했다. 그런데 감정은 은유와 상징을 통해서 간접적으로, 그리고 암시적으로도 표현할 수 있다. 암시는 강렬하면서도 뭔가를 떠오르게 하는, 그 찰나의 감정 이상을 안겨준다.

어떤 과학자들은 우리 뇌에 이야기를 통해 세상을 이해하는 장치가 들어 있다고 믿는다. 그래서 이제껏 우리에게 알려진 모든 문화권이 이야기를 통해 구성원을 교육시키고, 즐겁게 만들고, 신을 숭배케 하고, 단결시키고, 다스리고, 감동시켰다는 것이다. 인간의 역사에는 종교, 정치, 영웅, 그리고 사랑에 관한 이야기들이 있다. 그리고 이 모든 이야기는 실화이건 상상이건 간에 어떤 의미에서 비유에 속한다.

비유의 사전적 정의는 '어떤 현상이나 사물을 다른 비슷한 현상이나 사물에 빗대어 나타내는 수사법'이다. "그의 눈짓이 그녀를 갈랐다"가 비유다. 여기서 '눈짓'은 날카롭고 뭔가를 자를 수 있으며 위험하다는 것을 뜻하기 위해 칼에 빗대어진 것이다. 이러한 비유는 "그의 눈짓이 그녀에게 상처를 줬다"라는 문장보다 잘리거나 베이는 듯한 느낌을 훨씬 더 생생하게 전한다.

앞서 말한, 모든 이야기가 비유에 속한다는 건 어떤 의미일까? 비유는 상상을 통해 실제 세상을 좀 더 생생하게 느끼도록 만든다. 「햄릿Hamlet」을 보거나 조지 워싱턴의 벚나무 이야기를 듣거나 『안나 카레니나』를 읽고 난 후에 우리의 세계는 그만큼 넓어진다. 우리는 그 인물들과 함께 느낄 뿐 아니라(햄릿의 분노, 워싱턴의 진실성, 안나 카레니나의 절망) 우리를 둘러싼 세상을 평가할 수 있는 또 하나의 눈을 얻는다. 이는 삼류 시트콤이라 해도 마찬가지다. 여기서도 이야기는 여전히 현실 속 우리 삶을 비유한다. 우리가 삼류 시트콤을 '저질'이라 내치는 이유는 무의식적으로 이런 비유가 현실과 맞지 않다고 결론 내리기 때문이다("이건 말도 안 돼! 이런 식으로 행동하는 사람이 진짜 어디 있어!").

비유를 적절히 활용하면 독자를 더욱 감동시킬 수 있다. 비유는 네 가지 단계로 나눌 수 있다. 바로 단순 은유, 확장 은유, 상징, 그리고 인용이다.

단순 은유: 숨은 광석 캐내기

은유는 직유와 사촌뻘이며(직유는 비슷한 두 사물을 '같이', '듯이'와 같은 연결어로 이어 비유하는 것이다) 묘사 대상에 대한 인상을 더하는 효과를 낸다.

예를 들어보자. 인물이 기쁨을 느끼며 끝나는 장면이 있다. 그 장면의 마지막 문장이 "우리 주위에는 온통, 장미꽃들이 반짝이는 태양의 붉은색, 오렌지색, 황금색으로 활짝 피어 있었지"라고 해보자. 우리는 이 문장으로부터 인물이 정원에 서 있을 뿐 아니라 인물 역시 생기에 차 반짝거린다는 것을 알 수 있다. 여기서 꽃은 인물의 감정을 상징한다. 그 결과 독자는 플롯과 인물뿐만 아니라 햇살과 장미꽃이 연상시키는 것들도 더불어 느낀다. 이것이 은유의 힘이다. 은유는 직설적인 구절이 전하는 내용 너머의 뭔가를 일깨운다.

하지만 은유는 몇 가지 이유로 그 의미가 모호할 수 있다. 먼저 사람마다 은유에 쓰인 비교 이미지(즉 보조관념)을 보고 연상하는 바가 다를 수 있다. 꽃을 보고 알레르기를 떠올리는 독자라면 앞서 본 문장에서 작가가 의도한 바를 느낄 수 없다.

특정 문화권에서만 통하는 은유도 있다. 문학 작품을 번역하기 어려운 이유가 바로 이 때문이다. 십자가, 사흘 만의 부활, 그리고 동물로 가득 찬 방주 등의 이미지는 기독교 문화권에서 자라지 않은 독자에게는 의미가 깊어지기는커녕 모호하게 여겨진다.

또한 같은 문화권이라도 은유에 쓰이는 보조관념은 시대에 따라 그 의미가 달라질 수 있다. F. 스콧 피츠제럴드의 『위대한 개츠비』는 뮈리엘, 개츠비, 윌슨, 이 세 사람의 죽음을 이렇게 묘사한다. "…… 그리고 홀로코스트가 끝났다." 이 소설이 쓰인 때가 1925년이므로 이 문장은 단순히 끔찍한 파멸이라는 의미를 일깨운다. 그러나 제2차 세계대전 이후로 홀로코스트는 나치의 유대인 학살이라는 좀 더 구체적인 의미를 지니게 되었고, 이 소설이 쓰인 시대와 의미가 달라졌다. 이는 물론 작가의 잘못이 아니다. 작가에게 예지 능력까지 필요하진 않다(편집자라면 모를까). 하지만 지금 시대에 홀로코스트라는 표현을 은유로 쓸 때는 잘 살펴보고 써야 한다.

사실 엄청나게 많은 단어가 문자 그대로의 뜻을 넘어 다양한 의미를 함축하고 있다. 작가는 이런 단어에 담긴 감정적인 실타래를 잘 풀어내야 한다. 그래야 원치 않는 감정에 무심코 끌려가지 않고, 독자에게 일깨우고자 하는 바로 그 감정을 불러일으킬 수 있다.

예를 들어 다음 물건들은 다른 어떤 것과 비교하기도 전에 이미 그 자체로 어떤 감정을 불러일으킨다(특히 어떤 독자에게는 더 강렬한 감정을).

엄마의 젖 / 깃발 / 사과 파이 / 노예 경매대 / 결혼 반지 / 제단 / 고양이와 강아지 / 올가미 / 담배 / 모조 다이아몬드

사형 집행에 쓰는 올가미 아래에 노예 경매대가 놓인 장면을 보면 우리는 공포를 느낀다. 배경을 둘러싸고 소설이 어떻게 전개될지 모르는 상태에서도 말이다.

이처럼 이미 사람들의 마음속에 심어진 함축적인 단어들을 잘 활용하자. 은유를 할 때는 자신이 원하는 감정을 암시할 수 있는 보조관념을 선택해야 한다. 하지만 주의할 점이 있다. 비슷한 보

조관념은 비슷한 감정을 불러일으키기 때문에 새로운 방식으로 사용하지 않으면 진부하거나 식상할 수 있다. "아이가 고양이처럼 뛰놀았다"는 진부한 표현이다. 고양이가 뛰어다니며 노는 게 사실이라도 그렇다. "아이가 데굴데굴 깔깔거리며 뛰어다녔고 있지도 않은 고양이 꼬리를 쫓아다니는 것 같았다"라고 말하는 편이 더 낫다.

한편 기괴한 은유는 하지 말아야 한다. 기괴한 은유는 은유 자체에 관심을 집중시켜 오히려 몰입을 깬다. "존에 대한 그녀의 감정은 뒤죽박죽이었는데, 마치 샐러드 속에 든 채소들 같았다." 적절하면서도 억지스럽지 않고 원하는 감정을 불러일으킬 수 있는 은유를 쓰자.

은유를 할 때 마지막으로 주의할 점은, 혼합 은유(두 가지 이상의 은유를 조합하는 것)는 자칫 냉소나 혼란을 일으킬 수 있다는 것이다. 이는 재앙으로 치달을 수 있다. "그는 싹 튼 반항의 폭풍을 잘라버렸다" 같은 문장은 독자를 소설 밖으로 튕겨내 영원히 돌아오지 않게 만들지 모른다.

날씨 은유는 감상적 오류에 빠지기 쉽다

날씨에 대한 은유는 여러 은유 가운데서도 특별히 다룰 가치가 있다. 너무나 흔하고, 매력적이고, 또 위험하기 때문이다. 이 은유는 날씨에 빗대 인물의 기분을 전달하는 것이다.

날씨를 은유하고 싶은 유혹은 크다. 날씨에 반응하지 않는 사람은 없기 때문이다. 햇살이 쏟아지는 날의 기쁨, 산뜻한 시작을 알리는 봄, 잿빛 겨울 오후의 우울함 등. 문제는 날씨를 은유할 때 작위적인 느낌을 피하기 힘들다는 것이다. 인물이 보스턴에서 우울함을 느낀다고 해보자. 그럼 보스턴에 비가 내리도록 지구의 기후를 조절해야 할까? 하지만 수준 높은 독자는 윌리엄 워즈워스를 비롯한 낭만파 작가들이 과도하게 사용한 이래 자연 현상과 인간 감정을 맞대응시키는 방식을 받아들이지 않는다. 사실 이런 기술은 조롱을 너무 많이 받아서 '감상적 오류(사물의 진정한 모습을 그리지 않고 공상에 빠져 왜곡된 진실을 그리는 것)'라는 비판적인 용어까지 얻었다.

그럼 날씨를 은유하면 안 된다는 뜻이냐고? 아니다. 재주를 발휘해야 한다는 말이다. 그러기 위해서는 인물의 감정을 말하고 곧이어 구체적인 날씨를 언급하지 않는 게 좋다. 대신 날씨의 한 가지 측면을 은유의 한 가지 요소로만 쓰자(앞에서 나온 장미와 햇살처럼). 아니면 장면 속의 실제 날씨가 아닌 것을 이용하는 것도 좋다. 그 예로 허먼 멜빌은 『모비딕Moby Dick』에서 이슈마엘의 불안하고 어두운 절망을 "내 영혼에 11월이 오면"이라고 멋지게 묘사했다.

확장 은유: 감정 켜켜이 쌓기

감정을 드러내는 비유의 두 번째 단계는 확장 은유다. 이는 한 장면에서 하나의 원관념에 대해 둘, 셋, 또는 네 개의 보조관념을 나열하는 것이다. 보조관념이 하나씩 늘어날 때마다 감정의 층도

한 겹씩 포개진다.

예를 들어보자. 조이스 그레이스 리의 소설 「황혼Dusk」에서 앤과 리처드 부부는 금방이라도 대판 싸울 기세다. 장면 내내 다음 문장들이 나온다.

- 그들은 거실 건너에 마주앉아 있었고, 그들의 불화는 둘 사이로 흘러내려 바위를 넘어가는 개울물처럼 하찮고 또 요란했다.
- "내가 당신한테 말하지 않은 건—" 앤이 말을 갑자기 멈추었다. 개울이 갑자기 넓어지더니 물살이 점점 빨라졌다.
- "그럼 가요." 앤이 차갑게 말하자 그는 홍수가 자신을 휩쓸고 지나가 모든 것을 앗아가는 기분을 느꼈다.

감정을 전달하기 위해 확장 은유를 할 때의 지침은 단순 은유(원관념 하나에 보조관념 하나가 연결되는 은유다)를 할 때와 똑같다. 다시 말해 적절해야 하고, 절제해야 하며, 배경과 일치되어야 한다. 「황혼」에서 리처드는 급류 래프팅 가이드이므로 그의 시점에서 앞의 은유는 아주 자연스럽다.

감정이 끔찍하게 잘못 표현될 때

은유와 상징을 할 때 가장 빠지기 쉬운 함정은 지나치게 덮어쓰는 것이다. 즉 한 문장 안에 너무 많은 의미를 집어넣어 감동을 주기보다 우스꽝스러워지기 쉽다. 캘리포니아 산호세주립대학

의 영문학과에서는 해마다 불워 리튼 소설 공모전을 개최하는데
(『폼페이 최후의 날The Last Days of Pompeii』을 쓴 작가 이름을 땄다)
우승자는 '화려한 산문체'를 가장 잘 쓴 사람에게 돌아간다. 이
공모전의 목적은 풍자적인 모방으로 전락해버린 완벽한 은유를
찾는 데 있다.

다음은 2004년 우승자가 쓴 글이다.

> "그녀는 오늘밤 라몬과의 연애를 끝낼 작정이었고……다시
> 말해, 마사 스튜어트가 새우 꼬리에서 핏줄을 발라내듯……
> '연애'라는 말이 그녀에게 우스꽝스러운 완곡어법이라는 생각
> 이 그녀를 탁 쳤지만…… '내장'과 다른 건 아니었고, 결국 그
> 건 핏줄이 아니라 내장이었고…… 안에 있는 물질을 지체시키
> 는 건 모래가 아니고…… 그리고 그녀를 라몬에게로 되돌려놓
> 았다."

이런 공모전에 참가할 게 아니라면 이런 은유는 금물이다.

상징 1: 초월적 대상

상징은 비유의 한 유형으로, 어떤 사물이나 개념의 의미가 글 전
체로 확장되는 것을 뜻한다. 상징은 제대로 쓰기만 하면 엄청난
감정을 전달할 수 있다. 좋은 상징은 여러 차원에서 효과를 발휘
하기 때문이다.

상징은 구체적인 사물로 나타내는 경우가 많은데, 헨리 제임스의 소설『황금 주발The Golden Bowl』이 그러하다. 이 주발은 인물이 고가구점에서 결혼 선물로 산 것이다. 주발에는 약간 금이 가 있다. 소설이 전개되면서 경탄의 대상이던 주발이 깨진다. 우리는 서서히 이 골동 주발이 나타내는 바를 깨닫는다. 즉 결혼 관습을 비롯한 사회 제도들이 안에서부터 망가져가고 있다는 사실이다. 이 소설에서 인물들의 감정은 이러한 망가짐의 상징을 통해 표현된다.

어떤 사물이 상징으로 쓰일 때에는, 깃발과 십자가처럼 그 자체에 이미 문화적으로 함축되어 있는 의미를 전달하고 있거나 또는 특정한 이야기를 위해 특별히 상징적인 의미를 띠고 있거나 둘 중 하나다.『황금 주발』은 여기서 후자에 속한다. 주발은 보편적으로 사회의 부패를 가리키지 않는다. 만약 이처럼 뜻밖의 물건에 의미의 더하고자 한다면 대부분의 독자가 그 의미를 '이해' 할 수 있도록 명확하게 전달해야 한다. 이때 '대부분의 독자'라고 한 것에 유의하자. 상징을 결코 받아들이지 못하는 독자들도 있다. 애를 써도 소용없다. 이렇게 문자 그대로 받아들이는 독자들은 플롯 차원에서만 소설을 즐기므로, 그들이 상징적 의미를 간파하지 못한다 해도 작가는 독자들을 위해 이야기를 일관되게 전개해야 한다.

그렇다면 상징은 얼마나 명확하게 드러내야 할까? 그건 어떤 소설을 쓰느냐에 따라 다르다. 하퍼 리의『앵무새 죽이기Killing a Mockingbird』는 상징을 운에 맡기지 않는다. 소설이 3분의 1쯤 전개되었을 때 애티커스 핀치는 아들 젬 핀치에게 이렇게 말한다.

"어치 새를 얼마든지 쏴도 좋다. 하지만 이건 기억해두렴. 앵무새를 죽이는 건 죄라는 걸."

아빠가 어떤 것을 하는 게 죄라고 말하는 건 그때가 처음이었다. 그래서 모디 아줌마에게 물었다.

"너희 아빠 말이 맞아." 그녀가 대답했다.

"앵무새는 우리를 위해 노래를 부르는 것 외엔 아무 짓도 하지 않아. 그 녀석들은 사람들의 채소밭에서 아무것도 먹지 않아. 우리를 위해 심장이 터지도록 노래 부르는 것 말고는 아무 짓도 안 해. 그래서 앵무새를 죽이는 게 죄라는 거야."

아무 해도 끼치지 않는 선善을 뜻하는 앵무새의 상징은 소설의 결말 부분에 가서 분명하게 드러난다. 여덟 살 소녀 스카우트는 친절하고 아둔한 부 래들리가 범죄자인 밥 에웰의 살인에 연루되어 있다는 것을 절대 발설하지 말라는 지시를 받고, 그사이에 부는 스카우트와 젬의 목숨을 구한다.

아빠는 아주 오랫동안 바닥을 쳐다보고 있었다. 그리고 한참 만에 고개를 들었다.

"스카우트. 이웰 씨가 자기 칼 위로 넘어진 거다. 무슨 말인지 이해할 수 있겠지?" 아빠가 말했다.

아빠는 누군가 용기를 북돋아줘야 할 사람처럼 보였다. 나는 아빠에게 달려가서 껴안고 온 힘을 다해 뺨에 뽀뽀를 했다.

"네. 아빠. 무슨 말인지 알아요. 테이트 씨 말이 맞았어요." 나는 아빠를 안심시켰다. 아빠는 내게서 떨어지더니 나를 쳐다봤다.

"무슨 말이지?"

"그건 앵무새를 쏘아 죽이는 것과 같은 거라는 말이잖아요, 그렇죠?"

한편 상징이 명확하게 드러나지 않는 소설도 있다. 앤 팻칫의 소설 『벨칸토』는 오페라 가수가 등장하는데 이 인물은 정부를 전복하려는 남아메리카 혁명군에게 납치된다. 이 멋진 소설의 앞부분에서 오페라는 문명을 상징한다. 교양 있고 아름답고 인간의 깊은 곳에 자리한 충동을 변화시킬 수 있는 것으로 그려진다. 이 상징은 결코 설명되지 않고, 다만 모든 장에서 실제적인 정보만을 준다. 독자는 얼마나 많은 정보가 나오는지 의식하지 않고 플롯을 통해 이야기를 즐길 수 있다. 또한 상징을 통해 작가가 전달하려는 이야기와 인물에 대해 감정적으로 반응한다.

상징 2: 추상적 개념

추상적 개념이란 만지거나 보거나 맛볼 수 없는, 즉 일정한 성질과 형태를 갖추고 있지 않은 것들을 가리킨다. 정의, 믿음, 또는 역사 같은 것들을 말한다. 따라서 이런 개념들은 소설의 바탕인 구체적인 현실로부터 한 걸음 멀어지게 만든다. 그럼에도 노련한 작가는 추상적 개념을 상징으로 활용할 줄 안다.

캐서린 라이언 하이드는 이웃 간의 분란을 그린 소설 「혈통

Bloodlines」에서 이 추상적 개념을 잘 사용하고 있다. 여기서 분란의 원인은 겉으로 볼 때는 애완견에 대한 우월감이다. 즉 이웃에 사는 카초의 잡종 개보다 챔피언 혈통인 자신의 순종 도베르만이 낫다고 생각하는 프랭크의 우월감이 표면적인 문제다. 하지만 긴장감이 팽팽해질수록 진짜 문제는 이민자인 카초보다 미국 태생인 자신이 월등하다고 여기는 프랭크의 우월주의라는 게 분명해진다. 그런데 순종 도베르만이 땅을 파고 들어온 잡종 개의 새끼를 배게 되면서, 그동안 카초가 누차 경고했지만 프랭크가 무시했던 일이 벌어지게 된다. 카초는 태어날 새끼들의 혼혈을 '증명'하기 위해 두 개가 짝짓기하는 장면을 찍는다. 그 뒤로 계층 갈등과 주먹싸움이 시작된다. 많은 이웃 사람이 싸움에 끼어들고 인종적인 모욕이 오간다. 여기서 개 혈통은 인간 혈통의 상징이자 분노와 경쟁, 두려움을 표현하는 수단이 된다.

『앵무새 죽이기』의 앵무새처럼 어떤 상징은 플롯의 일부가 아니라서 소설에서 상징이 들어간 단락들이 잘려나간다 해도 전체 이야기가 변하지 않는다. 그러나 『벨칸토』와 「혈통」에서는 상징이 이야기와 깊이 연결되어 있어 상징이 곧 플롯을 이룬다. 즉 오페라가 없었다면 『벨칸토』에는 납치와 인질극라는 사건이 만들어질 수 없다. 개든 사람이든 혈통에 관한 싸움이 없었다면 「혈통」의 인물들은 이웃사촌으로 아무 탈 없이 공존했을 것이다.

상징을 중심으로 소설 전체를 구성하고 켜켜이 쌓여 있는 복잡한 감정을 만들려면 다음 방법이 필요하다.

- 플롯의 필수 요소인 동시에 인물에게 강렬한 감정을 일으키는 대상이나 개념을 고른다. 대상은 무엇이든 될 수 있다. 루이스 오친클로스의 소설 「두 번째 기회Second Chance」에서는 평범한 포크가 강력한 상징을 뜻한다.
- 상징을 중심으로 사건을 펼친다.
- 인물이 상징의 의미를 인식하게 할지, 아니면 인물은 인식하지 못하지만 독자는 인식하게 할지 결정한다.
- 인물이 상징의 의미를 인식한다면, 상징에 관련된 대화나 생각을 하게 한다.
- 인물이 상징의 의미를 인식하지 못한다면, 자신의 감정을 표현하는 방식으로 상징과 상호작용할 수 있게 한다. 예를 들어 두 자매가 돌아가신 어머니의 아파트를 정리하고 있다고 해보자. 이 자매는 어머니가 아꼈지만 경제적으로는 가치가 없는 모자 하나 때문에 계속 싸울 수 있다. 이런 다툼이 계속되면 그들이 싸우는 이유는 모자가 아니라 죽은 어머니에 대한 사랑 때문이라는 게 분명해진다.
- 상징의 의미를 좀 더 강력하게 만들려면 특정 장면이나 소설의 마지막을 상징으로 마무리한다.

인용: 감정 빌리기

'감정을 빌려옴'으로써 독자의 마음속에 감정을 일으킬 수도 있다. 노랫말이나 시, 영화, 다른 작가의 소설을 인용하거나 악기,

그림, 조각 같은 예술 작품들을 언급하는 것이다. 어떤 의미에서 이 작품들 역시 상징이다. 이 작품들이 그 이상의 의미를 나타내는 게 분명하기 때문이다. 바티칸의 시스티나 대성당 천장은 신앙을 위해 재능을 바친 숭고한 이들을 대변한다. 누군가의 젊은 시절에 유행한 음악은 이제는 지나간 시대를 떠올리게 한다. 어떤 인물이 영화 속 주옥같은 대사를 인용하면 또 다른 세상이 펼쳐진다.

이러한 방식에 대해 서로 다른 두 관점이 존재한다. 먼저 한편에서는 이런 인용이 사람들이 생각하고 말하는 방식을 진실하게 반영한다고 믿는다. 사실 문화적 상징은(고급문화든 대중문화든) 우리의 일상생활에 스며들어 있기 때문이라는 것이다. 이들은 다른 예술 작품을 소설에 끌어들이는 것은 브랜드 이름과 같은 기능을 한다고 주장한다. 즉, 인물을 어떤 시대에 자리매김하게 하는 문학적 지름길이라는 것이다. 단테의 문장을 인용하는 인물이 닥터 드레의 랩을 인용할 리가 없기 때문이다(혹시 그렇다면 흥미롭기는 할 것이다). 게다가 인용이 소설 속 상황과 분명하게 연관이 있다면 원작의 감정을 환기시키는 이득도 있다고 한다.

그러나 반대편에서는 다른 예술 작품을 인용하거나 언급하는 것은 다른 소설의 감정을 이용하는 것과 별반 다르지 않다고 주장한다. 이들은 윌리엄 셰익스피어의 희곡이나 존 레넌의 노래가 아니라 '자신의 글' 속에서 일어나는 일들을 통해 감정을 만들어내는 게 작가의 의무라고 주장한다.

쟁점이 더 복잡해지긴 하지만, 이 두 관점 사이에는 수많은 이가 속한 세 번째 관점도 있다. 이 관점을 지닌 작가들은 산문이나 시, 노래를 소설 속에 집어넣지 않고 장이나 절, 또는 소설의 앞머리에 인용한다. 이렇게 함으로써 인용구는 소설의 일부가 되지 않고 분위기를 설정하는 데 도움을 준다.

다른 작품을 인용하거나 언급할 때 명심해야 할 몇 가지 지침이 있다. 먼저 그 작품은 다른 예술가가 썼고 소유권이 그에게 있다는 사실이다. 물론 단테, 셰익스피어 등 저작권이 풀린 공공 저작물은 마음껏 인용해도 된다. 공개 연설도 마찬가지다(예를 들어 어떤 후보자의 연설을 역사소설에 이용할 수 있다). 하지만 저작권이 소멸되지 않은 작품의 경우에는 인용해도 좋다는 작가의 허락을 받아야 한다(단, '교육적인 목적'으로 사용하거나 서평을 쓸 때는 적절한 선에서 인용한다면 허락을 받을 필요가 없다). 작고한 작가들은 저작권 관리인이 저작권을 보유하고 있다. 그리고 작가들 중에는 인용에 대해 관대하지 않은 이도 있다. 그러니 인용할 때에는 먼저 허락을 구하는 게 좋다.

노랫말을 인용하는 건 더욱 어렵다. 미국의 작곡가, 작가, 출판사 협회인 ASCAP는 노랫말 인용과 관련된 규칙을 제정하고 관리한다. 그 규칙이 아주 엄격하다. 허락을 받으려면 돈을 지불할 각오를 해야 한다.

반면에 제목은 저작권이 없기 때문에 어떤 제목이든 마음껏 인용할 수 있다. 인물들이 "들어봐! 저 사람들이 우리 노래를 부르고 있어!"라고 하면서 노래 제목을 말해도 된다. 또 뉴욕의 링컨 센터에 가서 뉴욕 시립 발레단의 「아곤Agon」을 볼 수도 있고,

돌리 파튼의 컨트리뮤직 「졸린Jolene」을 들으려 내시빌의 그랜드 올 오프리에 갈 수도 있고, 동네 도서관에 가서 『벨칸토』를 빌려 올 수도 있다.

감각적 묘사: 강렬한 감정

감각은 묘사와 대화에서 감정을 불러일으키기 위해 가장 자연스럽게 쓰이면서도, 풍경이나 인물의 말을 다룰 때보다 등한시되는 경우가 많다. 특히 냄새, 맛, 느낌 같은 감각들은 자주 소홀히 넘긴다. 하지만 정확히 말해 이 감각들도 훌륭한 묘사에 든다. 제대로 사용하면 묘사로 암시하는 것보다 훨씬 더 많은 감정을 끌어낼 수도 있다.

감각을 멋지게 사용한 작품으로 마르셀 프루스트의 『잃어버린 시간을 찾아서Remembrance of Things Past』가 있다. 여기서 마들렌이라는 조그만 쿠키 냄새는 화자의 마음속에 그의 모든 지난날을 떠올리게 만든다(냄새를 맡은 뒤로 700여 쪽 동안). 어쩌면 단순히 어떤 쿠키를 이야기하는 것만으로 그런 효과를 일으키리라고 기대하긴 어려울지 모른다. 맛이나 느낌처럼 냄새는 지극히 개인적이기 때문이다(개들도 안다). 그럼에도 어떤 감각 자극은 감정을 강렬하게 전달할 수 있다.

감정 중에서 가장 전달하기 쉬운 건 혐오감이다. 배설물의 악취나 느낌, 맛을 환기시킨다면 독자들 대부분은 움찔할 것이다. 피나 내장, 시체도 마찬가지다. 반면에 빵 굽는 냄새, 더운 날의 차가운 물맛, 폭풍우를 뚫고 들어온 후의 온기를 이야기하면 독자들의 마음속에 행복감이 피어날 것이다.

다음을 읽어보고 마음속에 어떤 감정이 드는지 보자.

그녀는 큰 나무 아래로 걸어갔다. 소나무 향이 물씬 나는 차갑고 건조한 공기를 깊이 들이마시면서. 꼭대기에는 지는 해에 그림자가 진 나뭇가지들이 검게 보였고, 아래쪽 가지들은 더욱 푸르렀다. 발아래에 깔린 소나무 잎들은 계피색이었다. 그 부드러운 카펫 위에서 그녀의 부츠는 아무 소리도 내지 않았다. 어디선가 부엉이가 울었다. 소나무만큼이나 서늘하고 낮은 목소리로.

어떤 느낌이 드는가? 평화로움? 고요함? 균형감? 우리는 아직 그 소나무 아래서 무슨 일이 일어날지 모른다. 그녀가 살인을 저지르려는 것인지, 연인을 만나려는 것인지, 또는 소변을 보려는 것인지 알 수 없다. 더 이상의 정보가 없는 상황에서 감각이 홀로 감정을 만들어낸다.

독자가 장면에서 어떤 감정을 느끼기 원하는가? 그 감정을 강화시킬 감각적 묘사를 하자.

물론 소설에서 감정은 대개 인물과 그들이 처한 상황에서 생긴다. 그러나 은유와 상징, 감각, 그리고 인용을 통해 더 깊은 감정을 불러일으킬 수 있다.

마무리: 은유, 상징, 감각적 묘사

단순 은유는 한 단어나 구절의 원래 의미가 다른 상황에도 어울릴 수 있다는 것을 암시하는 비유법이다. 그 단어나 구절을 신중하게 고름으로써 처음의 상황에 감정을 더할 수 있다. 확장 은유는 더욱 깊은 감정을 더하는데, 장면 전체에 계속 그 감정을 일으킬 수 있다.

문화적 함축이 강한 은유는 특별한 의미가 필요한 상황에 써야 한다. 또한 날씨에 대한 은유는 특별히 주의해야 한다. 감상적 오류로 쉽게 빠질 수 있기 때문이다.

상징은 실제 사물은 물론이고 추상적인 개념에도 사용할 수 있다. 상징은 작가의 생각과 대화를 통해 설명하거나 식견 있는 독자가 해석하게 그냥 내버려두거나 둘 중 하나다. 상징은 항상 플롯이나 배경에 어울려야 한다.

인용구나 노랫말, 시, 또는 미술 작품을 인용하면 소설에 그 작품의 감정을 더함으로써 더 훌륭하게 만들 수 있다. 하지만 이는 '간접적인' 방식이라 소설을 망칠 수도 있다.

감정을 불러일으키는 또 다른 방법은 감각적 묘사를 제대로 해서 장면에 이미 내제된 감정을 덧붙이는 것이다.

강아지의 배변 훈련을 의미하는 은유 세 가지를 적는다. 그중 배변 훈련이 안 끝날 거 같은 은유는? 배변 훈련이 무척 재미있게 느껴지는 은유는? 가장 정확한 은유는? 자신의 마음에 가장 마음에 드는 은유는? 은유를 집어넣어 문장을 써본다. 이 연습을 살인 사건 같은 좀 더 심각한 주제로도 해본다.

한밤중에 강아지를 바깥으로 데리고 나가는 일에 대한 짧은 장면을 쓴다. 확장 은유를 이 장면의 처음, 중간, 끝에 다른 방식으로 집어넣는다. 이 연습을 살인 사건 같은 좀 더 심각한 주제로도 해본다.

돈다발, 백합 한 줄기, 넓은 바다는 무엇의 상징이 될 수 있을까? 각각 두 가지 이상씩 상징적 해석을 생각해본다.

좋아하는 소설에서 감정이 가장 고조되는 장면을 펼친다. 작가가 어떻게 감정을 불러일으키고 있는가? 은유나 직유에 빨간색 줄을 긋는다. 상징은 파란색으로, 감각적 묘사는 노란색으로 긋는다. 이 소설의 작가는 은유, 직유, 상징, 감각적 묘사 중 무엇을 가장 잘하는가?

명언집을 펼쳐 상상력을 자극하는 인용구를 고른다. 그 인용구가 어떤 장면 또는 소설을 암시하는가? 그렇다면 소설 첫머리에 그 인용구를 쓰겠는가? 그렇다면 그 이유는? 그렇지 않다면 그 이유는?

10장

특별한 감정: 사랑, 싸움, 죽음 앞에서

작가는 일상적으로
자신의 삶을 제물로 삼아야 한다.

우리의 행동 가운데 감정적으로 중립인 것은 거의 없다. 쓰레기를 내놓을 때조차 감정 탐지기에 신호가 깜빡인다. 냄새가 나면 눈살이 찌푸려지고, 누구도 제대로 쓰레기를 치우질 않는다는 생각에 짜증이 나고, 깨끗해지면 상쾌한 기분이 들 수 있다.

아주 특별한 상황에 처한 인물이 중요한 감정을 드러내는 장면을 쓴다고 해보자. 그럼 이 장면을 읽는 독자도 그에 맞는 커다란 반응을 보이기 바랄 것이다.

이처럼 인물이 주요 감정을 드러내는 장면은 플롯에서 긴장감을 고조시켜 절정에 다다르기 위해서도 중요하다. 따라서 이런 장면을 잘 쓰기 위해서는 특별히 주의를 해야 한다. 이 같은 장면에는 사랑을 표현하는 장면, 싸움을 벌이는 장면, 죽음을 맞이하는 장면 등이 있다.

사랑을 표현하는 장면을 쓸 때 가장 명심해야 할 점은 인물의 기질에 어울려야 한다는 것이다. 인물이 하는 모든 행동도 물론 그래야 하지만, 사랑은 진부한 표현으로 서술되기 쉽기에 특히 주의해야 한다. 소설에 중요한 아주 낭만적인 장면을 쓸 때 우리는 이미 TV 드라마와 영화에서 수백 번도 넘게 러브신을 보거나 읽은 뒤다. 생각 없이 이 장면들을 가져다 반복하면서 완전히 새로운 것을 만들겠다는 터무니없는 유혹에 빠질 수 있다.

일상 속의 낭만적인 말이나 행동을 그대로 가져다 쓰면 장면은 지루해지고 만다. 사랑을 고백할 때 연인들이 하는 말이나 행동은 많은 듯해도 결국은 하나다. 이를 어떻게 신선하게 보이게 할 수 있을까? 신선하게 만들겠다고 너무 공들이다가 자칫하면 독자의 신뢰를 잃는 지경에 이를 수도 있다.

다시 말하지만 관습적인 행동을 사용하되 인물의 개성이 담겨 있어야 한다. 기본 공식("당신을 사랑합니다", "나랑 결혼할래요?")에 바탕을 두고 변형을 시도하는 게 좋다. 일상적인 애정 표현(포옹 또는 키스)을 해도 된다. 하지만 특별한 언어, 몸짓, 장면 소품, 배경, 욕구와 더불어 그들이 느끼는 감정들을 통해 보편적인 장면에 엄청난 개성을 넣어야 한다.

작가로서 우리는 사랑을 표현하는 장면을 쓸 때 인물들이 경험하는 그대로 정확히 서술하든지, 아니면 충분한 설명을 덧붙이든지 둘 중 하나를 선택해야 한다. 그래야 독자도 현재 일어나는 일에 대한 거리감과 관점을 결정할 수 있다.

노라 로버츠의 로맨스소설 『특별한 인연Temptation』에서 사랑을 표현하는 장면을 보자. 다음은 약혼자에게 버림받은 여주인공 에덴 칼버우가 앞서 213쪽 동안 체이스 엘리엇의 구애를 거절하다 마침내 받아들이는 장면이다.

"체이스—"

"아직 아무 말도 하지 말아요." 그가 그녀의 손에 입을 맞추었다.

"에덴, 당신이 어떤 것들에, 어떤 삶의 방식에 익숙한지 알아요. 그게 당신이 필요로 하는 거라면 내가 그걸 당신에게 줄 방법을 찾을게요. 하지만 당신이 내게 기회를 주면 여기서 당신을 행복하게 만들어주겠소."

그녀는 잘못 알아들은 게 아닌가 싶어 침을 꿀꺽 삼켰다. "체이스, 내가 부탁하면 당신이 필라델피아로 돌아갈 거라고 말하는 건가요?"

"당신에게 중요한 일이라면 필라델피아가 아니라 어디든 갈 수 있다고 말하는 거요. 하지만 당신을 홀로 보내진 않을 거요, 에덴. 여름만으로는 충분치 않아요."

그녀가 조용히 숨을 내쉬었다. "저한테 뭘 원하시는 거예요?"

"모든 것이오." 그는 그녀의 손에 다시 입을 맞추었다. 그의 눈빛이 흔들렸다. "지금부터 시작해서 평생을 원하오. 사랑, 부부 싸움, 아이들. 나와 결혼해주시오, 에덴."

이와 같은 기본적인 고백 장면은 로맨스소설에서는 잘 통한다. 두 사람 다 사랑에 빠져 있다. 인물들은 자신의 감정을 분명하고 솔직한 말로 나타낸다. 그런 상황에서 나옴직한 행동과 반응이 나온다(키스, 목이 멘 말, 열정적인 눈빛). 그러나 이 젊은 연인들에게는 그들만의 문제가 있다. 즉 어디서 살 것인지 그리고 어떤 방식으로 살 것인지(특정 생활양식) 같은 앞서 플롯에서 나온 문제가 있다. 이 장면은 기본적이지만 지루하지 않다. 즉 다른 로맨스소설의 연인들은 이와 똑같이 말할 수 없다. 에덴과 체이스가 사랑을 표현하는 장면은 이들의 성격과 각자의 과거에서 나온 결과물이다.

복잡한 인물들의 복잡한 사랑

인물들의 성격이 복잡하면 그들의 사랑도 복잡해야 한다. E. M. 포스터의 『하워즈 엔드Howards End』에서 연인인 헨리 윌콕스와 마거릿 슐레겔은 복합적인 인물들이다. 아이가 셋이나 딸린 부유한 중년 남자 헨리는 예의를 따지고 감정을 억누르는 에드워드 시대의 산물이다. 중년에 가까운 마거릿은 통찰력이 뛰어나고 이상을 추구하는 여성이다. 헨리는 말을 더듬거리며 청혼하고, 마거릿은 대답을 뒤로 미룬다. 그럼에도 이는 사랑을 표현하는 장면이 분명하다. 표면적으로는 헨리가 빌려줄 집을 보여준다고 마가렛을 런던으로 데려오긴 했지만 말이다.

"슐레겔 양." 그의 목소리가 굳었다. "내가 당신을 부른 건 집 때문이 아니었소. 집보다 훨씬 더 중요한 문제를 이야기하고 싶소."

마거릿은 하마터면 이렇게 말할 뻔했다. "저도 알아요."

"당신이 나와 함께하고…… 가능할지……."

"윌콕스 씨!" 그녀가 피아노를 잡고 눈을 다른 곳으로 돌리며 말을 가로막았다.

"알아요, 알아요. 시간 나는 대로 제가 나중에 편지를 드릴게요."

그가 말을 더듬었다. "슐레겔 양…… 마거릿……."

"예! 그럼요, 예!" 마거릿이 말했다.

"나는 지금 당신에게 내 아내가 되어달라고 말하는 거요."

그가 '당신에게 내 아내가 되어달라고 말하는 거요'라고 말했을 때 그에 대한 연민이 너무 깊어서 그녀는 몸을 약간 움찔했다. 그가 예상하는 대로 행동하려면 놀라는 모습을 보여줘야 했다. 커다란 기쁨이 그녀에게 밀려왔다. 뭐라고 형언할 수 없었다. 이 감정은 인간애와는 아무 관계가 없었다. 맑은 날씨가 가져다주는 충만한 행복감을 닮았다. 맑은 날씨는 태양에서 생기는 것이지만, 마거릿은 이 찬란한 빛의 근원이 무엇인지 알 수 없었다. 그녀는 행복감에 젖어 응접실에 서 있었고, 행복을 주고 싶다고 생각했다. 그의 곁을 떠나자마자 그녀는 찬란한 빛의 근원이 사랑임을 깨달았다.

"기분이 상한 건 아니오, 슐레겔 양?"

"제가 어떻게 기분이 상할 수 있겠어요?"

잠시 침묵이 흘렀다. 그는 그녀가 얼른 돌아가 주길 바랐고, 그녀도 그걸 알았다. 그녀는 그가 돈으로 살 수 없는 것들을 소유하려 애쓰고 있음을 직감으로 알기에 그 모습을 쳐다볼 수가 없었다.

그들은 악수도 않고 헤어졌다. 그녀는 그를 위해 그를 만나는 동안 잿빛같이 차분한 태도를 유지했다. 하지만 집에 도착했을 때 그녀는 행복감에 몸을 떨었다.

누구도 에덴과 체이스가 이렇게 행동하리라 상상할 수 없을 것이다. 이 장면이 이처럼 개성 있게 된 까닭은 무엇일까?

- 헨리와 마거릿은 감정을 억눌러야 하는 시대에 사는 교양인들이기 때문에 자신들의 감정을 절제해 표현한다. 누구도 '당신을 사랑합니다'라고 말하지 않는다. 헨리는 그 비슷한 말조차 하는 것을 힘들어한다. 마거릿 역시 자신의 감정을 글로만 표현한다.
- 이들 사이에는 신체 접촉이 없다.
- 마거릿의 사랑은 단지 이 남자와 함께 있고 싶다는 욕망이 아니다. 그녀는 그에게 주고 싶고 필요한 사람이 되고 싶은 열망이 강하다. 이 점이 그녀의 핵심적인 성격이다. 이런 까닭에 그녀는 그가 힘겹게 청혼하는 모습을 보지 않으려 시선을 피할 뿐 아니라 자신의 감정도 표현하지 않는다. 다만 이 장면에서 "잿빛같이 차분한 태도"로 일관한다.
- 마거릿도 알다시피 헨리는 자신의 욕구를 인정하고 누군가에게 청혼하고 거절당할 위험을 무릅쓰는 게 몹시 힘겹다. 그는 언제나 감정을 억눌러야 하는 사람인데, 여기서는 그러지 못한다(그녀가 거절할지도 모르니까!).

• 두 사람의 감정은 단순하지 않다. 헨리는 마거릿을 원하면서도 "그녀가 얼른 돌아가 주기를 바란다." 청혼하는 도중에 느낀 긴 장감과 위험에서 빨리 벗어나고 싶기 때문이다. 마거릿은 찬란한 사랑을 느끼지만 그 사랑이 "인간애와는 아무 관련이 없다"는 것을 알고 있고 자신이 필요한 존재, 유용한 존재가 될 기회라는 것을 인지하고 있다.

이 장면은 다른 누구도 아닌 이 두 사람에 대해 많은 것을 보여주고 있다.

이 장면의 핵심은 감정의 혼재다. 사랑은 여러 다른 감정과 짝을 이룰 수 있다. 좌절과 분노("당신은 이걸 왜 나처럼 보지 않으려는 거죠?"), 연민("당신이 힘들어하면 내 마음이 아파요"), 공포("당신을 잃으면 어떡하죠?"), 슬픔("이렇게 되는 걸 바라지 않았어요"), 보호본능("당신이 안전하고 행복하기를 원해요"), 심지어 증오("당신을 향한 사랑이 내 인생을 망치고 있어요!")까지. 사랑을 표현하는 장면에 단순한 욕망 이상을 표현한다면 그 장면은 더욱 힘이 있고 깊어진다.

사랑을 표현하는 장면은 플롯 전개에도 영향을 끼칠 수 있다. 그 감정이 무엇이든 간에 앞으로 일어날 사건의 복선이 될 수 있다. 『하워즈 엔드』에서는 감정을 억누르는 헨리와 그에게 필요한 사람이 되고 싶은 마거릿의 욕구가 지나쳐서 이들의 결혼이 깨질 위기에 처한다.

위험하지만, 사랑을 표현하는 장면에 개성을 담기 위한 또 다른 방법은 설명을 덧붙이는 것이다. 즉, 인물들 스스로 보지 못하거나 보지 않으려는 방식으로 그들의 사랑을 묘사하는 것이다. 앞서 4장에서 『과거 그리고 미래의 왕』의 한 단락을 통해 설명에 대해 이미 살펴본 바 있다. 그 단락에서 작가는 왜 기네비어가 두 남자를 사랑했는지 자신의 의견을 밝힌다("어쩌면 그녀는 아서를 아버지로서 사랑하고, 랜슬롯을 자신이 가질 수 없었던 아들로서 사랑했는지도 모른다"). 이 같은 작가의 설명은 연인들 자신보다 훨씬 더 복합적으로 그들의 사랑을 해석한다.

펄 벅의 『대지The Good Earth』에서 농부 왕룽은 기녀인 연영과 사랑에 빠진다. 작가는 이 소설에서 그의 사랑을 "병"이자 "고통"으로 묘사한다. 연영을 향한 왕룽의 맹목적인 갈망, 토지와 가족을 방치하는 그의 태도, 그녀의 손을 보고 느끼는 창피함, 잠 못 이루는 밤을 상세히 묘사한다. 설명은 왕룽과 연영 두 인물이 등장하는 몇몇 장면을 훨씬 더 효과적으로 만든다. 두 인물은 자신들에게 무슨 일이 일어나는지 언급하지 않고 또 제대로 이해하지도 못하기 때문이다. 이는 사실 사랑이라고 할 수 없다. 적어도 사랑만이 아니다. 평생 동안 거절당한 아름다움에 대한 왕룽의 욕망이 섞여 있다.

어쩌면 연인들이 나오는 모든 장면에 설명을 하고 싶지 않을 수가 있다(펄 벅도 그렇게 하지는 않았다). 하지만 인물들이 자아

성찰적인 인물이 아니거나 더 큰 맥락에서 소설을 전개하고 싶다면, 사랑을 표현하는 장면에 설명 단락을 몇 개 덧붙임으로써 대화나 행동만으로 전달할 수 없는 차원을 더해야 한다.

사랑 고백 장면을 쓰는 법

이제 연인들이 사랑을 고백할 시점에 이르렀다고 해보자. 플롯에서도 필요하고, 이 고백 장면을 위해 여러 장면을 공들여 써왔다. 그럼 시간이 흘러도 낡고 진부하지 않을 사랑 고백 장면을 쓰려면 어떻게 해야 할까? 다음을 살펴보자.

- 인물들의 개성을 고려한다. 수줍은 성격인가? 드센가? 안달하는가? 억압적인가? 이런 인물은 열정을 느낄 때 어떤 말을 할까?
- 이 인물은 어떻게 행동할까? 인물들은 어떻게 신체 접촉을 할까? 그런 상황이 인물의 성격과 맞는가?
- 장면을 차별화할 수 있는 배경을 선택한다. 이는 '독창적(물속에서 스쿠버다이빙하면서 사랑 고백하기)'이어야 한다는 게 아니라 성격이 드러나야 한다는 뜻이다. 『특별한 인연』에서 체이스는 자신의 집에서 청혼을 하는데, 그 집의 실내장식을 보고 에덴은 체이스가 그저 소유에만 관심 있는 게 아니라 교양이 있다는 걸 알게 된다. 또한 『하워즈 엔드』에서 헨리는 자신의 성격과 어울리게(예의를 따지고 감정을 억누른다) 자신의 집 안에서 사랑을 고백한다.

- 인물의 신체적 반응을 생각해보고 이 반응을 중요한 감정 표현으로 집어넣는다.
- 연인들은 마음속에 사랑 외에 어떤 감정을 품고 있는가? 대화를 통해 다양한 방식으로 열정을 표현한다. 물론 사랑을 고백하는 순간에 나올 법한 내용이어야 한다. 말하자면 천문학보다는 휴가 계획에 대해 이야기하는 게 적절하다.
- 인물들이 사랑과 함께 또는 사랑의 결과로 느낄 만한 다른 감정이 무엇이 있는지 생각해보자. 이를 소설에 집어넣는다. 묘사가 한층 더 복합적으로 바뀔 것이다.
- 설명하는 문장이나 단락을 몇 개 집어넣음으로써 독자가 사랑을 표현하는 장면을 바라보는 관점에 깊이를 더한다.

섹스 장면, 얼마나 생생해야 할까?

사랑을 표현하는 장면이 작가에게 빠져나오기 힘든 함정이라면, 섹스 장면은 도무지 형체가 잡히지 않는 심연이라고 할 수 있다. 이 장면의 문제는 유사성, 모방성, 음란성 이 세 가지로 요약할 수 있다.

유사성은 대부분의 섹스 장면이 유사한 행위를 다룬다는 사실을 가리킨다. 인간은 신체 구조상 거의 똑같은 방식으로 섹스를 하게 되어 있기 때문이다. 이러한 신체적 행위를 다양하게 묘사하다 보면 자칫 음란성에 빠질 수도 있다. 또한 감정을 다양하게 묘사하다 보면 자칫 모방성에 가까이 가게 된다. "헐떡거리는 가슴"이라고 썼다면 그건 이미 죽은 장면이다.

이 세 가지 문제를 해결하는 방법은 한 가지다. 섹스는 그 자체로 읽기에 흥미로운 주제라고 할 수 없기 때문에 섹스 장면의 성공은 독자가 흥미를 갖는 인물들이 벌이는 일상적인 일들에 달려 있다. 다시 말해 섹스 장면을 훌륭하게 만드는 건 그들의 행위가 아니라, 그들이 그 행위를 함께한다는 사실이고 또 그 행위가 두 인물과 독자에게 중요한 의미가 있다는 점이다.

그렇다면 소설에 어떻게 이를 집어넣을까? 먼저 특별한 두 인물이 섹스를 한다는 사실에 관심을 갖게 만들어야 한다. 즉 독자가 그들 중 적어도 한 인물에게 관심을 가져야 한다는 뜻이다. 그래서 그 인물 또는 두 인물을 이해하기에 이르러야 한다. 섹스 장면이 소설의 첫머리에 나와서는 안 되는 이유가 바로 이것이다. 섹스 장면은 그 행위가 연인들에게 어떤 의미가 있는지 독자가 이해할 수 있게 되었을 때 나와야 한다.

예를 들어 『안나 카레니나』에서는 여러 장에 걸쳐 안나와 브론스키 간의 성적 욕망이 점점 커진다. 독자는 그와 별도로 안나의 삶을 보게 된다. 안나는 브론스키와의 섹스가 남편과 아이, 그리고 사회적 위치에 끼칠 영향을 알고 있다. 그래서 그를 향한 그녀의 욕망을 지켜보는 독자의 긴장감은 고조된다. 둘 사이에 섹스가 이루어질 때 그것은 섹스 이상의 의미가 있다. 즉 안나의 삶에 폭탄이 던져진 것이다.

하지만 섹스 장면이 두 인물에게 아무 의미가 없을 때를 가정해보자. 그 경우에 작가는 섹스 장면은 말하기보다 느끼게 만들어야 한다. 다시 말해 인물 묘사는 섹스라는 행위의 공허감을 느끼게 해줄 유일한 방법이다.

철저한 준비 과정을 통해 여러 세대의 소설가들은 한 차례의 애무 행위도 언급하지 않은 채 독자가 인물 간의 성적 욕구를 느끼도록 만들었다. 그들은 침실에 이르게 되는 인물들의 감정과 사건에 초점을 두었고, 그러고 나서 재빨리 '그 후' 장면으로 넘어갔다. 이 기술을 영악하다거나 내숭이라 생각할 수 있지만, 하여튼 효과를 거두었다.

하지만 신체의 각 부위와 자세를 사실적으로 묘사하는 섹스 장면을 쓰고 싶을 수도 있다. 그럴 때에는 다음을 고려하자.

- 역시 인물들의 성격을 반영해야 한다. 아주 기본적인 행위를 할 때도 마찬가지다. 다시 말해 수줍은 인물은 침실에서도 수줍어야 한다. 욕심 많고 무뚝뚝한 남자가 이불 속이라고 너그럽고 자상해서는 안 된다. 더 중요한 것은 오로지 섹스 장면이라는 이유로 흥미를 일으키면 안 된다는 점이다. 특별한 두 인물 사이의 섹스이기에 흥미를 끌어야 한다.

- 가장 고조된 순간을 빼고 섹스는 침대에서 일어나는 게 전부는 아니다. 두 사람의 마음속에 다른 생각은 없는가? 그들의 대화 속에 다른 것들이 슬쩍 끼어들지는 않는가? 그녀는 체중에 예민한가? 그는 아내 또는 변호사가 전화할까 봐 걱정하는가? 그녀는 40분 후 아이가 유치원을 마치기 때문에 계속 시계를 보고 있지는 않는가? 그녀가 너무 서두르는 바람에 그가 화를 내는

가? 그는 깊이 사랑하는데 그녀는 그저 즐기기만 하는 건 아닌가? 다시 말해 섹스 장면은 두 개인의 것이어야 하고, 이를 표현하는 가장 좋은 방법은 장면에 그들의 성격뿐 아니라 나머지 삶을 가미하는 것이다.

• 묘사의 수위는 소설의 장르에 따라 정해진다. 로맨스소설에서는 출판사의 지침에 수위를 자세히 명시하는 경우가 많다. 그 밖의 다른 장르에서 묘사의 수위는 소설의 분위기와 직결된다. 시체에 대해 적나라하게 서술하는 범죄소설의 경우 섹스 장면도 적나라하게 묘사할 가능성이 크다. 기발한 판타지소설은 과도하게 묘사된 섹스 장면 때문에 이야기 전체가 흔들릴 수 있다. 또한 성폭력 피해를 입고 잔뜩 움츠러든 1인칭 화자라면 이런 장면을 상세히 묘사하지 않을 것이다.

• 섹스 장면에 목적이 있는가? 이 장면이 인물에 관한 독자의 이해를 심화하고, 그들의 관계를 복합적으로 만들고, 플롯을 전개하는가? 섹스 장면 역시 일반적인 규칙에서 벗어나지 않는다. 섹스 장면이 독자를 흥분시키기만 한다면, 그리고 음란성을 의도하고 쓴 게 아니라면, 그 장면은 통째로 잘라내야 한다.

얼마나 야해야 지나치게 야한 걸까?

이 질문의 답은 하나가 될 수 없다. 시대와 장소에 따라 달라지기 때문이다. 캐슬린 윈저의 『내 사랑 앰버』는 1946년 출간된 지 2년 만에 '외설적'이라는 이유로 매사추세츠에서 금서로 지정되었다. 당시 검찰 총장은 이 소설을 판매하는 서점은 형사소송을 당할 것이라고 경고했다. 그는 이 소설에 성행위가 일흔 번, 여성이 남편이 아닌 남성 앞에서 옷을 입지 않은 장면이 열 번, 결혼에 대한 조롱이 열세 번 나온다고 밝혔다. 하지만 이러한 판매 금지 조치로 이 소설은 오히려 200만 권이나 팔렸다.

오늘날에는 여성이 옷을 벗는 장면을 묘사했다고 고소당할 거라고 상상하기 어렵다. 하지만 출판사에서는 여전히 자신들의 방침과 맞지 않는다고 판단할 때에는 섹스 장면을 삭제하도록 요청할 것이다. 하지만 무엇보다도 중요하게 고려할 사항은 노골적인 섹스 장면이든 색다른 섹스 장면이든 독자들이 어떻게 받아들일지 여부다.

많은 작가가 특정한 장르의 애독자를 염두에 두고 소설을 쓰는 게 도움이 된다고 이야기한다. 독자가 중년 여성인가?(최고의 도서 구매자다) 아니면 십 대 소년? 문학 교수? 우체부? 여동생? 그 독자가 어느 정도의 수위를 받아들일지 생각하자. 실제 독자들은 물론 이보다 훨씬 더 다양한 부류일 것이다. 하지만 가상의 애독자에 집중하는 게 독자와 플롯 둘 다를 만족시키는 섹스 장면을 쓰는 데 도움이 될 것이다.

말다툼부터 혈투까지 싸움의 기본

말로 싸우든 도끼를 들고 싸우든 싸움은 플롯 전개에 기본 요소다. 싸움은 말 그대로 분열을 일으키기 때문이다. 싸움은 인물들을 갈라놓고 서로 반대편에 놓이게 한다. 싸움의 핵심은 정부에 대한 반란이든 누가 쓰레기를 치우는가의 문제이든, 무언가를 두고 양편으로 갈라서는 데 있다. 하지만 싸움에는 또 다른 중요한 목적이 있다. 싸움은 인물의 성격을 묘사하는 데 가장 효과적인 방법이다. 싸움은 섹스보다 훨씬 더 개인적이기 때문이다. 그런 의미에서 "노골적인 공격"이란 표현은 적절하다. 우리는 화가 났을 때 자신을 거짓으로 꾸미지 않는다. 사람들은 싸움의 횟수, 싸움의 상대, 싸움이 공정함, 그리고 싸움의 정도에 따라 자신의 가장 밑바닥을 드러낸다.

매사에 싸우려 드는 사람들이 있다. 이들 가운데는 사소한 것을 갖고 싸우려 드는 인간, 주변 모든 이의 잘못을 고쳐주려다 조금만 거북해도 불같이 화를 내는 잘난 척하는 인간, 그리고 완전히 못된 인간도 있다. 이들의 반대편에는 어떤 모욕을 받아도 그냥 넘기는, 싸울 의지가 전혀 없는 사람들이 있다. 성격상 조용해서든 또는 힘이 없어서든 이들이 싸움을 시작하게 하려면 엄청난 노력을 해야 한다.

수 몽크 키드의 베스트셀러 소설『벌들의 비밀 생활The Secret Life of Bees』을 예로 들어보자. 다음은 열네 살짜리 딸 릴리의 관점에서 본 티 레이다.

내가 책을 펼칠 때마다 티 레이는 말했다. "넌 네가 줄리어스 셰익스피어라고 생각하니?" 그는 그게 셰익스피어의 진짜 이름인 줄 알고 있었다. 내가 고쳐주면 되는 게 아니냐고 생각한다면 당신은 생존 기술을 전혀 모르는 사람이다. 또한 그는 나를 책에 코를 박고 사는 미스 브라운, 자신이 딕션인 줄 아는 머리가 부은 미스 에밀리라고 불렀다. 딕션은 디킨슨을 의미했다. 하지만 세상에는 꾹 참고 모른 척해야 할 때가 있는 법이다.

이 단락은 두 인물에 대해 많은 것을 말한다. 티 레이는 딸의 지적 수준을 질투하는 못된 남자다. 릴리는 아버지의 어떤 자극에도 스스로를 다스릴 줄 아는 영리한 아이다(그 수준이 지나치기 전까지). 소설의 첫 장에 선명하게 설정된 이 인상은 소설의 나머지 부분을 암시한다. 릴리는 그 뒤에도 계속 영리하고 스스로를 다스리는 아이로 남고, 티 레이는 계속 악몽 같은 아버지로 남는다. 이 모든 것이 그들이 얼마나 자주 싸우게 될지를 예고한다.

어떤 인물이 기꺼이 싸우려 할 때에는 먼저 누구와 싸우는가를 깊이 생각해야 한다. 티 레이와 같은 사람들은 어떤 것에 대해서도 싸우려 들 것이다. 하지만 작가는 티 레이를 딸에게는 못되게 굴지만 다른 사람들에게는 매력적으로 행동함으로써 또 다른 인물로 그려낸다. 세상에 이런 사람은 아주 많다. 이들은 가족을 자기 멋대로 할 수 있는 소유물로 여기면서 다른 사람들에게는 성격 좋은 사람인 척한다.

이와 반대로 또 다른 사람들은 아랫사람(아이들을 비롯해)에게는 친절하지만 자신보다 상위에 속한 사람에게는 거칠고 비판적이다. 이들은 권위에 도전하는 사람이다. 소설 속 부유한 노부인이 상속인이나 청소부, 정원사에게는 너그러우면서 경찰이나

의사와 자주 다투고 얼굴을 붉히는 사람인가? 그렇다면 나는 그녀의 이야기를 더 듣고 싶다. 그녀가 흥미를 불러일으키기 때문이다. 그녀가 누구와 싸우고 누구와 싸우지 않는지를 보여주자.

싸움을 벌이는 장면에서 또한 중요한 것은 공정성이다. 티 레이와 같은 사람들은 공정하게 싸우지 않는다. 그들은 싸울 때 놀리고, 비웃고, 욕설도 하고, 협박이나 모욕, 무시, 거짓말, 변명, 또는 신체적 폭력까지 서슴지 않는다. 하지만 한 가지 주제에 집중해 논리적으로 다투고, 다른 사람의 관점에 귀를 기울이고, 끝까지 진실에 천착하는 사람들도 있다. 부부 간의 실랑이부터 내전에 이르기까지 싸움은 종류에 따라 공정성이 달리 적용된다. 이것만으로 인물에 대해 엄청나게 많은 것을 알려줄 수 있다.

마지막으로 싸움의 수준은 개인차가 크다. 예를 들어 성격 차이로 늘 옥신각신하는 부부가 있는가 하면("당신은 오늘 밤 내내 날 무시했어") 이혼하는 부부도 있다("당신은 항상 날 무시해! 떠나겠어"). 누군가 모욕을 해도 무시해버리는 사람이 있는가 하면("저 사람은 늘 저런 식이야") 모욕 때문에 살인을 저지르는 사람도 있다("내 명예를 더럽혔으니 복수할 거야!"). 물론 이 두 극단 사이에는 다양한 양상이 존재한다. 어떤 인물을 그리고자 하는가? 이 질문에 대한 답이 신뢰를 얻기 위해서는 다음 세 가지를 따라야 한다.

첫째, 싸움의 수준은 그리고자 하는 인물의 성격에 맞춰야 한다. 인물은 평상시에 사건들을 얼마나 격렬하게 받아들이는가? 그는 행운에 엄청나게 흥분하고 불행에 엄청나게 상심하는 사람인가? 그러면 독자는 그가 화를 낼 때 그에 합당한 행동을 하리라고 믿게 될 것이다.

둘째, 싸움의 수준은 싸움의 성격을 따라야 한다.『벌들의 비밀 생활』에서 릴리는 아버지의 모욕을 대부분 못 들은 척 넘긴다("생존의 기술"). 하지만 죽은 엄마를 비난하는 것은 릴리가 얼버무리고 넘어가기에는 너무나 중요한 문제다. 릴리는 아주 격렬하게 반응한다. 도망쳐버린다. 다른 유형의 인물이라면 조용히 속만 끓였을 수 있다. 또 다른 유형이라면 아버지에게 더 강하게 맞서 그가 집 안에 있을 때 불을 지를 수도 있다.

셋째, 싸움의 수준은 인물이 속한 문화권에 따라 결정된다. 공적이든 개인적이든 간에 싸움을 금기시하는 사회(런던의 상류층, 보스턴의 유서 깊은 부유층, '예의 바른' 가문)에서는 아무리 중대한 문제라 할지라도 싸움이 이루어지지 않을 수 있다. 반면 그렇지 않은 사회에서는 싸움에 눈살을 찌푸리지 않으므로 사람들이 공개적으로 서로를 향해 마음껏 소리를 지를 수 있다. 극단적으로는 여동생의 강간범을 살해하는 것을 의무로 여기는 사회도 있다. 소설 속 배경이 어디인가? 싸움꾼은 자신이 속한 지역이나 가족의 문화를 따르는가, 아니면 거스르는가? 이때 그 지역의 관습에 맞서는 반항아를 묘사함으로써 흥미를 끌 수 있다. 예를 들어 싸움이 끊이지 않는 집에서 태어난 온순한 아이라든가, 19세기 영국 상류 사회에 분노하는 페미니스트라든가.

이처럼 수많은 상황을 결합하면 싸움을 벌이는 장면을 엄청 다양하게 만들어낼 수 있다. 예로 세 가지만 소개한다.

- 싸움을 싫어해 가능한 한 피하는 남자가 있다. 하지만 중대한 주제에 대해서는 모든 것을 던지고 엄청나게 싸운다.
- 자신의 가족을 끊임없이 못살게 구는 여자가 있다. 하지만 그 정도가 심하지 않은 데다 기본적으로 위협 요소가 없어 가족들이 잘 참아 넘긴다.
- 윗사람에게는 순종적이지만 아랫사람에게는 늘 트집을 잡고 정직하지 못한 정치인 보좌관이 있다.

몸싸움 장면을 그릴 때

싸움 중에서 가장 격렬한 것은 아무래도 몸싸움이다. 몸싸움은 주먹을 날리는 수준에서 첨단무기를 쓰는 수준까지 다 포함된다. 말싸움 장면을 쓰는 방법은 몸싸움 장면에도 모두 적용된다. 사람들은 몸으로 싸울 때 싸움의 수준, 공정성, 선호하는 무기뿐만 아니라 자발성과 능력에서 엄청난 개인차를 보인다. 인물이 주먹(또는 칼이나 총)으로 싸운다면 싸우는 방식과 이유가 인물의 다른 성격들과도 맞아떨어져야 한다는 점을 잊지 말자.

몸싸움 장면은 다음 기준을 충족해야 한다.

몸싸움에는 개연성이 있어야 한다

이 점은 아무리 강조해도 지나치지 않다. 만약 골목에서 칼싸움을 해본 적이 없다면 해본 사람을 찾아가 자세히 물어봐야 한다. 노련한 싸움꾼은 칼을 어떻게 쥐는가? 경험이 없는 사람은?

싸움꾼은 어떤 자세를 취하는가? 어디를 공격하거나 공격하려 드는가? 적절한 방어 자세는 무엇인가? 칼을 손에 쥔 느낌은 어떠한가? 다른 사람의 배를 찌를 때 어떤 느낌인가? 칼이 팔을 살짝 스칠 때는?

칼을 쥐고 자주 싸우는 사람을 잘 알지 못한다면(아마 모를 것이다) 가장 근접한 사람을 찾아보자. 연구하자. 싸움에 대한 책을 읽고, 싸움을 묘사한 전기를 읽고, 믿을 만한 작가의 책에서 세부사항을 훔쳐오자. 주먹싸움이나 결투, 복싱, 육박전 등 규칙이 있든 없든 폭력이 벌어지는 장면은 그게 뭐든 다음을 똑같이 따라야 한다.

무기 설명은 아주 정확해야 한다

무기 전문가가 아니라면 자세하게 연구하자. 총, 칼, 미사일 등 무기의 범주는 넓다. 작가가 잘못 쓰면 알 만한 독자들은 소설 밖으로 튕겨 나간다("바보라도 구경 4.5밀리미터 소총과 9밀리미터 소총을 구별할 줄 알 거"라고 불평하는 편지를 계속 보낼 것이다). 무기 전문가에게 물어보자. 이들 대부분은 기쁜 마음으로 자신의 전문 지식을 이야기해줄 것이다. 책을 읽자. 인터넷을 활용하자 (신뢰할 만한 사이트만 참고하자).

무엇으로 맞았든 몸은 그에 맞게 반응해야 한다

TV 드라마와 영화는 이 점에서 해명할 게 많다. 주인공이 머리와 배, 무릎 등을 두꺼운 각목으로 세게 두들겨 맞고도 2분 뒤면 비틀거리며 다시 일어나기 때문이다. 진지한 소설을 쓰려거든 이보다는 훨씬 더 현실적이어야 한다. 많은 연구를 통해 어떤 공격이 어떤 상해를 입힐지 알아내고 이를 소설에 집어넣자. 상해의 종류에 따른 회복 시간도 고려해야 한다. 나는 내 주치의에게 묻곤 한다. "내가 어떤 사람을 시속 70킬로미터로 달리는 기차에서 경사진 풀밭으로 밀어버린다면 그 사람은 어떻게 될까요?" 이런 질문을 했다고 의사가 경찰에게 전화를 걸 것 같으면 그 이유를 자세히 설명하자.

마지막으로, 몸싸움이 인물들에게 미치는 영향력은 소설 속 배경으로 설정한 하위문화에 어울려야 한다. 만약 1980년에 아일랜드계 이민자가 몰려 사는 미국의 한 동네에서 열두 살 소년이 다른 소년과 공개적으로 주먹싸움을 벌이고 있다면, 그 싸움은 이들의 우정에 아무런 영향도 끼치지 않을 가능성이 크다. 한 시간 뒤면 소년들은 언제 그랬냐는 듯 다시 친구가 될 것이기 때문이다. 하지만 1995년에 두 상원의원이 공개 석상에서 벌인 주먹싸움은 그들의 관계뿐 아니라 어쩌면 득표수, 재선거 기회, 그리고 법적 책임에 영향을 미칠 것이다.

공격성은 인간의 본능이다. 이를 최대한 활용해 소설을 전개하고 인물의 성격을 분명히 하자.

죽음, 인물의 최후를 묘사하는 법

죽음을 맞이하는 장면은 사랑을 표현하는 장면 다음으로 작가가 함정에 빠지기 쉽다. 죽는 순간의 경외감과 고통을 포착하려는 시도는 때때로 조롱이나 진부한 이야기로 보일 수 있다. 위대한 작가들조차 이 문제에서 완전히 자유롭지 못하다. 찰스 디킨스의 『골동품 가게 이야기The Old Curiosity Shop』에 나오는 불쌍하고 착한 소녀 넬의 죽음에 대해 오스카 와일드는 이렇게 심술궂게 썼다. "돌로 된 심장이 아니고서야 디킨스가 쓴 어린 소녀 넬의 죽음 장면을 읽고 웃지 않을 수 없을 것이다."

독자를 웃음이나 냉소가 아니라 슬픔으로 이끌려면 죽음을 어떻게 묘사해야 할까? 아무래도 최고의 전략은 절제다. 이 말은 죽음의 고통을 묘사하지 말라는 뜻이 아니다. 절제된 언어로 묘사해야 한다는 뜻이다. 객관적인 언어와 그 순간의 강렬한 감정 대비가 그 장면의 충격을 한층 높인다.

다음은 문학사상 가장 끔찍한 죽음을 묘사한 장면 가운데 하나인 『마담 보바리』의 한 대목이다. 엄청난 빚과 명예 실추로 절망에 빠진 에마 보바리는 비소를 한 주먹 입속에 털어 넣는다. 이 장면은 너무 길어 전체를 인용하기 어렵다. 다음은 그중 일부다.

그녀는 곧 피를 토하기 시작했다. 입술은 더욱 굳게 다물었다. 팔다리는 경련을 일으켰고, 몸 전체에 갈색 반점이 나타났다. 맥박은 손가락 아래서 팽팽해진 실처럼, 금방이라도 끊어질 듯한 하프

줄처럼 빠져나갔다.

이윽고 그녀는 비명을 지르기 시작했다. 그녀는 비소를 저주하고 욕하면서 어서 빨리 끝내달라고 소리를 질러댔다. 그녀보다 더 비탄에 빠진 샤를이 쩔쩔매며 그녀에게 무엇이든 마시게 하려고 하면 그녀는 뻣뻣해진 두 팔로 모두 밀어냈다.

그는 손수건을 입술에 대고 헐떡이며 울다 온몸이 떨리는 흐느낌에 숨이 컥컥 막힌 채 서 있었다. 펠리시테는 방 안을 이리저리 뛰어다녔다. 오메는 꼼짝 않고 서서 깊은 한숨만 내뱉었고…….에마는 턱이 가슴에 파묻힌 상태에서도 눈만은 고집스럽게 뜨고 있었고, 죽어가는 그녀의 두 손은 침대 시트 위를 헤매고 다녔다. 얼른 자신이 수의에 덮히길 원하기라도 하듯.

이 장면에 쓰인 언어는 냉정하지만 독자에게 공포감을 준다. 반면 절제된 언어를 씀으로써 공포를 몰아낼 수도 있다. 루이자 메이 올컷의『작은 아씨들Little Women』에서 베스 마치의 죽음은 이렇게 그려진다.

베스가 바라던 것처럼 "조수가 조용히 물러갔고", 새벽이 오기 전 아직 컴컴한 시간에 첫 숨을 쉬었던 그 가슴으로 그녀는 조용히 마지막 숨을 거두었다. 작별 인사도 없이 다만 사랑스러운 표정과 들릴 듯 말 듯한 한숨 소리와 함께.

존 어빙의『가아프가 본 세상The World According to Garp』은 절제

에서 한발 더 나간다. 끔찍한 자동차 사고 장면이 등장한 뒤 25쪽 동안 다른 모든 사람의 부상과 회복, 그리고 사고 뒤의 삶이 그려진다. 그리고 비로소 월트라는 아이가 그 사고에서 죽었다는 이야기가 나온다. 그러나 그때조차도 정보는 눈알을 막 맞춘 나이 많은 한 아이가 "내가 아직도 월트를 볼 수 있는 건 이 눈 때문이에요"라는 말뿐이다. 그 말에 가아프는 이렇게 말한다. "나도 알아." 문맥상 이 부분은 충격적이면서 동시에 감동적이다.

죽음을 맞이하는 장면을 쓸 때에는 신체적 세부 사항과 다른 인물들의 반응을 절제하자. 그러고 나서 이 장면을 장의 맨 끝에 배치하면 강조 효과가 가장 크다.

죽어가는 사람의 시점에서 본 죽음

인물이 죽음을 맞이하는 장면은 대개 주변 인물의 시점에서 쓰이는데, 그래야 이야기가 이어지기 때문이다. 하지만 죽어가는 인물의 시점에서 쓴 좋은 장면들도 있다.

죽어가는 인물의 시점으로 쓰고 싶다면 명심해야 할 점들이 있다.

- 언어는 객관적으로 구사하고 거리감을 유지해야 한다. 그래야 독자가 곧 죽을 사람의 마음속에 들어가 있다는 점을 더 생생히 느낄 수 있다. 죽어가는 사람이 느끼고 생각하는 것을 말해야지 보여주면 안 된다. 죽어가는 사람이 그걸 어떻게 볼 수 있겠는

가. 다음은『가아프가 본 세상』에서 총을 맞고 가아프가 죽어가는 장면이다.

가아프는 헬렌을 쳐다봤다. 그가 할 수 있는 일이라곤 눈을 움직이는 것뿐이었다. 그가 봤을 때 헬렌은 자신을 향해 미소를 지으려고 안간힘을 쓰고 있었다. 그는 눈으로 그녀를 안심시키려고 애썼다. 걱정 마오, 죽은 뒤에 삶이 없으면 어떻게 되겠소? 가아프가 죽고 난 뒤에도 삶은 이어질 거요. 날 믿어요…… 그리고 절대로 잊지 말아요, 추억이 있다는 걸, 헬렌. 그의 눈은 그녀에게 이렇게 말하고 있었다.

- 죽어가는 사람의 시점에서 쓴 문단은 간결해야 한다. 그래야 개연성이 있다.
- 시점이 옮겨가야 하므로 죽음을 맞이하는 장면은 그 장의 맨 끝에 배치하는 게 좋다.
- 1인칭 시점으로 쓴다면 죽음을 맞이하는 장면은 이야기의 마지막이 되어야 한다. 드물지만 예외는 있다. 그 예가 조애나 러스의『죽어가는 우리들We Who Are About To』이다. 여기서 화자는 난파한 우주선의 마지막 생존자이고, 결국 자살을 택하고 만다. 소설은 "자, 시간이 되었다"는 말로 끝난다.

수다스럽게 죽는 인물은 없다

현실에서 대부분의 사람은 아무런 말을 남기지 않고 죽는다. 죽음이 너무 급작스럽거나, 죽어가는 사람이 너무 약하거나, 또는 자는 동안에 죽음을 맞기 때문이다. 물론 예외는 있다. 다음은 모두 임종을 맞은 사람들이 실제로 한 말이다.

- "더 많은 빛을!"(요한 볼프강 폰 괴테, 작가)
- "밀드레드, 왜 내 옷을 꺼내놓지 않았지? 7시에 공연이잖소." (버트 라, 배우)
- "나는……나……바다에……혼자."(앨프리드 히치콕, 영화감독)
- "오, 하나님, 내 영혼을 불쌍히 여기소서. 오, 하나님, 내 영혼을 불쌍히 여기소서."(앤 불린, 여왕)
- "……모르스……인디언……"(헨리 데이비드 소로, 작가)
- "천국에서는 들을 수 있을 거야."(루트비히 판 베토벤, 음악가)

이 말들을 보며 무슨 생각이 드는가? 모두 간략하고, 어떤 말은 이해하기 어렵고, 자세한 말이 하나도 없다. 임종을 앞둔 인물은 긴 고백, 맹렬한 비난, 거침없는 폭로, 또는 마음의 변화를 표현하지 않아야 한다. 진실함이 느껴지지 않기 때문이다. 플롯을 전개하거나 인물의 성격을 묘사하기 위해 죽어가는 인물에게 마지막 말을 하게 만들고 싶다면 간결하고 함축적으로 하도록 해야 한다. 압축된 말이어야 플롯을 전개하는 데 도움이 되기 때문이다("왜 그가 그 말을 한 것일까? 누구에게 그가 유산을 물려주고 싶었던 것이지?").

하지만 임종 자리에 동석한 다른 인물들도 똑같이 말을 절제할 필요는 없다. 누군가의 죽음 앞에서 말이 많아지는 사람이 있는가 하면 입을 다무는 사람도 있기 마련이다. 다만 슬픔을 표현하는 방식이 그들의 성격과 일치하는지 확인하는 것은 잊지 말자. 그리고 스스로 신랄한 비평을 하고 싶을 만큼 장황하지 않은지 점검하자.

물론 사랑을 표현하는 장면이나 섹스 장면, 싸움을 벌이는 장면, 죽음을 맞이하는 장면을 소설 속에 하나도 쓰지 않을 수도 있다. 하지만 이런 격한 장면이 단 하나도 없는 소설은 드물다. 이런 장면들은 언제고 반드시 써야 하므로 플롯 전개뿐만 아니라 성격 묘사를 최대한 잘하기 위해 노력해야 한다.

마무리: 사랑, 죽음, 섹스, 그리고 싸움

사랑, 섹스, 싸움, 죽음에 대한 장면을 쓸 때 명심해야 할 가장 점은 인물들이 각 성격에 맞게 말하고, 행동하고, 생각해야 한다는 것이다. 최대의 효과를 거두려면 감정이 드러나는 장면에 신체적 반응을 최대한 활용해야 한다.

"당신을 사랑합니다" 같은 진부한 표현도 사랑을 표현하는 장면에서는 잘 통한다. 사람들이 실제로 하는 말이기 때문이다. 그러나 그 뒤에 개성적인 표현으로 보완해야 한다. 사랑을 표현하는 장면은 연인들이 사랑 외에 다른 감정이나 생각을 품고 있을 경우에 훨씬 흥미로워진다.

음란물을 쓰는 게 아니라면 섹스 장면은 인물들이 성행위를 하고 있다는 데 관심을 갖는 정도에서만 흥미를 일으켜야 한다. 독자가 인물들에게 관심을 기울이게 하려면 육체적 행위에 이르게 된 두 사람의 감정과 관계에 강조점을 두는 게 좋다. 성행위를 어느 수위까지 묘사할지는 장르나 작품의 전체 분위기에 달려 있다. 하지만 과도한 섹스 장면은 열정이 아닌 풍자가 되고 만다.

인물의 성격을 설정하는 가장 좋은 방법은 인물이 얼마나 기꺼이, 얼마나 격렬하게, 얼마나 공정하게, 얼마나 몸을 써서 다른 누구와 싸우는가를 보여주는 것이다. 몸싸움이나 공적 다툼은 인물들이 속한 문화권에 어느 정도 영향을 받는다. 따라서 인물이 얼마나 폭력적으로 반응할지 결정할 때는 이 점을 고려한다. 몸싸움을 제대로 묘사하려면 싸울 때의 움직임, 무기 사용법, 부상의 정도를 정확히 연구해 묘사해야 한다. 이때 영화나 TV 드라마는 바람직한 본보기가 아니다.

죽음을 맞이하는 장면을 가장 효과적으로 쓰는 방법은 절제하는 것이다. 죽어가는 인물의 말은 간략하고 화려하지 않을 때 가장 그럴듯하기 때문이다.

신체 접촉도 없고 "사랑합니다" 같은 말도 없이 사랑을 표현하는 장면을 서너 단락 써본다. 단 이때 인물들의 생각 속으로는 들어가지 않는다. 서로를 향한 이들의 감정을 신체적 반응, 대화, 사소한 행동을 통해 전달하는 것이다.

소설이나 TV 드라마, 영화를 통해 알게 된 허구의 인물 세 명을 꼽는다. 각 인물이 연인에게 어떻게 사랑을 표현할지 상상해본다. 그 또는 그녀는 어떤 말을 할까?(부드러운 말, 웃기는 말, 간결한 말, 또는 엉뚱한 말) 몸짓, 말투, 행동은 어떨까? 세 인물의 사랑 고백이 뚜렷하게 차이가 있는가?(그래야 한다)

장편소설이나 단편소설에서 가장 뛰어난, 사랑을 표현하는 장면을 찾아본다. 그 장면에서 인물이 사랑 외에 다른 감정이나 생각을 품고 있는가? 있다면 무엇인가?

이 연습은 하기 곤란할 수도 있지만, 가능하다면 해보자. 자신이 성적인 상황에 있을 때 자신의 몸에서 어떤 반응이 일어나는지 기록한다.

이를 소설에 사용할 수 있게 글로 옮길 수 있는가?(작가는 일상적으로 자신의 삶을 제물로 삼아야 한다는 것을 기억하자)

실전 연습 06

만약 싸움을 엿듣게 된다면 귀를 쫑긋 세우자. 누가 더 화가 많이 난 것 같은가? 그걸 어떻게 알 수 있는가? 공정하게 싸우고 있는가?

실전 연습 07

에드워드 올비의 희곡『누가 버지니아 울프를 두려워하랴?Who's Afraid of Virginia Woolf?』를 읽어보자. 장기간의 부부 싸움이 다양한 수준으로 그리고 복합적으로 그려져 있다. 이 소설의 작가는 어떻게 장면마다 다른 분위기를 만들었을까? 활용할 수 있는 기술이 있는지 살펴보자.

실전 연습 08

앞에서 만든 감정의 짧은 일대기를 꺼내자. 세 인물을 선택한다. 이들이 임종의 자리에서 말을 남긴다면 각각 뭐라고 할 것 같은가? 최대 두 문장으로, 가능한 한 개연성 있게 쓴다.

11장

좌절감:
소설에서 가장
중요한 감정

소설에서 가장 중요한 감정은 좌절감이다.

좌절감이 없다면 플롯도 없다.

좌절감은 이야기를 만든다.

인물이 느끼는 감정 중에 무엇이 가장 중요할까? 사랑? 미움? 분노? 욕망? 이 모두는 엄청 중요한 감정이다. 대부분의 플롯은 누군가에 대한 사랑이나 어떤 목표를 달성하려는 욕망이 이끈다. 그리고 그 외에는 대개 미움이나 분노가 플롯을 이끈다. 안나 카레니나는 브론스키를 사랑하고, 사악한 여왕은 백설 공주를 미워하고, 에이허브는 모비딕에 격분하고, 네로 울프는 살인 사건을 해결하고 싶어 한다. 하지만 이런 인상적인 작품들에도 불구하고, 그리고 인물의 동기와 인물이 소중히 여기는 가치에 관한 그 모든 내용에도 불구하고, 소설에서 가장 중요한 감정은 따로 있다.

바로 좌절감이다.

좌절감이 없다면 플롯도 없기 때문이다. 좌절감은 누군가 원하는 걸 얻지 못할 때 느끼는 감정을 의미하며, 이 감정은 이야기를 앞으로 나아가게 한다. 동기, 가치, 욕망은 인물이 소설이라는 항해를 떠나도록 시동을 거는 기능을 한다. 절정은 흔히 사랑과 전쟁, 죽음이 등장하는 장면에서 폭발한다. 그러나 그 사이의 모든 것, 즉 소설의 실질적인 이야기는 좌절감이 끌고 간다.

생각해보자. 안나가 브론스키를 쉽게 그리고 누구도 실망시키지 않은 채 얻었다면, 에이허브가 그 흰 고래를 처음에 작살로 잡았더라면, 두 소설은 거기서 끝났을 것이다. 대신 안나와 에이허브는(사악한 여왕과 네로 울프도) 자신의 목표를 이루지 못해 좌절감을 느낀다. 좌절감은 이야기를 만든다.

따라서 작가라면 좌절감을 연구해야 한다. 좌절감을 인물과 어떻게 연결할 수 있을까? 인물의 절망을 어떻게 최대한 이용할 수 있을까? 어떻게 해야 이 중요한 감정을 효과적으로 묘사할 수 있을까? 소설 쓰기의 다른 모든 것과 마찬가지로 여기에도 절대적인 답은 없다. 오랫동안의 시험에 따른 몇 가지 지침이 있을 뿐이다.

좌절감에 빠진 인물의 반응

아는 사람들을 떠올려 보자. 그들은 분명 여러 중요한 면에서 서로 다르다. 그중 하나가 그들이 좌절에 어떻게 대응하는가이다. 사람들은 자신이 원하는 것을 얻지 못했을 때 다음과 같은 전형적인 반응을 보인다.

- 분노
- 눈물
- 더 열심히 하겠다는 각오

- 가장 가까운 사람들에게 화풀이

- 세상을 향한 비난

- 자책

- 술 마심

- 좌절감을 믿을 만한 친구에게 쏟아냄

- 포기

- 복수

- 기도

- 어깨 한 번 으쓱하고 괜찮은 척

- 우울증에 빠짐

이제 중요한 질문을 하겠다. 소설 속 인물은 이 반응들 중에서 무엇을 선택해야 할까? 그 답은 다음 두 질문에 달려 있다. 인물은 어떤 사람인가? 플롯을 어떻게 전개하고자 하는가?

소설을 쓰기 전에 이 질문에 대해 생각해두는 게 좋다. 인물이 좌절에 대응하는 방식은 그의 성격과 일치하기 때문이다. 예를 들어보자. 좌절감에 사로잡혀 스스로를 절제하지 못하고 물건을 마구 던지고 소리를 질러대는 여자가 그다음 장면에서 갑자기 침착하고 분별력 있는 사람이 될 수는 없다. 마찬가지로 곤경에 빠진 남자가 자책을 하다가 갑자기 나가서 자신을 곤경에 빠뜨린 사람을 살해한다는 것도 개연성이 없다.

인물은 어떤 사람인가? 이는 앞서 우리가 계속 다루었던 중요한 질문이다. 하지만 여기서 이 질문을 새로운 각도에서 생각해야 한다. 즉 인물이 좌절에 자연스럽게 보이는 반응과 더불어, 그가 반응을 어느 정도로 통제하고 개선할 수 있는지도 고려해야한다.

팻 콘로이의 『사랑과 추억』에서 톰 윙고는 자살을 시도한 누이 서배너를 만나려고 하는데, 이러한 노력은 누이의 정신과 의사에게 저지당한다.

"커피 괜찮아요, 톰?" 그녀가 권위적인 목소리로 물었다.

"그래요, 기막히게 좋습니다. 이제, 서배너 얘기를 해봅시다."

"참을성을 갖고 기다려요, 톰. 금방 서배너 얘기로 이어갈 테니까요." 의사는 너무나 많고 높은 학위로 단련된 듯, 가르치려 드는 목소리로 말했다. "우리가 서배너를 도우려면 제가 서배너의 과거에 대해 몇 가지를 알아야 해요. 그래야 우리가 서배너를 도울 수 있다고 확신해요. 그렇지 않나요?"

"당신이 견딜 수 없을 만큼 잘난 척하는 어조로 내게 계속 얘기하지 않는다면, 의사 양반. 당신은 마치 내가 당신이 가르치는 저능한 침팬지라도 되는 양 대하고 있소. 게다가 그 빌어먹을 얘긴 누이가 어디 있는지 알려주고 나서 해야 하는 것 아니오."

이 짧막한 단락에서 톰은 좌절을 냉소("그래요, 기막히게 좋습니다"), 초조함, 그리고 분노로 반응한다. 그는 어려서부터 이렇게 반응했을 가능성이 높고, 또한 소설에서 다른 문제에도 역시 이렇게 반응할 가능성이 높다. 그는 급기야 자신의 가족을 파멸에 이르게 할 뻔한다. 그는 삶에서 교훈을 얻고 나서야 다르게 행동한다.

물론 냉소와 분노가 좌절에 대한 유일한 반응은 아니다. 톰이 다른 부류의 사람이었다면 이런 반응을 보였을 수도 있다.

- 겸손하게 의사의 도움을 구하고, 요구대로 따르면서 그 지시를 고마워한다.
- 뉴욕 대신 교회로 가서 서배너의 영혼을 위해 기도한다.
- 서배너를 심한 골칫덩어리이자 자신의 아이들에게 나쁜 영향을 미칠 사람으로 보고, 자신이 무엇을 해야 하는지 되묻는다.
- 서배너의 문제를 세상이 썩은 징조의 하나로 받아들이고 술집에 가 술을 마시며 그 쓸쓸함을 잊는다.

실제로 그가 한 반응은 소설 속에서 그를 규정짓는다. 사실은 그의 태도가 소설 전체를 '규정짓고' 있다. 어떻게 그럴까?

좌절이 플롯을 만든다

좌절감에 대해 『사랑과 추억』의 톰이 달리 반응했다면 이 소설은 완전히 다른 이야기가 되었을 것이다. 즉 인물이 좌절을 어떻게 다루는가에 따라 플롯이 결정된다. 인물이 자신을 가로막는 사람이 누구든 그를 찾아가 맞서 싸우는가? 그렇다면 이 소설의 플롯은 싸움과 복수를 다루게 될 것이다. 그가 포기하는가? 그렇다면 누군가가 그의 동기를 유발시켜 그를 구원할 수도 있고, 아니면 그는 원하는 것 없이도 사는 법을 배울 수도 있다(둘 다 괜찮은 플롯이다). 그는 성공할 때까지 (몇 번이고 다시) 노력하는 사람인가? 그렇다면 이 소설은 주인공이 적대 세력에 맞서 승리를 거두는 긍정적인 이야기가 될 것이다.

마리오 푸조의 베스트셀러 『대부The Godfather』를 보자. 라이벌 마피아 갱단이 타락한 경찰의 사주를 받고 돈 코를레오네에게 총격을 가했을 때 돈의 두 아들은 다르게 반응한다. 소니 코를레오네는 엄청나게 분노해 당장 복수를 하려 든다(나중에 그는 다른 좌절에 대해서도 똑같이 반응하고 그 반응 때문에 죽임을 당한다). 마이클 코를레오네는 자신이 원하는 대로 세상이 움직이지 않는 것에 대해 사뭇 다른 태도를 보인다. 그는 냉정하고 합리적으로 계획을 세우고 결국 복수한다. 자신의 가족에게 좌절감을 안겨준 사람들(타락한 경찰, 라이벌 마피아 갱들, 소니를 살해한 자)에게 복수하려는 그의 계획이 이 긴 소설의 전체 플롯을 만든다.

인물이 원하는 것을 갖지 못할 때 어떻게 반응하게 할지 아주 신중하게 생각해야 한다. 그의 반응을 통해 플롯 아이디어가 떠오르는가?

좌절감도 순수한 감정은 아니다

좌절감은 소설에서 아주 중요한 감정이므로 작가가 그 감정을 얼마나 잘 그려내는가에 따라 인물은 진짜처럼 보일 수도 있고 가짜처럼 보일 수도 있다.

좌절감을 그릴 때 흔히 저지르는 실수는 독자가 인물의 감정을 이해할 거라고 섣불리 단정하는 것이다. 이런 일은 대개 작가가 인물이 무엇을 하는지 정확히 알기에 독자도 알 거라고 짐작하는 데서 비롯된다. 인물이 시누이 결혼식에 초대받지 못했다고 해보자. 작가는 이런 사회적인 모욕에 마음이 상하고 우울했던 기억을 떠올리고는 당연히 인물도 상처받고 우울해 보이게 만들 것이다. 그리고 독자도 자연히 그 심정을 알 거라고 기대한다. 누군들 그러지 않겠는가.

그렇지 않다. 앞에서 본 대로 사람들은 좌절에 대해 놀라울 정도로 다양한 감정과 행동으로 반응한다(예를 들어 가족의 결혼식에 안 가도 된다고 좋아하는 사람도 있다). 그러므로 작가는 인물의 좌절감을 충분히, 그리고 설득력 있게 극화해야 한다. 인물과 달리 행동하고 반응하는 독자가 인물의 감정에 공감할 수 있을 만큼 말이다. 바로 이런 상황 때문에 작가에게는 '독자가 되어보는 일'이 중요하다. 자신의 작품에서 한 걸음 물러나 다른 사람이 되어 바라봐야 한다.

이러한 작업이 어려운 이유는 좌절감도 사랑처럼 '순수한(불순물이 섞이지 않은)' 감정이 결코 아니기 때문이다. 좌절감 역시 다른 감정과 뒤섞여 나타날 수 있다. 분노("어떻게 감히!"), 상처("왜 날 도우려 하지 않는 걸까?"), 두려움("내가 원하는 걸 결코 갖지 못할 거야"), 자책("난 자격이 없어!"), 포기("모든 걸 얻을 순 없어!"), 또는 쓸쓸함("사는 게 뭐 이래!") 등.

『내 사랑 앰버』에서 여주인공 앰버 선트 클레어는 좌절감에 대해 분노로 반응한다. 그러나 그녀가 궁정 파티를 일찍 떠나게 만들었다고 세 번째 남편과 싸우는 동안 무슨 일이 일어나는지 주목해보자.

"내가 즐기는 게 싫어서 날 빨리 떠나게 한 거잖아요! 당신은 누군가가 행복해하는 꼴을 못 본다니까!"

"정반대요, 마담. 나는 행복을 전혀 반대하지 않아요. 하지만 내 아내가 자신을 조롱거리로 만드는 걸 지켜보는 건 반대하오. (……) 오늘밤 그 남자들의 마음속에 뭐가 있었는지 나만큼이나 당신도 잘 알 것이오."

"흥!" 그녀가 소리를 지르면서 주먹을 불끈 쥐었다. "그게 어쨌다는 거예요! 남자들 마음이라는 게 다 똑같지 않나요! 당신 마음속에도 똑같은 생각이 있잖아요!" 그러나 그녀는 말을 멈추었다. 불현듯, 그의 눈길이 순간적으로 너무 표독스럽고 위협적이어서 그 말들이 목에 탁 걸렸기 때문이다. 그녀는 잠잠히 있었다.

여기서 앰버의 분노는 두려움으로 바뀌고, 그 결과 이 장면은 그녀와 다른 많은 남자 사이의 싸움보다 훨씬 더 흥미로운 장면이 된다.

이 기술을 소설에 사용하려면 다음 질문들에 답할 수 있어야 한다.

- 인물은 좌절감에 대해 가장 먼저 어떤 반응을 보이는가?

- 인물은 좌절감 말고 또 다른 감정을 느끼는가?

- 이 다른 감정 또한 플롯을 전개하는 데 유용할까?(『내 사랑 앰버』에서 앰버가 느끼는 두려움은 남편과의 충돌을 여러 차례 거치면서 점점 커지고, 마침내 남편이 자신을 죽이기 전에 자신이 남편을 먼저 죽이는 데 이른다).

좌절에 대한 반응은 한결같지 않다

좌절했을 때 사람들은 서로 다른 복잡한 감정들을 느낄 뿐 아니라, 똑같은 사람이라도 때에 따라 다른 감정들을 느낀다. 분위기, 건강, 또는 최근에 있던 상사와의 싸움 등등. 이 모든 것이 인물이 좌절감에 어떻게 반응하는지에 영향을 미친다. 인물이 좌절에 분노로 한 번 반응했다고 했다고 해서 다른 좌절에도 똑같이 반응하는 건 아니다. 물론 인물의 행동에는 개연성과 일관성이 있어야 하지만.

예를 들어 『내 사랑 앰버』의 앰버는 아주 화려한 인물이고 좌절할 때 분노로 반응한다. 그러나 다음 단락에서 그녀의 반응은 완전히 다르다. 앰버는 유부남 애인 브루스 칼튼 경과 함께 마차를 타고 가는 중이다.

그러나 언제나처럼 앰버는 그의 아내를 들먹인 것이 실수라는 걸 알았다. 그의 얼굴이 굳어지고, 미소가 사라지고, 둘 사이에 침묵이 흘렀다.

　그의 옆자리에 앉아 스프링도 없는 딱딱한 좌석에서 불편하게 흔들리는 동안 앰버는 그가 무슨 생각을 하고 있는지 궁금했고, 그에 대한 모든 불만이 다시 쏙 들어갔다. 그녀는 그를 곁눈으로 살짝 엿보다 잘생긴 옆얼굴과 햇볕에 그을린 피부 아래에서 움찔거리는 턱 근육을 봤다. 그녀는 손을 뻗어 그를 어루만지며 자신이 얼마나 깊이 그리고 간절히 그를 사랑하는지 말하고 싶었다.

　이 장면에서 앰버가 좌절감에 분노가 아니라 슬픔과 부드러움으로 반응하는 건 무엇 때문인가? 부분적으로는 그의 아내 문제로 앰버가 브루스와 너무 자주 싸운 나머지 순간적으로 지쳤기 때문이다. 다른 한편으로는 앰버가 자신에게 좌절감을 주는 브루스를 정말로 사랑하기 때문이다. 또한 분위기 때문이기도 하다. 이제 앰버는 더 이상 단순한 인물이라 할 수 없다. 하지만 좌절감에 대한 이런 반응이 그간 앰버에 대해 알려진 모든 사실과 어긋나는 건 아니다. 그녀는 본질적으로 이기적이고 열정적인 인물이고, 브루스에 대한 강렬한 욕망은 그녀의 무절제한 탐욕과 일치한다. 게다가 앰버의 침울한 반응은 잠깐일 뿐이며 두 쪽 뒤에 그녀는 다시 화가 나 있다.

　따라서 여기서 우리는 한 가지 질문에 더 답해야 한다.

• 좌절을 당한 인물은 주요 감정 외에 또 다른 감정을 느끼는가? 어떤 상황에서 그런가?

이 모든 것을 어떻게 소설 속에 집어넣을 수 있을까? 분명히 말하지만 이걸 다 집어넣을 필요는 없다. 소설은 선택의 과정이다. 그러나 좌절에 대해 인물마다 다른 반응을 하며, 같은 인물이라도 다른 상황에서 다른 감정을 느낀다면 좌절감을 충분히 극화하는 게 중요하다. 극화는 신체적 반응과 신중하게 구성한 대화, 인물의 생각을 통해 이용하면 된다.

신체적 반응: 몸은 거짓말하지 않는다

인물의 좌절감을 극화하는 효과적인 방법은(다른 감정과 마찬가지로) 그 감정이 인물의 몸에 어떤 영향을 미치는지 보여주는 것이다. 감정은 대뇌변연계라는 뇌에서 본능을 담당하는 곳에서 형성된다. 우리는 흔히 정보를 이성적으로 처리하기에 앞서 이미 몸으로 반응한다. 만약 좌절감에 본능적으로 분노한다면, '내 것을 빼앗겼으니까 나는 화나는 게 당연해'라는 생각을 먼저 하는 게 아니다. 대신 분노가 몸 전체를 엄습해 호르몬 수치가 바뀌고 몸짓, 얼굴 표정, 말투, 호흡에까지 영향을 미친다. 인물의 좌절감을 그릴 때는 이런 점들을 적극적으로 활용해야 한다.

모린 F. 맥휴의 뛰어난 SF소설 『차이나 마운틴 장China Mountain Zhang』에서 알렉세이 도르모프가 마틴 잰시를 찾아온 장면을 보자. 알렉세이의 어린 딸 테레사는 마틴의 염소들과 놀고 있다.

"내가 그렇지, 뭐. 내 아이의 단짝 친구가 염소라니!"
가볍게 말했지만 그의 말 속에는 엄청난 회한이 서려 있다. 그의 얼굴에서 미소가 사라지고 한순간 돌처럼 굳었을 때 나는 그가 (정착촌을) 생각한다고 짐작한다. 그래서 이렇게 말할 뻔한다. '애들은 적응력이 빠르잖아요.' 그 말은 중년 여자라면 의당 아이들을 좋아할 거라는 말만큼이나 흔한 오류 중 하나인데도. 그러나 그는 그 생각을 하지 않는다.

"마틴! 그들이 날 다시 옮기려 하는데 어떻게 해야 할지 모르겠소."그가 말한다.

"뭐라고요?"내가 묻는다.

"그들이 날 다시 옮기려 하고 있단 말이오. 우리를 화성으로 보낸 것만으로 충분하지 않은 건가?"그는 결코 목소리를 높이는 법이 없어 그의 말에 밴 절망을 포착하기 어렵다. (……)

"왜 그들이 당신을 보내려 한다고 생각하죠?"말하고 나서야 그를 편집증 환자라도 되는 양 말했음을 깨닫는다.

"그냥 알아요. 네 번이나 겪었잖소. 그들이 날 보내려 하면 그냥 알게 된단 말이오."그는 그 모든 감정이 북받치는 듯 불끈 쥔 두 주먹을 맞댄다.

여기서 처음에는 마틴조차 알렉세이의 감정이 어떤 것인지 모른다는 사실에 주목하자. 알렉세이의 신체적 반응을 통해 그의 좌절감이 서서히 드러난다. 그는 "얼굴이 돌처럼 굳어" 있다. 그의 목소리에는 조용한 말투에도 불구하고 "절망"이 배어 있다. 그는 "주먹을 불끈 쥐고" 있으며 절망감이 "북받친 듯하다." 이어지는 장면에서 그는 "(마틴을) 증오심에 차서" 보는데, 화성에서 마틴의 지위가 탄탄한 반면에 그는 그렇지 않아서 부럽기 때문이다. 그리고 이 반응은 조용하고 과묵한 남자의 표현 방식이다. 알렉세이는 마틴이 관찰한 바에 따르면 신체를 통해 자신의 감정을 극화한다.

시점인물의 경우에는 신체적 반응을 훨씬 더 친밀하게 묘사할 수 있다. 앞서 『내 사랑 앰버』를 인용한 단락으로 돌아가 보자. 앰버가 주먹을 불끈 쥐는 건 외부인의 눈으로 관찰한 것이다. 하지만 "그 말들이 목에 탁 걸리는" 끔찍한 느낌은 본인만이 알 수 있는 감정이다.

이런 신체적 느낌을 가장 잘 아는 이는 바로 작가 자신이다. 좌절할 때 자신이 무엇을 느끼는지 생각해보자. 숨이 턱 막히는가? 저도 모르게 눈에 눈물이 고이는가? 배가 아픈가? 좌절감에 대한 자신의 반응에 주목하고 이를 이용해 독자가 공감할 수 있는 신체적 반응을 만들자.

대화: 누구에게 토로할까?

때로는 신체적 반응만으로 인물의 좌절감을 극화할 수 없을 때가 있다. 이는 두 가지 이유 때문이다. 첫째, 몸은 전혀 다른 감정에 대해 같은 반응을 할 수 있다. 즉 눈물은 좌절감, 슬픔, 심지어 기쁨의 표현일 수 있다. 주먹을 불끈 쥐는 것은 좌절감의 표현일 수도 있고 세상에 대한 걷잡을 수 없는 분노의 표현일 수도 있다. 둘째, 앞에서 말한 대로 성격이 다르면 반응도 다르다. 이 특별한 상황에서 이 특별한 인물에게 눈물의 의미는 과연 무엇일까?

인물이 시점인물이 아니라면 대화를 통해 자신의 절망감을 분명하게 밝힘으로써 신체적 반응을 보완할 수 있다. 앞에서 본 『차이나 마운틴 장』의 다음 단락은 알렉세이가 마틴에게 말하는 긴 대화로 시작하는데, 이 대화를 통해 알렉세이는 자신의 감정을 설명한다.

하지만 이런 대화를 쓸 때는 주의해야 한다. 8장에 다룬 '잘 알다시피'식의 대화는 피해야 한다. 대신 인물이 자신의 좌절감을 토로하고 상대는 가만히 앉아서 그 말을 듣는 상황을 만들어야 한다. 이때 상대는 친구, 배우자, 상담자, 심지어 개가 될 수도 있다. 듣는 이가 누가 될지는 플롯의 방향뿐만 아니라 인물의 성격과 환경에 달려 있다. 즉, 듣는 인물 역시 반응을 보이므로 이를 고려해야 한다는 의미다. 만약 상대가 극적인 반응을 보인다면 다음 상황에 영향을 미칠 것이다. 예를 들어 마틴은 알렉세이의 곤경을 듣고 청혼함으로써 반응을 보인다. 자신의 남편이 되면 땅을 소유하는 지주가 되므로 다른 곳으로 옮겨갈 필요가 없다고 제안한다.

인물이 '누구에게' 절망감을 토로하는가? 상대 인물의 반응은 무엇인가? 이 반응이 플롯을 더 복합적으로 만들길 원하는가?

생각: 사람은 기계가 아니다

인물이 시점인물이라면 좌절감을 극화할 수 있는 또 다른 방법이 있다. 바로 인물의 생각이다. 시점인물의 마음속에 무슨 생각이 오가는지 독자도 알 수 있기에 좌절감을 공유할 수 있다.

앞서 『사랑과 추억』에서 발췌한 짧은 문단을 다시 보자. 톰은 의사가 "너무나 많고 높은 학위로 단련된 듯, 가르치려 드는 목소리"로 말한다고 생각한다. 의사의 목소리(또는 그녀의 학위)가 정말로 그럴 수도 있고 아닐 수도 있지만, 톰의 생각은 의사에게 느낀 절망감을 표현한다. 톰은 이 소설 전체에 걸쳐 미친 누이 서배너뿐 아니라 정신과 의사, 의사의 남편, 아내, 부모, 그리고 형에게 좌절감을 느낀다. 그럴 때마다 좌절감을 표현하는 신체적 반응과 대화에 깊이가 더해짐으로써 톰의 생각은 직접 드러난다.

여기에서 두 가지 주의할 점이 있다.

첫째, 인물이 좌절감에 합리적으로 반응하는 인물이라도 지나치게 논리적이면 안 된다. '그래, 1안은 실패했어. 그러면 이제 2안으로 넘어가자'라고 조용히 생각하는 인물은 독자에게 신뢰를 주지 못한다. 어떤 감정이든 뒤따라야 하고 잠시라도 혼란을 느껴야 한다('1안이 실패하다니. 이제 도대체 뭘 해야 할까?'). 사람은 기계가 아니다. 기계는 좌절감을 느끼지 않는다. 사람은 좌절감을 느낀다.

둘째, 인물의 행동을 생각으로 대체하면 안 된다. 절망에 빠진 인물은 문제를 과도하게 생각하거나, 좌절을 극복하기 위해 상세한 계획을 짜거나, 절망에 빠져 있을 수 있다. 그가 무엇을 하든 간에 그 행동을 보여줘야 한다. 어떤 생각은 인물을 명확하게 이해하게 만든다. 하지만 좌절감은 인물의 행동과 극화된 반응을 통해 보여야 한다. 분노 터트리기(톰), 더 많은 작살 던지기(에이허브), 달리는 기차에서 몸 던지기(안나 카레니나) 등등.

좌절감은 다양한 기능을 한다. 인물에게 성격을 부여하고, 플롯을 전개하고, 인물을 곤경에 빠뜨려 동정심을 불러일으킴으로써 독자의 공감을 얻을 수 있다. 인물의 좌절로 소설은 엄청난 혜택을 본다.

작가의 좌절감: 작가의 벽에 막혔을 때

좌절감은 작가들의 직업병이다. 좌절감이 계속 커지면 더 이상 글이 써지지 않는 '작가의 벽'에 가로막힐 수 있다. 다음은 몇 가지 해결 방안이다.

- 작업량을 줄인다. 꾸준히만 쓴다면 조금 적게 써도 괜찮다고 스스로에게 말한다. 열흘 동안 하루에 원고지 두세 쪽만 쓴다 (누구도 그렇게 할 수 있다). 다시 불이 붙을 때까지 글쓰기를 멈추지 않게 해줄 것이다.
- 감정의 수위를 낮춘다. 대작을 쓰겠다고 하다가 글이 막혀서 "무슨 상관이야!"라는 심정이 된 거라면, 스스로에게 열흘 동안 하루에 스무 쪽씩 쓰레기 같은 글을 쓸 자유를 준다. 그래도 그게 쓰레기가 될 리는 없을 것이고(우리는 쓸 수 있을 만큼만 쓸 수 있다), 그러고 나면 다시 시작할 힘을 얻을 것이다.
- 흥미를 느꼈던 마지막 부분을 찾는다. 자신의 글에 대한 신뢰를 잃은 게 문제라면 자신을 여전히 흥분시키는 부분으로 되돌아가는 것이다. 그 지점에서 플롯을 재검토한다.
- 환경을 바꾼다. 다른 장소에서, 다른 때(아침 일찍이 때로는 좋다)에 글을 쓴다. 이 방법은 단순해 보이지만 깜짝 놀랄 만

큰 효과적이라고 말하는 작가가 많다. 때로는 책상 위치를 옮기거나 컴퓨터 자판 대신 펜으로 쓰는 것만으로도 큰 도움이 된다.

마무리: 좌절감에 빠진 인물

좌절감은 플롯을 전개할 뿐 아니라 인물의 성격을 설정하는 데 아주 유용한 감정이다. 좌절에 대한 인물의 반응은 이제까지의 인물의 성격과 일치해야 한다.

좌절감은 때로 다른 감정들과 뒤섞여 나타난다. 이 감정을 모두 장면에 집어넣으면 소설에 개연성과 깊이가 더해진다. 또한 같은 인물이라도 상황에 따라 좌절감에 달리 반응할 수 있다. 하지만 그럴 때도 모든 반응은 인물의 성격과 일치해야 한다.

신체적 반응은 좌절감을 전달하는 효과적인 방법이다. 자신이 신체적 반응이 어떠한지 세밀하게 관찰해두고 필요할 때마다 '빌려' 쓰자. 대화와 생각을 통해 인물이 좌절한 원인을 명확히 밝힐 수 있다. 대부분의 사람이 좌절했을 때의 대화와 생각은 약간 일관성이 없다. 인물이 좌절했을 때에는 대화나 생각이 아니라 행동으로 보여줌으로써 플롯을 전개해야 한다.

가장 최근에 절망했던 때를 돌이켜본다. 조용히 앉아 그때 어떤 느낌이 들었는지, 무슨 생각을 했는지, 몸이 어떻게 반응했는지 등 최대한 많은 것을 기억해본다. 핵심적인 것들을 적는다.

잘 아는 사람 중에서 자신과 성격이 확실히 다른 세 사람을 꼽는다. 각 인물이 절망적인 상황에 어떻게 반응할지 적는다. 각 인물은 무엇을 생각하는가? 신체적 반응은? 큰 소리를 내는가? 다음에는 무엇을 하는가?

인물 목록을 보자. 어떤 인물이 흥미롭게 보이는가? 그가 더 크고 심각한 절망적인 상황을 겪게 해보자. 폭력적이고 파괴적인 이웃 사람에게 지속적으로 학대를 당하거나, 부당한 해고를 당하거나, 신분을 도용당하거나 등등. 이 상황에 대한 인물의 반응이 다양한 플롯 아이디어를 떠오르게 하는가? 그렇지 않다면 흥미를 불러일으키는 상황 속에 가장 상상력을 자극하는 인물을 넣어본다. 거기서 그를 좌절시키는 것은 무엇인가? 그는 어떤 반응을 보이는가?

가장 좋아하는 소설에서 인물이 원하는 것을 얻지 못하는 장면을 찾아본다. 그는 좌절감 말고 다른 어떤 감정을 느끼는가? 작가는 어떤 방식으로 이를 표현하고 있는가? 그중 활용할 만한 것이 있는가?

12장

시점:
누구의 감정을
따라갈까?

소설이 매력적인 것은 우리 머릿속이
한 가지 시점으로 설정되어 있기 때문이다.
소설을 통해 다른 누군가의 머릿속에 들어가
또 다른 세상을 경험할 수 있으니까.

텔레파시 능력이 없는 우리 인간은 자신의 머릿속에 갇힐 수밖에 없다. 조지프 콘래드가 쓴 것처럼 "우리는 모두 꿈을 꾸듯이 살아간다. 그것도 혼자서……."(『암흑의 핵심Heart of Darkness』) 인간은 머릿속에서만큼은 혼자다. 우리가 할 수 있는 생각, 계획, 꿈, 감정은 우리 것뿐이다. 소설이 매력적인 것은 우리 머릿속이 이렇게 한 가지 시점으로 설정되어 있기 때문이다. 소설을 통해 다른 누군가의 머릿속에 들어가 또 다른 세상을 경험할 수 있으니까.

이것이 시점의 개념이다. 시점은 우리가 그 행동을 누구의 눈으로 보고, 누구의 머릿속에 있으며, 지금 경험하는 이 느낌이 누구의 것인지를 결정한다. 따라서 소설에서 누구를 시점인물로 할 것인지는 아주 중요하다. 이로써 작가가 무슨 말을 할지, 어떻게 말할지, 때로는 사건이 무슨 의미인지까지 결정되기 때문이다.

이 장에서는 모든 시점을 살펴볼 것이다. 그리고 이후의 장에서 각 시점을 자세히 다룰 것이다.

주인공 vs 시점인물:
'누가 주연이지?'

소설에서 '주연'은 주인공이다. 주인공은 독자가 가장 흥미로워하는 인물이며, 흥미로운 행동을 하는 인물이다. 반드시는 아니지만 대개는 주인공이 시점인물이다.

존 그리샴의 베스트셀러 『불법의 제왕The King of Torts』은 주인공인 클레이 카터의 눈을 통해 사건들이 보인다. 카터는 주연이자 시점인물이다.

하지만 주인공이 아닌 다른 인물을 시점인물로 내세우면 소설이 한층 흥미로워진다. 대표적으로 F. 스콧 피츠제럴드의 『위대한 개츠비』와 서머싯 몸의 『달과 6펜스The Moon and Sixpence』가 있다.

『위대한 개츠비』는 닉 캐러웨이의 눈으로 서술되는데, 그는 주요 사건에 개입하지 않고 주변을 맴도는 방관자형 친구이자 중재자다. 진짜 주인공은 불륜에 빠진 제이 개츠비와 데이지 뷰캐넌이고, 그중 한 사람만 들라면 개츠비다.

서머싯 몸은 한발 더 나아간다. 『달과 6펜스』의 주인공은 런던 중산층의 삶을 버리고 남태평양으로 가서 화가가 되는 찰스 스트릭랜드다. 스트릭샌드는 폴 고갱을 모델로 창조한 인물이다. 이 소설의 유일한 시점인물이자 이름도 없는 화자는 스트릭랜드를 친구의 친구로서 막연히 알 뿐이다. 화자는 스트릭랜드를 우연한 자리에서 여러 차례 만나는데 처음에는 런던에서, 그다음에는 타히티에서 부딪힌다. 화자와 스트릭랜드는 서로의 삶에 영향을 미칠 만한 기회가 전혀 없다. 더군다나 스트릭랜드의 삶 후반기는 그가 죽은 뒤에 다른 인물의 입으로 화자에게 전달된다.

이렇게 복합적인 서술 구조의 단점은 분명하다. 긴박감이 없다. 주인공인 스트릭랜드가 하는 일들과 그에게 닥친 중요한 일들은 모두 무대 밖에서 일어난다. 화자는 그 사건들을 나중에 듣고 독자에게 말한다. 이 소설의 작가는 이런 식으로 극적 사건의 많은 부분을 약하게 만든다.

작가는 왜 이런 시점을 택했을까? 주인공과 시점인물을 분리함으로써 득이 많기 때문이다.

- 시점인물은 주인공이 죽은 뒤에도 이야기를 계속할 수 있다. 스트릭랜드와 개츠비 둘 다 소설이 끝나기 전에 죽는다. 『달과 6펜스』의 시점인물은 스트릭랜드의 아내와 자녀들, 그가 그린 그림의 운명까지 추적한다.
- 주인공은 자신이 시점인물이 아니면 좀 더 신비로운 인물로 그려질 수 있다. 개츠비가 죽기 전까지는 누구도 그의 진짜 과거에 대해 알지 못한다. 그는 실제보다 훨씬 더 화려하게 자신의 과거를 포장한다. 개츠비가 시점인물이라면 독자는 소설이 시작될 때부터 그의 과거를 알았을 것이다. 독자가 '그의 머릿속에' 들어가 있었을 것이기 때문이다. 이처럼 주인공이 시점인물이 아니면 자신의 비밀을 간직할 수 있다는 이점이 있다. 『달과 6펜스』의 화자가 말한 대로 주인공은 "자신의 비밀을 무덤까지" 가져갈 수 있다.

- 시점인물은 주인공이 오랜 시간이 지나도 결코 겪을 수 없는 일들을 관찰할 수 있다. 그리하여 닉은 데이지를 철부지 속물로, 개츠비를 감상적인 이상주의자로 보기에 이르는데, 이는 두 인물 중 그 누구도(그리고 다른 인물도) 갖지 못한 관점이다.

시점인물을 결정하기 전에 먼저 다음 질문에 답해야 한다. 주인공과 시점인물이 동일인인가? 아니라면 그 둘을 분리해야 하는 충분한 이유가 있는가? 실보다 득이 많은가?

주인공이 시점인물이 아닌 것으로 결정했다면 그다음 단계는 누가 그 중요한 역할을 맡을지 선택하는 것이다.

시점인물 선택:
'오직 그의 눈으로만 본다'

소설을 쓰기 전에 시점인물을 누구로 할 것인지 모든 가능성을 탐색해봐야 한다. 첫 번째 선택이 최고의 선택이 아닐 수도 있기 때문이다.

예를 들어 하퍼 리의 『앵무새 죽이기』를 보자. 이 소설의 배경은 제2차 세계대전이 일어나기 직전의 미국 앨라배마다. 이 소설의 줄거리는 이렇다. 백인 여성을 때렸다는 이유로 톰 로빈슨이라는 흑인이 체포되는데 사실 그는 범인이 아니다. 두 아이의 아버지이자 명망 있는 변호사 애티커스 핀치가 톰의 변호를 맡는다. 핀치는 진짜 폭행범을 추적하다가 결국 여성의 아버지가 범인임을 밝혀낸다. 그 남성은 핀치의 아이들을 공격함으로써 보복을 시도한다.

이 소설의 작가는 애초에 이들 중 한 사람의 시점으로 소설을 끌고 갈 수도 있었다. 하지만 작가는 대신 주요 플롯에 성장 이야기를 끼워 넣고, 핀치의 아이들 중 여덟 살짜리 스카우트를 1인칭 화자로 선택했다. 그 결과 핀치나 톰, 그리고 진짜 범인이 시점인물일 때와 완전히 다른 이야기가 되었다. 소설이 좋아졌는가? 아니면 나빠졌는가? 그건 누구도 말할 수 없다. 다른 시점인물로 쓴 소설이 없기 때문이다.

하지만 스카우트를 시점인물로 정한 건 좋은 선택이다. 이 선택은 다음의 일반적인 기준에 비추어봤을 때 아무 문제가 없다.

누가 이 사건으로 상처를 입게 될까?

감정적으로 가장 크게 영향을 받는 인물은 최고의 시점인물이 될 수 있다(『달과 6펜스』의 작가는 다른 목적을 위해 긴박감을 포기했다). 스카우트는 앙심을 품은 폭행범에게 죽을 뻔한다. 사건의 결과로 이해관계가 복잡해지는 인물을 시점인물로 선택하자. 그 결과가 안 좋을 경우에는 고통이 따를 것이다.

이런 이유로 탐정소설 작가는 살인자와 형사의 개인적인 친분을 만들려고 무진 애를 쓴다. 이 친분으로 둘 사이의 고통이 커지고 이야기에 긴장감을 생기기 때문이다.

절정의 순간, 누가 현장에 있을 수 있을까?

『앵무새 죽이기』에서 스카우트는 그곳에 있다. 『위대한 개츠비』에서 닉도 그곳에 있다. 시점인물은 그곳에 있어야 한다. 그렇지 않으면 가장 중요한 사건들을 간접적으로 전해 들어야 한다. 이런 식은 통하지 않는다.

누가 멋진 장면들 속에 있을 수 있을까?

독자도 그 장면들 속에 있고 싶어 한다. 스카우트는 아버지가 톰을 변호하는 모습을 목격하려 법정으로 숨어 들어간다.

누가 가장 흥미로운 관점을 제시할 수 있을까?

스카우트는 어떤 어른보다도 인종차별주의에 대한 순수하고 새로운 관점을 제시한다. 닉은 개츠비의 행동을, 닳아빠진 뉴욕 사람들에 비해 훨씬 이상적이고 명료한 입장에서 바라본다.

자신의 소설이 세상을 어떤 관점에서 바라보기를 원하는가? 누가 그 관점에 적합한 인물인가? 그 인물이 작가 자신의 '눈'과 '심장'이 되기를 원하는가?

이야기가 전개되는 동안 누구의 머릿속이 가장 흥미진진할까?

이 기준을 과소평가하면 안 된다. 이게 핵심이다.

다른 눈, 다른 이야기

시점인물을 누구로 할지 결정했는가? 어쩌면 옳은 선택일 수 있다. 하지만 달리 선택한다면 이야기가 어떻게 흘러갈지 잠깐 생각하는 시간을 가져보자. 예를 들어 유괴 사건에 관한 소설을 쓰고 있다고 해보자. 주요 인물은 아버지와 어머니, 아이, 유괴범, 의심받지만 무고한 이웃, 그리고 형사다. 아이는 납치를 당했다가 풀려나지만 가족은 다시 옛날로 돌아가지 못한다. 여기서 완전히 다른 이야기가 최소한 여섯 가지 나올 수 있다.

아이의 아버지나 어머니(또는 둘 다)가 시점인물이라면 고통을 탐구하는 소설이 될 것이다. 이미 무너져가는 결혼 생활에 아이가 납치되는 사건까지 겪자 부부가 결국 이혼에 이르는 내용이라면 이 시점은 좋은 선택이다. 어쩌면 그중 한 인물이 불륜에 빠져 있을 수도 있다. 한 인물이 직접 탐문에 나설 수도 있다. 한 인물이 의심이 가는 이웃을 살해하도록 누군가를 고용했는데 결국 그 이웃이 무죄로 밝혀질 수도 있다.

납치된 아이가 시점인물이라면 두려움에 빠졌다가 결국 탈출하는 내용의 소설이 될 것이다. 물론 부모가 소통하며 탐문하는 장면은 없을 것이다. 아이가 부모를 볼 수 없기 때문이다. 그 대신 유괴범과 유괴당한 아이 사이의 다양한 장면을 쓸 수 있다.

무고한 이웃이 시점인물이라면 불의에 항거하는 내용의 소설이 될 것이다. 이 또한 꽤 흥미로울 것이다. 억울하게 누명을 쓰는 인물의 이야기는 늘 독자에게 강한 공감을 얻는다. 죄 없는 약자를 응원하지 않는 사람은 없으니까.

유괴범이 시점인물이라면 악이나 광기를 연구하는 소설이 될 것이다. 그의 동기는 무엇인가? 그 동기를 탐구하고 싶은가? 그렇다면 유괴범이 시점인물인 게 맞다.

경찰이나 FBI 요원이 시점인물이라면 미스터리소설이 될 것이다. 명예 말고 그에게 중요한 이해관계는 무엇인가? 경찰 내부에서 사건 수사를 어떻게 바라보는지에 초점을 맞추고 싶은가?

이 시점 중 어떤 것이 본질적으로 다른 것보다 더 좋거나 나쁜 건 절대 아니다. 이 모든 건 쓰고자 하는 소설이 어떤 시점과 맞는지에 달려 있다. 하지만 가장 먼저 선택한 시점에만 매달려서 다른 시점들을 고려하지 않는다면 가능성을 차단해버리는 셈이다.

기존의 작품들도 저작권 보호를 받지 않을 경우에는 다른 시점인물의 눈으로 다시 쓸 수 있다. 그러면 환상적인 결과가 나올 수 있다. 진 리스는 『제인 에어』를 다락방에 갇힌 미친 여인 로체스터 부인의 시점으로 다시 썼다(『광막한 사르가소 바다Wide Sargasso Sea』). 밸러리 마틴은 『지킬 박사와 하이드The Strange Case of Dr. Jekyll and Mr. Hyde』를 가정부의 시점으로 다시 썼다. 그리고 수전 메도는 신데렐라라는 친숙한 동화를 꼬리 달린 동물의 시점으로 써 유쾌한 소설을 펴냈다(『신데렐라의 쥐Cinderella's Rat』).

인물들 중에서 (처음 생각했던 것보다) 플롯에 좀 더 독창적인 관점을 제시할 수 있는, 흥미로운 시점인물은 누구인가? 독자가 시점인물로 가장 만족할 사람은?

이 질문에 대한 명확한 답은 없다. 다만 일반적인 지침은 있다. 이야기를 계속할 수 있다면 시점을 최소화할 것.

그 이유는 앞에서 언급한 대로 우리 인간이 자신의 머릿속에 갇힌 존재라는 사실과 관련 있다. 우리는 한 가지 시점으로 세상을 보는 데 익숙하다. 작가가 이 시점에서 저 시점으로 옮겨갈 때마다 독자는 정신적으로 적응할 시간이 필요하다. 그리고 시점이 너무 많으면 이야기는 조각조각 부서진 파편들처럼 비현실적으로 느껴진다.

반대로 시점을 여러 개 선택함으로써 실보다 득이 많은 경우가 있다. 연인이 각자 로맨스를 어떻게 느끼는지를 보여주고 싶다면 시점이 두 개 필요하다. 한 인물이 중요한 장면에 전부 등장하기 어렵다면 시점인물이 더 필요하다는 뜻이다. 복잡한 이야기나 장대한 서사 플롯에는 시점인물이 여러 명 필요할 수 있다.

일단 주요 장면과 내적 대화를 모두 담으려면 시점인물이 적어도 몇이어야 하는지 파악해야 한다. 즉, 시점인물의 수를 되도록 줄여 독자가 내용과 그 의미에 집중하게 만들어야 한다. 여덟 번째 시점인물이 지난번에 봤을 때 무엇을 하고 있었는지 한참 기억을 더듬게 해서는 안 된다. 시점인물 여덟 명을 공평하게 대우해 그들의 이야기를 한 번씩 회전시키는 데만 해도 꽤 많은 시간이 걸려 여덟 번째 시점인물의 이야기가 마침내 200쪽에 나왔다면 그건 문제가 있다. 그리고 이처럼 많은 시점을 다루는 건 작가에게도 결코 쉽지 않은 일이다. 14장에서 이 주제를 자세히 다루겠지만 지금은 시점인물의 수를 최소화하는 데 집중하자.

시점인물을 결정했다면 그다음 단계는 1인칭 시점, 3인칭 시점, 전지적 작가 시점, 흔히 보긴 어렵지만 '새로운' 시점인 2인칭 시점, 1인칭 복수 시점, 3인칭 복수 시점, 서간(편지) 시점 중 하나를 선택하는 것이다.

1인칭 시점: '내 생각에……'

1인칭 시점은 '내'가 이야기를 말하는 것이다. 모든 것이 '나' 한 명의 눈을 통해 보이므로 독자들은 플롯이 전개되는 동안 '나'의 머릿속에 머문다. 여기에 1인칭 시점을 효과적으로 사용한 예가 있다. 마이클 프레인의『스파이들Spies』의 시작 부분이다.

그곳에 다시 6월 셋째 주가 찾아왔다. 매년 이 시기가 되면 당혹스러울 정도로 익숙한, 달콤한 내음이 떠돈다. 내가 사는 조용한 거리의 질서정연한 정원들을 걸어 지나가는 동안 따스한 저녁 공기에 실린 그 내음이 코끝을 파고든다. 그리고 한순간 나는 다시 어린아이가 되고 모든 것이 내 앞에 펼쳐진다. 섬뜩하면서도 절반밖에 이해할 수 없는 그 모든 삶의 약속이.

이 문단은 한 인물의 머릿속에서 나오므로 생생하고 사실적일 뿐 아니라 다음과 같은 1인칭 시점의 또 다른 장점들을 드러낸다.

- **긴박감**: 독자는 인물의 머릿속에 들어가 있기에 저녁 공기에 실린 어떤 내음처럼 인물의 감각을 함께 경험한다. '나'라는 대명사의 힘 때문에 소설 속의 '나'에게 무슨 일이 일어나면 독자도 마치 '나'의 일인 양 느끼는 것이다.
- **말투**: 위 글에서 인물은 꽤 문어적인 말투로 생각한다. "매년 이 시기가 되면 당혹스러울 정도로 익숙한, 달콤한 내음이 떠돈다." 이 문장은 소설 속의 '나'에 대한 본격적인 정보가 나오기도 전에 계층과 교육 수준에 대해 상당한 정보를 알려준다. 이 문장을 다음과 비교해보자. "나는 그 목사의 설교가 하나도 이해가 안 갔다. 천국이라고? 여기에 이렇게 이미 세상이 있는데 하늘에 전혀 다른 세상이 통째로 있다고 믿으라는 거야?"
- **범주**: 『스파이들』의 화자는 기억, 의견, 인상이라는 범주를 자유자재로 오가는데 그건 그의 생각이기 때문에 가능하다. 우리의 머릿속은 본래 이렇게 생각이 다양한 범주를 종횡무진 누비고 다닌다. 하지만 3인칭 시점으로 생각을 전하는 것은 작위적이고 심지어 어색할 수 있다("그의 생각은 6월 초로 되돌아갔고……").

1인칭 시점에는 강력한 장점만큼이나 강력한 단점도 있다.

- 시점인물이 없는 곳에서 일어나는 장면을 집어넣을 수 없다.
- 시점인물이 모르는 정보를 집어넣을 수 없다.
- 시점인물이 아는 모든 정보를 집어넣어야 한다. 다른 방식으로 하는 것은 속임수가 되어버린다. 예를 들어 시점인물인 형사가

핵심 단서를 알아냈다면 이를 모른 척 넘어갈 수 없다. 그러면 플롯을 포기하는 셈이 되기 때문이다. 그가 알면 독자도 안다.

- 이야기가 1인칭 시점인물의 세계로 제한된다. 그래서 어떤 작가들은 1인칭 시점을 '폐소공포증' 시점이라고 부른다. 시점인물이 의심을 품으면 다른 모든 인물이 의심스러운 인물로 묘사되어야 한다. 어떤 인물이 실제로는 정직하다고 보여줄 수는 있어도 사실을 말할 수는 없다. 그가 무엇을 하든 시점인물은 그 행동을 의심스럽게 해석할 것이기 때문이다. 그래서 시점인물의 관점에 대응하기 위해 작가는 반복적으로 그의 정직성을 강력하게 극화해야 한다.

- 1인칭 시점의 가장 큰 문제는 작가의 머릿속에 이미 '나', 즉 자신이 들어 있다는 점이다. 특히 초보 작가는 자신이 이러하니, 허구의 '나'도 이러할 거라고 단정할 위험이 있다. 그리고 독자도 자동적으로 이러할 거라고 단정 지을 수 있다. 그렇지 않다. 다시 말하지만 1인칭 시점은 작가의 마음대로 써도 되는 게 아니다. 다른 어떤 시점보다도 '독자가 되어' 모든 문장을 객관적으로 판단해야 한다. 이런 제한 때문에 많은 작가가 1인칭 시점을 어렵게 여긴다.

3인칭 시점: '그(그녀)는 생각했다'

3인칭 시점은 "그(그녀)가 ○○했다"는 식으로 이야기가 전달된다. 독자는 3인칭 시점인물의 머릿속으로 들어갈 수 있으며 그를 외부에서 볼 수도 있다. 오직 한 시점인물의 머릿속으로만 들어갈 수 있으면 '3인칭 제한적 시점', 두 명 이상 시점인물의 머릿속으로 들어갈 수 있으면 '3인칭 다중 시점'이라 한다.

켄 폴릿의 베스트셀러 『트리플Triple』에서 3인칭 시점을 쓴 시작 부분을 보자.

앨 코턴은 문을 두드리고 복도에 서서 죽은 사람이 문을 열기를 기다렸다.

그의 친구가 죽었다는 의심은 지난 3년간 확신으로 굳어갔다. 먼저 코턴은 냇 딕스타인이 교도소에 끌려갔다는 소식을 들었다. 전쟁이 끝날 때쯤 나치 수용소에서 유대인에게 벌어진 일들이 소문으로 떠돌기 시작했다. 그러고 나서 결국에 암울한 진실이 밝혀졌다.

문의 안쪽에서 유령이 마루 위를 의자로 긁으면서 소리 안 나게 조용히 방을 가로질렀다.

코턴은 갑자기 신경이 곤두서는 걸 느꼈다. 딕스타인이 불구나 기형이 되었으면 어떡하지? 그가 정신이 이상해졌으면 어떡할까? 코턴은 불구자나 정신이상자를 어떻게 대해야 할지 아는 바가 전혀 없었다.

이 단락은 다음과 같이 1인칭 시점으로 바꿀 수 있다.

나는 문을 두드리고 복도에 서서 죽은 사람이 문을 열기를 기다렸다.

내 친구가 죽었다는 의심은 지난 3년간 확신으로 굳어갔다. 먼저 나는 냇 딕스타인이 교도소에 끌려갔다는 소식을 들었다. 전쟁이 끝날 때쯤 나치 수용소에서 유대인에게 벌어진 일들이 소문으로 떠돌기 시작했다. 그러고 나서 결국에 암울한 진실이 밝혀졌다.

문의 안쪽에서 유령이 마루 위를 의자로 긁으면서 소리 안 나게 조용히 방을 가로질렀다.

나는 갑자기 신경이 곤두서는 걸 느꼈다. 딕스타인이 불구나 기형이 되었으면 어떡하지? 그가 정신이 이상해졌으면 어떡할까? 불구자나 정신이상자를 어떻게 대해야 할지 아는 바가 전혀 없었다.

그렇다면 1인칭 시점과 3인칭 시점이 별 차이가 없다는 것인가? 아니다. 이 단락의 시점이 쉽게 전환될 수 있었던 것은 작가 자신이 명명한 대로 "명료한 산문체"로 쓰였기 때문이다. 이 소설의 작가는 개성적인 문체보다는 플롯을 전개하는 데 더 관심을 두기에 평이하고 직설적인 산문체를 구사한다. 따라서 이 단락은 3인칭 시점에서 1인칭 시점으로 또는 그 반대로 쉽게 바뀔 수 있다. 하지만 소설 전체 또는 모든 소설이 이렇게 쉽게 바뀔 수 있다는 말은 아니다. 그럴 경우 득보다는 실이 훨씬 많다.

예를 들어보자. 먼저 1인칭 시점과 비교했을 때 3인칭 시점의 장점이 무엇인지 살펴보자.

- 외부에서 시점인물이 무엇을 하고 있는지 그리고 어떻게 생겼는지 묘사할 수 있다. 이는 1인칭 시점에서는 할 수 없는 것이다.

사람들은 자기 자신에 대해 그런 식으로 생각하지 않기 때문이다(이는 13, 14장에서 자세히 다룰 것이다).

- 화자의 세계로 이야기를 한정할 필요가 없다. 『트리플』을 1인 시점으로 쓴 글의 마지막 두 문단처럼 한 인물의 개인적이고도 때로 변덕스러운 시선을 통하지 않고도 객관적인 사실들을 보여줄 수 있다. 3인칭 시점은 '이야기를 열어놓기 때문에' 밀실에 갇혔다는 느낌이 덜하다(이는 14장에서 상세히 다룰 것이다).

- 3인칭 시점에서는 시점인물이 두 명 이상이 될 수 있다. 사실 오늘날의 대중소설은 3인칭 다중 시점으로 쓰는 경우가 많다. 작가가 단 한 인물이 아니라 여러 시점인물에게 일어나는 중요한 일들을 이야기할 수 있고, 플롯을 자유롭게 휘젓고 다닐 수도 있기 때문이다.

- 중대한 정보를 나중에 알릴 수 있다. 그러니 단순히 정보를 가진 인물을 시점인물로 고르지 말자.

- '나'라고 쓰지 않음으로써 인물들에 대한 객관성을 더욱 확보할 수 있다. 그리하여 그 인물들을 더 상상할 수 있고 자신의 글을 평가하기도 더 쉽다.

3인칭 시점의 단점은 다음과 같다.

- 인물과 독자의 거리가 더 멀어진다(이 문제는 거리를 다양하게 바꿔 조금은 해결할 수 있다. 이 복잡한 주제는 14장에서 다룰 것이다).
- 말투의 개성이 떨어진다.

• 기억과 회상, 의견이라는 범주를 넘나들 때 노련하게 처리하지 못하면 어색함이 더 커진다.

1인칭 vs 3인칭, 선택은?

그렇다면 어떤 시점이 내 소설에 가장 적합할까? 이 질문에 대한 명확한 답은 없다. 그건 재료를 어떻게 보여주고 싶은가에 따른 개인적인 선택에 달렸다. 하지만 몇 가지 지침은 있다.

서사시나 웅대한 모험 이야기를 쓴다면(『트리플』처럼) 3인칭 다중 시점이 적절하다.

인물로부터 물러서서 객관적인 정보들을 짧게 넣을 수 있는 융통성이 필요하다면 제한적이든 다중이든 3인칭 시점이 적합하다.

많은 로맨스소설처럼 외부에서 인물을 묘사하길 원한다면 절대적으로 3인칭 시점을 써야 한다.

독자가 시점인물과 강력한 동일시하기를 원한다면, 다시 말해 독자가 세상을 인물처럼 보길 원한다면 1인칭 시점 또는 3인칭 제한적 시점을 선택할 수 있다. 하지만 1인칭 시점이 훨씬 생생한 느낌을 준다.

인물이 변덕스럽고 생각이 많다면 1인칭 시점이나 3인칭 시점 중 하나를 선택할 수 있다. 하지만 1인칭 시점이 인물의 변덕스러움을 더 잘 전달할 것이다. 반면 인물이 정말로 괴짜라면 1인칭 시점은 그의 기이함을 이해할 수 있을 만큼 정보를 충분히 보여주기 어렵다.

전지적 작가 시점: 나는 모든 걸 보고 모든 걸 안다

전지적 작가 시점은 19세기에는 보편적이었지만 지금은 그때 만큼 많이 쓰이지 않는다. 이 시점은 두 가지의 특징이 있다. 첫째, 작가는 인물이 누구이든 그의 마음속으로 들어갈 수 있고, 반복적으로 들락날락하거나 때로는 단 한 번만 들어간다. 둘째, 작가는 행동을 자유롭게 이야기하고 때로는 충고와 해석을 덧붙이기도 한다.

E. M. 포스터의 『하워즈 엔드』는 전지적 작가 시점으로 쓴 소설로, 작가는 긴장감이 고조되는 지점에서 특유의 융통성을 발휘한다.

"안녕하세요, 배스트 씨?" 마거릿이 목소리를 가다듬으려 애쓰며 물었다. "이상한 일이로군요. 어떻게 생각하시나요?"

"배스트 부인도 오셨어요." 헬렌이 얼른 말했다.

재키 역시 악수를 했다. 그녀는 그녀의 남편처럼 수줍음을 타고, 짐승처럼 너무나 어리석어서 무슨 일이 일어나고 있는지 이해할 수 없었다.

이 몇 문장에서 독자는 세 사람의 마음속으로 깊이 들어간다. 마거릿은 "목소리를 가다듬으려 애쓰고", 재키는 "무슨 일이 일어나고 있는지 이해할 수 없다." 작가는 배스트 부인이 "짐승처럼 어리석다"고 말한다. 이 말은 분명 자기 자신에 대한 재키의 의견도 아니고 재키에 대한 마거릿의 의견도 아니다(두 여자는 방금 만난 사이다). 작가 자신의 의견을 표현한 것으로, 이러한 융통성이 바로 전지적 작가 시점의 핵심이다.

이러한 무한한 자유 때문에 전지적 작가 시점은 작가들에게 가장 쉽게 보일지도 모른다. 하지만 사실은 가장 어렵다. 15장에서 전지적 작가 시점을 잘 쓸 수 있는 방법을 이야기할 것이다. 지금은 선택할 수 있는 여러 가능성 중 하나로만 알고 넘어가자.

새로운 시점, 새로운 실험

마지막으로 거의 쓰이지 않는 네 가지 시점을 살펴보자. 2인칭 시점, 1인칭 복수 시점, 3인칭 복수 시점, 서간(편지) 시점이다. 한 가지 시점으로 작품 전체를 끌고 가는 게 쉽지 않더라도, 실험정신을 발휘한다면 흥미로운 시도가 될 수 있다.

2인칭 시점은 주인공이 '당신', '너'로 지칭된다. 놀랍게도 제이 매키너니는 소설 『밝은 불빛, 큰 도시Bright Lights, Big City』 전체를 2인칭 시점으로 썼다. 소설은 다음과 같이 시작한다.

당신은 이런 아침 시간에 이런 곳에 있을 그런 남자가 아니다. 그런데 여기에 당신이 있고, 당신은 이곳의 지형이 완전히 낯설다고 말할 수는 없을 거다. 자세한 건 가물가물하겠지만. 당신은 지금 나이트클럽에서 머리를 민 여자애에게 말을 걸고 있다.

이 시점에 따르는 문제는 명확하다. 많은 독자가 즉각적으로 '아니, 난 나이트클럽에서 머리를 민 여자애에게 말 걸지 않아. 인물은 그러고 있지만, 난 아니야'라고 생각할 것이다. 이러한 인식을 아무렇지 않게 무시할 수 있는 독자는 많지 않다. 2인칭 시점은 독자를 ('당신'으로 지칭되는) 인물과 강제로 동일시시킨다. 이 시점은 다른 사람을 가지고 노는 것을 즐기지 않는 인간의 성격 때문에 자주 역효과를 낳는다. 그런 위험을 무릅쓰겠다면 시도해 보자.

1인칭 복수 시점은 '우리'의 시점으로 말하는 것이고, 3인칭 복수 시점은 '그들'의 시점에서 말하는 것으로, 실험적인 SF소설에만 한정적으로 쓰이고 있다. 집단 의식이나 텔레파시 또는 개미 서식처를 다루는 소설 말고는 잘 쓰이지 않는다.

서간 시점은 자주 쓰인다. 사실 소설이라는 형식은 서간문에서 유래되었으므로, 소설은 원래 한 인물이 다른 인물에게 편지로 이야기를 전하는 것이라 할 수 있다. 오늘날 서간문은 일기, 업무 메모, 인터뷰 녹취, 이메일, 그리고 책에서 뽑은 '인용 단락'과 문자 메시지 등으로 범위가 넓어졌다.

앨리스 워커의 감동적인 소설 『더 컬러 퍼플』은 서간체 소설이다. 소설 전체가 셀리와 여동생 네티가 주고받은 편지로 이루어져 있고, 그 시작은 셀리가 하나님께 보내는 간절한 편지다.

하나님께,
저는 열넷 살이에요. 저는 언제나 착한 소녀였어요. 제가 어떻게 될지 하나님이 계시를 주면 좋겠어요.

편지는 당연히 사건이 끝난 뒤에 쓰니까 긴박감이 떨어질 수밖에 없는데, 『더 컬러 퍼플』은 긴박감과 극적 효과를 내내 유지한다. 이것은 셀리가 자신의 편지에서(비록 자신의 눈을 통해서지만) 대화와 몸짓, 행동으로 장면을 실제처럼 재생하기 때문이다. 소설 전체를 서간 시점으로 계속 끌고 가려면 이렇게 해야 한다.

하지만 단편소설(특별히 아주 짧은 단편소설)의 경우에 독자는 기꺼이 편지나 메모로부터 장면들을 추론하려 한다. 이 형식은 풍자소설에 적합하다.

인간이 아닌 인물의 시점

인간이 아닌 인물의 시점은 대개 아동문학이나 SF소설에 등장한다. 아동문학에서는 물론 동물 친구들의 시점이 주로 쓰인다. 『피터 래빗The Tale of Peter Rabbit』의 피터(토끼), 『버드나무에 부는 바람The Wind in the Willows』의 래티(물쥐)와 몰(다람쥐) 등등. 이런 동물 주인공들은 어쩔 수 없이 사람처럼 말하고 행동한다. 이는 어린이들을 인물과 동일시시키는 게 그 목적이지만, 여기에는 또 다른 이유가 있다. 이 점은 SF소설에 나오는 외계인도 마찬가지다.

동물이나 외계인이 인간과 완전히 다르게 생각하고 행동하고 말한다면 독자는 그들이 무엇을 왜 하는지 이해하지 못한다. 그리고 작가는 이들을 시점인물로 삼기 위해 그들을 이해하는 데 엄청난 시간을 쏟아야 한다. 어떻게 해야 인간이 아닌 이 생명체들처럼 생각할 수 있을까?

그리하여 아동문학과 SF소설 작가들은 거의 인간이나 마찬가지만 발달된 후각 또는 기이한 친족 관계 등 몇 가지 비인간적인 요소가 덧붙여진 시점인물을 창조한다. 그래야 성공 확률이 높다. 독자들이 이런 관습을 받아들이기만 한다면 말이다(많은 사람이 외계인이 '우리와 너무 다르다'거나 '별로 기이하지 않다'는 이유로 SF소설을 거부한다).

순수소설에서는 동물을 시점인물로 쓰는 경우가 거의 없다(어니스트 헤밍웨이는 단편소설 「프랜시스 매커머의 짧고 행복한 삶 The Short Happy Life of Francis Macomber」의 긴 단락 하나를 사자의 시점으로 쓰기도 했지만). 성인 책에서 동물을 시점인물로 쓰면 조지 오웰의 『동물농장Animal Farm』처럼 인간의 습성을 꼬집기 위한 풍자일 때가 많다. 풍자소설을 쓰려거든 어린이가 아닌 성인을 위한 이야기로 받아들여지도록, 그리고 독자들이 오해하거나 거부하지 않도록 철저히 준비해야 한다.

시점을 결합할 수 있을까?

한 작품에 서로 다른 시점을 결합할 수 있을까? 할 수 있지만 신중히 해야 한다.

가장 쉬운 방법은 1인칭 시점이나 3인칭 시점을 서간 시점과 결합하는 것이다. 예를 들어보자. 찰스 셰필드의 재난소설 『마지막 생존자Aftermath』는 지구에서 머나먼 초신성의 폭발로 나온 엄청난 우주선이 지구에 미치는 여파를 다룬다. TV, 라디오, 전화, 컴퓨터 등 전자통신 장치뿐만 아니라 교통, 무기, 의료 장비까지 작동을 멈춘다. 이 소설은 장마다 시점을 바꾸는 3인칭 다중 시점을 통해 극화를 하고, 주요 인물의 '일기'로 각 장을 시작한다. 이 방법은 재난의 큰 그림을 그려줄 뿐 아니라 인물의 마음속을 자세히 알려줌으로써 큰 효과를 거둔다.

SF소설 작가 프레드릭 폴은 『게이트웨이Gateway』에서 1인칭 시점의 서술에 인공지능 정신치료 프로그램과의 대화, 공지문, 임무 보고서 등의 자료를 결합한다. 이 모든 게 합쳐져 그중 하나만 사용했을 때보다 훨씬 풍성하게 미래 사회를 그려낸다.

초보 작가는 1인칭 시점과 3인칭 시점의 서술을 결합하다 실패하는 경우가 많다. 즉 다음처럼 내용이 혼란스러워지기 쉽다.

나는 제인이 방으로 들어가 문을 닫는 걸 지켜봤다. 그녀는 화가 난 듯 매니큐어를 바른 손으로 주먹을 계속 불끈 쥐고 있었다. 문이 가만히 닫혔다.

문 뒤에서 제인은 안도의 한숨을 쉬었다. 다행이야! 이제 그녀는 그날의 끔찍한 사건을 잊으려 애쓰면 될 것이었다.

이 일을 경험하고 관찰하는 것은 누구인가? '나'인가 '제인'인가? 이러한 시점 이동은 둘 다 3인칭 시점이라 해도 급작스럽다. 하물며 1인칭 시점에서 3인칭 시점으로 이동하는 건 전혀 통하지 않는다.

하지만 앞에서 말했듯 이를 현명하게 해낸 작가가 있다. 바로 윌리엄 포크너다. 그는 『소리와 분노』에서 1인칭 시점으로 이야기하다가 마지막 부분은 집안의 하녀 딜지의 3인칭 시점으로 바꾸면서 두 시점을 결합한다. 시점 이동을 하려면 이렇게 해야 한다. 이 작품의 성공은 진정한 대가가 깨뜨리겠다고 마음먹으면 깨지지 않을 규칙이 없다는 사실을 다시금 증명한다.

시점을 신중하게 선택하자. 그러지 않으면 첫 쪽에서부터 한계에 부딪히고 만다. 이제 각 시점을 어떻게 잘 쓸 수 있는지 알아보자.

마무리: 시점에 대한 연구

시점은 누구의 눈과 마음으로 독자가 소설을 보는가를 의미한다. 보통 1인칭 시점, 3인칭 제한적 시점 또는 3인칭 다중 시점, 전지적 작가 시점을 사용한다. 2인칭 시점, 1인칭 복수 시점, 3인칭 복수 시점, 서간 시점은 거의 쓰이지 않는다.

주인공과 시점인물은 같을 수도 아닐 수도 있다. 어떤 이야기인가에 따라 인물들 중 다른 누구의 시점으로도 말할 수 있기 때문이다. 시점인물을 선택하기 전에 앞서 다른 시점일 때 소설이 어떻게 전개될지 상상해보자. 소설을 계속 전개할 수 있다면 시점인물은 되도록 적은 게 좋다.

1인칭 시점은 긴박감이 넘치고, 인물이 개성적인 말투를 쓸 수 있으며, 내적인 범주를 자유자재로 오갈 수 있다는 장점이 있지만, 시점인물이 모르는 건 쓸 수 없고 그의 세계로 이야기가 제한되는 문제, 그리고 객관성을 확보하기 어렵다는 단점이 있다.

3인칭 시점은 1인칭 시점보다 제한이 적고 외적인 범주를 자유자재로 오갈 수 있으며 객관성을 확보할 수 있다는 장점이 있다. 하지만 긴박감과 인물의 말투에서 개성이 떨어진다는 단점이 있다.

전지적 작가 시점은 작가가 모든 인물의 마음속을 제집 드나들 듯하고 이러쿵저러쿵 논평할 수 있다는 장점이 있지만 잘 쓰기가 쉽지 않다.

1인칭 시점이나 3인칭 시점은 서간 시점과 결합할 수 있다. 하지만 1인칭 시점과 3인칭 시점을 결합할 수는 없다.

잘 아는 소설을 하나 고른다. 자신이 쓴 소설도, 다른 사람이 쓴 소설도 상관없다. 주요 인물 대여섯 명의 명단을 만든다. 그 소설이 다른 인물의 시점으로 쓰였다면 어땠을지 상상해본다. 소설이 아주 다르게 느껴지는가? 어떤 장면들이 더 강조되고, 어떤 장면들이 덜 강조되는가? 주제가 변하는가?

가장 좋아하는 소설과 거기서 가장 좋아하는 인물을 한 명 고른다. 이 인물이 다른 인물에게 보내는 편지를 쓴다. 날짜는 소설 속 이야기가 끝난 뒤로 한다. 인물은 그때 어떻게 살고 있는가? 그는 삶을 어떻게 느끼고 있는가?

제 할 일을 못 하는 가족 한 명을 떠올린다. 자신의 가족이어도 친구 가족이어도 좋다. 그 인물이 1인칭 시점에서 가족 구성원 각각을 생각하는 식으로 가족의 문제점을 드러내 보자. 인정할 수 없는 문제에 대해서도 구성원 각자를 공정하게 대하자. 그렇게 해서 쓴 내용을 죽 읽어본다. 이렇게 쓰는 게 재미있는가?

3인칭 시점의 소설을 골라 처음 세 단락을 1인칭 시점으로 바꾼다. 변화가 있는가? 원래보다 더 나아졌는가 아니면 더 나빠졌는가? 인물의 태도와 생각을 더함으로써 원래보다 더 풍성해질 수 있을까?

자신과 전혀 다른 인물을 고르자. 부끄러움을 많이 탄다면 외향적인 인물을, 감정적이라면 침착한 인물을, 법을 잘 지킨다면 범죄자를 고른다. 이제 1인칭 시점으로 인물이 가게 점원과 말다툼을 벌이는 장면을 한 쪽 쓴다. 대화, 생각, 행동을 이용한다. 자신과 완전히 다른 인물을 1인칭 시점으로 쓰는 게 더 쉬운가, 아니면 더 어려운가?

13장

1인칭 시점: 나는 본다

1인칭 시점에서 작가는
인물의 머릿속에 들어가 있으므로
모든 것을 그가 보는 대로 봐야 한다.
이는 어떤 묘사는 어떤 독자들에게
전혀 통하지 않을 수도 있다는 의미다.

어떤 의미에서 1인칭 시점은 우리가 늘 사용하고 있기에 가장 자연스러운 스토리텔링 방식인 것처럼 보인다. 우리는 보통 "내가 16번 고속도로를 질주하고 있었는데 말이야. 그때⋯⋯"라고 시작하며 이야기를 풀어놓는다. 따라서 1인칭 시점 서술은 독자나 작가 둘 다에게 아무런 쟁점이 되지 않는다. 그냥 소설을 쓰면 된다.

하지만 사실은 그렇게 간단하지 않다.

1인칭 시점에 내재된 문제점

물론 독자는 1인칭 시점의 인물이 자신의 이야기를 하는 게 아니라는 사실을 알고 있다. 우리가 듣는 건 제인 에어의 목소리가 아니라 샬럿 브론테의 목소리다. 하지만 우리는 제인이 자신의 이야기를 하고 있다는 환상을 믿고 싶어 한다. 이 환상을 얼마나 잘 유지하는지가 1인칭 시점 서술의 성공을 좌우한다.

1인칭 시점에 내재된 문제는 자연스럽지 않다는 점에 있다.

물론 사람들은 누구나 다른 사람에게 자신에 대해 이야기한다. 하지만 완벽하게 다듬어진 대화와 세부 묘사를 통해 400쪽에 달하는 이야기를 하는 법은 없다(만일 이렇게 했다가는 이야기가 끝나기도 전에 모든 사람이 곯아떨어질 것이다). 현실에서 사람들이 이야기하는 방식은 다음과 더 비슷하다.

"내가 16번 고속도로를 질주하고 있었는데 '쾅!' 하고 어디선가 트럭이 불쑥 튀어나오더니 내 차를 거의 칠 뻔했지 뭐야. 세상에! 그렇게 놀라긴 난생처음이었어!"
"그래서 어떻게 됐는데?" 열심히 듣고 있던 이가 묻는다.
"아, 별거 아니었어."

분명히 이 글은 소설로는 적합하지 않다. 소설에는 400쪽 내내 구체적이고 매끈하게 다듬어진 서술과 긴박감이 있어야 한다. 1인칭 시점일 경우도 마찬가지다. '그래, 현실에서는 사람들이 이런 식으로 이야기하지 않지만 이 인물은 이렇게 이야기하는구나. 이상 끝.'

더 어려운 문제는 화자가 왜 이런 식으로 자신의 이야기를 하는가다. 분명히 이야기는 끝났고, 우리 손에는 원고 전체가 들려 있다. 화자는 이야기가 어떻게 될지 다 알고 있지만 결말을 알리지 않고 뒤로 미룬 채 아무것도 모르는 척 시치미를 뗀다. 부자연스럽다.

물론 독자는 대개 이를 별로 개의치 않는다. 이건 만들어낸 이야기니까. 그래서 어쨌는데? 그냥 이야기나 계속해봐. 하지만 이러한 작위성을 거슬려하는 독자들도 있다. 그래서 어떤 작가들은 결코 1인칭 시점으로 소설을 쓰지 않는다.

1인칭 시점의 작위성을 줄이기 위한 두 가지 방법이 있다. 첫째, 도입부에서 모든 일이 이미 끝났고 화자는 지금 그 일을 돌아보는 중이라는 점을 솔직하게 인정하는 액자소설을 쓰는 것이다. 대프니 듀 모리에의 『레베카Rebecca』는 다음과 같이 시작한다.

지난밤 나는 다시 맨덜리로 가는 꿈을 꾸었다. 나는 저택으로 이어지는 진입로의 철문 앞에 서 있었지만, 잠깐 동안 그 길이 막혀서 그 안으로 들어갈 수 없는 것 같았다.

이 첫 장은 이어서 화재로 버려진 저택을 묘사하고 집을 잃은 주인공들이 현재 어떤 삶을 살고 있는지 보여준다. 이 모든 이야기를 시작한 후에 드디어 3장에서 우리가 이미 결말을 알고 있는 이야기를 본격적으로 한다. 이런 식으로 하면 긴장감이 상당히 떨어질 게 분명하다. 하지만 무슨 일이 일어나는지 모르는 척하는 1인칭 화자의 작위성은 줄어든다.

『스파이들』 역시 1인칭 시점의 작위성을 덜고 있다. 그의 소설을 다시 인용한다.

그곳에 다시 6월 셋째 주가 찾아왔다. 매년 이 시기가 되면 당혹스러울 정도로 익숙한, 달콤한 내음이 떠돈다. 내가 사는 조용한

거리의 질서정연한 정원들을 걸어 지나가는 동안 따스한 저녁 공기에 실린 그 내음이 코끝을 파고든다. 그리고 한순간 나는 다시 어린아이가 되고 모든 것이 내 앞에 펼쳐진다. 섬뜩하면서도 절반 밖에 이해할 수 없는 그 모든 삶의 약속이.

이 소설에서 역시 나이 든 인물은 자신의 이야기를 하기 전에 그 이야기가 이미 끝났다는 걸 솔직하게 인정한다. 하지만 『레베카』와 달리 『스파이들』은 액자소설이 아니다. 이 소설에서 나이 든 인물은 자신의 어린 시절을 극화한 장면들 사이사이에 끼어들어 논평을 한다.

이런 식으로 작가는 자신이 독자에게 이야기하고 있다고 믿게 만들어 훌륭한 이중 시점을 얻는다. 즉 사건을 어린 자아와 성인 자아 둘을 통해 볼 수 있게 만든다.

물론 『스파이들』도 잃는 게 있다(소설 쓰기는 사실 상호교환이다). 바로 『레베카』와 마찬가지로 긴박감이다. 작가는 놀란 척할 수 없고(자신이 모든 이야기를 알고 있다고 벌써 말했기 때문에), 이에 따라 화자도 자신이 알고 있음을 솔직히 인정하면 독자를 놀랠 능력이 줄어든다.

순수소설을 쓴다면 1인칭 시점에 내재된 이런 문제들을 역이용할 수 있다. 심지어 화자가 어렸을 때와 나이가 들었을 때라는 이중 시점을 활용할 수도 있다. 하지만 대중소설을 쓴다면 1인칭 시점에 내재된 작위성 따위는 상관하지 말고 그냥 쓰는 게 좋다. 독자들이 이미 사건이 일어나는 일정한 형식에 아주 익숙해져 있을 가능성이 높기 때문이다(화자가 결말을 이미 알고 있어야 이야기를 할 수 있는데도).

1인칭 시점에서의 묘사와 행동

1인칭 시점 서술에서 더 중요한 점은 이 시점이 글을 쓰는 '방식' 뿐 아니라 그 '내용' 또한 결정한다는 것이다.

1인칭 시점에서 작가는 인물의 머릿속에 들어가 있으므로 모든 것을 그가 보는 대로 봐야 한다. 이는 어떤 묘사는 어떤 독자들에게 전혀 통하지 않을 수도 있다는 의미다(그런 식으로 생각하지 않기 때문에). 여기에는 자기 자신에 대한 묘사도 포함된다. 누구도 자신을 "나는 예순둘이고 100킬로그램의 몸무게에 짧은 갈색 머리와 옅은 갈색 눈동자, 그리고 파란색 바람막이 점퍼에 청바지를 입고 있다"라고 생각하지 않는다. 이런 건 경찰 조서에나 쓰일 법한 묘사다. 이런 묘사는 3인칭 시점의 범죄소설에서나 쓸 수 있다. 1인칭 시점에서는 거짓말처럼 보인다.

그렇다면 이 남자는 1인칭 시점으로 자신의 모습을 어떻게 묘사할 수 있을까? 다음 예를 보자.

나는 청바지를 추켜올리면서 셔츠 냄새를 맡는다. 약간 고기 썩는 냄새가 난다. 아, 어쩌겠어, 이것밖에 없는데. 옷을 조금밖에 가져오지 않아서 셔츠는 이거뿐이다. 내 몸무게는 100킬로그램쯤이다. 하지만 저울에 올라가 확인해볼 생각은 없다. 그래도 어제 머리는 잘랐다. 빌어먹을— 나는 셔츠가 갈색이란 걸 방금 알았고 리즈는 내가 갈색 옷을 입는 걸 싫어한다. "당신은 온통 한 가지 색깔이로군요." 그녀는 빈정댈 것이다. "셔츠, 머리, 눈— 맙소사, 모두 갈색이네요." 뭐, 힘들 테지. 나는 셔츠를 입는다.

다른 인물이었다면 물론 자신을 완전히 다르게 봤을 것이다. 어쨌든 중요한 건 1인칭 시점에서의 자기 묘사가 자연스럽게 보이려면, 인물이 자신의 외모에 대해 생각하는 바로 그 시점에 그가 생각할 법한 말들이 나와야 한다는 것이다. 급할 때는 인물이 거울 앞에서 머리를 빗다가 자신의 모습을 생각할 수도 있다. 어떤 작가들은 이를 속임수로 간주한다.

작가가 1인칭 시점으로 관찰해야 하는 건 인물만이 아니다. 모든 것을 관찰해야 한다. 행동은 다른 사람이 하는 것을 지켜볼 때와 자신이 직접 할 때 정말로 다르게 보인다. 우리가 무언가를 보고 행동하면 반응이 따르기 마련이고, 이러한 반응은 1인칭 시점에 개성을 준다.

예를 들어보자. 다음은 쇼핑 봉투를 들고 차에서 내리는 남자를 외부에서 지켜보는 시점으로 쓴 글이다.

끙 소리를 내며 제리가 차에서 쇼핑 봉지를 들어 올렸다. 집에 반쯤 왔을 때 그는 봉지를 놓쳤다. 달걀이랑 우유가 길바닥에 쏟아져 박살이 났고, 포도송이는 철쭉꽃 덤불로 굴러갔다. 제리는 쿵쿵거리면서 집 안으로 들어가 문을 쾅 닫았다.

그러나 작가가 제리의 머릿속에 있다면 반응을 집어넣을 수 있다.

차에서 쇼핑 봉투를 들어 올릴 때 나는 봉투가 빠져나가는 느낌을 느꼈다. 빌어먹을! 달걀이랑 우유가 길바닥에 쏟아져 박살이 났고, 포도송이는 린다의 철쭉꽃 덤불로 굴러갔다……. 아무리 노력해도 안되는 날이 있다. 나는 난장판을 그대로 둔 채 쿵쿵거리며 안으로 들어갔다.

이렇게 쓸 수도 있다.

차에서 쇼핑 봉투를 들어 올릴 때 구두쇠 상인이 시장에서 주는 얄팍한 종이가 찢어졌다. 장본 물건이 길바닥에 쏟아져 박살이 났고, 12달러어치 물건이 쓸모없는 쓰레기가 되었다. 이제 길바닥까지 깨끗이 치워야 하다니. 젠장!

아니면 이렇게 쓸 수도 있다.

차에서 쇼핑 봉투를 들어 올리다가 그만 길바닥에 떨어뜨렸다. 속수무책으로 나는 달걀과 우유가 길바닥을 적시고 포도가 먼지 위로 굴러가는 걸 지켜봐야 했다. 린다가 나를 죽이려 들 텐데.

이 단락들은 각각 행동에 대한 반응을 통해 인물에 대해 훨씬 더 많은 것을 말한다. 어떤 글에서 제리는 패배주의자다. 자신의 불운을 다른 사람의 탓으로 돌린다. 그리고 그는 아내를 두려워한다. 글마다 제리의 각기 다른 반응들은 우리가 제리의 머릿속에 있다는 환상을 심어준다. 1인칭 시점으로 쓰려면 꼭 이렇게 해야 할까? 아니다. 3인칭 시점으로 쓴 글에서 '그'를 '나'로 단순히 바꿔도 된다. 그러나 그렇게 하면 1인칭 시점의 장점을 충분히 활용할 수 없다.

1인칭 시점에서의 생각과 설명

1인칭 시점 소설은 어떤 의미에서 원고 전체가 시점인물의 생각으로 이루어져 있으므로 생각은 그 자체로 흥미로운 질문이 된다. 즉, 모든 게 화자의 머릿속에서 '이야기되는' 것이다.

체임 포톡의 베스트셀러 『탈무드의 아들The Chosen』의 시작 부분을 보자.

우리 생애의 첫 15년 동안 대니와 나는 서로의 집에서 다섯 블록 거리에 살았지만 우리 중 누구도 상대의 존재를 알지 못했다.

대니네 블록은 그의 아버지의 추종자들, 즉 칙칙한 옷을 입은 러시아 하시드파 유대인들이 모여 살고 있었다. 그들의 관습과 인식은 그들이 버려두고 온 땅의 산물이었다. 그들은 사모바르에 차를 끓였고, 각설탕을 입에 물고 천천히 차를 마셨다. 그들은 고향 음식을 먹었으며, 시끄럽게 떠들어대고, 때로는 러시아어, 대개는 이

디시어로 말을 주고받았다. 대니의 아버지에 대한 그들의 충성심
은 대단했다.

묘사와 행동과 마찬가지로 생각은 명백히 작위적이다. 누구도
"그들의 관습과 인식은 그들이 버려두고 온 땅의 산물이었다"라
고 생각하지 않는다. 이렇게 생각하는 사람이 만약 있다고 해도
거의 드물다. 이런 언어는 누군가의 머릿속에서 일어나는 자연스
러운 언어가 아니다.

1인칭 시점의 설명에 따르는 이러한 문제점을 해결하는 데는
네 가지 방법이 있다.

첫째, 『탈무드의 아들』에서처럼 그 문제를 간단히 무시한다.
이 소설의 1인칭 화자인 르벤은 이런 식으로 자신의 이야기를 한
다. 독자는 그 작위성을 받아들이거나 거부하거나 둘 중 하나를
선택할 수 있다. 물론 이 소설에는 위대한 인물, 흥미로운 배경,
그리고 삶과 믿음에 관한 설득력 있는 질문 등 그 밖의 다른 좋은
요소가 많다.

둘째, 설명을 자연스러운 관찰에만 한정한다. 예를 들어 다음
과 같이 고치는 것이다. "그들은 모든 것을 러시아에서 했던 식으
로 했다." 이렇게 쓰는 게 자연스럽긴 하지만 위엄은 없다. 판단
은 자신의 몫이다.

셋째, 거의 모든 설명을 빼버리고 화자가 일이 일어나는 그 순
간에 어떻게 생각하는가에만 집중함으로써 신뢰를 얻는다. 레이
먼드 카버는 단편소설에서 이렇게 해서 큰 효과를 얻었다.

넷째, 앞에서 말한 것처럼 나이 든 화자가 이미 지나간 과거의 일을 회상하는 이중 시점을 쓴다. 어떤 일이 일어나는 순간보다는 끝나고 난 뒤에 그 일을 곰곰이 생각하는 게 더 자연스럽다. 설명은 이런 형식에서 훨씬 더 자연스럽게 보인다.

그렇다면 1인칭 시점의 생각에서 또 다른 중요한 측면, 즉 태도는 어떻게 정할까? 사람들은 어떤 일에 대해서는 생각만 하고 말로 하지 않는다. 이를테면 일상 속 평범한 느낌 같은 건 말하지 않는다. 하지만 1인칭 시점에서 독자는 인물의 머릿속에 있기 때문에 이 느낌을 공유해야 한다. 그는 비 내리는 것을 좋아하는가? 그는 가르치는 걸 즐기는가? 그는 대통령 연설을 TV로 볼 때 이 특별한 사람에 대해 어떤 태도를 취하는가?

- 대통령이 20분 동안 쉬지도 않고 연설을 했다.
- 대통령의 연설은 감동적이었지만 너무 짧았다.
- 대통령의 연설은 내가 수지를 목욕시키고 간식을 먹이고 이야기를 들려주는 내내 계속되었다.
- 뒤에 있는 누군가가 TV을 보며 계속 말을 했다.

재빨리 화자의 태도를 알리는 것은 1인칭 시점을 좀 더 자연스럽게 만들 뿐 아니라 인물의 성격을 형성하는 데에도 효과적이다.

피해야 할 1인칭 시점의 문장

다음 문장들은 1인칭 시점에서는 부적절하거나 우스꽝스럽다.

- 미소가 내 얼굴에 떠올랐다: 1인칭 화자는 자신의 얼굴을 볼 수 없다. 또 미소가 떠오를 다른 곳이 있을까? "나는 웃었다"가 낫다.

- 두려움(공포, 기쁨)의 표정이 내 얼굴을 스쳤다: 1인칭 화자는 자신의 얼굴을 볼 수 없다.

- 나는 속으로 생각했다: '속으로'를 빼자. 텔레파시 능력자라면 모를까 달리 생각할 수 있는 가능성이 없다. "나는 속으로 궁금해했다"나 "나는 속으로 백일몽을 꾸었다"도 마찬가지다.

- 내 생각이 닿은 곳은……: 1인칭 시점에서 독자는 '작가의' 생각 속에 있다. 자신이 생각하고 있다는 걸 말하지 말고 자신의 생각을 직접 보여줘야 한다.

- 나는 내 아들의 첫 생일을 기억했다: 인물이 바로 이 순간 그 사건을 기억해냈다면 이런 문장은 괜찮다. 그렇지 않다면 지나치게 선언적이다. 단순히 어떤 기억을 말하면 독자는 그게 기억이란 걸 쉽게 안다.

- 내 얼굴이 빨개지고 있었다, 내 얼굴이 벌그레해졌다: 첫 문장은 명백히 시점 위반이다. 자신의 얼굴색이 변하는 걸 볼 수 있는 사람은 없다. 그다음 문장 또한 마찬가지지만 얼굴의 온기를 함축하고 있기에 좀 더 그럴듯하다. 이건 1인칭 화자도 느낄 수 있으니까. 하지만 "내 얼굴이 달아올랐다"라고 하는 게 더 낫다.

1인칭 시점은 대화 쓰기에서 가장 작위적인 시점이다. 그 누구도 10분 동안 주고받은 대화에 나온 단어 하나하나를 기억해 다시 말할 수 없다. 현실에서 우리의 생각은 이렇다. "남편하고 크게 싸웠는데 남편이 나한테 참을성이 없다고 했어. 글쎄, 자긴 뭐 다른가!" 하지만 소설의 모든 대화가 이런 식이면 지루해질 게 뻔하다. 독자는 인물이 한 말을 그대로 정확히 듣고 싶어 한다. 독자는 벽에 붙은 파리처럼 몰래 부부 싸움을 목격하고 싶어 한다. 이렇게 생각해보자. 이야기를 걷어낸다면 어디를 걷어낼 것인가? 묘사나 설명 또는 아주 긴 대화가 될 가능성이 크다. 누구도 짧게 주고받는 대화를 걷어내지는 않는다. 따라서 이를 피할 방법은 없다. 작위적이든 아니든 간에, 모든 대화를 집어넣자.

목소리는 1인칭 시점의 핵심

이제까지 1인칭 시점의 내용에 대해 다루었다. 하지만 이 시점의 가장 큰 장점은 작가가 쓰는 내용이 아니라 그 내용을 어떻게 말하는가에 있다. 1인칭 시점은 화자가 자신의 언어로 직접 말하기 때문에 다른 시점보다 인물의 자연스러운 목소리를 '들을' 기회가 많다. 그리고 자신의 생각을 자신의 언어로 들려주는 방식보다 인물이 어떤 사람인지 더욱 잘 알릴 방법은 없다.

　말의 성격은 발음, 억양, 복잡성, 태도에 따라 결정된다. 이는

행동이나 대화도 마찬가지지만, 말은 인물이 그 말을 하는 방식
에 따라 더 큰 충격과 사실성, 감정을 전달할 수 있다.

인물이 냉소적인가? 그렇다면 그의 언어 역시 냉소적일 것이
고, 살짝 조롱이 섞일 것이다. 감수성이 예민한가? 그렇다면 그의
발음 역시 그럴 것이다. 머리가 둔한가? 그의 문장은 짧고 지식은
한정될 것이다. 좋은 예가 윌리엄 포크너의 『소리와 분노』에 나오
는 백치인 벤지다. 벤지가 불에 손을 데는 장면이다.

나는 불이 있는 곳으로 손을 내밀었다.
"붙잡아." 딜시가 말했다. "벤지를 붙잡아."
내 손이 뒤로 홱 젖혀졌고, 내가 손가락을 입에 넣었고 딜시가
나를 붙잡았다. 나는 내 울음소리 사이사이로 시계 소리를 들었다.
딜시가 뒤로 가서 러스터의 머리를 쳤다. 그때마다 내 목소리는 점
점 올라갔다.

이게 벤지에게 보이는 세상이다. 비명을 지를 때마다 그의
"목소리가 점점 올라가고", 울음소리 "사이사이로" 시계소리를
듣는다. 그는 불, 자신의 고통, 그리고 목소리의 연관성을 전혀 인
식하지 못한다. 그의 말은 그가 생각하는 것보다 훨씬 많은 걸 드
러낸다.

따라서 모든 1인칭 시점 서술은 극적인 효과가 떨어질 수밖에
없다. 『탈무드의 아들』의 단락을 다시 보자. 화자인 르벤이 어떤
행동을 하거나 말을 하기 전에 독자는 이미 그가 하시드파 유대

인들을 묘사하는 방식을 통해 똑똑하고 관찰력이 예리하다는 사실을 안다. 그의 목소리는 명확하며 교육받은 표가 난다. 우리가 이 묘사를 3인칭 시점의 설명으로 들었더라면 하시드파 신봉자들은 생생하게 그려졌을지 모르지만 르벤은 그렇지 않았을 것이다.

1인칭 시점의 말은 놀라울 정도로 융통성이 있다. 말은 인물뿐 아니라 지역이나 민족적 배경, 시대까지도 반영한다. 하지만 이런 별종들은 조금만 써도 충분하다. 인물이 틀린 맞춤법으로 계속 말하기보다는 몇몇 구절을 틀리게 하는 것이 좋다. "아들아, 나는 내게 온 모든 기회를 잃어버렸다"고 쓰는 게 "나 말을 좀 드러봐. 이바, 아들, 나넌 나헌티 온 모든 기헤를 망처부러써"라고 쓰는 것보다 훨씬 더 효과적이다. 후자는 읽기에 어려울 뿐 아니라 부정확하고 잘난 체하는 느낌을 준다. 소설 전체가 이렇다면 읽기에 고통스러울 것이다.

1인칭 시점에서의 거리감 조절

소설에서 '거리감'은 독자가 그 인물을 내부에서 보는가 또는 외부에서 보는가, 외부에서 본다면 얼마나 먼가를 뜻한다. 1인칭 시점에서 독자는 내내 그 인물의 머릿속에 들어가 있다. 이는 3인칭 시점의 일반적인 구조가 1인칭 시점에 통하지 않는다는 것을 뜻한다. 3인칭 시점의 구조는 인물의 생각과 됨됨이를 외부에서 관찰해야 한다는 제한이 있는데 이 점은 1인칭 시점에서는 말이 안 되기 때문이다.

예를 들어보자. "나는 오늘 제인이 전화할지 궁금했다"라는 문장은 약간 거리감이 있다. 독자는 궁금해하는 화자를 보고 있다. 그의 머릿속 깊숙이 들어간다면 이 문장은 다음과 같을 것이다.

- 제인이 오늘 전화할까?
- 어쩌면 제인이 오늘 전화할지 모른다.
- 제인은 오늘 전화하지 않을 것이다. 그녀는 내가 그녀를 필요로 할 때는 절대로 전화하는 법이 없다.
- 희망이 내 뱃속에서 활개를 치고 다니는 바람에 아침 먹은 것이 탈이 났다. 제인이 오늘 전화할지 모른다.
- 아이고 하느님, 나는 우울했다. 그 못된 제인에게서 전화 오기를 기다리는 중이다.
- 똑같은 말이 내 머릿속에 계속 맴돌았다. 제인, 전화 좀 해. 제발.

이런 표현들은 "나는 궁금했다"라는 표현이 주는 거리감을 없애줄 뿐 아니라 인물의 성격을 드러내는 목소리, 즉 1인칭 시점의 장점을 잘 살리고 있다. "나는 궁금했다"보다는 덜하지만 "나는 의심스러웠다", "나는 두려웠다"도 마찬가지로 거리감이 든다. 의심스럽거나 두려운 일이 무엇인지 1인칭 화자의 생각을 말로 보여줘야 한다.

물론 일부러 거리감을 두고 싶을 때도 있다. 1인칭 화자가 다른 사람과 거리를 두는 내성적이고 형식을 따지는 인물일 경우에, 그리고 그의 말투가 그런 성격을 반영하길 바랄 때는 거리감 있게 쓸 수 있다. 다시 말하건대 이러한 융통성은 1인칭 시점의 강점이다.

1인칭 인물을 믿을 수 없다면?

1인칭 시점 서술의 변형 가운데 흥미를 불러일으키는 것 중 하나가 신뢰할 수 없는 화자다. 독자는 보통 1인칭 화자의 말을 곧이곧대로 받아들인다. 그가 벽이 푸른색이라고 말하면 벽이 푸른색이라고 짐작한다. 그가 짐은 자상한 남자라고 하면 짐을 자상한 남자로 생각한다. 하지만 소설에는 신뢰할 수 없는 화자가 있을 수도 있다.

그런데 신뢰할 수 없는 화자가 등장하는 소설을 읽을 때조차도 독자는 그가 진실을 말하고 있다는 가정하에 소설을 읽어나간다. 하지만 이야기가 전개되면서 상황이 화자가 말하는 대로가 아니라는 사실을 깨닫기에 이른다. 화자가 착각을 했든 아니면 속이고 있든 간에 말이다. 이런 발견은 이야기 전체를 통째로 뒤집어놓는 동시에 독자가 알아내려 애쓰는 진실이 무엇인지에 엄청난 강조점을 둔다.

유명한 예가 링 라드너의 「이발Haircut」에 나오는 이발사다. 이 이발사는 엄청나게 말이 많다. 머리를 자르러온 낯선 사람들에게 마을과 주요 인물들에 대해, 그리고 마을 사람들의 사랑을 받던 짐 켄달이 사망한 총격 사건에 대해 쉬지 않고 떠든다. 하지만 그가 무심코 사건을 말하는 중에 짐이 사실은 잔인한 사람이었고 그 사건이 살인 사건이라는 사실이 드러난다. 이발사는 결코 그 사실을 깨닫지 못하지만 독자는 안다. 그리고 이발사의 무지는 사실을 알게 된 독자의 반응과 대조를 이루며 강조된다.

신뢰할 수 없는 화자를 등장시키려면 그가 신뢰할 수 없는 사람이란 걸 독자가 결국 알 수 있도록 소설을 전개해야 한다. 그러지 않으면 절대로 성공하지 못한다. 화자의 말에 모순과 과장, 또는 비정상적인 내용들을 집어넣어 독자가 그에 대한 신뢰를 버릴 근거를 마련해야 한다.

화자가 여럿? 1인칭 다중 시점

1인칭은 사전적 정의로 화자 한 사람을 의미한다(알다시피 1인칭 시점의 화자는 '나'다). 하지만 여러 1인칭 화자가 등장할 때가 있다. 그런 소설에서는 '나'라는 주어로 이야기하는 두 명 이상의 화자들이 한 장章 또는 한 절節에 번갈아 등장한다.

어슐러 K. 르귄의 소설『어둠의 왼손』이 좋은 예다. 극단적으로 다른 문화권에서 자란 1인칭 화자 두 명이 장이 바뀔 때마다 번갈아 등장하는데, 그런 방식은 한 명이 서술을 담당할 때보다 훨씬 가까운 거리에서 두 사람의 사고방식을 들여다보게 해준다. 이 점은 1인칭 다중 시점으로 쓴 윌리엄 포크너의『소리와 분노』의 시작 부분에도 똑같이 적용된다.

하지만 이처럼 '누군가의 머릿속'에서 다른 사람의 머릿속으로 자꾸 왔다 갔다 하면 독자가 인물에 공감하기 어렵게 만들어 소설을 망쳐버릴 위험이 있다. 모든 일이 그렇듯, 1인칭 다중 시점처럼 잘 쓰지 않는 이 시점을 선택하기 전에는 소설에 미칠 득과 실을 잘 따져야 한다. 이 시점은 인물들이 엄청나게 대비될 때, 그리고 작가가 둘 사이의 괴리를 강조하고 싶을 때 가장 큰 효과를 거둘 수 있다.

1인칭 시점에서의 작가의 존재

모든 1인칭 시점 소설에서 작가는 눈에 띄지 않는다. 작가는 화자와 혼연일체가 되기 때문에 화자가 모르는 정보나 해석을 독자에게 알릴 방법이 없다. 그래서 1인칭 시점은 어떤 다른 시점보다 작가가 철저히 그 인물이 되어야 한다는 제약이 따른다. 또한 플롯의 목적이나 소설의 주제에 맞추기 위해 인물의 말, 생각, 느낌을 끊임없이 통제해야 한다. 예를 들어 1인칭 화자가 삼촌이 도둑이란 걸 알아챌 만큼 통찰력이 없거나 또는 그런 기회가 없다 해도 억지로 화자가 이를 알아채게 하려 해서는 안 된다. 이야기 전체를 망쳐버릴 수 있기 때문이다. 이때 작가가 할 수 있는 일은 다른 인물이 삼촌의 도벽을 말하게 하는 것뿐이다. 그런 경우에 화자, 즉 시점인물은 그 말을 믿을 수도 있고 믿지 않을 수도 있다.

　1인칭 시점의 이런 한계는 곧 강점이기도 하다. 작가는 눈에 띄지 않을 수 있다. 그렇다고 작가의 존재가 사라지는 것은 아니다. 화자가 무엇을 볼지, 누구에게 말을 걸지, 어떤 문제에 봉착

할지 등 이 모든 사건을 배치하는 사람은 여전히 작가다. 『소리와 분노』의 벤지나 「이발」의 이발사처럼 한계가 있는 화자를 선택한 경우에는 인간 인식의 한계를 탐험할 아주 강력한 수단을 얻은 셈이며, 이를 통해 독자가 작가 자신의 생각을 공유할 수 있게 한다. 1인칭 시점은 이런 이야기에 잘 맞는다.

또한 더 나이 들고 현명한 인물을 화자로 선택할 때에도 1인칭 시점은 잘 맞는다. 연륜 있는 화자가 자신이 젊었을 적 부딪혔던 사건을 새로 회상하는 사이에 작가만큼이나 지혜롭게 사건에 대한 해석을 제시할 수 있기 때문이다.

인물의 목소리 역시 1인칭 시점에서는 중요한 요소다. 잘만 쓰면 1인칭 시점은 아주 많은 효과를 줄 수 있다.

마무리: 1인칭 시점 서술

1인칭은 본질적으로 작위적인 시점이다. 대화가 완벽하게 편집된 긴 문장을 기억해낼 사람은 아무도 없으며, 화자가 다음에 무슨 일이 일어날지 모르는 척하기 때문이다. 1인칭 시점의 이런 작위성을 무시할 수도 있다. 아니면 그 작위성을 없애기 위해 '젊은 나'와 '늙은 나'라는 이중의 화자를 내세울 수도 있다. 아니면 설명을 제한하거나 완전히 걷어낼 수도 있다.

1인칭 시점에서 묘사와 설명은 작가가 아니라 인물이 정보를 보는 것처럼 제시되어야 한다. 이 점은 인물의 성격 묘사를 돕는다는 점에서 긍정적이다.

1인칭 시점에는 모든 대화를 집어넣자. 사실 누구도 대화의 토씨 하나까지 그대로 기억하지 못한다 할지라도 말이다.

1인칭 시점의 장점은 화자의 목소리다. 화자가 말하는 내용뿐 아니라 말하는 방식을 통해 목소리에 인물의 성격을 반영하자. 목소리에 지역색을 드러내고 싶다면 사투리를 간간히 쓴다. 지나치게 쓰면 독자를 괴롭힐 뿐 아니라 잘난 척하는 것으로 보일 수 있다. 1인칭 시점에서 인물에게 거리감을 두거나 격식을 차리게 하고 싶은 경우에는 거리감이 느껴지는 문장을 쓴다.

신뢰할 수 없는 1인칭 화자가 나오는 소설이 있다. 이런 소설은 화자가 말하는 내용과 사건의 간극을 독자가 발견하게 되면서 아주 큰 극적 효과를 일으킨다.

1인칭 다중 시점은 잘 쓰기가 어렵기 때문에 이 시점의 소설은 드물다. 하지만 화자들 간에 관점 또는 말투에 극심한 차이가 있다면 좋은 작품이 될 수도 있다.

가족과 함께하는 식사든 모임이든 산책이든 적어도 세 사람이 모이는 행사에 참석한다. 며칠이 지나서 사람들에게 그 행사에 대해 기억나는 것을 다섯 가지만 이야기해달라고 한다. 그들의 말을 따로 적은 뒤에 비교해본다. 그들은 서로 다른 것들을 기억했는가? 그들의 설명에 뚜렷한 차이가 있는가?

인물 수첩에서 세 사람을 뽑아 각 인물이 아침식사 같은 단순한 사건을 1인칭 시점으로 서술하게 한다. 일기처럼 쓰면 안 된다. 인물이 아침을 먹으면서 알아낸 것들에 특히 관심을 기울이며 간단한 장면을 쓴다. 설명 사이에 차이점이 있는가? 그렇지 않다면 각 인물의 개성을 생각하며 인물을 다시 설정해야 한다.

"죽느냐 사느냐 그것이 문제로다"(햄릿), "다시는 굶주리지 않겠어"(스칼릿 오하라), "삶이 모든 사람을 산산조각 내버린다"(프레드릭 헨리)처럼 문학사에서 유명한 대화를 고른다. 그리고 완전히 다른 성격의 인물들에게 맞춰서 원래의 의미는 바꾸지 말고 말투만 바꾸어 다시 쓴다. 예를 들어 스칼릿의 대화를 랩처럼 들리게 하려면 어떻게 바꾸어야 할까? 서부영화의 주인공 존 웨인의 말처럼 들리게 하려면? 『소리와 분노』의 벤지가 말하는 것처럼 들리게 하려면?

다음 문장을 화자와 작가의 거리감을 줄일 수 있도록 다시 써보자.

- 나는 그해에 크리스마스가 오는 게 두려웠다.
- 나는 사장이 나한테 말하는 방식이 싫다.
- 나는 내 생일에 눈이 내리기를 바랐다.

두 인물의 다툼을 짧은 대화로만 구성한다. 그러고는 대화 사이에 한 인물의 생각을 1인칭 시점으로 더한다. 그 뒤에 다른 인물의 입장에서 똑같이 해본다. 어느 쪽이 더 강렬한 느낌을 주는가? 그 이유는?

3인칭 시점으로 쓴 글을 1인칭 시점으로 바꾼다. 단순히 주어뿐만 아니라 1인칭 화자의 태도, 말투, 그리고 생각을 덧붙인다. 이 연습을 통해 먼저 그 인물이 어떤 사람인지 명확한 생각 없이는 3인칭에서 1인칭으로 시점을 바꾸기 어렵다는 사실을 발견할 수 있어야 한다.

14장 ──────────── **3인칭 시점:
그를 본다**

잘 팔리는 소설에는 읽고 싶어
안달 나게 하는 뭔가가 있다.
대중을 사로잡는다면 글이 조악해도 상관없다.
마음이 아픈 진실일 수도 있지만, 진실은 진실이다.

3인칭 시점은 "옛날 옛적에 아름다운 공주가 살았습니다"와 같이 우리가 독자로서의 삶을 시작할 때부터 가장 많이 본 시점이다. 아동문학은 거의 3인칭 시점으로 쓰여 있다. 어린이들(특히 남자 아이)에게는 공주가 '되기'보다는 공주를 마음속에 그려보는 게 훨씬 더 자연스럽기 때문이다. '나'를 고수하는 1인칭 시점은 독자에게 더 많은 동일시를 요구하는 한편 여전히 독립된 정체성을 유지하려 한다. 이는 자아 감각이 아직 발달하지 않은 아이들에게 혼동을 일으킬 수 있다. 그래서 고전인 『피터 래빗』와 『신데렐라 Cendrillon』부터 『스튜어트 리틀Stuart Little』, 『해리 포터Harry Potter』까지 모두 3인칭 시점이다.

성인을 위한 순수소설 역시 3인칭 시점이 자연스럽다. 3인칭 시점은 이웃 사람 이야기나 안나 카레니나와 브론스키 백작의 이야기 같은 다른 사람 이야기를 할 때도 자주 쓰인다. 또한 대부분의 대중소설은 3인칭 시점이다.

하지만 이 말은 3인칭 시점이 매우 단순하거나 일차원적이라는 뜻은 아니다. 그와 반대로 3인칭 시점은 아주 다양한 형식을 취할 수 있다. 따라서 형식을 제대로 선택하면 소설이 엄청나게 좋아지지만 잘못 선택하면 불필요한 제약을 받을 수도 있다.

3인칭 시점에는 독자가 오직 한 인물의 눈을 통해 이야기를 보는 '3인칭 제한적 시점'과 둘 이상의 인물(때로는 아주 많은)의 머릿속으로 들어가는 '3인칭 다중 시점'이 있다. 3인칭 시점을 풍성하게 만드는 또 다른 중요한 요소는 거리감이다. 거리감에 따라 3인칭 근거리 시점, 3인칭 중거리 시점, 3인칭 원거리 시점으로 나눌 수 있는데, 각 시점은 그 나름의 장점과 단점을 갖고 있다.

3인칭 근거리 시점:
'그는 내게 비밀이 없다'

3인칭 근거리 시점은 인물의 머릿속에 들어간다는 점에서 1인칭 시점에 거의 가깝다. 1인칭 시점과 마찬가지로 독자는 인물이 생각하자마자 바로 알며, 느끼자마자 그대로 느낀다. 1인칭 시점의 '나'를 '그'로 바꾸면 바로 3인칭 근거리 시점이 된다. 따라서 이 시점은 1인칭과 똑같은 장점이 있다. 즉 긴박감이 있고, 독자가 인물과 동일시할 수 있으며, 인물이 개성적인 말투를 쓸 수 있다.

토니 모리슨의 퓰리처상 수상작인 역사소설 『빌러비드』의 인물인 폴 디를 보자.

빌러비드라는 이 여자아이, 집도 가족도 없는데 놀라운 일이야,

폴 디는 왜 그런지 정확히 말할 수가 없었다. 그가 20년 동안 만났던 흑인들을 통틀어 봐도, 이 아이는 정말이지 알 수 없는 존재였다. 전쟁 중에도, 전쟁 전에도, 전쟁 후에도 그가 본 사람들 중에는 배를 곯고 피로에 절고 사랑하는 이를 잃은 고통에 넋이 나가 기억이 난다거나 말을 한다니 경이로운데, 하고 기적처럼 여겨지는 이도 많았다. 폴 디 자신처럼 동굴에 숨어 먹이를 두고 올빼미와 다투었던 사람들, 자신처럼 돼지 먹이를 훔쳤던 사람들, 자신처럼 낮에는 나무 위에서 잠을 자고 밤에 길을 걸었던 사람들, 그리고 자신처럼 진흙탕 속에 몸을 묻고 우물 속으로 뛰어들어 단속원, 사냥꾼, 순찰대, 퇴역 군인, 산골 사람, 민병대, 주정꾼을 피했던 사람.

이 글의 시점은 3인칭이지만 어떤 구절은 폴 디가 자신의 이야기를 1인칭 시점으로 말하는 것으로 쓰여 있다. "놀라운 일이야", "기억이 난다거나 말을 한다니 경이로운데" 등. 게다가 이 이야기는 그의 머릿속에서 서술되고 있다. 즉 빌러비드라는 여자아이에 대한 그의 생각과 도망을 쳤던 그의 기억이 나온다.

하지만 3인칭 근거리 시점은 1인칭 시점만큼이나 밀실에 갇힌 느낌을 주지 않는다. 화자가 인물에 대한 설명을 붙이기가 훨씬 쉽기 때문이다. 『빌러비드』 시작 부분에서 집을 묘사할 때처럼.

124번지는 원한이 서려 있었다. 아기의 독기로 가득했다. 그 집에 사는 여자들은 다 알았고, 아이들도 알았다. 몇 년 동안 이들은 각자 나름의 방식으로 그 독기를 견뎌냈지만, 1873년이 되자 희생

자는 시이드와 딸 덴버밖에 남지 않았다.

이 단락은 폴 디, 시이드, 덴버, 그 외 다른 인물의 3인칭 근거리 시점에서 서술된 게 아니다. 이 단락은 작가의 설명이다. 이런 설명은 3인칭 시점에서 훨씬 더 자연스럽게 느껴진다. 또한 작가가 알려주고 싶지만 반드시 인물들이 생각할 필요가 없는 정보들을 집어넣는 데는 3인칭 근거리 시점이 1인칭 시점보다 훨씬 융통성이 있다. 게다가 3인칭 다중 시점은 시점인물을 한 명 더 넣어 1인칭 화자가 등장할 수 없는 장면도 집어넣을 수 있다.

이러니 작가들이 3인칭 시점을 택하지 않을 수가 없다. 대중소설은 거의 3인칭 시점이다. 이 책을 쓰는 동안 「뉴욕 타임스」 베스트셀러 소설 목록을 훑어봤더니 열 권 중 아홉 권이 3인칭 시점이었다. 장르소설 중 가장 많이 팔리는 로맨스소설도 거의 모두 3인칭 시점이다.

3인칭 근거리 시점을 선택한다면 명심해야 할 사항이 있다.

첫째, 거리감을 조절할 수는 있지만 한계가 전혀 없는 건 아니다. 작가가 인물의 머릿속 깊은 곳에 있다가 펄쩍 뛰어나가 멀리서 관찰하다가, 다시 안으로 들어오고, 또 나가면, 독자들은 현기증을 느낀다. 서술을 매끄럽게 하기 위해서는 타협이 필요하다. 한 가지 해결 방법은 멀리서 서술을 시작한 다음에 인물의 마음속으로 조금씩 가까이 다가와 그 안에 머무는 것이다. 이것은 영화에서 롱숏에서 플숏(클로즈업)으로 바뀌는 카메라의 움직임을 따라 한 것이다. 『빌러비드』 역시 이러한 롱숏으로 시작한다.

만약 인물의 외모 같은 외양 묘사를 약간이라도 넣으려 한다면 먼 거리에서 보는 이런 롱숏이 적절하다. 가까우면 1인칭 시점과 같은 제약을 받게 된다. 특별한 상황(예를 들어 쇼핑)이 아니라면 누군가의 외모를 꼼꼼히 살펴보는 일은 상당히 작위적으로 느껴지기 때문이다.

둘째, 거리감을 계속 좁게 유지하려면 인물의 생각을 그 즉시 그의 언어로 전달해야 한다. 이때에는 "그가 생각했다"라든가 "그가 궁금해했다" 같은 거리감을 느끼게 하는 표현은 하지 않는다. 다음 두 문단을 보자.

샘은 수가 방을 가로질러 가는 것을 알아챘다. 그는 자신이 여자애들과 잘 어울리지 못한다는 것을 알았다. 그는 수에 대해 생각했다. 얼마나 예쁜지, 얼마나 착한지. 그는 자신이 수에게 데이트 하자고 청할 용기가 있었으면 하고 바랐다.

샘은 수가 방을 가로질러 가는 것을 알아챘다. 세상에, 그녀는 예뻤다―게다가 착했다. 어떻게 그는 수에게 데이트 하자고 청할 용기도 없을까? 어떻게 그는 줏대 없이 여자들 주변을 어슬렁거리는 걸까? 그는 얼간이었다.

이 두 글이 전하는 정보는 차이가 없다. 하지만 첫 번째 글은 샘의 외부에서 그가 여자애들과 잘 어울리지 못한다는 것을 "알고", 그가 수에 대해 "생각하는" 것을 보고, 그리고 그녀에게 데이트를 청할 용기가 있었으면 좋겠다고 "바라는" 것을 지켜본다. 두 번째 글은 샘이 무엇을 생각하는지 말하지 않는다. 대신 그의 언어로 그의 실제 생각("얼간이"까지도)을 공유한다. 3인칭 근거리 시점의 핵심은 감정과 인물에 대한 독자의 공감을 최고로 끌어올린다는 점이다. 그래서 3인칭 시점은 1인칭 시점만큼이나 인물의 생각, 기억, 감정을 자유자재로 넘나들 수 있다.

마지막으로 3인칭 근거리 시점은 무엇이 인물의 생각이고, 무엇이 작가의 설명인지를 놓고 혼동에 빠질 위험이 있다. 이는 이 시점의 거리감이 거의 없어 대부분의 서술이 인물의 머릿속에서 일어난다고 짐작하기 때문에 벌어지는 일이다. 혼동을 주는 문장은 명료하게 바꾸어야 한다. 예를 보자.

브렌트는 소총을 들어 ─ 맙소사, 꽤 무겁군 ─ 집에서 헛간으로 옮기고, 삼각대 위에 놓고 총구가 헛간 문을 향하게 했다. 그는 인계철선을 설치해 누군가 문을 밀면 총이 발사되게 했다. 이렇게 해서 침입하는 개자식들에게 본때를 보여줄 것이다! 그 소총은 원래 아버지 것이었지만, 오래전에 숲에서 사냥을 하다 사고로 형을 죽였다.

이 글은 브렌트가 소총의 내력에 대해 생각하는 건가, 아니면 작가가 정보를 알려주는 건가? 브렌트는 이 소총에 형이 죽었다는 사실을 알고 있는가? 그건 알 수 없다. 만약 이 글이 브렌트가 모르는 정보를 작가가 설명하는 것이라면, 이때는 다른 문단으로 처리해야 한다. 만약 브렌트의 생각이라면, 브렌트의 반응과 느낌이 포함된 단어를 선택해 좀 더 명료하게 전달해야 한다.

가끔 그는 아버지의 손에 이 총이 들린 모습을 봤지만, 벤이 죽은 뒤에는 한 번도 못 봤다. 벤에 대해 생각하지 마, 그 어두운 숲속에 울리던 총소리도, 벤이 지른 비명소리도…… 그런 건 생각하지도 마.

이처럼 강렬하고 1인칭 시점처럼 머릿속에 들어가 있는 느낌이 필요하다면, 그리고 인물의 자연스러운 말투를 원하면서도 1인칭 시점보다는 숨 쉴 공간이 조금 더 필요하다면 3인칭 근거리 시점을 사용하자.

3인칭 원거리 시점: '그가 가는 걸 봤다'

3인칭 근거리 시점의 반대편에는 3인칭 원거리 시점이 있다. 3인칭 원거리 시점은 작가가 인물을 외부에서 관찰하기 때문에 공식적인 면이 강하고 개인적인 면이 덜하다.

3인칭 원거리 시점을 카메라가 방을 가로지르는 주인공을 따라 움직이는 것이라고 해보자. 카메라는 인물을 본 뒤에 배경과 다른 인물들, 그리고 주인공을 좀 더 넓은 시야로 관찰한다. 하지만 이때 넓어지는 건 시야만이 아니다. 이때의 카메라는 1인칭 근

거리 시점에서 주인공의 머릿속에 카메라가 자리 잡고 있을 때와
아주 다른 시야를 본다.

다음은 애니타 브루크너의 『지각생들Latecomers』의 시작 부분
이다.

쾌락주의자 하트만은 갈색 설탕 한 스푼을 커피 잔에 넣은 다음
혀 위에 쌉쌀하고 네모난 초콜릿 하나를 올려놓았다. 초콜릿이 녹
는 사이에 그는 첫 번째 담배에 불을 붙였다. 맛과 향이 뒤섞이면
서 그는 뼛속까지 쾌감을 느꼈다. 하얀 테이블보 위로 푸른 담배
연기가 올라가면서 만드는 무늬처럼, 은제 꽃병에 꽂힌 노란 카네
이션 다발처럼, 그리고 결혼반지가 헐렁하게 끼워져 있는 깔끔한
손처럼, 만약 결혼 뒤에 살이 쪘거나 나이든 남자를 괴롭힐 그런
깊은 반지 자국이 없다면 어떤 남자에게는 결혼식이 관계없는 과
거의 연애 사건 중 하나로 가정될 수도 있을 것이다.

여기서 우리는 인물을 외부에서 관찰하고 있다. 우리는 설탕
과 초콜릿을 넣고 담배를 피우는 그의 행동을 본다. 그의 기쁨을
보여주기보다는 그 결과가 그를 기쁘게 한다고 말하고 있다. 마
지막의 긴 문장은 인물로부터 완전히 빠져나와 그에 대한 이야기
가 아닌 것들(오른손에 반지 자국이 있는 남자)과 그에 대한 이야
기일 수도 있고 아닐 수도 있는 '가정들'을 언급한다. 이는 아주
거리가 먼 3인칭 시점이고, 직접적인 접촉이나 감정 없이 사람들
을 지켜보는 감시 카메라에 가깝다. 이 소설의 작가는 이렇게 감

정이 배제된 관찰을 자주 쓴다.

이 소설의 작가는 독자가 인물과 공감하기를 원하지 않기 때문에 이 시점은 이 글에서 효과가 있다. 여기서 작가는 독자가 인물을 지켜보고 그의 행동에 대해 직접 결론을 내길 바란다. 이런 소설에 3인칭 원거리 시점은 아주 잘 어울린다.

그렇다면 이 시점은 어떤 글을 쓸 때 적합할까?

- 인물이 비호감이거나, 아주 복합적이거나, 유별나서 그 인물을 분명하고 생생하게 만들기 위해 더 많은 설명을 넣어야 할 때
- 인물의 머릿속에 떠오르는 비형식적이고 때로 혼란스러운 언어보다는 일반적이고 공식적인 언어로 쓰고 싶을 때
- 인물과 장면 묘사에서 인물의 인식을 통해 모든(또는 대부분의) 관찰한 내용을 걸러내고 싶지 않을 때
- 글이 인물과의 먼 거리감을 보상할 정도로 흥미로울 때(방 건너편에서 관찰하는 것보다는 직접 행동을 하는 게 훨씬 더 생동감 있는 법이다. 관찰을 선택한다면 다른 보완책이 필요하다)

3인칭 중거리 시점:
'그는……'

3인칭 근거리, 중거리, 원거리 시점을 사실 따로 나뉘어 분리되어 있는 건 아니다. 오히려 이 시점들은 연속체라고 볼 수 있는데, 촬영 대상으로부터 계속해서 더 멀어지는 카메라에 '멀리'라고 부

르는 절대적인 지점이 없는 것과 마찬가지다. 즉 이 시점들은 상대적이고 유연하게 적용할 수 있다.

3인칭 근거리 시점과 3인칭 원거리 시점의 중간 어딘가에 3인칭 중거리 시점이 놓여 있다. 이 시점은 가장 융통성이 있다. 이 말은 거의 대부분의 시간 동안 몇 발자국 떨어져 인물을 관찰하다가 인물의 머릿속으로 미끄러져 들어갈 수도 있고, 반대로 뒤로 더 멀어져 외부에서 인물을 관찰할 수도 있다는 뜻이다. 물론 이렇게 들어왔다가 뒤로 빠지는 일을 자꾸 하면 조화가 깨지거나 혼란이 일어날 수 있다. 하지만 다른 어떤 시점보다도 3인칭 중거리 시점에서 이 두 가지를 하기가 쉬운 건 분명하다.

마틴 나파스텍은 단편소설 「스피닝Spinning」에서 이러한 3인칭 중거리 시점의 장점을 효과적으로 이용하고 있다. 다음은 이 소설의 시작 부분이다.

지니는 오른편에서 미키의 손에 봉투 하나를 찔러 넣고 말했다. "여기." 그녀는 의무감이 섞인 목소리로 딱 잘라 말했다. 그는 그녀가 그 봉투를 하는 수 없이 준 걸 알았다. 그는 봉투를 열지 않았다. 왼편에 앉은 돔과 오른편의 트리피와 이야기를 주고받고 있는 와중에 자신이 편지로 뭘 하는 걸 보게 되면, 특히 편지를 여는 걸 본다든지 하면 그 내용을 알려달라고 고집 피울 거라는 확신이 들어서였다. 내용이 뭔지는 알 수 없었지만 그게 그의 감정을 상하게 할 거라는 건 뻔했다. 여러 달 동안 여자애들과 얽힌 일들이 그의 감정을 상하게 했다. 그건 열네 살 생일 직후에 닥친 이전에 경험해보지 못했던 끔찍한 감정이었다.

첫 번째 문장에서 우리는 미키의 머릿속에 들어가고 미키의 오른편에 지니가 다가오는 것을 경험한다. 그리고 지금 봉투를 열어보면 안 된다는 생각과 상처를 받을까 두려운 그의 마음을 공유한다. 그러나 이 정보 가운데 어느 것도 3인칭 근거리 시점의 친근하고 개성적인 언어로 쓰여 있지 않다. 3인칭 근거리 시점이면 이렇게 써야 한다.

봉투 속에 무엇이 들어 있을까? 미키는 알 수 없었다. 그게 무엇이든 간에 상처를 줄 것이다. 여자애가 그에게 가져다줬기 때문이었다. 여자애들은 그의 감정을 상하게 한다. 그 안에 무엇이 있을 수 있을까? 돔과 트리피가 가버리고 나면, 그는 열어볼 작정이다.

3인칭 근거리 시점으로 다시 쓴 이 문단이 원래 것과 비교해 좋다고도 나쁘다고도 판단하기는 어렵지만, 원래와 다른 이야기가 되리라는 점은 분명하다. 그리고 이어지는 문단에서는 작가가 마지막 두 문장에서 더 뒤로 물러나 먼 거리에서 미키를 관찰하기 어려울 것이다. 마지막 두 문장이 그 순간 미키의 마음속에 없는 정보를 전달해 그가 무엇을 생각하고 있는지를 더 큰 맥락에서 보여주기 때문이다.

3인칭 중거리 시점은 또한 다중시점 소설에도 유용하다. 다시 카메라에 비유하면, 카메라가 인물의 머릿속에 있기보다는 인물에게서 떨어져 자리 잡고 있을 때 한 사람에게서 다른 사람으로 초점을 옮기는 일이 훨씬 자연스럽기 때문이다(3인칭 다중 시점은 나중에 다룰 것이다).

거리 이동은 매끄럽게

소설 전체를 3인칭 근거리, 중거리, 원거리 중 한 가지 시점으로만, 즉 늘 같은 거리에서 써야 할까? 물론 그렇지 않다. 「스피닝」에서 본 것처럼 한 단락 안에도 두 가지 이상의 거리가 들어갈 수 있다. 단, 거리를 바꿀 때 매끄러운 이동은 필수다. 매끄러운 이동을 위한 세 가지 방법이 있다.

첫째, 근거리에서 원거리로 갈 때(또는 반대로 갈 때) 바로 가지 말고 중거리를 거치는 게 좋다. 다시 말해 퀵 컷(아무 효과 없이 이어지는 화면 전환 기법)이 아니라 카메라가 미끄러지듯 멀어져가는 롱샷과 비슷하다. 다음 두 문단을 비교해보자.

폴은 어둠 속을 뚫어져라 응시했다 ─ 제이크는 어디에 있지? 그가 자정에 여기서 만나자는 얼빠진 말을 했다! 순찰견이 도는 시간과 울타리를 넘을 시간 사이에는 불과 2~3분밖에 없었다. 그들은 몇 주 동안 이 일을 계획했고, 이를 성사시키는 데 폴은 제이크가 필요했다. 사실 그의 삶 전체가 제이크를 필요로 했지만, 제이크는 결코 그렇게 해준 적이 없었다. 심지어 시작부터도. 폴이 태어났을 때, 제이크는 여섯 살이었고 폴의 목을 조르려 했다. 이 형제는 가깝지 않았다. 오라일리 가족은 결코 상대를 믿는 법이 없었다.

폴은 어둠 속을 뚫어져라 응시했다 — 제이크는 어디에 있지? 그가 자정에 여기서 만나자는 얼빠진 말을 했다! 순찰견이 도는 시간과 울타리를 넘을 시간 사이에는 불과 2~3분밖에 없었다. 그들은 몇 주 동안 이 일을 계획했다. 하지만 오라일리 가족은 결코 상대를 믿는 법이 없었다.

첫 번째 글은 "제이크는 어디에 있지?"처럼 즉각적으로 그 순간의 생각을 말함으로써 폴의 머릿속에서 이야기를 시작한다. 처음 네 문장은 3인칭 근거리 시점에서 바로 그 순간에 무슨 일이 일어나는지에 관심을 기울인다. 그러고 나서 다음 두 문장은 뒤로 물러나서 소설 속 현재 시점에서 일어나지 않지만 현재의 행동과 분명한 관계가 있는, 그리고 폴의 마음속에 있는 제이크에 대한 짜증을 전하고 있다. 마지막 두 문장은 좀 더 먼 거리에서, 즉각적인 상황의 외부에서 마치 올림포스산의 신처럼 선언을 한다.

이와 달리 두 번째 글은 중거리 시점이 생략되어 거칠게 느껴진다("하지만"으로 전환하려는 안타까운 시도에도 불구하고). 이 글은 3인칭 근거리 시점에서 3인칭 원거리 시점으로 곧장 넘어가고, 그 결과 뚝뚝 끊어지는 느낌을 준다. 작가가 이런 식으로 계속 글을 쓴다면 그 소설은 읽기 쉽지 않을 것이다.

둘째, 뚝뚝 끊어지는 거친 이동을 하지 않으려면 문단이나 장면을 바꾸는 것도 방법이다. 앞의 두 번째 글을 다시 읽어보자. "오라일리 가족은 결코 상대를 믿는 법이 없었다"를 두 번째 단락의 첫 문장으로 만든다면 문제가 해결될 수도 있다. 그 뒤를 이어서 폴과 제이크가 불신의 이유를 직접적으로 설명한다. 이렇게 고친다 해도 첫 번째 글보다는 여전히 읽기가 불편하다. 하지만 도전을 두려워하지 않고 독자의 비난을 즐기는 작가라면 이런 글도 성공을 거둘 수 있을지 모른다. 앞서 말한 대로 멀리서 시작해 점점 거리를 좁힌다면 훨씬 좋은 효과를 거둘 수 있다.

마지막으로 거리가 갑자기 바뀌어 잘 맞지 않는 부분은 다시 씀으로써 매끄럽게 다듬을 수 있다. 다음을 보자.

폴은 어둠 속을 뚫어져라 응시했다 — 제이크는 어디에 있지? 그가 자정에 여기서 만나자는 얼빠진 말을 했다! 순찰견이 도는 시간과 울타리를 넘을 시간 사이에는 불과 2~3분밖에 없었다. 그들은 몇 주 동안 이 일을 계획했다! 아마 제이크와 폴이 좀 더 가까웠더라면 제이크를 다 신뢰했을지도 모른다……. 하지만 아닐 수도 있다. 오라일리 가족은 결코 상대를 믿는 법이 없었고, 빌어먹을 폴도 이제 와서 새로 시작할 생각이 없었다.

여기에서는 끊어져 있던 문장들이 폴의 생각 속으로 더 가까이 가면서 전체적으로 거리가 갑자기 바뀌는 문제가 사라진다.

이 질문은 당연히 할 수 있다. 베스트셀러 소설들을 보면 거리가 갑자기 바뀌는 부분을 쉽게 찾을 수 있다. 즉 거리는 소설 판매에 전혀 영향을 미치지 않는 것 같다. 그런데 왜 작가들은 이 주제에 이렇게 많은 시간을 소비하는 걸까? 내 글이 어떤 거리에서 서술되고 있는지 아는 게, 게다가 그 거리를 유지하는 방법을 아는 게 그렇게 중요할까? 그건 자신의 글을 얼마만큼 통제하고 싶은가에 달려 있다.

비평가들은 잘 팔리는 소설이 꼭 잘 쓴 소설은 아니라고 말한다. 하지만 잘 팔리는 소설에는 읽고 싶어 안달 나게 하는 뭔가가 있다. 그 뭔가는 흥미진진한 내용일 수도, 독자의 동정을 받는 인물일 수도, 엄청나게 빠른 속도감일 수도, 또는 판타지로 가득한 배경일 수도 있다. 이 중에 어느 것(또는 전부)이 대중을 사로잡는다면 글이 조악해도 상관없다는 뜻이다. 마음 아픈 진실일 수도 있지만, 진실은 진실이다. 『인디언 여름Peyton Place』의 작가 그레이스 메탈리어스는 솔직함으로 사람들을 무장해제한다. "내가 나쁜 작가일 수도 있지만 나쁜 취향을 가진 독자도 수없이 많다."

그렇지만 거리와 같은 기술을 능수능란하게 다룰 수 있다면 다음 세 가지 이점을 얻는다.

- 소설을 더욱 좋게 만들어 장점(말하자면 셀링 포인트)이 무엇이건 간에 여기에 윤기를 더할 수 있다.

- 출판사 편집자, 즉 대중에게 나서기 훨씬 전에 소설을 처음 읽는 독자를 설득할 수 있다. 또한 이 첫 독자가 처음부터 끝까지 읽을 수 있을 만큼 잘 써냈다는 확신을 얻을 수 있다.
- 대중소설보다는 순수소설 즉, 문장(스토리와 반대되는 개념으로써)이 더 관심을 많이 받는 소설을 쓴다면 거리를 얼마나 잘 통제하는가에 따라 성공할 수 있다.

3인칭 다중 시점:
여러 각도에서 본 이야기

3인칭 다중 시점은 아주 유용하다. 제대로만 쓰면 이점이 많다.

- 주인공이 등장하는 장면뿐 아니라 아주 다양한 장면을 집어넣을 수 있다.
- 주인공이 모르는 정보를 알릴 수 있다. 또 다른 인물이 그 정보가 극화되는 장면에 등장할 수 있기 때문이다.
- 더 많은 인물을 발전시킬 수 있다. 이로써 허구의 인물을 사실적이고 복합적으로 보이게 만드는 생각과 느낌을 드러낼 수 있다.
- 똑같은 사건에 대한 엇갈리는 관점들을 보여줄 수 있다. 예를 들어 어떤 행동을 도덕적으로 보는 인물이 있는 반면에 비도덕적으로 보는 인물이 존재한다. 이로써 삶에 관한 다층적이고 복합적이며 풍부한 관점에 이르게 한다.

3인칭 다중 시점으로 쓴 고전은 셀 수 없이 많다. 『안나 카레니나』, 『마담 보바리』, 『두 도시 이야기A Tale of Two Cities』, 『주홍 글씨The Scarlet Letter』, 『미들마치Middlemarch』 등등.

3인칭 다중 시점은 지금 시대에도 여전히 인기가 많다. 다음 작품들은 3인칭 다중 시점을 얼마나 다양한 소설에서 성공적으로 사용하고 있는지를 보여준다. 조너선 프랜즌의 『인생 수정The Corrections』, 찰스 프레지어의 『콜드마운틴의 사랑Cold Mountain』, 토니 모리슨의 『솔로몬의 노래Song of Solomon』, 코니 윌리스의 『패시지』, 마이클 온다치의 『잉글리시 페이션트The English Patient』, 톰 울프의 『허영의 불꽃Bonfire of the Vanities』 등등.

그러나 3인칭 다중 시점을 성공적으로 쓰기 위해서는 몇 가지 사항을 따라야 한다. 즉 먼저 시점인물을 정해야 하고, 시점인물은 한 장면에 한 명이어야 하며, 시점인물을 소개해야 하고, 각 시점인물의 비중(활동 시간과 등장 빈도)을 염두에 두어야 한다.

시점인물은 누가 좋을까?

이야기를 효과적으로 전달하기 위해서는 시점인물의 수를 되도록 적게 하는 게 중요하다고 앞에서 말했다. 그리고 시점인물들은 태생적으로 흥미로운 사람이어야 한다.

우리는 모든 시점인물과 많은 시간을 보낸다. 400쪽짜리 소설에 시점인물이 다섯 명 등장한다면 줄잡아 한 명당 80쪽을 담당하게 되고, 그중 일부는 인물의 머릿속에서 일어나는 생각으로 채워야 한다. 그러니 아무래도 머릿속이 흥미로운 인물이 좋다.

소설을 구상할 때 다음을 생각해보자. 작가와 독자 모두에게 가장 흥미로운 내면의 대화를 할 인물이 누구일까? 사건을 창조적이거나 복합적이거나 풍부하게 해석할 인물이 누구일까? 그가 시점인물일 순 없을까?

반대로 시점인물로 고른 인물들이 재미가 없다면? 그런데도 그들이 꼭 시점인물이어야 할 이유가 있는가? 물론 그럴 때가 있다. 성장소설에는 순진무구한 주인공이 필요하다. 타락한 인물이 순수한 인물보다 더 생생하다고 해도 말이다(이 점이 존 밀턴이 『실낙원Paradise Lost』에서 직면한 문제였다. 사탄이 그리스도보다 흥미로운 법이다). 시점인물 한 명 또는 그 이상이 어쩔 수 없이 순해야 한다면 최소한 그들에게 별난 점이라도 몇 가지씩 있게 만들어 그들의 머릿속을 더 흥미롭게 만들어야 한다.

시점인물은 한 장면에 한 명!

이는 3인칭 다중 시점에서 가장 중요하게 고려할 사항이다. 작가는 마음 내키는 대로 시점을 바꾸어서는 안 된다. 최소한 한 장면이 끝날 때까지는 한 시점인물에게 집중하고, 장면이나 장이 바뀔 때에만 시점을 이동하는 게 좋다.

이는 거리 이동이 매끄러워야 한다는 것과 같은 이유다. 독자의 방향 감각을 혼란시키기 때문이다. 하지만 시점을 이동하면 거리를 이동하는 것보다 더 상황이 나쁠 수 있다. 시점이 이동하면 한 인물의 머릿속으로 들어왔다 나갔다 하는 것으로만 끝나는 게 아니다. 완전히 다른 인물의 머릿속으로 들어가야 할 때도 있다. 이건 하루에 몇 차례씩 국경을 넘어가는 일과 같다. 다른 언어와 관습, 화폐에 재차 적응해야 한다. 피곤한 일이다. 이는 또한 소설의 '현실성'을 약화시킨다. 현실에서 우리는 이쪽 머리에서 저쪽 머리로 오가지 않는다.

하지만 어떤 대중소설은 때로 이 규칙을 무시한다. 주디스 맥노트의 로맨틱서스펜스소설 『밤의 속삭임』의 한 단락을 보자.

슬론은 아이스크림 가판대의 모퉁이 쪽으로 다시 살살 움직였고, 그런 다음에 왔던 길을 되돌아왔고, 음식 가판대에 바짝 붙어 있었는데, 줄지어 서 있는 빌딩들의 남쪽 끝으로 가려는 것이었다. 거기서 그녀는 그를 지켜보거나 따라가거나 할 요량이었다.

신발 속에 들이찬 모래에 조용히 욕을 퍼부으면서 그 남자는 모래 둔덕 옆에서 기다렸다. 자신의 먹잇감이 해변에, 스낵 가판대 너머로 나타나기를 기대하면서. 그녀는 의심을 잘 받지 않고 쉽사리 뒤따라갔고 예상한 그대로였기에, 그가 원하는 곳에 그녀가 설령 모습을 나타내지 않는다 해도 그는 전혀 놀라지 않았다.

첫 번째 문단은 슬론의 시점이고 두 번째 문단은 그녀를 쫓아가는 남자의 시점이다. 이 소설의 작가는 다른 소설에서 한 문단 안에서조차 시점을 이동한다. 독자는 그의 소설이 매끄럽지 않거나 거칠어도 전혀 개의치 않기 때문이다.

하지만 대부분의 소설에서는 한 장면에 한 시점인물을 넣는 것이 훨씬 낫다. 또한 3인칭 다중 시점에서는 각 장면의 시작 부분에 지금 누구의 시점으로 보고 있는가를 알려야 한다. 어떤 인물의 생각과 반응을 한 쪽이나 읽었는데, 그게 알고 보니 다른 인물이었다는 걸 알게 된다면 독자는 분명 당황할 것이다.

시점인물을 소개하자

시점인물이 두 명 이상이면 소설 초반에 이 사실을 알려주는 것이 중요하다. 제인의 시점으로 100쪽이 흘러간 다음에 느닷없이 케네스의 시점으로 이동하면 작가가 실수한 것으로 오해할 수 있기 때문이다. 독자는 "케네스라고? 제인이 이야기하는 거 아니었어?"라고 생각할 것이다. 그러면 작가가 소설을 통제하지 못하는 듯 보일 것이고, 정보를 전달하기 위해 급하게 시점인물을 바꾼 것으로도 보일 것이다.

이런 상황을 피하려면 다음 방법을 써야 한다.

- 시점인물이 몇 명이고 누군지 분명하고 솔직하게 밝힌다.
- 시점인물 중 한 명의 시점으로 소설을 시작한다.
- 두 번째(또는 세 번째) 장면에서 다른 시점인물로 바꾸고 그의 시점으로 쓴다.
- 모든 시점인물이 차례로 나올 때까지 똑같이 한다.
- 돌아가서 시점인물이 보는 각 장면이 플롯에 꼭 필요하고, 그 자체로 흥미롭고, 이 시점인물이 누구인지 그리고 어떻게 행동하는지를 분명하게 말한다.

시작이 중요하다는 사실은 아무리 강조해도 지나치지 않다. 그러니 소개 장면을 공들여 쓰자. 소개 장면들을 다른 순서로 배열해보자. 다양한 플롯을 실험해보자. 사건의 시퀀스마다 다른 장소에서 시작해보자. 시작 장면은 독자(그리고 편집자)의 관심을 끄는 핵심적인 부분일 뿐 아니라 소설의 나머지 부분을 훨씬 쉽게 쓰게 한다. 시점인물 모두가 일찌감치 자리를 잡으면 자신감도 생기고 플롯을 짜는 데 엄청난 힘이 된다.

시점인물의 비중을 따지자

모든 등장인물이 동등하게 대우를 받는 건 아니다. 심지어 시점인물 간에도 차별이 있다. 주연은 중요한 행동을 하는 인물이므로 더 많은 '활동 시간'을 갖는 게 당연하다. 주연이 시점인물을 맡은 부분은 조연이 시점인물을 맡은 부분보다 무척 길 것이다. 어느 정도까지는 문제될 게 없다.

문제가 되는 것은 한 시점인물이 서른 장면 또는 오십 장면을 책임지고 있는데 반해, 전체를 통틀어 어떤 시점인물이 한두 장면만 맡을 때다. 이렇게 되면 구성은 엉성해진다. 모든 시점인물에게는 중대한 행동, 그 행동에 따른 결과, 그리고 다른 인물의 행동에 대한 중요한 반응이 있는 게 좋다. 만약 그렇지 않다면 어쩌면 그는 결국 시점인물이 될 필요가 없었던 건지도 모른다.

활동 시간만큼이나 중요한 게 등장 빈도다. 한 시점인물이 소설의 시작 부분에 잠깐 등장하고 전개가 4분의 3쯤 지날 때까지 사라졌다가 마지막 세 장면에서 다시 시점인물로 등장하는 식은 안 된다. 아주 엄격하게 등장 순서를 지킬 필요는 없다. 하지만 규칙적으로 등장시켜 그가 시점인물이라는 사실을 계속 알려야 한다.

따라서 시점인물이 세 명(제인, 케네스, 리우 형사)인 소설은 다음과 같이 처음 몇 장을 그들에게 배분할 수 있다.

1장
장면1 제인
장면2 리우 형사
장면3 케네스
장면4 리우 형사

2장
장면1 케네스
장면2 제인
장면3 제인
장면4 리우 형사

3장
장면1 케네스
장면2 케네스
장면3 리우 형사
장면4 제인

다르게 변형할 수 있는 경우의 수가 분명 많을 것이다. 중요한 건 완전히 똑같은 순서가 아니라고 해도 시점인물을 규칙적으로 등장시키는 것이다.

절정에서 시점인물은 누구여야 할까?

소설에서 몇 가지 어길 수 없는(거의 어길 수 없는) 규칙 중 하나가 주인공이 절정에 등장해야 한다는 것이다. 주인공이 시점인물이라면 절정은 반드시는 아니지만 대개 그의 시점으로 서술된다. 하지만 다중 시점의 소설에서는 시점인물이 여럿이므로 절정에서 소설 전체의 분위기에 영향을 미칠 인물을 선택해야 한다. 따라서 신중해야 한다.

예를 들어 유령이 등장하는 미스터리소설을 쓰고 있다고 가정해보자. 아일랜드의 외딴 성에서 여름을 나던 인물들이 유령을 '목격했다.' 인물들은 유령이 누구일지 생각이 다 다르고, 또 유령에 대한 감정적인 반응도 제각각이다. 인물은 총 다섯 명이다. 유령을 낭만적으로 바라보는 휴가 온 외로운 학교 교사, 유령의 존재를 믿지 않는 어두운 과거를 가진 부유한 사업가, 유령을 두려워하는 정신적으로 불안정한 십 대 소년, 그리고 유령이 죽은 남편이 아닌지 고민하는 젊은 과부다. 유령과 영적 세계를 믿는 늙은 관리인도 있다. 이들은 모두가 시점인물이며, 여러 차례에 걸쳐 시점인물로 등장한다.

그런 뒤에 또 다른 손님이 죽은 채 발견된다. 유령의 짓일까?

정말 유령이 있는 걸까? 이 질문의 답은 절정에서 드러날 것이다. 인물 모두가 등장할 것이다. 이 중요한 장면은 누구의 시점으로 서술되어야 할까?

그건 소설이 궁극적으로 전달하고자 하는 내용과 의미에 달려 있다. 십 대 소년이 절정의 시점인물이라면 정신적 안정(또는 결핍)이나 광기의 결과에 초점이 맞춰질 것이다. 교사라면 결국 유령과의 로맨스 또는 안티로맨스 같은 색다른 이야기가 될 것이다. 대신 『마담 보바리』처럼 현실성이 없는 것을 바란 데에 대한 엄청난 대가를 치를 것이다. 과부라면 시간이 지나도 줄어들지 않는 슬픔과 이에 압도당하는 이야기가 될 것이다. 관리인이라면 사후의 삶에 관한 영적인 이야기가 될 것이다.

이 모든 이야기는 훌륭할 수 있다. 사실 모두 괜찮다. 하지만 절정의 시점인물이 독자의 마음에 가장 큰 영향력을 행사할 것은 분명하다. 따라서 잘 생각해보자. 자신의 소설이 무엇을 말하기를 바라는가? 독자에게 어떤 인상을 남기고 싶은가? 이 소설의 핵심을 뭐라고 생각하는가? 이 핵심을 쥐고 있는 인물에게 절정의 시점을 맡기자.

3인칭 다중 시점을 위한 구조 설계

소설 쓰기에서 구조 설계란 3인칭 다중 시점의 소설을 체계적으로 정리하는 방법을 말한다. 이 방법을 반드시 사용할 필요는 없지만, 이렇게 하면 더 쉽게 다양한 시점을 다룰 수 있다. 또한 독자의 이해도 도울 수 있는 장점이 있다. 시점 이동으로 이야기가 파편화되는 것을 막을 수 있기 때문이다. 자주 쓰이는 세 가지 구조는 주기적 시점 이동, 연대기적 구성, 그리고 병렬 전개다.

주기적 시점 이동

일정한 순서로 시점인물을 바꾸는 것이다. 앞서 시점 이동에서 엄격한 규칙이 반드시 필요하지는 않지만 그 나름의 장점이 있다고 이야기했다. 이 장점이란 독자가 언제 누구의 목소리를 들을지 예상할 수 있게 해서 시점 이동을 쉽게 만들고 전체적으로 훨씬 일관된 느낌이 주는 것이다.

예를 들어 브래들리 덴튼의 SF소설 『버디 홀리는 게니메드에서 잘 살고 있다Buddy Holly is Alive and Well on Ganymede』는 각 장마다 시점인물 여섯 명이 주기적으로 돌아가며 이야기를 전개한다. 인물들의 비중은 똑같지 않다. 주인공인 올리버 베일이 다른 다섯 명보다 비중이 훨씬 크다. 하지만 여섯 명 모두 각 장에서 매번 같은 순서로 등장하고, 작가는 이런 주기성을 통해 잦은 시점 이동에 따른 독자의 혼란을 방지한다.

모든 장에 모든 시점인물을 등장시킬 필요는 없다. 특히 시점인물이 둘 또는 셋이라면 한 장에 시점인물 한 명만 나와도 된다. 이 방식은 서사가 장의 끝에 이르러 중단될 때 자연스럽게 시점인물을 교체할 수 있다는 장점이 있다.

주기적 시점 이동의 단점은 두 가지다. 첫째, 너무 기계적으로 보일 수 있다. 둘째, 사건을 미리 정해놓은 형식에 맞추기 위해 어쩔 수 없이 이야기를 왜곡하는 경우가 생긴다. 하지만 어떤 인물의 순서가 되었으니 어쨌든 그 인물에게 뭔가를 시켜야겠다는 이유만으로 사건을 지엽적인 형식에 맞게 고치느니 그 구조를 버리는 편이 낫다. 구조의 우아함을 고수하기 위해 긴장감과 관련성 상실이라는 엄청난 대가를 치를 필요까지는 없다.

연대기적 구성

소설을 특정 시간대별로 나누는 방식이다. 그 시간대에 일어난 모든 일은 누구의 시점으로 보는가와 상관없이 한 장에 집어넣는다. 물론 여기서도 시점인물은 한 장면에 한 명이어야 한다. 하지만 시간대별로 모여 있으므로 전체적으로는 일관성이 있다는 장점이 있다. 따라서 소설 속의 복잡한 사건을 설명하기 쉽다. 독자는 시점 이동이나 장소 이동에 적응해야 하지만, 적어도 현재 어느 시간대를 보고 있는지 그리고 그 시간대에 인물들이 무엇을 하고 있는지는 알 수 있다.

노아 고든은 『사망사고 심의위원회The Death Committee』에서 이 구조를 썼다. 이 소설은 세 젊은 의사의 시점을 통해 서술된다. 이 소설은 시점 이동을 체계화하기 위해 "여름", "가을과 겨울", "봄, 그리고 다시 여름" 이렇게 3부로 나뉘어 있다. 이 구조 안에서 소설은 장면에서 장면으로 넘어갈 때 특별한 규칙 없이 자주 시점을 바꾼다.

연대기적 구성은 제약이 적고 체계적이지만 주기적 시점 이동보다는 약하다. 실제적인 내용보다는 구조에 얽매이기 쉽기 때문이다. 그러므로 주기적 시점 이동에서와 같은 기대감이나 필연성이 느껴지진 않는다. 이 방법은 얻을 만한 게 별로 없다.

병렬 전개

이 구조에는 풍부한 리듬감과 기대감이 있다. 이 구조에서는 두 가지(또는 세 가지) 이야기가 동시에 전개되며, 두 이야기가 만나는 지점까지는 각 이야기가 한 장씩 나온다. 오늘날 로맨스소설 가운데에는 이 구조를 따르는 작품이 많은데, 둘이 만날 때까지 남주인공과 여주인공의 이야기가 따로 전개된다. 『부처스 보이』도 마찬가지다. 이 소설은 이름 없는 암살범과 그를 잡으려는 FBI 요원의 이야기가 번갈아 나오다가 마지막 몇 쪽을 남겨두고 비로소 둘이 마주칠 기회가 생긴다. 하지만 둘은 그때조차 한 국제선 비행기에 타고 있으면서 서로를 알아보지 못한다.

병렬 전개에는 눈에 띄는 단점이 있다. 첫째, 이야기가 파편화되는 느낌이 들 수 있다. 즉 독자가 잦은 시점 이동에 적응해야 하는 문제가 발생한다. 둘째, 작가는 주기적 시점 이동과 같은 문제에 직면할 수 있다. 즉, 이야기를 작위적으로 끼워 맞춰야 할 수 있다. 이런 단점에도 불구하고 주인공 둘의 비중이 같고(드물지만 셋도 가능하다) 이쪽 '현실'에서 저쪽 '현실'로 끊임없이 이동하는 문제를 보완할 만큼 이야기에 긴장감이 있다면 이 구조는 잘 맞을 것이다.

3인칭 다중 시점 소설은 프롤로그, 에필로그, 별장(장과 장 사이에 별도의 이야기나 정보를 넣는 장)을 구성해 효과를 볼 수 있다.

프롤로그는 나머지 이야기와 독립된, 방대한 이야기가 있을 때 가장 유용하다. 조앤 D. 빈지의 『눈의 여왕The Snow Queen』처럼 주요 이야기보다 더 이전에 일어난 이야기를 다룰 수도 있다. 이 소설의 프롤로그는 소설 속 이야기보다 20년 정도 앞서 일어난 중요한 이야기를 다루고 있다.

프롤로그에서는 시점인물이 아닌 인물이 이야기를 전개하는 경우가 있다. 소설 속 등장인물들이 모르는 정보를 알고 있는 존재를 통해 배경을 설정하는 데 아주 유용하기 때문이다. 이렇게 단 한 번만 나오는 시점인물을 프롤로그에 따로 떼어놓으면 시점 오류가 아니라 구조적인 선택처럼 보인다.

프롤로그는 마지막으로 예고편 기능도 한다. 소설이 오랫동안 천천히 긴장감을 쌓아나간다면 본문 가운데 극적인 장면을 뽑아내 프롤로그에서 먼저 보여주는 것도 좋은 방법이다. 그러면 소설의 첫 부분을 충격적으로 시작한 독자는 그다음부터 천천히 전개되는 이야기를 회상으로 받아들인다. 즉 프롤로그 속의 그 흥미로운 사건이 있기까지 어떤 일들이 있었는가를 보여준다고 여긴다. 이런 프롤로그는 뒤이어 느리게 전개되는 소설을 기꺼이 읽도록 만든다. 이런 식의 프롤로그는 3인칭 다중 시점에만 쓰이는 건 아니다. 어떤 시점이라도 이런 프롤로그를 사용할 수 있다.

에필로그도 프롤로그와 같은 목적으로 쓰인다. 에필로그는 소설 속 이야기가 끝난 뒤에 인물들에게 어떤 일이 일어났는지를 알려준다. 그러나 이 역시 소설 속 시점인물이 아닌 다른 누군가의 시점에서 서술된다. 따라서 시점 이동 때문에 이야기의 맥이 끊긴다는 느낌을 줄 수 있다. 따라서 조심스럽게 써야 한다. 하지만 독립적인 시점인물이 에필로그라는 분리된 장에 따로 배치 배치되어 있다면 그럴 가능성은 적을 것이다. 이런 분리는 소설 속 이야기와 다른 무언가를 기대하게 만들기 때문이다.

별장은 3인칭 다중 시점으로도 소화하지 못할 이야기가 많을 때 좋은 해결책이 될 수 있다. 작가에게는 시점인물은 '모르게' 하면서 독자에게만 알리고 싶은 정보가 있을 수 있다. 그런 정보는 간략하게 넣어야 한다(반드시 짧아야 한다). 그렇지 않으면 읽기 어려운 소설이 되고 만다. 독자를 긴장시키기 때문이다. 이런 부분은 별도의 제목을 붙이고, 본문과 다른 서체로 구분하는 게 좋다. 별장을 구성하는 요소들은 소설의 다른 모든 부분과 아주 달라야 한다.

나는 치명적인 말라리아 변종이 미국에 유입된 이야기를 다룬 소설 『스팅거Stinger』에서 별장을 사용했다. 이 소설의 시점인물은 세 명인데, 나는 얼마나 다양한 사람이 모기에 물리고 그 병을 옮기는지 보여주고 싶었다. 물릴 당시에는 그런 일이 자신에게 일어나고 있다는 사실을 누구도 모르는 데다 모기에게 물린 사람들은 다 죽어버리기 때문에 그때그때 시점 이동이 필요했다. 나는 각 시점인물을 별장 10개에 배치했고, 각 인물의 분량은 한 쪽 반을 넘지 않게 했다. 이 별장은 소설이 다루는 이야기의 범위를 확대시킴으로써 그 비극을 개인적이면서도 또 모두에게 영향을 미치는 것으로 만들었다. 사회적 위치, 경제적 능력, 신분에 상관없이 모기는 아무 사람이나 문다는 특성 때문이었다.

대개의 작가는 FBI 보고서나 신문 기사, 일기, 여론 조사, 전화 대화 등 소설 속 이야기와 밀접하게 연관되진 않지만 전개에 도움이 되는 정보나 짧은 장면을 별장에 배치한다. 물론 별장 때문에 이야기가 파편화되는 대가는 치러야 할 것이다. 하지만 이 구조는 다른 방식으로는 삽입할 수 없는 정보를 집어넣을 수 있는 방법이다. 그리고 실보다는 득이 많다. 결국 이 구조가 자신의 소설과 맞는지 안 맞는지 판단하는 것은 각자의 몫이다.

어떤 구조가 적합할까?

이렇게 많은 구조 중에서 어떤 구조를 선택하는 게 좋을까? 두 가지 길이 있다. 하나는 소설을 쓰기 전에 미리 구조 하나를 선택한 다음 그게 맞는지 점검하는 것이다. 다른 하나는 구조 없이 일단 소설을 쓰는 것이다. 즉, 초고를 끝내고 개고를 할 때 어떤 구조를 선택할지 결정한다.

이 중 어떤 길을 선택하는가는 자신의 작업 방식에 따라 다르다. 어떤 작가들은 미리 개요를 짜고 개요에 따라 작업을 진행한다. 이런 작가들은 구조도 미리 설계한다.

하지만 일단 물속으로 뛰어들어 수영부터 하고 보는 작가도 있다. 허우적거리며 어떻게 해서든 소설이라는 바다를 건너 해안에 도착한 다음에 혼란스럽기 그지없는 원고를 꺼내서 착착 찢고는 처음부터 완전히 다시 쓴다. 이런 작가는 두 번째 원고부터는 구조를 미리 설계한 다음에 작업을 시작할지도 모른다.

어떤 방식이든 성공적인 결과를 얻을 가능성은 있다. 명심할 것은 구조의 용도가 무엇인지 알아야 한다는 점이다. 구조 설계는 시점이 이동될 때 다양한 시점이 제대로 연결되고 자연스럽게 보이도록 독자를 이끄는 데 목적이 있다.

3인칭 시점은 제한적이든 다중이든 간에 유용하고 제약이 적다. 마음껏 소설을 쓰기 위해 필요한 시점이 바로 이 시점일 수 있다.

노벨문학상을 수상한 작가들은 어떤 시점을 썼을까?

- 싱클레어 루이스(1930년 수상): 『메인 스트리트Main Street』, 『배빗Babbit』, 『애로스미스Arrowsmith』 등 전지적 작가 시점을 주로 썼다.
- 펄 벅(1938년 수상): 『대지』는 3인칭 다중 시점이다.
- 윌리엄 포크너(1949년 수상): 『소리와 분노』는 1인칭 다중 시점, 『압살롬 압살롬!Absalom, Absalom!』은 3인칭 다중 시점, 『내가 죽어 누워 있을 때As I Lay Dying』는 1인칭 시점이다.
- 어니스트 헤밍웨이(1954년 수상): 『무기여 잘 있거라』와 『태양은 다시 떠오른다The Sun Also Rises』은 1인칭 시점, 『누구를 위하여 종은 울리나Whom the Bell Tolls』와 『노인과 바다The Old Man

and the Sea』는 3인칭 시점이다.

- 존 스타인벡(1962년 수상): 『생쥐와 인간』은 3인칭 제한적 근거리 시점, 『분노의 포도The Grapes of Wrath』와 『에덴의 동쪽East of Eden』은 3인칭 다중 시점이다.
- 솔 벨로(1976년 수상) 『허조그Herzog』은 3인칭 시점이고 『험볼트의 선물Humboldt's Gift』과 『오늘을 잡아라Seize the Day』은 1인칭 시점이다.
- 토니 모리슨(1993년 수상): 『빌러비드』, 『솔로몬의 노래』, 『슐라Sula』에서 3인칭 다중 시점을 썼다.

어느 시점을 사용하든 위대한 소설을 쓸 수 있다. 중요한 건 자신의 소설에 가장 적합한 시점을 선택하는 것이다.

마무리: 3인칭 시점

3인칭 시점은 3인칭 제한적 시점(한 인물의 머릿속에 들어가 있는)과 3인칭 다중 시점(둘 이상의 머릿속에 들어가 있는)으로 나눌 수 있다. 그리고 모두 3인칭 근거리 시점, 3인칭 원거리 시점, 그리고 그 중간인 3인칭 중거리 시점을 취할 수 있다.

3인칭 근거리 시점은 1인칭 시점만큼이나 긴박감이 있고 독자가 인물과 동일시할 수 있으며 인물이 개성적인 말투를 쓸 수 있다. 3인칭 원거리 시점은 독자가 인물과 공감하기를 원하지 않을 때나 인물에 대한 복합적인 설명을 해야 할 때 유용하다. 그러나 3인칭 근거리 시점보다 긴박감이 덜하며 글을 더 잘 써야 한다. 3인칭 중거리 시점은 모든 시점 가운데 가장 융통성이 크다. 거리를 이동할 때는 탁탁 끊어지는 효과를 피하기 위해 매끄럽게 써야 한다.

3인칭 다중 시점은 3인칭 제한적 시점에 비해 더 많은 인물을 발전시킬 수 있기 때문에 다양한 이야기를 다룰 수 있는 장점이 있다. 또 같은 사건에 대해 엇갈리는 견해를 제시해 독자의 흥미를 불러일으킬 수도 있다. 3인칭 다중 시점의 소설에서는 모든 시점인물을 되도록 초반에 소개하고, 독자가 각 인물에 공감할 수 있도록 충분한 시간을 들여 소개해야 한다. 모든 시점인물을 소개한 뒤에는 한 인물의 시점으로 한 장면씩 또는 한 장씩(이게 더 좋다) 쓰자. 하지만 대중소설 가운데는 이 지침을 무시하는 소설들이 있다.

절정에서 시점인물은 누구로 할지 신중하게 생각하자. 누구를 선택하는가에 따라 소설의 의미가 달라질 것이기 때문이다.

3인칭 다중 시점 소설은 주기적 시점 이동, 연대기적 구성, 병렬 전개라는 구조와 프롤로그, 에필로그, 별장을 통해 체계화할 수 있다.

야외에서 나무, 건물, 공사장 등 흥미를 끄는 것들을 찾아본다. 그런 뒤에 15미터쯤 떨어진 곳에 서서 이를 묘사하는 글을 한 문단 정도 쓴다. 그다음에는 1.5미터쯤 떨어진 곳으로 가서 똑같이 한다. 다르게 느껴지는 것이 있는가? 가까이 왔을 때의 묘사는 무엇에 강조점을 두고 있는가?

이번에는 15센티미터 떨어진 곳에서 같은 연습을 반복한다.

잘 아는 사람을 한 명 꼽는다. 3인칭 근거리 시점, 즉 자신의 시점으로 간단하게 그의 외모를 묘사한다. 이제 3인칭 원거리 시점으로 써본다. 두 글에서 강조되는 것들에 차이가 있는가?

가장 좋아하는 3인칭 다중 시점 소설을 골라 살펴보며 시점이 이동하는 부분을 표시한다. 시점인물이 어떤 순서로 소개되어 있는가? 그 이유를 짐작할 수 있는가? 각 인물의 비중은? 작가는 시점인물을 주기적으로 바꾸고 있는가?

자신이 쓴 소설로 똑같이 해본다.

프롤로그가 있는 소설을 세 권 정도 찾아본다. 각 소설에서 이 서술이

어떤 기능을 한다고 생각하는가?

15장

전지적
작가 시점:
작가는 신이다

작가가 개입하지 않는 소설은 없다.

작가는 신神이다. 우리 작가들은 세상을 창조하고, 그곳을 인물들로 채우고, 심지어 파괴하기도 한다. 물론 작가들은 어떤 시점에서도 이렇게 할 수 있지만, 전지적 작가 시점은 그 과정에 또 다른 층을 더할 수 있다. 전지적 작가 시점에서 작가는 독자에게 직접 말을 건넬 수 있다. 조물주가 자신의 피조물을 설명하듯.

작가가 이렇게 직접 독자에게 말하는 것이 전지적 작가 시점의 두 가지 특징 중 하나다. 또 다른 특징은 이제까지 논의했던 시점의 온갖 규제를 다 무시하고 모든 인물의 마음속을 자유자재로 들락날락할 수 있는 자유를 얻는다는 점이다('전지적全知的'은 사전적으로 '모든 것을 다 안다'는 뜻이다). 전지적 작가는 어떻게 이런 자유를 얻을 수 있는 걸까? 전지적 작가가 되려는 이유는? 그래서 치르는 대가는 무엇이며, 반대로 얻는 것은 무엇일까?

이 질문들에 답하기 위해서는 전지적 작가 시점이 무엇인지부터 살펴봐야 한다.

19세기의 작가는 모두 전지적 작가 시점으로 소설을 썼는데, 그건 아마도 이 시점보다는 통제의 정도가 약한 3인칭 제한적 시점이 이후에 등장했기 때문일 것이다. 빅토리아 시대의 작가들은 자신이 창조한 사건에 대해 마음껏 자신의 의견을 개진했을 뿐 아니라 사실 그것을 의무라고 여겼다.

다음은 토마스 하디의 『테스Tess of the D'Urbervilles』에서 임의로 발췌한 부분이다. 이 소설의 작가는 자신이 누구에게 초점을 맞추고 있으며, 독자가 그 결과를 어떻게 봐야 하는가를 설명한다. 첫 문장에서 작가는 길을 걸어가는 젊은 여성들의 행렬에 어린 소녀, 중년과 초로의 아낙이 몇 명 섞여 있다고 설명한다.

제대로 볼 눈만 있으면, 어쩌면, 아직 나이가 어린 회원들보다는 시름과 풍상을 겪어서 "살아보니까 재미가 하나도 없더군"이라고 말할 때가 다가오는 이들에게서 배울 것이 더 많다고 할 수 있다. 하지만 여기서 나이든 사람들은 잠시 제쳐놓고 꼭 끼는 조끼 속에서 빠르고 뜨겁게 생명이 약동하는 사람들에게 눈을 돌리도록 하자.

이 시절의 테스 더비필드는 경험의 때가 아직 물들지 않아 오직 감정에 따라 행동하는 아이였다.

불멸하는 자들의 우두머리가 테스와의 놀이를 끝냈다.

이 단락들에는 모두 인물의 대화나 생각이 없다. 모두 작가의 견해와 해석이고 작가는 독자에게 직접 말하고 있다. 20세기 초반에 작가가 직접 개입해 자신의 목소리를 내는 서술 방식은 인기가 떨어졌고, 이 방식에 뒤따르던 자유로운 시점 이동(head-hopping)도 인기가 시들었다. 자유로운 시점 이동은 작가가 자유자재로 다른 인물들의 생각을 알리고, 때로는 한 단락 안에 여러 인물의 생각을 한꺼번에 드러내는 것을 뜻한다. 이 모든 것은 엄격하게 시점을 통제해 작가 자신은 내보이지 않고 인물이 자신의 방식대로 행동하게 하는 방식으로 대체되었다.

그러나 추는 언제나 제자리로 돌아온다. 전지적 작가 시점은 노골적으로 작가가 개입하는 형태로 다시 등장했다. 존 파울즈는 『프랑스 중위의 여자The French Lieutenant's Woman』에서 등장인물만큼이나 존재감이 뚜렷하다. 즉『테스』에서 작가가 그러하듯 높은 가지에 걸터앉아 인물의 행동을 설명한다("오늘날 부유층에서 흔히 보이는 가장 공통적인 징후는 사람의 정신을 파괴하는 신경쇠약이다. 하지만 (찰스가) 살던 시대에는 그 징후가 무사태평한 권태감이었다"). 이 소설의 작가는 19세기의 '나'를 사용해 독자에게 직접 말을 건넨다.

찰스는 미국인의 억양을 듣고 자신과 거의 비슷한 생각을 감지했다. 그리고 그는 아주 미약하긴 하지만, 다윈의 유추를 통해서만 볼 수 있는 것을 감지했다. 즉, 언젠가는 미국이 더 오랜 종족을 대치할 거라는 거다. 내 말은 물론, 가난한 영국인들이 매년 미국으로 가고 있는 건 사실이지만 그렇다 해도 그가 미국으로 이민 갈 생각을 하고 있다는 뜻은 아니다.

그는 더 나아간다. 소설 속에 수염을 기른 남자의 머릿속으로 직접 들어가 기차 안에서 찰스를 지켜보면서 "당신을 내가 어떻게 다루어야 할까?"라고 고민한다. 여기서 작가의 개입은 소설을 두 가지 결말로 끝내면서 독자가 직접 결말을 선택하게 하는 데까지 이른다. 게다가 새로운 장이 시작되기 전에(때로는 새로운 문단이 시작되기도 전에) 인물의 마음속을 마음대로 들락거린다.

메타픽션에 최적인 전지적 작가 시점

존 파울즈 같은 작가가 전지적 작가 시점으로 소설을 쓰는 까닭은 무엇일까? 독자의 불신으로 긴장감이 떨어질 게 뻔한데도 말이다. 전지적 작가 시점은 소설 속 또 다른 세계를 현실로 느끼지 못하게 만든다. 대신 작가가 노골적으로 개입함으로써 이 이야기가 허구라는 것과 시점이 분열되어 있다는 것을 상기시킨다.

앞에서 소설 쓰기는 사실 상호 교환이라고 했는데, 그렇다면 이 시점에서 전지적 작가는 무엇을 얻을까?

작가는 자신이 잃는 바로 그것을 얻는다. 현실이 아니라 허구임을 상기시키는 것이다. 이를 원하는 작가, 이렇게 써야 하는 소설이 있다. 전지적 작가 시점에서 독자와 인물의 거리는 더욱 멀어져 동일시하기가 점점 어려워진다. 옛말에 이르기를 "둘이면 친구, 셋이면 남"이라고 하는데, 전지적 작가 시점은 독자와 주인공 사이에 제3자인 작가까지 끼어드는 것이다. 전지적 작가 시점은 더 큰 관점, 즉 현실 자체를 펼쳐 보이기 위해 의도적으로 독자와 인물의 거리를 멀리 떨어뜨린다. 전지적 작가 시점으로 소설을 쓰는 작가는 독자가 인물과 동일시하는 것을 주요 목적으로 삼지 않는다. 독자가 사건 자체에 녹아들기보다는 사건에 대한 통찰력을 갖는 데 목적을 둔다.

『프랑스 중위의 여자』에서 이런 작가의 태도는 극단으로 치닫는다. 이 소설의 작가는 현실, 시간, 사회 변화, 그리고 소설 자체의 의미를 설명하고, 독자도 자신과 함께 기꺼이 그 놀이에 참여하기를 바란다. 이는 메타픽션metafiction(스스로 허구라는 것을 의식적, 체계적으로 드러내는 소설), 즉 소설에 관한 소설이다. 전지적 작가 시점은 이렇듯 허구라는 소설의 본질을 강조하므로 메타픽션에 적격이다.

전지적 작가 시점이 유용한 건 이뿐만이 아니다. 전지적 작가 시점에서는 소설의 의미를 찾아 항해하는 작가의 권한이 그 어느 시점에서보다 크다. 정도의 차이가 있을 뿐 거의 그렇다.

전지적 작가 시점의 장단점

모든 전지적 작가 시점의 소설이 『프랑스 중위의 여자』처럼 작가의 개입이 극단적인 것은 아니다. 사실 대부분의 소설은 그렇지 않다. 메타픽션이 아니기 때문이다. 대부분의 전지적 작가 시점

소설에서 작가는 독자가 잠깐 동안 이 허구의 세계를 현실로 받아들이기를 원한다. 하지만 또한 그 세상을 어떻게 해석해야 할지 독자에게 말하고 싶어 한다. 따라서 작가의 개입으로 여러 결말을 내놓는다든지 자신을 인물 중 하나로 끼워넣는 일 등의 '심리전'을 하지 않는다. 오히려 자유로운 시점 이동과 인물의 행동에 관한 자유로운 논평 또는 독자를 위한 이야기 해석 등을 한다.

허먼 우크의 『혈기 왕성한 호크』를 보자.

여자가 처음으로 자신의 첫아이를 팔에 안을 때 어떤 느낌이 드는지 남자는 알 수 없다. 하지만 막 인쇄되어 나온 자신의 첫 작품을 받아든 작가의 느낌이 바로 그런 느낌이 아닐까. 책은 직사각형 모양이었고, 겉표지에 그의 이름이 붙은 채 흠 하나 없이 그의 손 안에 놓여 있다. 이 책이 위대한 이들의 세계로 들어가는 입장권이 되어줄 것이다. 필딩, 스탕달, 멜빌, 톨스토이, 이들 모두 책을 썼다. 그런데 그가 쓴 건 고작 이 책 한 권이다……. 환희는 오래가지 않는다. 그럴 수가 없다. 너무 날카롭다. 그가 숨을 스무 번 들이마시기 전에 그 기쁨은 사라져버렸다. 그러나 스무 번의 숨을 쉬는 동안 그는 최고의 향기를 맡았다. 철저한 성취라는 향기. 이후로는 무슨 성공을 거둔다 해도 어느 작가나 겪기 마련인 시련과 기쁨을 가진 그저 또 다른 작가에 불과할 것이다. 따라서 순수한 기쁨으로만 가득 찬 이 처음의 상태를 다시 맛보는 일은 없을 것이다.

이 글은 이제 겨우 책 한 권을 펴낸, 또 다른 책을 펴낼 때 어떤 기쁨을 느낄지 모르는 주인공의 생각이 아니다. 작가 자신이 관찰한 내용이다. 여기서 작가는 독자의 생각을 조종해서 자신이 원하는 대로 이 사건이 얼마나 중요한지를 보게 만든다. 또한 독자가 소설 속의 세계를 현실로 여기고 인물의 삶 속으로 들어가기를 원하면서도, 동시에 작가로서 소설 전체에 철저히 개입한다.

이런 전지적 작가 시점은 정도가 좀 약할 뿐이지 작가가 완벽히 개입하는 경우와 장점과 단점이 같다.

전지적 작가 시점의 장점

- 인물의 행동에 대한 독자의 해석을 직접 조종할 수 있다.
- 더 큰 관점으로 소설의 맥락에 대해 견해를 밝힐 수 있다.
- 인물들의 시점에 작가의 시점을(때로는 인물들과 대조되는 시점) 더함으로써 더욱 풍성해질 수 있다.
- 현실, 소설, 그리고 진실의 본질을 다루는 메타픽션에 유용하다.
- 어떤 인물의 마음속에나 자유자재로 들어갈 수 있다.

전지적 작가 시점의 단점

- 허구의 세계라는 것을 인식시켜 소설 속 세계에 대한 환상을 깨 버린다.
- 이야기를 파편화한다.
- 인물과 독자의 거리를 3인칭 원거리 시점보다 멀리 떨어뜨린다.
- 시점의 연속성을 잃는 대신 일반적인 소설보다 더 수준 높은 글을 써야 한다.

전지적 작가 시점으로 소설을 쓰기로 했다면 명심해야 할 몇 가지 지침이 있다.

첫째, 전지적 작가 시점의 수위를 정해야 한다. 존 파울즈가 『프랑스 중위의 여자』에서 했던 것처럼 소설의 허구성에 주목시키기 위해 극단적인 형태로 갈 것인가? 아니면 때때로 독자에게 직접 말을 건네는 정도에서 그칠 것인가?

둘째, 전지적 작가 시점을 소설의 시작 부분에 설정한다. 아주 초반이어야 한다. 첫 번째 단락이 가장 좋다. 여의치 않아도 최소한 처음 몇 쪽 안에서 전지적 작가 시점임을 분명히 밝히는 게 좋다. 독자에게 말 몇 마디 건네는 정도로는 안 된다. 작가가 이 소설 속에 모습을 드러낼 거라는 점을 분명히 확인시켜야 한다. 그래야 독자도 그에 맞춰 기대를 하기 때문이다.

예를 들어보자. 『프랑스 중위의 여자』에서는 세 번째 단락에 영국의 라임에 위치한 바닷가의 성벽이 묘사되면서 작가의 존재가 드러난다.

원시적이면서도 복잡하고, 거대하면서도 섬세하고, 헨리 무어나 미켈란젤로의 작품들만큼이나 모호한 곡선과 양감으로 가득 차 있고, 순수하고, 깨끗하고, 질감의 모범이라고나 할까? 내가 과장이 심하다고? 그럴지도 모른다. 하지만 내 말이 진짜인지 아닌지 시험해봐도 좋다. 내가 이 글을 쓴 이래 라임이라는 마을은 변했는데도 불구하고 해안의 벽은 거의 변하지 않았으니까. 그리고 그 시험은 당신이 육지 쪽으로 눈을 돌리면 공정하다고 볼 수 없다.

이 한 단락에서 작가는 '나'라는 말을 세 번이나 쓰고, 이 소설의 배경이 1867년인데도 "내가 이 글을 쓴(1969년) 이래"라고 표현한다. 1867년에는 태어나지도 않은 헨리 무어의 조각도 언급한다. 여기서 작가는 독자의 신뢰감을 얻거나 배경인 1867년 속으로 들어가게 하는 데 관심이 없다. 대신 독자의 모든 관심을 이제막 펼쳐지는 소설의 창작자인 자신에게 끌어모으는 데 온 힘을 기울인다. 그리고 소설의 시작 부분에서 그 점을 명확히 알린다.

이처럼 전지적 작가 시점에서는 자신이 작가로서 모든 인물의 생각 속으로 들어가는 창작자의 특권을 펼치고 있다는 점을 분명이 해야 한다. 되도록 빨리 그리고 충분히 드러내야 한다. 그래야 독자가 작가의 개입을 예견하고 준비할 것이기 때문이다.

마지막으로 작가가 개입하는 소설은 읽을 가치가 있다는 확신을 줄 수 있어야 한다. 전지적 작가 시점은 현대 소설의 경향과는 반대로 가고 있어서 독자를 당황스럽게 할 수 있다(오늘날 전지적 작가 시점이 대중소설보다는 순수소설에 한정되는 이유다). 보통은 이 시점으로 흥미롭고 재미있는 이야기가 펼쳐질 것이므로 작가의 개입에 따른 단점을 보완하고도 남는다는 사실을 일찍 확인시키는 방식을 쓴다. 암시나 비유, 역사, 리듬감으로 가득한 문장을 쓰자. 그럴 수 없거나 흥미로움 이상을 보여줄 수 있는 좋은 글을 쓸 수 없다면 전지적 작가 시점보다 3인칭 다중 시점이 낫다.

전지적 작가 시점에서는 다음을 유의해야 한다.

- 시점을 띄엄띄엄 써서는 안 된다. 일단 전지적 작가 시점을 선택했다면 끝까지 최대한 활용한다. 몇 장에 한 번씩 작가 개입이 띄엄띄엄 이루어진다면 의도적인 시점 선택이라기보다는 실수처럼 보인다.
- 강력한 작가의 존재를 보이지 않고 인물의 마음속에 들락날락하는 것은 전지적 작가 시점이 아니다. 엉성한 3인칭 다중 시점일 뿐이다.
- 전지적 작가를 최대한 빨리 등장시키지 않으면 안 된다.
- 서술로 이미 전달한 것에 대해 작가가 의견을 드러낼 때는 흥미로운 요소가 없으면 안 된다. 같은 말을 반복할 거라면 작가의 목소리가 무슨 소용이 있겠는가.

어떤 소설이든 작가의 시점이 들어 있다는 사실을 깨닫는 것이 중요하다. 작가의 할 일은 어떤 사건을 집어넣을지, 그 사건을 어떻게 보여줄지, 인물들이 어떻게 반응할지를 결정하는 것이다. 소설과 관련된 무엇이든 그 모양새를 만드는 사람이 바로 작가라는 말이다. 그런 의미에서 작가가 개입하지 않는 소설은 없다. 다른 시점에서는 작가의 존재가 눈에 띄지 않는 것뿐이다. 작가는 무대 뒤에서 이야기의 효과를 내기 위해 날개 속에 숨어 일한다.

하지만 전지적 작가 시점에서 작가는 인물과 함께 무대 위에 올라가 독자들에게 자신의 존재를 알린다(손튼 와일더의 희곡『우리 읍내Our Town』의 무대감독이 바로 이런 역할이다. 이 작품은 극작가뿐 아니라 소설가도 공부할 가치가 있다).

이처럼 전지적 작가 시점은 수준 높은 시점이며 아무 소설, 아무 작가에게나 맞는 시점이라고는 볼 수 없다. 그러나 엄청난 보상을 받을 수 있으므로 작가라면 시도해볼 만한 가치가 있다.

마무리: 전지적 작가 시점

19세기에 일상적으로 쓰이던 전지적 작가 시점은 현대 소설에서도 효과적으로 쓰일 수 있다. 전지적 작가 시점의 장점은 크게 두 가지다. 아무 때나 어느 인물의 생각 속으로(모든 것을 알기 위해) 불쑥 들어갈 수 있는 자유가 있다는 것과 독자에게 직접 말하는 식으로 작가가 강력하게 개입할 수 있다는 것이다. 여기서 작가의 개입은 소설 속에 직접 끼어드는 것부터, 단순히 독자에게 직접 말을 건네 독자의 해석을 유도하는 것에 이르기까지 다양하다.

전지적 작가 시점은 소설에 대한 작가의 해석과 소설 속 사건을 더 넓은 맥락에서 이해하고, 더 풍성하게 재현하며, 소설의 현실성을 자유로이 다루는 데 초점을 맞춘다. 이 점이 이 시점의 장점이다. 단점은 이야기를 파편화하고, 인물과 독자의 거리를 더 멀리 떨어뜨리며, 소설 속 세계에 대한 환상을 깨버린다는 점 등이다. 이런 단점을 보완하기 위해 전지적 작가 시점의 소설은 다른 시점에 비해 수준 높은 문장력이 필요하다. 또한 전지적 작가 시점을 잘 쓰려면 이 시점을 소설의 시작 부분에 빨리 알리고, 지속적으로 그리고 최대한 잘 활용해 작가의 개입을 정당화할 만한 보상을 해야 한다.

전지적 작가 시점과 3인칭 다중 시점의 차이

3인칭 다중 시점에 설명이 많으면 전지적 작가 시점과 무척 비슷하다. 이는 설명이 모습은 드러나지 않지만 작가의 시점으로 쓴 것이라고 볼 수 있기 때문이다. 그런 경우 인물 가운데 이렇게 생각하거나 말하는 이를 찾을 수 없다. 분명한 문체(농담처럼, 비꼬듯, 낭만적으로)로 쓴 설명은 단순한 정보를 제시하는 데서 그치지 않고 어떤 존재가 개입하는데, 그 존재는 바로 작가라는 게 암시된다.

전지적 작가 시점과 3인칭 다중 시점은 엄격하게 분리된 게 아니라 하나가 다른 하나로 미끄러져 들어가듯 이어져 있다. 하지만 이 중간 즈음에 자리 잡고 마음 내키는 대로 인물들의 마음속으로 불쑥불쑥 들어가서 작가의 존재를 암시한다면, 엉성한 3인칭 다중 시점이나 약한 전지적 작가 시점으로 보이기 쉽다. 가장 좋은 건 둘 중 하나로 확실히 정한 뒤 그 시점의 장점을 최대한 활용하는 것이다. 어떤 시점을 쓰고 싶은지 결정하자. 그러면 시점 오류를 피하는 게 의외로 쉽다는 사실을 알 수 있고, 안목이 있는 독자(그리고 편집자)로부터 한층 신뢰를 얻을 것이다.

자신에게 텔레파시 능력이 있다고 가정해본다. 거리 모퉁이나 사람들이 다니는 곳에 선다. 맨 처음 지나가는 사람 서너 명을 주목한다. 그들은 무슨 생각을 하고 있을까? 각자의 생각을 묘사하는 문장을 쓴다.

실전 연습 01에서 쓴 묘사에 일정한 형식이 있는가? 대부분의 사람은 (짐작컨대) 어떤 생각을 하는가? 평범한 생각? 흥미로운 생각? 무서운 생각? 아니면 어떤 다른 양상이 있는가? 그렇다면 그 지배적인 인상에 대해 자신이 어떻게 느끼는가? 슬픈가? 지루한가? 문명의 몰락에 대한 증거로 받아들이는가? 특별한 형식이 없다면 생길 때까지 계속 '엿들은' 생각을 바꾸자. 이게 소설이다. 기억하자.

실전 연습 01에서 만들어낸 인물의 생각을 한 단락으로 구성하되 작가로서 자신의 태도를 더한다. 이로써 소설의 무대가 만들어질 것이다. 또한 자신이 창조한 소우주에 관한 작가의 견해를 설정해줄 것이다.

존 파울즈의 『프랑스 중위의 여자』, 존 치버의 단편소설 「교외의 남편 The Country Husband」, 또는 손튼 와일더의 『우리 읍내』를 읽어보자. 각 작품에서 작가의 개입은 적절한가? 그렇다면 그 이유는? 그렇지 않다면 그 이유는?(자신이 작가의 개입을 좋아하든 안 하든 그건 상관없다. 그 작가들이 왜 전지적 작가 시점을 선택했는지 그 이유를 이해하자.)

실전 연습 05

자신이 쓴 소설 가운데 한 장면을 고른다. 시작 부분이면 더 좋다. 그 부분을 전지적 작가 시점으로 다시 쓴다. 이때 어쩔 수 없이 내려야 하는 결정이 있는가? 그 결과가 원래보다 나은가?

16장

비평가:
작가의 네 번째
페르소나

유능한 비평가는 소설을 예리하게 다듬고
초점을 명확하게 만들도록 제안함으로써
우리의 재능과 노력을 최대치로 끌어올린다.

이제 우리 머릿속에는 인물들이 부산스럽게 움직이고 있을 것이다(15장에 걸쳐 연습했으니 머릿속에 인물들이 활기차게 돌아다닐 것이라고, 적어도 희망한다!) 인물들은 무언가를 원한다. 무언가를 느낀다. 태도, 희망, 꿈, 두려움을 갖고 있다. 관점이 있다.

그렇다면 이제 그들을 데리고 무엇을 할 것인가?

자리를 잡고 앉아 소설을 쓰는 일만 생각하면 극도의 두려움이 엄습할 수도 있다. 소설은 아주 길다. 따라서 많은 일이 그 안에서 벌어질 것이다. 많은 변화가 인물들에게 일어날 것이다. 그리고 무엇보다도, 우리는 너무나 많은 점을 한꺼번에 명심하고 있어야 한다. 어떻게 해야 할까? 시작이나 할 수 있을까?

이 모든 것을 동시에 적용하지 않으면 어떻게 될까?

소설 쓰기를 가로막는 가장 큰 장애물은 작가의 자의식이다. 자의식은 여러 가지 형태를 취하지만 하나같이 작가의 영혼을 파괴하는 특성을 지니고 있다.

- 아주 대단한 문장을 만들어야 한다고, 그렇지 않으면 아무 소용이 없다고 느낀다. 설상가상 그걸 초고에서 기대한다. 그렇지 않으면 '위대한 작가'가 아니라고 생각한다.
- 훌륭한 작품을 쓰기 위해서는 이 책에서 다룬 것을 비롯해 머릿속에 모든 글쓰기 규칙과 지침이 들어 있어야 한다고 생각한다.
- 자신의 글을 끊임없이 레프 톨스토이, 제인 오스틴, 어니스트 헤밍웨이 등 문학적 스승이자 위대한 작가들의 작품과 비교한다.
- 한 단락 쓸 때마다 제대로 쓰고 있는지 계속 의심한다.

이 문제 중 한 가지만으로도 소설은 엉망진창이 될 수 있다. 만약 이 중 하나 이상의 문제로 고민하고 있다면, 조지프 콘래드가 묘사한 대로 자신이 지옥에 있다고 느낄 것이다. "어느 때는 내 결단력과 힘을 다 합쳐야 겨우 내 머리를 벽에 찧지 않도록 통제할 수 있다. 그럴 때면 입에 거품을 물고 길게 울부짖고 싶지만 감히 그렇게 하지도 못한다." 어쨌든 비명을 지르고 입에 거품을 문다고 해서 글이 나오는 건 아니다.

심지어는 이런 절망적인 상태를 입증한 연구 결과도 있다. 1908년 초에 하버드대학의 연구자들은 글쓰기와 같은 작업에서 "낮은 수준의 자극과 높은 수준의 자극 모두가 성취를 방해한다"는 사실을 발견했다. 이 말은 충분히 각성되지 않은 상태일 경우 (소설을 쓰는 데 별 흥미가 없을 경우) 별 진전이 없을 거라는 말이다(여기서는 별로 놀랄 게 없다). 하지만 이 연구 결과에서 놀라운 점은 지나치게 흥미를 느낄 경우에도 쓰지 못할 거라는 사실이다. "높은 수준의 자극"이 호르몬에 영향을 미쳐 성취를 방해할 수 있는 불안감을 일으킨다는 것이다.

더구나 좋은 소설을 쓰기 위해서는 우리가 소설 속 인물이 되고, 동시에 작가도 되고, 또한 독자도 되어야 한다는 사실까지 생각해보자. 많은 사람이 소설 쓰기를 아주 어렵게 느끼는 것도 무리는 아니다. 하지만 이 일을 더 쉽고 효과적으로 만들기 위해 쓸 수 있는 기술이 있다. 그중 하나는 작가, 독자, 인물이라는 세 사람의 역할에 네 번째 페르소나, 즉 비평가를 보태는 것이다. 그렇다, 우리는 비평가도 되어야 한다. 하지만 '너무 빨리' 되어서는 안 된다.

자신의 직관을 믿자

이 책의 처음에 이야기한 것을 요약하면, 작가로서의 불안을 더는 첫걸음은 작가가 되는 건 잊어버리고 인물이 되는 것이다. 인물이 되어 그가 생각하는 대로 생각하고, 그가 느끼는 대로 느끼고, 그가 보는 대로 보고, 그가 냄새 맡는 대로 냄새 맡자. 그의 머릿속으로 들어가자.

그다음에 작가가 되자. 이때 자신의 자아는 빼야 한다. 우리는 인물이 가는 길에 지나는 통로일 뿐이다. 인물의 인식, 말, 행동을 종이 위에 옮기려고 애쓰면서 초고를 쓰자. '초고'는 개인적 기질에 따라 하루 동안 쓴 글이 될 수도 있고, 한 장면 또는 소설 전체가 될 수도 있다.

이런 식의 글쓰기가 힘들다면 시간을 짧게 정하고 써보자. 대략 20분 정도면 괜찮다. 자신의 직관을 믿고 그냥 쓰자. 소설은 회의록이나 일지처럼 기계적으로 쓰는 게 아니다. 우리는 마음속에 실제 인물을 염두에 두고 있고, 그가 이 장면에서 무엇을 할지 대충은 알고 있다. 목표는 불안에 떨지도 말고 비판을 하지도 말고 인물이 행동하게 만드는 것이다. 자신을 잊어버리자. 고작 20분인데 할 수 없겠는가? 그리고 그게 쉬워지면 글쓰기 시간을 좀 더 늘린다.

그리고 독자가 되어라. 여기까지도 자신은 잊고 있어야 한다. 한 번도 보지 못했고 그다음 장면에 무슨 일이 일어날지 전혀 모르는 독자의 입장에서 첫 문장을 읽자. 첫 문장은 어떤 이미지인가? 자신이 의도한 바가 맞는가?

예를 들어 소설의 시작이 다음과 같다고 해보자.

비상벨이 울리는 바람에 깜짝 놀라 잠에서 깬 러스는 시트에 칭칭 감긴 다리를 침대 아래로 늘어뜨린 채 흔들었다. 잠깐 동안 눈을 깜박거리며 앉던 그는 벌떡 일어나 바지를 찾았다. "테리! 테리!" 큰 소리로 테리를 불렀다. "일어나! 불이야!"

맞은편 방의 테리는 이미 움직이고 있었다. 둘은 문을 향해 힘껏 달렸다.

이 글을 읽고 독자는 무엇을 알 수 있을까? 작가가 알고 있는 것과 다른 것만은 확실하다. 인물들이 집 안에 있는가, 아니면 소방서에 있는가? 이들의 행동은 작전 개시에 들어간 소방관들의 질서 있는 행동일까, 아니면 화재탐지기가 울려 겁에 질린 부부의 반응일까? 테리는 러스의 아내일까? 동료일까? 테리는 남자일까, 아니면 여자일까? 러스는 왜 촌각을 다투는 그 순간에 발에 시트를 칭칭 감은 채 멍하게 앉아 있는 걸까? 갑자기 잠에서 깬 시민이기 때문에? 아니면 소방서에 갓 들어온 신입 소방관이기 때문에? 전날 밤 술을 너무 많이 마셨기 때문에?

작가는 이 모든 질문의 답을 알고 있다. 묘사된 것보다 훨씬 더 자세하게 그 장면을 보기 때문이다. 따라서 독자가 되어보지 않으면 이런 괴리를 감지하기 쉽지 않다.

앞의 글을 다시 읽어보자. 자신이 썼다고 가정해보자. 그러면 이미 앞의 질문들에 대한 자세한 답이 떠오를 것이다. 이제 이를 포함해 시작 부분을 다시 써보자. 다음은 그 예다.

비상벨이 울리면서 귀청이 떨어져라 시끄러운 소리가 소방서 안에 끝없이 울렸다. 소스라치게 놀라 잠에서 깬 러스는 눈을 깜박이며 침대 옆에 늘어뜨린 다리를 흔들거리며 있다가 소중한 시간을 날려버렸다. 여기가 어디지? 하나님, 맙소사! 출근한 첫날에……불이라니! 그는 벌떡 일어나 바지를 찾아 입고, 혼란 속에서 놓쳐버린 순간을 보상이라도 하려는 듯 외쳤다. "테리! 테리! 일어나! 불이야!"

건너편 방에서 그녀는 이미 움직이고 있었다. "이봐, 신입! 입 다물고 바지나 찾아 입어!" 둘은 동시에 문을 향해 힘껏 달렸다. 약오르게도 테리는 러스보다 몇 걸음 앞서 달리고 있었다.

이제 우리는 우리가 어디에 있는지, 이들이 뭐 하는 사람들인지, 그리고 이들의 성격 일부까지 알게 되었다. 작가가 독자가 되어보지 않고 자신이 보는 것만을 본다면 처음 쓴 글이 얼마나 엉성한지 깨닫지 못한다.

소설을 여는 첫 장면에서 자세한 정보는 필수다. 그 순간 독자는 그 장면이나 인물에 대해 백지 상태다. 그러니 후에 첫 장면에 주어진 정보 외에 아무것도 모르는 독자가 되어 글을 살펴보는 것은 아주 중요한 일이다. 예를 들어보자. "계단을 내려가면서 메건은 한 침낭 속에 몸을 웅크린 채 함께 누워 있는 톰과 말라를 힐끗 쳐다봤다." 작가로서 이 문장을 이해하는 데는 별 문제가 없다. 그 이미지를 볼 수 있기 때문이다. 하지만 독자는 그렇지 않다. 톰과 말라는 지금 침낭 속에서 자고 있는 상태인가, 아니면 깨어 있는 상태인가? 침낭은 계단 꼭대기의 방 안에 있는가, 아니면 계단 아래쪽의 방 안에 있는가? 메건은 그중 한 장소에서 그걸 봤을 것이다. 이 장면에서는 시간이 어느 때인지(새벽, 정오) 분명히 드러나 있는가? 말라는 둘이서 침낭을 함께 쓰는 것에 대해 어떤 감정을 느끼는가? 이런 것들이 분명히 드러나지 않았다면 이 장면에 덧붙여야 할까? 아니면 다른 장면? 독자가 되어봄으로써 스스로 찾아야 한다.

작가로서 변화무쌍한 역할의 마지막은 비평가다. 중요한 건 이 시점에 이르기까지는 내면의 비평가가 활동하지 않아야 한다는 점이다(이제까지 비평가 이야기를 하지 않은 이유가 그것이다). 지금까지 글을 썼고(한 장이든, 한 장면이든), 독자가 되어 고쳐썼다. 그렇다면 다룰 수 있는 뭔가가 생긴 이때가 바로 우리의 비판적인 자아를 앞으로 불러낼 때다. 이보다 앞서 비평가가 되면 소설의 흐름을 끊어놓을 수도 있다. 그리고 이 시점에 와서 비평가가 되지 않으면 소설은 더 좋아질 수 있는 기회를 잃게 된다.

우리는 여기에 이를 때까지 비판적인 자아를 꼭 눌러놓고 있었다. 이제는 이 자아를 불러내 작품을 꼼꼼히 살펴 부족한 부분을 찾게 해야 한다. 하지만 헤밍웨이나 토니 모리슨 같은 작가와 견주는 것은 전혀 도움이 되지 않는다. 비평가가 되는 일은 자신감을 짓밟는 것이 아니라 소설의 질을 끌어올리는 데 목적이 있기 때문이다.

모든 글은 수정(고쳐쓰기, 퇴고)을 염두에 두고 쓰인다. 따라서 어떤 장면을 두고 비평가가 될 때 스스로에게 물어야 할 질문들은 이런 것이다.

- 시작이 흥미로운가?
- 어디인지, 언제인지, 누구의 시점인지 명확한가? 배경을 좀 더 자세히 고쳐 쓸 수 있는가?

- 시점의 오류가 없는가?
- 제대로 된 '모양새'를 갖추고 있는가? 즉, 시작에서 다른 결론에 이르렀는가? 이때 '다른' 결론은 인물이 새로운 정보를 알게 되었거나, 인물에게 또 다른 선택권이 주어졌거나, 문제가 더 복잡해졌거나, 새로운 인물을 만났거나, 가치 충돌을 깨달았거나, 희망 없는 행동에 한 발 더 내디뎠거나 등 다양할 수 있다. 뭐가 되었건 어쨌든 장면의 끝에 이르면 무언가 달라져 있어야 한다. 그렇지 않으면 아무런 의미가 없다.
- 소설 전체에 중요한 의미를 주는가?
- 소설을 더 읽고 싶은 욕구를 불러일으키는가?
- 외모, 행동, 대화, 생각에 대한 자세한 묘사가 인물을 발전시키고 있는가? 인물의 세부 사항을 더 세밀하게 다듬을 수 있는가?
- 감정이 정직한가? 억지스러운 데가 없는가? 인물과 실제 현실 모두를 반영할 만큼 복합적인가?
- 대화가 자연스럽고 특징이 있으며 적절한가?
- 문장 하나하나를 뜯어볼 때 상투어나 어색한 말투, 정신 사나운 수식어, 반복적인 말이나 구절, 또는 문법 오류가 있는가? 다시 쓰는 게 좋지 않을까?
- 마음에 드는가? 그렇지 않다면 왜 그런가? 그 문제점은 해결 가능한가?

소설을 쓰는 동안 작가에서 비평가로 왔다 갔다 하는 일을 어려워하는 작가가 많다(나도 그중 하나다). 초고를 다 쓰고 나서 비평가가 되는 게 더 쉽다. 물론 정반대로 글을 쓰는 작가들도 있다. 이들은 토대를 쌓기 전까지는 소설을 효과적으로 쓰지 못한다. 이런 작가들은 장면 하나하나를 비평해가면서 쓴다. 두 가지 방법을 다 시도해본 다음에 자신한테 맞는 방식을 고르자.

외부의 독자와 비평가에게 도움받기

'독자'나 '비평가'가 되는 또 다른 길이 있다. 다른 사람을 데려다가 이 역할을 시키는 것이다.

첫 독자는 작가에게 엄청난 도움을 줄 수 있다. 이 경우 아는 사람에게 초고를 준 다음에 독자로서 어떻게 느끼는지를 물어볼 수 있다. 자신이 먼저 '독자'가 되어 원고를 손본 다음에 두 번째 원고를 넘기고 편집을 포함해 비평가로서의 솔직한 견해를 요청해도 된다. 이 역할은 한 사람 이상에게 맡길 수도 있다.

그러나 여기서 주의해야 할 점이 하나 있다. 원고를 처음 읽어줄 사람을 신중히 선택해야 한다는 것이다. 대상을 자칫 잘못 선택하면 나쁜 충고가 돌아와 자신감을 떨어뜨리고, 그의 도움을 요청하기 전보다 훨씬 더 나쁜 상태로 원고 수준을 떨어뜨릴 수도 있다.

그렇다면 어떤 사람이 적합할까? 이는 그들이 어떤 역할을 해주기를 바라는가에 달려 있다. '독자'로서의 반응이 필요하다면 그 사람에게는 다음의 자질이 필요하다.

- 사적인 감정 없이 객관성을 유지할 수 있어야 한다. 따라서 배우자나 친한 친구, 부모, 그리고 정직한 의견보다는 용기를 줄 가능성이 많은 사람은 제외한다.
- 보여주려는 원고의 장르(스릴러소설, 로맨스소설, SF소설 등)를 많이 읽은 사람이거나 좋아해야 한다.
- 여백에 "이 부분은 지루하다", "지금 무슨 일이 일어나고 있는지 이해가 안 간다", "이 부분이 좋다!"라고 써놓을 만큼 솔직히 의견을 말할 수 있어야 한다.
- 기준이 너무 낮거나("서부소설이라면 무조건 다 좋아") 너무 높지 않아야 한다("로맨스소설을 제대로 쓰는 작가는 조젯 하이어밖에 없어").

원고를 처음으로 읽어줄 독자를 보물처럼 여겨야 한다. 점심도 대접하고 책도 증정하자. 그가 얼마나 가치 있는 일을 해주고 있는지를 알게 하자.

독자가 아닌 비평가를 원한다면 기준을 훨씬 더 높여야 한다. 앞서 제시한 독자의 자질도 물론 비평가에게 필요하다. 비평가는 거기에다가 원고의 부족한 부분을 찾아낼 뿐 아니라 어떻게 고쳐야 할지까지 조언해줄 수 있는 누군가다. 이는 대개 다른 작가가 해줘야 하는 일이다.

글쓰기 강좌 또는 작가 모임

글쓰기 강좌와 작가들의 자발적 모임은 그 효과가 엄청나게 다르다. 이 단체가 어떤 사람들로 구성되어 있는가가 이러한 차이를 만드는 주요 요소다. 속한 사람들이 얼마나 유능하고 쓸모 있는 사람들인가에 따라 원고에 대한 평가도 달라지기 때문이다.

팬잖은 글쓰기 강좌를 찾으려면 먼저 강사에 대해 알아봐야 한다. 나 같은 경우에는 작품을 출간한 적이 있는 작가가 가르치는 글쓰기 교실을 선호한다. 스스로 소설을 쓸 수도 없고 쓰려 하지도 않는 사람이 누군가에게 소설을 쓰게 할 수는 없을 것이다.

좋은 강사를 찾으려면 다음과 같은 단계를 거치자.

- 문화센터나 대학, 전문대학의 문예창작학과나 평생교육원에 어떤 글쓰기 강좌가 개설되어 있는지 알아본다. 팸플릿이나 안내 책자를 확인한다. 관심이 있는 장르로 선택의 범위를 좁힌다.
- 인터넷을 통해 강사의 전문 분야를 알아본다. 어떤 소설을 썼는가? 얼마나 많은 소설을 썼는가? 자신이 쓰고 싶은 글을 그 강사가 좋아할 것 같은가? 이 마지막 질문은 중요하다. 로맨스소설을 쓰려고 하는데 강사가 로맨스소설을 '상업적인 쓰레기'로 치부한다면 이 강좌는 좋은 강좌가 될 수 없다.
- 강좌가 어떻게 구성되어 있는지 확인한다. 다른 수강생에게도 의견을 받을 수 있는지 아니면 강사에게만 의견을 들을 수 있는지 확인하라. 그 의견은 글로 전달되는가? 첫 시간에 완성된 원

고 전체를 제출해야 하는가? 그렇다면 교정이 끝난 상태로 제출해야 하는가? 강사는 자신이 쓰려고 하는 장르의 소설(로맨스든 SF든, 단편이든 장편이든)을 좋아하는 사람인가?

자신을 윌리엄 포크너로 만들어줄 완벽한 강사를 기대해서는 안 된다. 재능이나 노력, 배움에 대한 열린 자세 등은 우리 자신에게서 나와야 한다. 다만 유능한 비평가는 소설을 예리하게 다듬고 초점을 명확하게 만들도록 제안함으로써 우리의 재능과 노력을 최대치로 끌어올린다.

다른 수강생들로부터도 조언을 얻을 수도 있다. 이들 대부분은 독자로서의 기능을 담당할 것이다. 그러나 그중에는 비평가만큼이나 예리한 이가 있을 수 있다. 하지만 다양한 사람의 모임이라 판단력이 의심스러운 사람도 있을 것이다. 각자의 흥미나 속셈이 다 다를 수 있고, 독서를 많이 해보지 않았거나 소설에 대해 바른 판단을 내리지 못하는 경우도 있기 때문이다. 그러니 마음을 열고 모든 사람의 말을 잘 들은 다음에 그 하나하나를 신중하게 판단하고 나서 유익하겠다 싶은 것만 선택해야 한다.

작가 모임에도 이와 같다. 강사가 없기 때문에 자칫 잘못하면 아무 의미 없는 칭찬으로 일관하거나("우리가 쓰는 건 다 좋아요") 반대로 하나같이 부정적일 수 있다("배관공이 되는 게 더 낫겠소"). 실제적이며 생산적인 정보나 조언을 듣지 못한다면 다른 모임을 찾아보는 게 좋다.

글쓰기를 즐기려면

글쓰기 자체를 즐겨야 반드시 좋은 글이 나오는 건 아니다. 쓰는 과정을 좋아하는 작가는 많지 않기 때문이다. 작가이자 연설가인 프랜 레보위츠는 "난 글 쓰는 게 싫다. 그걸 피할 수 있다면 무슨 일이든 하겠다. 유일한 방법이 내가 죽으면 덜 쓸 수 있을 텐데 라고 가정하는 것뿐이다"라고 말했다. 하지만 글쓰기를 즐긴다면 자리를 잡고 앉아서 실제로 글을 쓰는 일이 훨씬 더 쉬울 것이다.

그렇다면 그 과정을 더 즐겁게 만들려면 어떻게 해야 할까? 여기에 간단한 방법 몇 가지와 간단하지 않지만 아주 중요한 방법 한 가지를 제시한다. 쉬운 방법부터 먼저 이야기하겠다.

- 글을 쓸 수 있는 마음 상태를 갖추기 위한 활동을 생각해본다. 조깅을 한다든가, 커피를 마신다든가, 낱말 놀이를 한다든가, 자신이 우러러보는 작가의 소설을 읽는다든가. 20분 정도 시간을 들여 그런 활동을 한 다음에 글을 쓰기 시작한다.
- 자신의 생체 리듬에 맞춰 작업한다. 아침형 인간이라면 글을 쓰기 위해 아침에 평소보다 1시간 일찍 일어나는 일부터 한다. 올빼미형 인간이라면 집안 식구들이 다 잠든 후에 글을 쓰기 시작한다.
- 토요일에 몰아서 10시간을 쓰기보다 하루도 거르지 말고 조금씩 쓰는 게 좋다. 꾸준히 쓰면 압박감도 덜 수 있다. 한 쪽을 쓰는 게 한꺼번에 일곱 쪽을 쓰는 것보다는 훨씬 덜 겁나는 일이다.

• 쓰고 난 뒤에는 스스로에게 상을 준다.

하지만 가장 중요한 건 인물에 대한 작가의 태도다. 글쓰기는 작가가 인물에게 흥미를 느낀다면, 그리고 인물이 자신의 삶을 살아가면서 얻는 것에 관심을 갖는다면 훨씬 더 즐거운 일이 된다. 작가가 자신에게만 집중하기보다는(내가 도대체 뭘 쓰는 거지? 이게 무슨 소용이 있지? 이걸 누구한테 보여주지?) 인물의 이야기 속으로 몰입해 들어가는 것이 글쓰기 과정을 더 가볍고, 재미있게 만들고, 더 큰 보상을 안겨준다.

인물, 감정, 시점. 그것은 작가의 것이 아니다. 인물의 것이다.

그리고 이 모든 걸 붙잡을 수만 있다면 우리 모두가 읽고 싶어 안달을 내는 그런 소설을 써내기에 이를 것이다.

마무리: 첫 독자와 비평가

글쓰기를 즐기는 작가가 있는가 하면 그렇지 않은 이도 있다. 작업에 대한 불안감은 쓰는 즐거움을 앗아갈 뿐 아니라 심지어 글을 쓰지 못하게 한다.

우리는 글쓰기 과정을 인물 되기, 작가 되기, 독자 되기, 마지막으로 비평가 되기 이렇게 네 단계로 분리해 이러한 염려를 줄일 수 있다. 마지막 두 단계는 외부의 도움을 받을 수 있다. 자신의 원고를 처음 읽어줄 독자를 찾거나 글쓰기 강좌 또는 작가 모임에 참여하는 방법을 통해서다.

글쓰기 강좌는 아주 신중하게 선택해야 한다. 잘 선택하면 소중한 의견을 얻어 작품을 크게 발전시킬 수 있지만, 잘못 선택하면 오히려 작품을 망칠 수도 있기 때문이다.

글쓰기는 마음을 준비시키는 활동들을 한다든가 속도를 조절한다든가 스스로에게 작은 선물을 함으로써 더 즐거운 작업이 될 수 있다. 하지만 우리가 스스로에게 줄 수 있는 가장 큰 도움은 소설을 자신의 이야기가 아니라 인물들의 이야기로 여기는 것이다.

글쓰기 준비운동

유명한 작가들은 글쓰기라는 과업을 위해 다양한 방법으로 준비운동을 했는데, 어떤 것은 건전하고 어떤 것은 그러지 못하다. 대표적인 방법은 이러하다.

- 애거서 크리스티: 설거지를 하면 플롯 아이디어가 술술 나온다고 주장했다.
- 그레이엄 그린: 타자기가 "결코 나의 뇌에 연결되지 않는다"면서 올바른 도구에 의존했다. 그는 "내 손에는 만년필이 맞다. 볼펜은 비행기 탑승권을 채우는 데나 유용하다"고 했다.
- 노먼 메일러: 알코올을 선호했다. "나를 준비시키기 위해서는 보통 맥주 한 캔이 필요하다."
- 오노레 드 발자크: 커피를 선호했다. 그는 하루에 50잔 이상의 커피를 마셨고 카페인 중독으로 사망했다.
- 어니스트 헤밍웨이: 연필 한 통을 깎은 뒤에 이상한 자세로 작업했다. 그는 서서 글을 썼다.

- **마크 트웨인**: 엎드려서 글을 썼다.
- **레이 브래드버리**: 시 한 줄 또는 다른 작가의 강렬한 한 문장에 "자극을 받았다"고 고백했다.
- **토머스 울프**: 오랫동안 산책을 했다.
- **윌라 캐더**: 성경의 한 구절을 읽었다.
- **톰 로빈스**: 구름을 관찰했다. "인간의 위대한 철학적 아이디어 대부분은 하늘에서 나온다. (……) 철학을 하든 시를 쓰든 하늘을 바라보는 건 아주 훌륭한 수련법이다"라고 했다.
- **미겔 데 세르반테스, 월터 레이 경**: 교도소에 있는 동안 글쓰기에 자극을 받았다. 추천할 만한 방법은 아니다.

적어도 석 달 전에 쓴 원고를 꺼낸다. 전에 한 번도 본 적이 없는 작품을 읽듯이 한 문장 한 문장을 읽는다. 어떤 느낌이 드는가? 더 생생한 글이 되도록 세부 사항을 더할 수 있겠는가?

실전 연습 01에서 읽는 원고를 다른 누군가에게 보여주고, 여백에다 쪽당 두세 개씩 의견을 적게 한다. 그가 적은 것들이 앞서 자신이 느꼈던 것들과 같은가? 차이점이 있다면 그 이유를 설명할 수 있는가?

이제 비판적인 자아를 불러낼 때다. 실전 연습 01에서 읽은 원고를 가지고 이번 장에서 다룬 질문들에 답해보자. 변화가 필요한 부분들이 있는가?

한 달 동안 글쓰기 일지를 작성한다. 매일 몇 쪽을 썼는지, 언제 어디서 썼는지, 그 시간이 얼마나 생산적이었다고 느꼈는지 기록한다. 한 달이 지난 뒤 글쓰기 일지를 자세히 살펴본다. 어떤 상황에서 가장 글을 많이 썼는가? 어떤 상황에서 가장 쉽게 썼는가? 그런 환경을 조성하기 위해 할 수 있는 일은 무엇인가?

몇 시간 동안 소설 속 인물이 되어본다. 평소에 하는 활동(일, 점심, 세탁 등)을 그대로 하되 소설 속 인물인 것처럼 하는 것이다. 자신일 때와 인물일 때 뭐가 다른가? 자신일 때와 무엇이 다르게 느껴지는가? 책상을 벗어날 때도 그 인물 속으로 완전히 들어가는 게 가능한가? 그렇다면 소설을 쓸 때도 똑같이 해본다(다만 정신 이상의 살인자처럼 위험한 인물이라면 위험하니 이렇게 하지 말자).

가까운 문화센터나 대학의 평생교육원에 글쓰기 강좌가 있는지 알아본다. 지금 당장 등록하지 않더라도 수강하고 싶을 때를 대비해 정보를 갖고 있는 게 좋다.

무슨 일이 있어도 2주 동안 매일 한 쪽씩 쓴다. 그렇다. 우리는 할 수 있다. 할 수 있다.

'인물, 감정, 시점' 핵심 정리

인물

- 우리에게는 등장인물을 찾아낼 수 있는 네 가지 자원이 있다. 바로 우리 자신, 우리가 직접 아는 실존 인물, 건너 들어 아는 실존 인물, 순전히 상상으로 만든 인물이다. 앞의 세 자원에서 끌어낸 인물은 실제 모습에서 변형을 했을 때가 훨씬 효과적이다.

- 소설에 쓸 수 있는 인물 명단을 작성했으면 다음 단계는 주인공을 선택하는 것이다. 자동적으로 나머지 인물은 조연이 될 것이다. 어떤 인물도 주연이 될 수 있다. 주연이 다르면 이야기도 달라진다.

- 글을 쓰기 전에 등장인물을 예비 독자의 관점으로 점검해본다. 흥미로운가? 충분히 다양한가? 서로 관계가 있으며 앞으로 소설에 나올 상황에 연결될 가능성이 있는가? 그들에 대해 쓰는 게 흥분되는가?

- 뒷이야기를 어느 정도 싣는 게 적당한지는 어떤 장르를 쓰는가에 달려 있다. 하지만 뒷이야기가 얼마만큼 들어가는지와 상관

없이 작가는 늘 인물의 과거를 잘 알고 있어야 한다.

• 인물의 동기는 그의 뒷이야기가 발단이어야 한다. 그 동기가 비범할수록 독자가 알아야 할 뒷이야기의 양은 많아져야 한다. 뒷이야기는 인물의 기질과 성격을 형성하고, 동기와 감정을 만들어낸다.

• 인물은 가치가 충돌하거나 엇갈리는 욕구를 품고 있을 때 흥미를 일으키곤 한다. 그들이 무엇을 선택하는가를 보고 독자들은 그들의 성격과 신념을 알 수 있다. 사소한 선택이라도 인물의 뒤에서 하게 될 커다란 선택과 일치되어야 하고, 때때로 복선이 되어야 한다.

• 인물들은 소설 전개되는 동안 자신의 가치와 태도를 바꿀 수도 바꾸지 않을 수도 있다. 또한 오랜 욕망이 실현되었거나 좌절되었을 때 새로운 목표로 나아감으로써 동기를 바꿀 수도 아닐 수도 있다. 모든 변화는 소설 속 현재 시점의 결과로 나타나야 그럴듯하다.

• 진짜로 변화하는 인물이라면 그 변화가 일시적인 것이 아님을 입증하기 위한 인증 장면이 소설의 마지막에 나와야 한다.

• 장르소설은 대중소설과 마찬가지로 인물의 성격 묘사가 중요하지만, 또한 그 장르가 요구하는 조건을 충족해야 한다. 장르소설에는 다양한 하위장르가 있으므로 먼저 자신이 쓰고 싶은 하위장르에 익숙해져야 한다.

• 재미있는 인물을 창조하는 기본 방법은 과장, 조롱, 그리고 기대의 반전을 넣는 것이다. 어느 정도 개연성이 있기를 바라는가에

따라 그 수위를 정할 수 있다.

감정

- 감정은 행동, 대화, 생각, 신체적 반응을 통해 극화되어야 한다. 감정은 직접 말하지 말고 보여줘야 한다.
- 감정, 동기, 인물의 변화를 한꺼번에 다루는 비법은 장면 단위로 쓰는 것이다. 글을 쓰기 전에 그 장면에서 이루어야 할 모든 것을 결정하자.
- '한계점'은 감정을 극화하는 효과적인 방법 중 하나다. 이를 활용하려면 인물이 한계점에 이르면서 결국 감정을 분출하기까지 그 압박감을 반복적으로 극화해 보여줘야 한다.
- 좌절감은 플롯을 전개할 뿐 아니라 인물의 성격도 묘사한다. 인물이 좌절감에 보이는 태도와 이 태도를 변화해나가는 모습은 이제까지의 인물 성격과 일치해야 한다.
- 좌절감은 소설을 전개하는 사건을 통해 주로 드러나야 한다.
- 소설 속 대화는 감정이 한껏 고조되는 순간조차도 '현실 속 대화'와 다르며 압축과 절제, 강조를 통해 다듬어야 한다.
- 은유는 원래 사물의 상태나 움직임을 다른 것으로 암시적으로 나타내는 비유법을 뜻한다. 이런 은유를 통해 감정을 쌓아나갈 수 있다.
- 사랑을 표현하는 장면이나 섹스 장면, 싸움을 벌이는 장면, 죽음을 맞이하는 장면에서 가장 중요한 점은 지금까지 보여준 인물의 성격에서 벗어나지 않아야 한다는 것이다.

시점

- 시점이란 독자가 소설을 누구의 눈과 마음으로 경험하는가를 뜻한다. 일반적으로 1인칭 시점, 3인칭 제한적 시점, 3인칭 다중 시점, 전지적 작가 시점을 쓴다. 드물게는 2인칭 시점, 1인칭 복수 시점, 3인칭 복수 시점, 서간(편지) 시점도 쓴다.

- 주인공과 시점인물은 같을 수도 아닐 수도 있다. 어떤 소설에 어떤 시점인물이 있어야 한다는 규칙 같은 건 없다. 모든 소설은 어떤 인물의 시점에서든 쓸 수 있다. 한 인물을 택하기 전에 다양한 인물의 시점에서 소설을 구상해보자.

- 1인칭 시점은 긴박감이 넘치고 인물이 개성적인 말투를 쓸 수 있으며, 내적인 범주를 자유자재로 오갈 수 있다는 장점이 있지만, 시점인물이 모르는 건 쓸 수 없고 그의 세계로 이야기가 제한되는 문제와 객관성을 확보하기 어렵다는 단점이 있다.

- 1인칭 시점은 본질적으로 작위적인 시점이다. 누구도 그렇게 길고 완벽하게 편집된 이야기를 완벽한 대화와 더불어 설명하지 않기 때문이다. 화자는 앞으로 일어날 일을 전혀 모르는 것처럼 행동한다. 이 문제는 작위성(독자들이 이 관습을 받아들이는 것처럼)을 무시하거나 젊은 화자와 나이 든 화자가 번갈아 설명하게 만들어 극복할 수 있다.

- 3인칭 시점은 1인칭 시점보다 제한이 적고 외적인 범주를 자유자재로 오갈 수 있으며 객관성을 확보할 수 있다는 장점이 있지만, 긴박감과 인물의 말투에서 개성이 떨어진다는 단점이 있다. 3인칭의 시점인물은 다룰 수 있는 만큼, 소설에 필요한 정도로

만 최소화하는 게 좋다.

- 3인칭 시점은 3인칭 근거리 시점, 3인칭 원거리 시점, 그리고 그 사이의 3인칭 중거리 시점으로 나눌 수 있다.

- 3인칭 다중 시점은 다양한 스토리라인을 다룰 수 있고 더 많은 인물을 깊이 다룰 수 있으며 동일한 사건에 대해 엇갈리는 견해를 흥미롭게 제시할 수 있다.

- 전지적 작가 시점은 작가의 해석이 강조되고 소설 속 사건을 더 넓은 맥락에서 이해시킬 수 있으며, 작가가 적극적으로 개입할 수 있고 현실성을 자유로이 다룰 수 있다는 장점이 있다. 하지만 이야기를 파편화하고 인물과 독자의 거리가 멀어지며 '소설 속 세계에 대한 환상을 깨버린다'는 단점이 있다.

- 전지적 작가 시점은 작가가 소설에 폭넓게 개입할 수 있다. 자신이 인물이 되어 직접 이야기 속에 끼어드는 것부터 독자에게 직접 말을 건네 해석의 방향을 트는 것까지 다양하다.

글쓰기

- 글쓰기를 즐기는 작가도 있지만 그렇지 않은 작가도 있다. 작업에 대한 불안감은 글 쓰는 즐거움을 없애버리기도 한다.

- 글쓰기를 네 단계로 나누어 불안감을 줄이자. 인물이 되고, 작가가 되고, 독자가 되고, 마지막으로 비평가가 되자.

- 작가로서 스스로를 도울 수 있는 방법은 소설을 자신의 이야기가 아니라 인물의 이야기로 여기는 것이다.

소설쓰기의 모든 것 3
인물, 감정, 시점

초판 1쇄 발행 2011년 10월 25일
초판 2쇄 발행 2016년 2월 15일
개정판 1쇄 발행 2018년 11월 26일

지은이 낸시 크레스
옮긴이 박미낭
펴낸이 김한청

편집 원경은, 이한경, 차언조
디자인 이민영
마케팅 최원준, 최지애, 김선근
펴낸곳 도서출판 다른

출판등록 2004년 9월 2일 제2013-000194호
주소 서울시 마포구 동교로27길 3-12 N빌딩 2층
전화 02-3143-6478 팩스 02-3143-6479 이메일 khc15968@hanmail.net
블로그 blog.naver.com/darun_pub 페이스북 /darunpublishers

ISBN 979-11-5633-215-2 04800
ISBN 979-11-5633-212-1 (세트)